Sur l'auteure

Barbara Frale est née en 1970. Elle est l'auteure des *Templiers*, préfacé par Umberto Eco (Belin, 2015). Son premier roman traduit en français, *Les Souterrains de Notre-Dame*, a paru chez 10/18 en 2022.

De la même auteure
aux Éditions 10/18

LES SOUTERRAINS DE NOTRE-DAME, n° 5744
LA TOUR MAUDITE DES TEMPLIERS, n° 5829

BARBARA FRALE

LA TOUR MAUDITE DES TEMPLIERS

Traduit de l'italien
par Michel Musolino

10/18

LE CHERCHE MIDI

Titre original :
La torre maledetta dei templari
Éditeur original : Newton Compton editori

ISBN 978-2-264-08154-4
Dépôt légal : janvier 2023

PROLOGUE

L'an 1301 du Seigneur tirait vers sa fin, le jour de la Chandeleur, quand Paris se réveilla dans une aube de sang. Un effroyable spectacle se présentait aux paysans venus en ville vendre les primeurs des champs. Sur les étals, laissés bien propres le soir précédent, étaient apparus les horribles lambeaux d'un corps humain dépecé. La tête, séparée du cou, avait roulé au loin, dans la boue. Le reste pendait aux crocs de boucher, comme des quartiers de porc exposés au marché. Des chiens errants et d'autres bêtes immondes s'entre-déchiraient pour faire ripaille des intestins sanguinolents éparpillés sur la voie publique.

Une pieuse confrérie de dévots recueillit ces restes misérables pour les laver de leur sang et donner une sépulture chrétienne au malheureux. Le corps recomposé fut reconnu comme celui d'un orfèvre du nom d'Yves de Melgueil, artisan de talent qui, quelques mois auparavant, avait reçu de Sa Majesté une rente importante pour d'éminents services rendus.

La rumeur courut que cet homme était un adepte de la sorcellerie, et que le diable avait voulu s'acharner sur lui : seul un démon, en effet, pouvait avoir accompli un tel carnage.

L'évêque de Paris imposa au peuple une semaine de jeûne et d'abstinence, de neuvaines et de pénitences pour chasser de la ville le pouvoir de ce maléfice.

Un détail, toutefois, n'avait pas échappé aux plus malins : la partie du corps qui avait été suspendue le plus haut, comme l'on fait avec les marchandises les plus chères, était la langue.

Yves de Melgueil, murmura-t-on, en savait trop, et par trop d'imprudence, ou d'avidité, il avait décidé de parler.

1

SECRETUM TEMPLI

« Moi, Salomon, ayant entendu cela, je vins dans le Temple de Dieu et le suppliai de toute mon âme, priant nuit et jour pour que le démon soit mis entre mes mains et que mon autorité s'exerce sur lui. »

Testament de Salomon
(apocryphe du Ier siècle), 3.5

1

La nuit vomit un hurlement. Maître Alfino se réveilla, haletant. Mon Dieu, pensa-t-il, ils ont tué quelqu'un… Il courut à la fenêtre. Une rafale d'air glacé lui fouetta le visage.

Paris était désert et silencieux sous la lune. Une lune d'hiver pâle et maladive, ronde comme un crâne dans l'immensité noire du ciel. Avait-il entendu quelque chose de réel dans son sommeil ? En même temps que le cri d'angoisse, il avait cru percevoir un hurlement de loup. Impossible. Les loups ne s'aventurent pas en plein cœur de la ville.

C'était sans doute un cauchemar, fruit d'une emprise diabolique. Ou alors le rêve était un présage, un avertissement du ciel, une mise en garde contre qui sait quels pièges à venir. D'instinct, il se pencha pour voir Notre-Dame. Dans l'angle des immeubles, il aperçut la grande église, froide et bleue dans la lumière du ciel d'hiver.

Il avait pris cette habitude dès son arrivée en ville. Il était persuadé que Notre-Dame était bien plus qu'un simple édifice, beaucoup plus qu'un simple sanctuaire : c'était l'âme de Paris, de la France entière peut-être.

C'était un être vivant, frémissant de joie ou d'indignation dans les infinies nuances de la lumière du jour, ou de la lune, sur la foule de visages qui peuplaient ses espaces.

En la dévisageant avec attention, un esprit aiguisé pouvait deviner ce qui allait arriver à la ville et au royaume, tout comme les prêtres païens de l'Antiquité savaient lire le destin dans les viscères des bêtes offertes en sacrifice.

Cette nuit-là, Notre-Dame semblait inquiète. Des ombres menaçantes couraient le long des murs. Même la Sainte Vierge sur son trône avait un visage implacable et dur : elle n'était plus mère de miséricorde mais Minerve, la guerrière prête à faire vengeance.

Non loin, là où l'obscurité étouffait les derniers feux des sentinelles, un jeune homme courait à perdre haleine vers la campagne. La peur démultipliait ses forces, mais il posa un pied de travers ; il trébucha et roula à terre.

Mon Dieu, quelle douleur !

Il se releva aussi rapidement que possible. Il devait fuir à tout prix, malgré sa cheville foulée. Il s'enfonça dans la nuit noire en une course folle vers le salut. Il ne savait pas pourquoi on le poursuivait, mais il avait bien vu son tortionnaire. Ce n'était pas un mirage.

En se rendant à son rendez-vous avec maître Dixmier, il avait eu l'impression d'être suivi. Cet homme à la carrure de bête, immense et horrible, avait dû se tapir dans le noir, sans jamais perdre sa trace. Impossible d'en reconnaître le visage : il avait la tête couverte d'un heaume de métal, un heaume martial, comme le jeune homme n'en avait jamais vu. Il brandissait une hache à double tête avec l'intention évidente de le découper en morceaux. Pendant quelques instants, ils s'étaient fait face : l'un menaçant et décidé, l'autre désormais à bout de souffle. Puis l'homme avait grincé des dents, et une sorte de rire narquois avait fusé du casque :

« Disparais, ou tu es mort ! »

Raoul ne se l'était pas fait dire deux fois. Il avait entendu raconter des choses atroces sur ce criminel. Il surgissait au cœur de la nuit, du ventre putride de Paris. Il quittait les faubourgs misérables qui étaient son domaine et venait infester la quiétude des quartiers nobles de la ville. Il agressait ses victimes avec la férocité d'un lion ou les entraînait dans des pièges savamment étudiés avec la dextérité patiente d'une araignée qui tisse sa toile. Tous s'accordaient sur un point : on l'appelait Lanius, le bourreau.

Il n'était pas rare, après son passage, de trouver des corps démembrés gisant à terre dans un horrible bain de sang et de viscères, comme quelques jours plus tôt. La bête fauve aimait laisser derrière elle une trace indélébile défigurant le visage doré du Paris respectable.

Raoul Quarre ne comprenait pas. Pourquoi la bête en voudrait-elle à quelqu'un comme lui ? Les victimes de Lanius appartenaient à la grande noblesse, au clergé le plus riche. C'étaient des hommes puissants drapés dans leur impunité, bénéficiant de protections haut placées et qui ne craignaient pas même la justice de Sa Majesté le roi de France.

Qu'avait-il à voir avec ces gens, lui ? Raoul n'était qu'un garçon de boutique, un apprenti au service de maître Dixmier, le meilleur graveur de France et maître monnayeur de la frappe royale.

Mais bien sûr ! Jean Dixmier…

Essoufflé, il s'arrêta et posa les mains sur ses genoux. Il avait l'impression que ses yeux allaient sortir de leurs orbites tant il avait couru. Un terrible soupçon frappa sa conscience telle la foudre.

Et si c'était ça ? Et si le meurtrier le poursuivait précisément à cause de ce qu'il avait découvert et confié à son maître ? Il en avait perdu le sommeil et l'appétit, avant de se décider à tout révéler à son employeur. Cela lui avait semblé la chose juste à faire, mais cela avait peut-être été une erreur fatale. En parlant à Dixmier, il s'était lui-même condamné et avait exposé son maître au même danger.

Ou bien était-ce l'inverse ?

Que devait-il penser de son maître ? Ignorait-il vraiment tout de l'intrigue comme il l'avait cru ?

Maître Dixmier savait tout et ne lui avait rien dit. Lorsqu'il avait été confronté aux preuves irréfutables du crime auquel il était mêlé, il avait alerté ses supérieurs, qui du haut de leurs puissantes fonctions avaient donné l'ordre : « Raoul Quarre sait. Il doit mourir. »

Pour fermer à jamais sa bouche importune, on avait lâché ce monstre sorti de l'enfer : pas de procès ni de mandat d'arrêt, mais une exécution sommaire la nuit dans les bas-fonds de la ville, où il n'était pas rare que les passants imprudents qui s'aventuraient dans ce labyrinthe de ravins et de ruelles sales soient égorgés par les malfaiteurs. Le sang versé dans la terre sèche bien vite, sans que personne ne se donne la peine de dénoncer le crime.

Plus Raoul y pensait, plus cela lui paraissait vraisemblable. Surtout si ce que murmuraient certains en cachette, à voix basse de peur de se faire entendre, était vrai : Lanius était insaisissable et les soldats du guet échouaient toujours à le prendre parce qu'en réalité, le coquin exécutait les ordres du souverain. C'était Philippe IV qui avait lâché ce fauve dans les rues sombres de Paris, pour frapper ceux qu'il ne pouvait pas punir ouvertement.

Tandis que le rythme de son cœur ralentissait et que le sang qui lui montait à la tête commençait à refluer, Raoul se remémora qu'il avait eu un mauvais pressentiment en sortant de chez lui. Il n'y avait pas prêté attention sur le moment, trop soucieux de rejoindre maître Dixmier qui lui avait donné rendez-vous dans une taverne près du cimetière des Saints-Innocents, pour discuter des documents scabreux, justement.

Pourquoi un homme comme Jean Dixmier, qui venait d'emménager dans le berceau huppé de la ville, aurait-il choisi comme lieu de rencontre ce foutoir de coupeurs de gorge et de prostituées qu'est le quartier des Saints-Innocents ? Et où avait-il trouvé, le bon Dixmier, l'argent pour acheter une maison sur l'île de la Cité, ce quartier d'élection entre Notre-Dame et le Palais-Royal, où les rues sont illuminées toute la nuit et baignent dans le parfum des pâtisseries que l'on prépare pour le petit déjeuner des seigneurs ?

De toute évidence, il avait été attiré dans un piège. Lanius avait dû le suivre constamment, il avait été toujours derrière lui, collé à ses basques. Puis il y avait eu cet avertissement : « Disparais ! »

Que voulait dire ce démon ? Et pourquoi ne l'avait-il pas mis en pièces avec cette horrible hache à deux têtes ? Peut-être ne voulait-il pas réellement le tuer : il voulait le faire mourir de peur, et il avait réussi. Où pouvait-il chercher refuge maintenant ?

Le secret dont il était devenu malgré lui le gardien était comme un mal incurable qui le conduirait à la mort, tôt ou tard, ce n'était qu'une question de temps. Il n'existait pas d'endroit sûr où il n'aurait plus eu à craindre d'embuscade.

Épuisé et abasourdi, le garçon releva la tête vers le ciel, en implorant un secours divin. Et à ce moment-là, il le vit. L'immense donjon qui se détachait au loin, le cœur du quartier fortifié que les Templiers possédaient tout près de la capitale du royaume. Il n'existait pas dans tout l'Occident un endroit plus imprenable. De l'avis des pèlerins qui étaient allés à Jérusalem, la Terre sainte n'aurait jamais été reconquise par les infidèles si les Templiers avaient conservé outre-mer un bastion aussi puissant que celui-là.

Les Templiers… qui mieux qu'eux pour garder un secret ?

Soulagé, Raoul Quarre bénit le Ciel de lui avoir donné cette inspiration. Ayant rassemblé le peu de forces qui lui restaient pour courir jusque là-bas, il se jeta contre le portail, et frappa violemment des deux poings en demandant asile à grands cris, jusqu'à ce que le frère portier ouvrît un judas ferré.

« Ouvrez ! Au nom de Dieu et de la Vierge Marie, aidez-moi. » Un œil soupçonneux le scrutait par l'huis minuscule.

« Qui es-tu ?

— Je m'appelle Raoul Quarre, je travaille pour Jean Dixmier.

— Le maître de la Monnaie royale ?

— Lui-même.

— Que veux-tu à cette heure ? Nous sommes en pleine nuit ! »

Le garçon fit appel à tout son sang-froid.

« Je demande le pain et l'eau de l'Ordre, dit-il avec assurance.

— Es-tu fou ? Crois-tu que quiconque puisse devenir l'un des nôtres ?

— Moi, je peux, protesta-t-il. Laissez-moi parler au trésorier.

— Il est tard. Son Excellence dort. Reviens demain matin.

— Ce n'est pas vrai ! Je vois de la lumière, dans la tour. Le trésorier travaille. Appelez-le. »

La voix du templier se fit plus aimable et plus dure en même temps.

« Va-t'en, mon garçon. Je vois que tu as des ennuis, et nous ne nous mêlons pas des affaires de la justice royale. » Cela dit, il referma le judas sans appel.

Consterné, se voyant perdu, Raoul se jeta à genoux.

Il devait tenter le tout pour le tout.

« Abraxas ! cria-t-il, désespéré. Vous m'avez compris, mon frère ? Je sais ce que c'est, et je le dirai aux quatre vents. »

Le silence impitoyable de la nuit l'enveloppa, brisé par un bruissement de voix agitées derrière le portail massif de bois et de fer.

Il retint son souffle quelques minutes, puis il perçut le bruit des serrures que l'on ouvrait à la hâte. L'homme à qui il avait parlé apparut. La lune se reflétait sur l'acier de l'armure qui le dissimulait entièrement, sa lueur exaltant la blancheur de sa cotte de mailles, lui donnant l'apparence d'un archange guerrier.

« Qu'as-tu dit ? » demanda-t-il, vaguement menaçant.

Raoul Quarre ne se laissa pas impressionner par cette brutalité feinte.

Le templier avait très bien compris, sinon il n'aurait pas ouvert la porte.

« J'ai dit *Abraxas*, monsieur », murmura-t-il d'un ton provocant.

Ce mot sembla résonner dans l'immensité de l'obscurité autour d'eux, comme si un pouvoir magique insoupçonné s'en dégageait. Peut-être renfermait-il quelque sortilège, puisqu'un autre templier surgit comme par enchantement aux côtés du guerrier. Celui-ci n'était pas un chevalier : il portait la robe noire des sergents, les Templiers de rang inférieur.

Il n'était guère impressionnant, avec sa grosse panse, presque obèse, sans arme ni barbe, avec ses longs cheveux qui tombaient sur ses épaules, bouclés au fer chaud à la manière des nobles de la Cour, une coquetterie que saint Bernard de Clairvaux et le fondateur du Temple auraient abhorrée. Une imposante croix d'or, digne d'un patriarche des Églises orientales, brillait sur sa poitrine. Sur la laine sombre du costume de sergent, le bijou faisait un contraste saisissant. De toute évidence, le pouvoir de l'homme ne tenait pas à son niveau dans la hiérarchie, mais à ses fonctions dans le Temple.

Un sergent admis dans l'état-major de l'Ordre, pensa Raoul. Cela lui paraissait incroyable.

« Lève-toi ! » ordonna le dignitaire. Raoul obéit instantanément. « Tu es jeune et tu ne manques pas de courage. Si tu te soucies de vieillir, tu ne dois jamais répéter ce que tu viens de dire. Beaucoup de personnes sont mortes pour beaucoup moins. »

Raoul déglutit. L'intuition lui soufflait qu'il avait affaire à un négociateur accompli, un homme habitué à se mouvoir sur le fil du rasoir : beaucoup d'habileté et peu de scrupules. Il lui restait cependant un espoir. Une marchandise précieuse qu'il pouvait vendre, en un certain sens. La preuve en était qu'il n'avait pas été renvoyé dans la nuit pleine de dangers. Au contraire, le puissant sergent à la croix patriarcale semblait attendre, le regardant sans mot dire.

« Arnaud de Villanova, dit calmement Raoul, comme s'il offrait une garantie. J'ai travaillé avec lui. J'étais l'intermédiaire entre le vieux et maître Dixmier. »

Le dignitaire apprécia ce détail ; c'était exactement ce qu'il espérait. Ce garçon se révélait tout à fait intéressant.

« Que crois-tu pouvoir offrir au Temple ? demanda-t-il d'un ton doucereux.

— Mon silence éternel, sire. On veut me tuer pour ce que j'ai découvert. C'est pour cela que j'invoque la protection de l'ordre et que je demande humblement la fraternité.

— Tu offres ton silence éternel. Et puis ?

— Ce que j'ai vu faire au Catalan », ajouta-t-il fermement, comme un joueur qui fait monter les enjeux.

Pendant un instant qui dura des siècles, le dignitaire et le guerrier se regardèrent ; puis le hiérarque se tourna vers le garçon.

« Je suis frère Jean de Tour, trésorier du Temple. Entre. Tu seras examiné par l'Assemblée. »

Le garçon inspira profondément. Puis il franchit la porte, et la muraille des Templiers se referma derrière lui. Pour toujours.

2

Maître Alfino frissonna jusque dans ses os.

Il lui arrivait de travailler tard dans la nuit quand un client important demandait sa tutelle juridique ; il y avait une quantité monstrueuse d'affaires autour de Paris, et il lui arrivait de défendre des causes où les sommes en jeu étaient si considérables qu'il n'aurait même pas su comment les dépenser si elles lui avaient appartenu.

Il venait d'Italie, mais on le considérait comme le meilleur avocat fiscaliste sur la place de Paris ; ses longues années d'expérience l'avaient habitué aux fatigues extrêmes. Ce soir-là, toutefois, l'épuisement l'avait fait glisser dans un sommeil agité de sinistres visions. Le cri de mort l'avait réveillé brutalement, créant dans son cœur un lit d'angoisse : impossible de retrouver le sommeil !

Impossible également de ne pas penser à cette lettre délirante arrivée la veille. L'auteur était quelqu'un qu'il avait rencontré brièvement, et quitté avec soulagement. C'était un homme à la réputation controversée, dont il espérait ne plus croiser le chemin : Arnaud de Villanova, appelé le Catalan.

Distingué maître Alfino,

Je suis sûr que vous vous souvenez de moi, même si notre rencontre d'il y a deux ans n'est pas intervenue dans un moment propice, et que nos adieux n'ont pas été cordiaux. Néanmoins, je sais que vous êtes une personne juste et droite dans votre profession d'avocat et serviteur dévoué du roi de France ; c'est pourquoi j'ai décidé de m'adresser à vous.
Vous avez été, malgré vous, impliqué dans l'affaire, vous êtes donc désormais compromis et dans une position très risquée : si l'affaire aboutit à une conclusion heureuse, vous pourrez vous aussi, maître Alfino, vous considérer en sécurité.
Le motif de cette lettre est un message que Philippe IV m'a envoyé sous forme cryptée, pour me demander quelque chose que je ne peux, et ne veux pas lui accorder.
Je vous prie de rapporter, de ma part, cette réponse au souverain : ce qu'il entend faire est contraire à la loi de Dieu et à celle des hommes, il n'aura donc pas mon soutien. S'il veut vraiment frôler le seuil de l'enfer, s'il accepte de marcher au côté du diable jusqu'au dernier de ses jours, alors il doit chercher son Graal là où il lui coûte le plus de s'abaisser : s'adresser aux Templiers.
Qu'il leur demande de lui révéler ce que cache l'Abraxas représenté dans leur sceau secret.

Arnaud de Villanova

Alfino fut submergé par un sentiment d'impuissance. Le feu s'était éteint depuis un moment et le vent du nord qui balayait violemment les rues de la rive gauche se glissait jusque dans la cheminée et agitait les cendres. Il soulevait dans l'air une odeur âcre de fumée et prenait parfois la forme d'une plainte sinistre et grimaçante.

Plus il y pensait, plus cette lettre lui semblait le fruit d'un esprit malade. Pourquoi, par exemple, le roi de

France aurait-il dû envoyer un mémorandum secret au vieux savant ? Et pourquoi Arnaud parlait-il de ce message sans faire la moindre référence à son contenu ? Tout semblait absurde, décousu. Il songea à froisser cette lettre abjecte et à la jeter au feu, mais cette insinuation ambiguë le retenait :

> Vous avez été, malgré vous, impliqué dans l'affaire, vous êtes donc désormais compromis et dans une position très risquée : si l'affaire aboutit à une conclusion heureuse, vous pourrez vous aussi, maître Alfino, vous considérer en sécurité.

L'avocat se frotta les yeux et alluma une autre bougie, débarrassant les restes encore chauds de celle déjà consommée dans son épuisante veillée.

Impliqué dans l'affaire. Mais quelle affaire, bon Dieu ? Pour la énième fois, Alfino relit les dernières lignes :

> S'il veut vraiment frôler le seuil de l'enfer, s'il accepte de marcher au côté du diable jusqu'au dernier de ses jours, alors il doit chercher son Graal là où il lui coûte le plus de s'abaisser : s'adresser aux Templiers.
> Qu'il leur demande de lui révéler ce que cache l'Abraxas représenté dans leur sceau secret.

Les Templiers. Un mot à la sonorité absconse et au sens obscur. Et un sceau classé « secret ».

Que signifiait le délire du vieil homme ?!

La trappe s'ouvrit en grinçant. C'était un bruit discret : à peine plus que le gazouillis d'un oiseau. Dans l'étreinte complice de l'obscurité, un homme en sortit et la referma furtivement. La paille fraîche fit le reste ;

quelques gestes, et plus rien ne trahissait l'existence de ce passage secret dans les écuries de l'évêque. L'âne placide que Mgr Simon Matifort avait l'habitude de monter pendant les processions en signe d'humilité, tel Notre Seigneur entrant à Jérusalem, n'aurait certainement pas vendu la mèche.

L'homme le caressa : il ressentait une tendresse innée pour les animaux. La bête lui lécha la main, reconnaissante. Un bruit suspect derrière son dos. Il grimaça, saisit la hache à deux têtes. Fausse alerte, se dit-il avec soulagement.

« Ils ont raison de vous appeler Lanius, dit une ombre haute qui s'avançait progressivement devant la lumière de la torche. Vous avez l'air d'un bourreau impitoyable. Vous êtes horrible. »

Il abaissa l'arme.

« Je le dois, monseigneur. Croyez-vous qu'un démon puisse avoir belle apparence ? »

L'ombre s'approcha et le visage anguleux de Simon Matifort s'encadra dans le carré de lumière qui s'échappait des barreaux. Sévère, fronçant les sourcils, mais sans expression de blâme.

« Je joue votre jeu, Majesté. Je vous aide dans vos atroces mises en scène, mais…

— Vous ne devez pas m'appeler Majesté, dit-il avec brusquerie. Je ne suis pas Philippe IV. Je n'ai pas l'anneau sacré du roi de France à mon doigt. Vous voyez ?

— Et vous croyez que cela suffise à vous affranchir du charisme royal ?

— C'est ce que l'on m'a dit, monseigneur. Et il doit en être ainsi. Le roi a besoin d'aide, après tout. Comment, sinon, pourrait-il punir tous les infâmes qui se croient au-dessus de la loi ?

— Il suffit de faire en sorte que personne ne soit au-dessus de la loi. »

L'autre fit semblant d'approuver avec un hochement de tête obséquieux.

« Très bien, monseigneur. Je garderai cela à l'esprit. Je m'en souviendrai la prochaine fois que vous ferez appel au bras séculier pour prononcer une condamnation à mort qui relèverait de votre juridiction. Lorsque vous voudrez éviter que votre main ne soit souillée par l'assassinat, la mienne le sera. Celle-ci ! s'exclama-t-il en levant la main droite qui brandissait l'arme redoutable.

— Très bien, sire. Je ne veux pas vous juger. Je me limiterai à cacher ce heaume qui vous fait ressembler à un diable et cette hache qui dégouline du sang de tant de victimes, comme d'habitude. Ensuite je vous confesserai. Je vous accorderai l'absolution. Et devant tous les autres, je serai en désaccord avec vous.

— Vous agirez ainsi pour votre bien, le mien et celui de la France. »

Simon Matifort renonça à toute objection. Il savait bien que les victimes de Lanius n'étaient pas de pauvres innocents sans amis haut placés, mais des tricheurs, des ennemis du royaume, des escrocs du plus haut niveau et d'infâmes corrupteurs d'enfants. Du bois à brûler dans le feu de l'enfer que le roi, déguisé, prenait soin d'envoyer à Satan soigneusement coupé en petites bûches.

Paris était paralysé par l'horreur de ces découvertes ; pendant quelque temps, même les pires voyous filèrent droit.

« Quel était le nom de la proie de ce soir ? demanda l'évêque. De quel sang vos mains consacrées sont-elles souillées ? »

L'autre ne répondit pas, mais ôta son casque de

bronze et le jeta dans la paille. L'évêque avait eu la prévenance de lui faire trouver dans l'étable une bassine remplie d'eau chaude, afin qu'il puisse se laver du sang et de la sueur. Elle était froide désormais, mais il eut un frisson d'énergie quand il la sentit couler à flots sur ses cheveux et sa poitrine nue.

« Je n'ai tué personne, dit-il doucement, comme s'il avouait une défaite.

— Et vous le dites sur un ton si frustré ? Vous devriez en être content. Louez le Seigneur !

— Et si j'avais commis une erreur ? Si l'homme que j'ai laissé s'échapper me portait un jour le coup fatal ?

— Vous l'avez épargné. Il vous en sera certainement reconnaissant. »

Revêtu de la courte tunique de daim qu'il portait pour chevaucher dans la forêt, Philippe IV avait de nouveau l'aspect rassurant d'un cavalier. En sortant dans la rue dans cet appareil, il pouvait être un noble revenant d'une fête avec des amis, ou sortant d'un lit tiède et clandestin. Il enfila les gants qu'il avait cachés sous la mangeoire.

« Au cours de mon apprentissage, monseigneur, le précepteur m'a fait apprendre par cœur de nombreux passages du *De bello gallico*. Savez-vous pourquoi ?

— Voulez-vous me le dire ?

— C'est une question de stratégie. César fut le seul qui mit au cou des Français le joug de la domination étrangère, il me fallait donc connaître à la perfection sa façon de penser. Je l'ai fait. J'ai étudié et appris. Mais je ne suis pas du tout convaincu que le vainqueur des Gaulois ait vraiment été si sage.

— Voulez-vous dire qu'il a été naïf ?

— Non. Mais il a pardonné à ses ennemis.

— Bien sûr. Il s'est montré magnanime.

— Et il est tombé sous vingt-trois coups de couteau.

Être vulnérable est un luxe que je ne peux pas me permettre. Pas maintenant, au moment où le salut de mon peuple est en jeu. Je ne le tolérerai pas !

— Mais alors… Si ce garçon peut être si nuisible au bien du royaume, pourquoi l'avoir épargné ?

— Je ne sais pas, admit-il. Peut-être que je vieillis. Dans tous les cas, cela ne représente plus une menace. Il a disparu pour toujours.

— Mon Dieu ! Les loups l'ont-ils dévoré ?

— Pire, monseigneur. Il a frappé à la porte des Templiers. »

3

La nuit mourait en prenant les couleurs d'une aube glaciale. Une épaisse couche de brouillard se levait sur la terre brûlée, donnant aux étendues désolées des champs l'apparence d'une lande de l'enfer.

Raoul Quarre tremblait en attendant d'exhaler son dernier souffle. Nu, agenouillé sur les pierres. Les mains jointes, la tête penchée, il pensait que mourir de froid n'est pas si douloureux, d'après ce que l'on disait. D'abord on souffre de la morsure atroce de la glace dans tous les membres, mais rapidement un engourdissement doux et apaisant infiltre les sens, et la vie qui s'écoule hors du corps est comme un sommeil dans lequel on glisse lentement. C'est mieux ainsi, se dit-il, mais que ce soit rapide !

Plusieurs coudées au-dessus de sa tête penchée et vaincue, deux hommes l'observaient depuis une fenêtre de la tour. Leurs regards rivés sur lui exprimaient des opinions divergentes.

« Cette torture doit-elle durer longtemps ? demanda le trésorier. Il mourra de froid. Nous aurions aussi bien pu le laisser dehors et attendre qu'il se fasse tuer ! »

À ses côtés, un petit homme, pâle, ascétique, arborait une grande croix d'or brillant sur la poitrine. Il donnait l'apparence, renforcée par son visage osseux, d'un être profondément spirituel, se nourrissant à peine, oublieux des choses de ce bas monde. Ses yeux étaient grands et immobiles, souvent perdus au loin dans une intense réflexion. Frère Hugues de Pairaud était le second dignitaire dans la hiérarchie du Temple, et ne répondait qu'aux ordres du chef suprême, le grand maître ; le ton rêche utilisé par le trésorier, un subordonné, l'irrita comme s'il avait frôlé un bouquet d'orties.

« Vous avez raison, de Tour, répliqua-t-il sans perdre son calme. Il aurait peut-être mieux valu le laisser mourir dehors. Vous l'avez accueilli sans demander mon consentement. Je vais devoir vous infliger une punition pour cela. »

Piqué au vif, le trésorier encaissa le coup.

« J'ai agi dans l'intérêt de notre ordre, Excellence ! Je ne fais jamais rien si ce n'est pour rendre le Temple plus grand et plus puissant, vous le savez.

— En quoi devrait-il nous être utile ?

— Ce garçon est l'intendant de Jean Dixmier. Il a joué l'intermédiaire entre son maître et le Catalan. Il a vu le vieil homme travailler. Dois-je ajouter autre chose ? persifla le trésorier.

— Le Temple n'a pas besoin de lui. Ni des secrets que garde le Catalan. »

Le trésorier était farouchement en désaccord, mais il était face à un supérieur ; il devait trouver les bons mots et le bon ton pour ne pas paraître offensant.

« Vous sous-estimez la gravité du moment, Excellence, dit-il. Philippe IV a enlevé au Temple le Trésor de France. Ce n'est pas bon signe.

— Les relations de notre ordre avec le souverain sont très cordiales.

— *Vos* relations avec Sa Majesté sont excellentes,

plus exactement. Mais qu'en est-il du grand maître ? Vous savez très bien qu'il y a une brouille de longue date entre eux, et les choses ne se sont certainement pas améliorées récemment. Cette situation m'inquiète. »

Pairaud le regarda de biais.

« Et ce garçon nu dans le froid est selon vous utile à la cause ?

— Certainement, Excellence. L'intendant de Dixmier a découvert le jeu de son patron. Vous savez que Philippe IV s'est mis en tête de frapper une pièce d'or de grande valeur, comme celle que le bon roi Louis IX avait émise en son temps. En faisant cela, il voulait donner l'impression que la France vivait un moment de grande prospérité économique ; mais ce n'est qu'un rideau de fumée, c'est cacher les lourdes dettes de l'État sous la lueur de l'or fin. Nous savons très bien que le roi n'avait pas les ressources nécessaires pour produire cette pièce, mais il l'a fait. Cela signifie qu'il doit avoir commis un délit d'une portée monstrueuse, et si le pape Boniface découvre la fraude, il ne pourra que l'excommunier ! »

Le visage de frère Pairaud s'assombrit.

« Ce serait une catastrophe pour la France.

— Pour nous également, Excellence. Le Temple a quitté la Terre sainte depuis des années, nous n'avons plus en Orient que le quartier général de Chypre où Molay fait la loi avec la poignée de fanatiques qui le suivent. L'avenir du Temple est maintenant en Occident. Nous sommes les banquiers du pape et nous servons les monarques chrétiens comme médiateurs. Notre destin est étroitement lié à celui de la France, le royaume le plus grand et le plus puissant du monde chrétien. Vous devez donc agir, messire. Prenez en main la situation, prenez de l'avance. Faites en sorte que le pape comprenne et pardonne Sa Majesté ! »

Hugues de Pairaud passa la langue sur ses lèvres sèches avec perplexité.

« Vous avez donc accueilli ce garçon parce que vous le considérez comme une arme précieuse, de Tour.

— Oui, Excellence. Raoul Quarre ne ment pas : il a vraiment travaillé à la Monnaie où l'agnel d'or a été frappé. Il a sûrement recueilli des preuves de l'infraction commise par Philippe IV. Lui offrir un refuge, c'est pouvoir le contrôler. Pour pouvoir l'utiliser si nécessaire.

— Vous parlez de lui comme s'il était une arme affûtée que vous vouliez mettre entre mes mains, de Tour. Mes pauvres et faibles mains », ajouta Pairaud avec un soupçon de malaise dans la voix.

Certains jours, la charge énorme que le destin avait placée sur ses épaules était un poids insoutenable : frère Pairaud était *Visitator Franciae*, et gardien du Temple en Occident, alors qu'il n'y avait plus depuis longtemps de gardien de l'Orient puisque la vengeance des Sarrasins avait été terrible et implacable. Puisque le chef suprême de l'Ordre restait presque toujours cantonné à Chypre, s'entêtant à échafauder des projets illusoires de croisade, les choix du frère Pairaud pouvaient affecter l'avenir de tous les Templiers.

Le trésorier le savait ; il le regarda avec une admiration sans bornes.

« Vos mains ne sont pas du tout faibles, Excellence : en fait, elles savent tisser des intrigues très habiles. Je ne connais qu'un seul homme dans toute l'Europe qui égale vos qualités exceptionnelles de médiateur : le cardinal Pietro Valeriano Duraguerra, qui dirige la diplomatie papale. L'Occident chrétien vous considère tous deux comme ses deux piliers porteurs. Vous êtes des géants qui dominent un vaste essaim de nains. À côté de votre sagacité, le grand maître n'est rien d'autre qu'un va-t-en-guerre, un incompétent à l'esprit embrumé par des idéaux morts et enterrés !

— Modérez vos expressions, trésorier. Ne proférez pas de propos offensants contre le chef de notre ordre, ou je serai obligé de vous punir sans appel, cette fois. »

Le trésorier baissa la tête par devoir, non par regret de ce qu'il venait de dire.

« Je vous demande pardon, Excellence. Je garderai pour moi le jugement que je porte sur le compte de Molay, mais vous savez que beaucoup de frères le partagent. Et vous savez que je vous suis fidèle. Il y a onze ans, lorsque la ville d'Acre a été perdue, j'ai usé de mon autorité pour convaincre l'Assemblée de vous élire grand maître.

« Vous aviez le soutien inconditionnel du roi de France, qui vous estime, et j'aurais pour ma part fait peser mon rôle de trésorier à votre avantage. Le pouvoir de l'argent est réel et j'avais d'innombrables alliés qui m'étaient débiteurs pour les faveurs que je leur avais concédées. Tout ce que j'ai construit, je l'aurais mis à vos pieds, mais vous n'avez pas voulu. Pourquoi vous y êtes-vous opposé ? Je n'ai jamais pu comprendre votre choix !

— Vous êtes habile avec les chiffres, de Tour. Moins avec les gens. Quand Acre est tombé, le parti de Molay était en position de force et l'affection de Philippe IV à mon égard beaucoup plus tiède que vous ne le supposez. Chaque chose en son temps. Si Dieu le veut, je prendrai le destin du Temple entre mes mains le moment venu. »

De Tour se rapprocha, ses yeux pétillaient.

« Ce moment est peut-être arrivé, Excellence. Le garçon qui souffre en ce moment est un cadeau de la Providence. Utilisez-le ! Faites savoir au roi que nous avons ce témoin, mais que nous ne l'utiliserons pas pour révéler la fraude. Au contraire, le rôle du Temple sera de servir de médiateur avec le pape. Allié et fidèle à la couronne de France, comme par le passé. Si Sa Majesté veut se montrer aussi bienveillante que l'était son grand-père le saint roi, cela va sans dire.

— Cela ressemblerait à du chantage, fût-il habile.

— Ce n'est pas un chantage, Excellence. Mais une négociation d'égal à égal. »

Séduit malgré lui par les arguments du trésorier qui, du reste, ne manquait pas d'une certaine perspicacité, le gardien ordonna que l'épreuve du nouveau venu prenne fin. Raoul Quarre fut relevé, remis sur pied, conduit dans les cuisines où deux sergents frottèrent ses membres engourdis avec de l'huile de cannelle et lui firent respirer du camphre pour calmer sa toux. Ils l'habillèrent des vêtements de novice et lui firent boire du vin chaud sucré et épicé. Une demi-heure plus tard, ayant repris des forces, Raoul fut mis en présence du gardien.

« Tu peux relever la tête et me regarder », dit Pairaud.

Raoul Quarre, de nouveau à genoux, se sentait étrangement engourdi par les souffrances qu'il venait d'endurer, mais en même temps mentalement renforcé.

« As-tu compris le sens de l'épreuve ?

— Non, Excellence. Je croyais que c'était une punition.

— Dans notre ordre, l'obéissance absolue est de rigueur, mon fils. Quiconque y est admis doit pouvoir abandonner toute volonté et obéir aveuglément à ses supérieurs. Peu en sont capables. Nous les mettons rigoureusement à l'épreuve avant de les admettre dans les rangs du Temple.

— Je suis prêt à affronter tout ce que vous voudrez m'infliger.

— On verra ça, dit sèchement Pairaud. Quiconque nous observe de l'extérieur voit en nous des hommes puissants, membres d'un ordre très riche. Nous avons de beaux chevaux et de puissantes forteresses ; mais les gens ne savent rien de ce que nous devons endurer. »

Le ton mystérieux et quelque peu lugubre de ces mots étonna Quarre, et pendant un instant sa conviction vacilla. Mais avait-il le choix ? Hors du Temple, une mort certaine l'attendait.

« Avec l'aide de Dieu, je résisterai à tout », dit-il, s'armant de courage. Pairaud aimait l'état d'esprit du garçon ; il avait du cran et la juste dose de perspicacité qui avait toujours été précieuse dans les rangs des Templiers.

« Ce que tu as dit sur le Catalan est vrai ?

— Oui, Excellence. J'ai agi comme intermédiaire entre le vieil homme et maître Dixmier.

— Et tu as assisté aux travaux du Catalan ? Je trouve cela étrange, Arnaud de Villanova est très jaloux de ses secrets. » Raoul Quarre sentit ses lèvres trembler : ce n'était pas le moment de tricher.

« Non, Excellence. J'ai menti pour sauver ma vie. J'implore votre pardon. Que pouvais-je faire ? Je me sentais perdu... »

Le gardien de l'Occident leva la main pour stopper net toute forme de pleurnicherie. Il détestait les lâches et les indécis.

« Qu'as-tu vu, concrètement ?

— Un livre, Excellence. Un jour, je suis entré dans sa maison ; il était assoupi. Le livre était là, ouvert sur une table. Il y avait des images étranges, tellement étranges que... j'ai regardé. Je sais ce qu'est l'*Abraxas*. Je sais que c'est la source de votre puissance. »

Frère Pairaud porta instinctivement la main sur la

croix d'or sur sa poitrine, la serra fermement, comme s'il en émanait une force spirituelle assez puissante pour le soutenir dans ce moment difficile.

« Voudrais-tu le voir, mon fils ? »

Raoul Quarre écarquilla les yeux.

« Oh oui ! Mon Dieu, Excellence…

— Fais attention à ce que tu réponds, l'avertit-il. Tu as encore le temps de reprendre ta vie si tu veux. Mais une fois le pas franchi, le choix deviendra irrévocable. Tu seras un serviteur et un esclave du Temple pour toute ta vie. Tu ne pourras jamais revenir en arrière. Jamais ! »

Le silence tomba sur ces mots, comme sur une condamnation à mort.

4

La Grande Salle, cœur du Palais-Royal sur l'île de la Cité, était un sanctuaire profane où l'on célébrait scrupuleusement le culte du pouvoir laïc du roi Philippe IV, qui l'avait conçue et construite. Longue de soixante-dix pas et large de trente, elle était divisée en deux grandes nefs à voûtes croisées, ornées de huit piliers imposants, dont chacun soutenait la statue polychrome grandeur nature d'un souverain de France.

Pour construire ce nouvel édifice gigantesque au centre de Paris, le roi avait exproprié de nombreuses parcelles appartenant au duc de Bretagne, il avait démoli des maisons privées et des taudis, défriché et labouré des terres, monté des murs, employé une armée d'artisans divers et d'artistes. Il avait assurément donné beaucoup de travail aux ouvriers de la ville. La salle des Gendarmes, qui se trouvait à côté, était bien plus simple mais tout aussi vaste. Sous ses voûtes logeait le corps de la garde royale ; elle pouvait accueillir, si c'était nécessaire, les deux mille personnes qui travaillaient quotidiennement au service du roi et de sa cour.

S'y trouvait une table monumentale en marbre noir provenant de Rhénanie, que le roi faisait dresser pour des banquets solennels quand il recevait des invités d'État. De temps en temps, elle était également ouverte au peuple, qui fantasmait sur le grand cerf de bronze et la peau de crocodile, des trophées de chasse rapportés de la première croisade par Godefroy de Bouillon.

Pièce maîtresse de ce sanctuaire civil, fidèle à son rôle, Philippe IV lui-même se laissait admirer.

Il apparaissait aux visiteurs, français ou étrangers, dans un magnifique surplis de soie bleue de la même teinte que le drapeau français, sur une longue tunique taillée dans un inestimable damas pourpre ; et par-dessus, porté sur l'épaule à la manière des anciens rois, un manteau de velours bleu, sombre et brillant comme une nuit d'été. Plus qu'un habit, c'était une livrée, l'uniforme officiel de la grandeur française, qu'il portait avec l'abnégation d'un martyr dévoué à la cause.

Les traits de son visage jouaient en sa faveur. Le nez était petit et droit. Les pommettes hautes et prononcées et le front large lui conféraient une expression d'ouverture et de courage. Sur sa bouche parfaitement ourlée se dessinait une moue de froide cordialité, si souvent affichée qu'elle était devenue immuable. Un visage magnifique et parfaitement inexpressif, comme le sourire de ces anciens princes païens dont le sarcophage émerge parfois dans la campagne d'Étrurie. Les mauvaises langues disaient que certes, il ressemblait à un ange, mais à un ange rebelle, et que les stries violettes visibles sous ses yeux ce matin-là résultaient d'une nuit sans sommeil passée à méditer qui sait quels malheurs.

Philippe IV, le roi de marbre et de fer, n'était pas un homme mais une représentation sacrée. Un mystère tout entier contenu dans le corps d'un seul être. Il était là pour présider un banquet, pourtant il se tenait assis droit comme un cierge, les jambes légèrement écartées, les mains mollement posées sur les accoudoirs du trône, le cou droit au fil à plomb, le regard curieux et redoutable qui inspirait déjà la crainte par sa couleur irréelle. Petit-fils de Saint Louis du côté de son père, et de sainte Élisabeth de Hongrie dans la lignée maternelle, il sanctifiait chaque repas en demandant à un religieux de lui lire des passages des Saintes Écritures entrecoupés de prières.

« *Pater noster, qui es en caelis…* »

En réalité, les personnes présentes ne lui prêtaient pas beaucoup d'attention, occupées qu'elles étaient à manger et à parler de politique. Le clerc le savait, et il interrompait la lecture ou les prières au bon moment, afin qu'ils le remarquent à temps pour répondre « Amen ! ».

Philippe IV lui-même semblait ne pas l'écouter ce jour-là. Il fixait un groupe de corbeaux qui s'étaient perchés devant la grande fenêtre : ces oiseaux hideux, qui se nourrissaient de cadavres ou de mourants, picoraient effrontément le verre, comme s'ils réclamaient avec impatience leur macabre repas. Ils le fixaient, menaçants, avec des mines d'usuriers sinistres et affamés.

« Que Ta volonté soit faite, sur la Terre comme au Ciel… »

Personne à part lui n'avait remarqué ces corbeaux ; le spectacle qui s'offrait à la vue des convives, celui de Sa Majesté, l'homme si timide et si jaloux de lui-même qu'il préférait manger seul dans sa chambre, captait l'attention de tous. Il était une idole faite de matériaux précieux, d'or, d'ivoire et de saphir, la statue d'un saint descendu de l'empyrée par quelque prodige pour répandre la bénédiction de sa lumière sur le peuple français.

Seigneur de toute cette magnificence, Philippe IV regardait par-delà la fenêtre. Les corbeaux étaient partis.

Non loin de là, on pouvait apercevoir les toits rouges de la Chambre des comptes. Siège du Parlement, ministère des Finances.

« Donne-nous notre pain quotidien, et remets-nous nos dettes, comme nous les avons remises à nos débiteurs. »

Nos dettes.

Au fond de son cœur, le roi de fer tremblait. Et il priait sincèrement pour que quelque chose ou quelqu'un vienne le sauver.

Le sauver, même si cela devait sonner sa fin en ce bas monde. Même s'il ne le méritait pas. Car il avait cette odieuse propension à tout garder à distance, s'enfermant dans les malheurs de l'État comme dans une forteresse inexpugnable, au sein de laquelle même les sentiments les plus chers ne pouvaient entrer.

Jeanne de Navarre, reine consort de France, n'était pas sûre de compter parmi les sentiments les plus chers que couvait le cœur de son mari ; à condition, bien sûr, qu'il ait réellement un cœur humain !

Elle était prête à tout par amour pour lui, même au sacrifice extrême. Le problème, c'était cette incertitude, cette impossibilité de comprendre quel énième problème le troublait à ce moment précis, sachant qu'il ne laisserait transpirer le moindre indice. Aux yeux du monde il était serein, olympien ; Jeanne, elle, pouvait lire dans son cœur sans se tromper.

Qu'est-ce qui pouvait le tourmenter autant ?

Peut-être la mission du prince de Valois, parti en Italie et resté depuis des mois à Florence pour une affaire dont nul autre que le roi ne connaissait la nature exacte ? Il y avait aussi l'épineuse affaire du Catalan, le savant brillant et atrabilaire qui avait vécu à Paris deux ans plus tôt, menant des expériences scientifiques audacieuses pour le souverain. Le roi avait tenté l'impossible pour le ramener en France, mais le vieil homme, subitement arrêté sous l'accusation de sacrilège, avait fait appel au pape. Grâce au souverain pontife, il avait été libéré, l'avait rejoint à Rome et s'était installé au Vatican, où il était tenu dans la plus haute estime. Aucun des innombrables efforts déployés par Philippe IV pour le faire revenir n'avait payé jusqu'à présent. Il n'y parviendrait peut-être jamais ; il le sentait, et cette frustration créait en lui un déchirant sentiment de défaite.

Mais pourquoi voulait-il qu'il revienne ? Pourquoi avait-il besoin précisément d'Arnaud de Villanova ? N'y avait-il pas tant d'autres savants illustres qui auraient tout fait pour recevoir une invitation du monarque le plus puissant du monde chrétien ? Jeanne éprouvait un besoin ardent de se libérer, de confier ses douleurs à une âme amicale ; et dans ce nid de vipères qu'était la cour du Louvre, il n'y avait qu'une seule personne exempte de cynisme et de méchanceté. La seule qui l'aimait vraiment : Gilla de Lievroifontaines, la vieille dame qui en son temps avait nourri au sein la future reine de France.

Dès qu'elle le put, Jeanne, qui présidait au banquet au côté de son mari, quitta sa place. Elle gagna l'aile du Louvre réservée à ses appartements, où elle se dirigea hâtivement vers la chambre de la vieille nourrice. Mais approchant du seuil de sa porte, elle perçut un discret chuchotement venant de l'intérieur de la pièce. Dame Gilla n'était pas seule. Elle glissa un œil derrière le battant resté entrouvert et vit, debout, la silhouette digne et un peu potelée de la baronne Galard.

« Dame Gilla, puis-je vous parler un moment ? » demandait la dame. La vieille nourrice de la reine leva les yeux de la broderie sur laquelle elle travaillait.

Marie de Caumont, épouse du baron Pierre Galard, qui commandait les gardes du Louvre, avait des manières un peu bourrues mais avait pour la reine une affection sincère. Peut-être parce que Jeanne avait bon cœur, peut-être parce que la baronne Galard n'était, comme elle, pas originaire de Paris, mais du sud de la France, et que dans cette ville du nord au climat rude, elle se sentait un peu en pays étranger.

« Je vous en prie, baronne. Voulez-vous me tenir compagnie ? »

La dame s'approcha en se mordant la lèvre.

« Dame Gilla, je dois vous faire une confession.

— Mais baronne, est-ce que je suis un prêtre ? Allez à la Sainte-Chapelle, vous trouverez certainement quelqu'un de plus adéquat ! » Marie Galard n'était pas d'humeur à plaisanter, et dame Gilla le comprit immédiatement.

« Est-il arrivé quelque chose ? demanda-t-elle, changeant de ton.

— Malheureusement, oui. » Marie Galard baissa les yeux avec pudeur. « Je dois vous parler d'un fait malheureux. Il vous faudra l'annoncer à la reine de la manière qui vous semblera la meilleure. »

Elle dit cela de façon si dramatique que dame Gilla se leva, posa son ouvrage sur la table et alla vers elle. Elle l'invita à s'asseoir sur un banc.

« Parlez, Marie. S'il vous plaît. Vous m'inquiétez ! »

La baronne lui porta un regard où se lisait le malaise, mêlé d'affection et de regret sincère.

« Dame Gilla, peu après l'aube, je suis descendue dans le jardin. Connaissez-vous ce coin discret où se trouve la fontaine aux chevaux de bronze ? J'y vais souvent tôt le matin me promener.

— Très bien, ma chère. Mais que s'est-il passé ? Vous avez si triste mine… »

Marie Galard ferma les yeux un instant, cherchant les mots justes.

« Ce matin, dame Gilla, cet endroit n'était pas désert comme d'habitude. J'ai entendu deux voix chuchoter derrière une haie de lauriers. Il y avait une femme qui sanglotait, elle semblait désespérée. Un homme la consolait en lui murmurant des mots chaleureux pleins de tendresse. Je ne pouvais pas comprendre ce qu'ils disaient, bien sûr, ni savoir de qui il s'agissait. Les pleurs de la femme m'ont émue, je me suis demandé si elle avait des ennuis, et si par hasard je pouvais lui être utile. Mais je ne voulais pas paraître indiscrète, voilà... Bref, un homme et une femme seuls !

— Fort bien, Marie. Et ensuite ?

— Je me suis approchée lentement de la haie, sans faire de bruit. Je voulais jeter un coup d'œil pour savoir de qui il s'agissait. Si j'avais découvert qu'ils étaient mari et femme, je me serais immédiatement retirée, car ce n'était pas mes affaires. De même si j'avais compris que c'étaient deux amants. J'ai donc écarté les branches de la haie, et je les ai vus. »

Le ton de sa voix, digne d'une intrigue amoureuse, avait excité l'esprit cancanier de dame Gilla, qui, bien que femme de cœur, était née, avait été élevée et avait vieilli à la Cour.

« Qui étaient donc ces deux-là ? » demanda-t-elle avec un sourire malicieux. Dame Galard détourna son visage enflammé par l'embarras.

« Ils étaient si proches, dame Gilla, murmura-t-elle. Il posait des baisers sur ses cheveux, et lui disait : “Je serai toujours là pour toi !”

— Oui, c'est bon... mais qui était-ce ? insista la vieille nourrice de la reine.

— La comtesse Mathilde d'Artois », répondit la baronne.

Dame Gilla leva les yeux au ciel d'un air de compassion.

« Je sais que la comtesse a fait une fausse couche il y a quelques jours. Elle a beaucoup souffert. Elle a des filles, et espérait tellement l'arrivée d'un garçon.

— J'ai pensé la même chose, dame Gilla. L'homme qui la consolait était sincèrement attristé et partageait sa douleur. Bref, tout suggérait qu'il était le père de cet enfant. Mais ce n'était pas son époux légitime. »

Marie Galard ne dit plus rien. Son silence lugubre, ses yeux fixés sur ceux de la vieille dame pour l'implorer de trouver seule la vérité sans la forcer à parler ouvertement, conduisirent dame Gilla au plus terrible soupçon.

Il n'en fallut pas plus, la nourrice de la reine avait compris. Elle se leva vivement, posa ses mains sur son visage et arpenta la salle avec agitation. L'affaire n'était pas un mystère pour elle ; ce qui l'inquiétait, c'était l'aspect public de cette situation désolante.

« Oh mon Dieu ! murmura-t-elle avec consternation. Je ne peux pas le croire ! Dans les jardins du château ! En plein jour…

— Dame Gilla, je suis prête à croire que Sa Majesté voulait consoler la comtesse qui pleurait cet avortement. Si je n'avais pas senti avec quelle tendresse il lui parlait, si je n'avais pas vu de mes yeux avec quelle force il la serrait… Il faut trouver un moyen d'avertir la reine. Avant qu'elle ne l'apprenne par d'autres, par quelque sinistre chacal qui jouira de rapporter la chose et lui faire du mal. »

Gilla de Lievroifontaines fixait le vide devant elle, étourdie et indécise sur ce qu'il fallait faire.

« Peut-être exagérez-vous, tenta-t-elle de dédramatiser, peut-être que la tendresse que vous avez cru voir n'était que de la gratitude de la part du roi, pour le soutien politique que la comtesse d'Artois lui a toujours garanti. »

Ses yeux brillaient à l'idée que cette hypothèse à laquelle elle voulait croire de tout son être était la bonne ; mais le regard désolé de la baronne était propre à tuer dans l'œuf l'espoir le plus tenace.

« Dame Gilla, nous pouvons nous tromper toutes les deux, dit-elle, mais pour l'amour de la reine, le fait doit lui être rapporté. Il faut trouver la bonne manière, sans dramatiser mais sans minorer. Il se peut, par ailleurs, que je n'aie pas été seule dans le jardin. Cet endroit est également visible depuis la loggia, et qui sait combien d'yeux indiscrets pouvaient se trouver là !

— Vous avez raison, Marie, gémit dame Gilla, Jeanne est forte, ma petite Juanita en a enduré d'autres. À l'heure actuelle, cependant, ses relations avec le roi ne sont pas bonnes. Elle soupçonne depuis longtemps que Mathilde est sa maîtresse. Et maintenant, il sort à découvert, il se montre seul avec elle, la prend dans ses bras dans les jardins !

— Il y a le risque qu'il l'installe en permanence ici au Louvre », ajouta tristement la baronne, même si son interlocutrice était parfaitement consciente de cette éventualité dramatique.

Dame Gilla se rassit et dame Galard lui prit les mains entre les siennes.

« Merci, Marie. Je sais que tu aimes Jeanne comme je l'aime. Tu dois m'aider. Essayons de la convaincre de quitter la Cour pendant quelques jours. Nous pourrions aller vénérer la relique de la sainte tunique de la Vierge Marie à Chartres ! Nous lui dirons la vérité peu à peu, en cours de route. Et quand nous reviendrons, Jeanne aura peut-être encaissé le coup. »

Marie Galard semblait peu convaincue par ce bel optimisme.

« Au moins, dame Gilla, à notre retour, le fait que Mathilde soit devenue la maîtresse officielle du souverain ne sera plus une nouveauté. La Cour est ainsi faite, elle se nourrit de bavardages. Au début, c'est le tonnerre et la foudre, on croirait la fin du monde ; mais après l'agitation, une fois la chose connue, personne ne s'en soucie plus ! »

Les deux femmes convinrent que le plan était bon et se mirent à organiser les détails.

Dissimulée derrière la porte, Jeanne de Navarre les écoutait. Elle les écoutait, et sentait que quelque chose en elle mourait pour toujours.

5

La lame brillait dans la faible lumière, tranchante comme un rasoir. Il suffisait d'un geste. Rapide, définitif. Un seul geste, mais exécuté par la main ferme d'un vétéran qui n'hésite pas, ni ne doute. Sinon tout serait perdu. La patience, l'attente, les semaines de travail s'évanouiraient misérablement en fumée.

Cela ne se produirait pas. Il n'y avait aucun danger : l'homme qui tenait ce mortel couteau de chasse effectuait personnellement la délicate opération de retirer les points de suture, et n'avait jamais fait confiance à quiconque pour cela. Surtout lorsqu'il s'agissait de ces rapaces rarissimes qui coûtaient une fortune, pour la plupart offerts par des personnages puissants dont il ignorait tout si ce n'est qu'ils régnaient aux confins extrêmes de la Terre. Comme ce précieux spécimen de gerfaut blanc envoyé deux mois plus tôt par l'évêque de cette île isolée au cœur de l'océan que les Norvégiens appellent Terre-Neuve.

C'était un oiseau magnifique, deux fois plus grand qu'un faucon commun, et malgré un bec et des serres impressionnants, il semblait avoir un caractère étrangement docile. Le plus étonnant toutefois était la clarté absolue du plumage, créé par Mère Nature pour se fondre dans les étendues perpétuellement enneigées de son environnement, semé de rares petits plumetis bruns. Philippe le Bel adorait ce gerfaut et s'enorgueillissait ouvertement de la rapidité avec laquelle l'oiseau répondait à son jeu d'entraîneur habile et rusé.

Il y avait un mois qu'il avait cousu les paupières intérieures de l'oiseau, de ses propres mains, en utilisant un fil de soie passé dans le chas d'une fine aiguille à la pointe courbée.

Les rapaces craignent le visage de l'homme, en sa présence ils sont saisis d'une peur mortelle qui les incite à fuir. Il faut donc les soumettre à cette cruelle ciliure avant de leur couvrir la tête avec un chaperon : les yeux bandés, ils se familiarisent avec le maître et s'habituent jour après jour à son odeur.

Assise en silence sur un tabouret derrière lui, presque une ombre dans la pénombre de la pièce, la reine Jeanne n'était pas du tout surprise que le gerfaut fût docile et prêt à répondre aux commandes de son instructeur. L'oiseau de proie était une femelle, elle ne pouvait échapper au sortilège que déchaînait l'odeur de ce corps masculin, mélange d'encens et de myrrhe, de lavande et de résines sylvestres auxquels s'ajoutaient les notes douces et vigoureuses de son empreinte olfactive personnelle.

Ces essences racontaient l'histoire de sa vie, et le roi aimait toujours les avoir sur lui car elles lui inspiraient de bonnes pensées. L'encens et la myrrhe, don des mages à Jésus-Christ, lui rappelaient la mission royale sacrée que Dieu lui avait confiée, et le sang des saints qui pulsait dans ses veines. La lavande imprégnait les vêtements de sa grand-mère Marguerite de Provence, qui l'avait élevé avec la tendresse d'une mère ; quant aux résines de bois, elles représentaient un vice, une transgression, le désir jamais assoupi d'une évasion irrévocable de ses nombreuses, trop nombreuses charges. Chaque fois qu'il le pouvait, il s'égarait dans les forêts pour oublier la masse des gens qui l'entouraient et la servitude de ses fonctions. Une fois seul, enfin seul, il coupait une branche de pin ou de sapin et la façonnait de ses propres mains, taillant des figurines de crèche ou d'amusantes caricatures de personnages de Cour.

Dans ces moments-là, il était interdit à quiconque d'être près de lui. Personne ne devait savoir, même le prêtre en confession, que le roi de France utilisait ses mains, ces mains consacrées par lesquelles Dieu dispensait au monde le miracle de la guérison, pour sculpter le bois comme le font les paysans, les charpentiers ou autres catégories d'humbles plébéiens.

Seule Jeanne était admise à cet inhabituel rite cathartique par lequel Philippe IV se libérait temporairement de sa royauté, comme elle était la seule autorisée à le regarder pendant qu'il effectuait l'opération cruciale de ciliure de ses faucons. Ce jour-là, il l'avait cherchée. Il l'avait fait venir juste pour s'asseoir derrière lui, pour le regarder travailler en silence. C'était comme si sa présence discrète avait un pouvoir lénifiant sur les nerfs du roi, comme si elle pouvait le détendre en lui offrant l'harmonie parfaite dont ses mains avaient besoin pour être aussi sûres que celles du chirurgien le plus habile.

Elle s'était illusionnée par le passé : elle avait cru qu'il ouvrait une brèche dans son besoin désespéré de solitude parce qu'il l'aimait. Qu'il voulait, en somme, lui faire une place dans son intimité, qu'il protégeait jusqu'à l'obsession, car il considérait qu'ils faisaient un tout. Quelle folie !

Maintenant, Jeanne pleurait sur sa propre naïveté. Si le roi avait réclamé sa compagnie, s'il l'avait appelée, c'était sans doute parce qu'il voulait quelque chose d'elle. C'était une torture insupportable de s'asseoir là en silence, alors que son âme nourrissait une furieuse envie de hurler, de le gifler, de lui demander des explications sur son comportement indécent qui alimentait les ragots de la Cour.

Mais cela n'aurait pas été avisé : Jeanne avait appris à lui tenir tête pendant toutes ces années à ses côtés. Elle savait qu'elle devait aborder la conversation en retenant sa colère : pas d'accusations ni de plaintes, juste une invitation à être plus prudent dans l'intérêt de sa renommée et de la famille royale. Qu'il la trahisse, passe encore, et que Dieu précipite Mathilde d'Artois dans les flammes de l'enfer ! Mais il ne devait jamais oublier qu'il était un homme consacré, le petit-fils de Saint Louis ! Et le pauvre comte d'Artois ? Avait-il pensé à lui ? C'était un gentilhomme, qui allait jusqu'à veiller à se tenir le plus loin possible de Paris. Un gentilhomme, bien sûr, mais pas une marionnette ; on ne pouvait pas l'humilier au point d'en faire ouvertement le premier cocu de France !

Jeanne ouvrit la bouche dans un effort suprême de maîtrise de soi, mais sa fermeté faiblit immédiatement. Que lui importait sa réputation ? À quoi bon essayer de sauver les apparences, alors que son cœur saignait abondamment et que l'idée qu'il appartenait désormais à une autre lui ôtait la volonté de vivre ? L'imaginer au lit avec Mathilde, imaginer tous les subterfuges que son esprit brillant mettait en œuvre pour donner un avenir à cette relation clandestine, c'était pour Jeanne comme plonger son regard dans le puits sans fond de l'absence, et éprouver un insidieux soulagement à l'idée de s'y précipiter.

Lorsqu'elle sentit le picotement des larmes aux bords des cils, elle sursauta. Le roi le remarqua instantanément, même s'il avait le dos tourné, comme s'il la contrôlait par des capteurs insoupçonnés et infaillibles. Il se retourna avec la lenteur d'un prêtre qui officie, pour ne pas effrayer le gerfaut.

« J'aimerais savoir pourquoi tu m'as fait venir ici », dit-elle. Elle affichait une attitude contenue qui contrastait violemment avec le timbre étranglé de sa voix. Le souverain la regarda droit dans les yeux, ces yeux qui effrayaient tout un chacun parce qu'ils avaient le pouvoir d'une convocation, mais elle fit face au regard glacial, déterminée à lui tenir tête. Soit il lui répondait, soit elle s'en irait. Philippe IV était un homme qui avait fait de son silence un art très expressif, mais cela ne fonctionnait pas avec elle. Il se trompait s'il pensait pouvoir la traiter comme n'importe qui, car elle le connaissait bien. Qualités et défauts, vices et vertus. Jeanne pouvait surtout dessiner la carte complète de toutes les insécurités qu'il réussissait habilement à dissimuler au reste du monde. Avec elle, inutile de tricher. Le roi l'avait immédiatement compris et il alla droit au but.

« Arnaud de Villanova doit rentrer à Paris », murmura-t-il doucement. Cela ressemblait au grognement d'un fauve blessé.

« Je suis désolée, Philippe. Je ne sais comment t'aider.

— Pourtant, il y a des semaines, tu l'as fait, objecta-t-il. Tu as reçu une lettre du vieil homme. Moi, il ne m'a jamais répondu. »

Jeanne se caressa le coude, geste qui trahissait son hésitation douloureuse à cet instant. Elle était incapable de lui refuser son aide, de le laisser seul face à ses ennuis, ou au spectre des démons qu'il portait en lui depuis sa terrible enfance. Mais elle ne pouvait tout de même pas lui permettre de la traiter ainsi, avec cet opportunisme sinistre et ignoble qui ne le poussait vers elle que lorsqu'elle pouvait lui être utile. Et réserver son ardeur frémissante à cette maudite comtesse d'Artois !

« Je n'ai aucune relation avec le Catalan, répondit-elle sèchement. Ce n'est pas Arnaud qui m'a envoyé cette lettre, mais une personne qui vit avec lui à Rome. Je ne sais pas de qui il s'agit. Et je n'ai aucun moyen d'entrer en contact avec lui. »

La déception du souverain dessinait sur son visage la beauté hostile d'un archange sur le point d'exterminer l'armée des ténèbres. La voir si résistante, indifférente même, à ses exigences, le mettait hors de lui.

« Tu as obtenu une réponse du Catalan, tu peux en obtenir une autre », insista-t-il durement.

Jeanne ravala les larmes qu'elle aurait tant voulu verser, comme elle ravala les récriminations qui montaient de son cœur troublé.

« Tu as tellement de monde à ta disposition, Philippe. Des légions d'hommes prêts à anticiper chacun de tes désirs. Et des femmes prêtes à satisfaire tes volontés. Demande-leur de l'aide ! » Philippe IV encaissa ce coup de fouet au visage avec style. Il était habitué à affronter des ennemis redoutables et des amis très chers qui le poignardaient dans le dos. Il savait gérer toutes ces choses amères mais déjà vues ; y compris la jalousie de son ardente épouse. « Tu penses à la comtesse d'Artois, ajouta-t-il d'une voix neutre. La Cour est un nid de vipères. Et tu fais confiance à leurs délires. »

Il y avait un amer reproche dans ses paroles, comme s'il voulait lui faire porter le tort de ne pas lui accorder une once de confiance. Jeanne étouffa un cri de douleur : elle ne voulait pas lui donner la satisfaction de la voir désespérée telle une pauvre âme asservie qui devient folle dans son abandon. La Cour était un repaire de serpents, c'est vrai, mais la baronne Galard était une femme sincère, sa bonne foi ne pouvait être mise en doute. La reine décida de saisir son courage à deux mains.

« Était-il de toi, l'enfant que Mathilde a perdu ? demanda-t-elle d'une voix brisée. Que va-t-il se passer demain ? Auras-tu d'autres enfants avec elle ? Les reconnaîtras-tu comme des bâtards royaux ? »

Philippe IV semblait soudain aveuglé. Ses iris couleur de haute mer se dilataient sous la pression de l'orage qui grondait en lui.

« Comment oses-tu me parler ainsi ? Je suis ton mari, tu me dois le respect ! »

Aussitôt Jeanne se releva, fit demi-tour et quitta la pièce. Le roi serrait les poings si fort que ses jointures avaient blanchi ; dans un geste violent et incontrôlé, il jeta au sol tous les outils de fauconnerie posés sur la table. Le vacarme du métal et du bois brisé effraya les oiseaux de proie, qui avec des cris stridents tentèrent de prendre leur envol en se débattant contre leurs liens. Ils semblaient fous. À l'extérieur, Alphonse de la Cerda et le maître Simon le fauconnier, gardien des oiseaux de proie royaux, se précipitèrent aux fenêtres pour comprendre la raison de ce soudain pandémonium. Un rapide coup d'œil à l'intérieur de la pièce fut suffisant. « Le roi et la reine sont à nouveau en bisbille, dit le fauconnier, un grand homme rougeaud aux yeux pleins de bonté.

— Le ciel menace tempête, acquiesça La Cerda.

— Vous avez quelque chose à me dire, Votre Altesse ?

— Ce n'est pas souhaitable, dit Alphonse en fronçant les sourcils. Reste en dehors de tout ça, mon ami. Si tu veux sauver ton âme ! »

6

La Chambre aux deniers, qui sous d'autres cieux aurait été appelée Cour des comptes, se dressait en plein cœur de la Cité, non loin du palais de Sa Majesté. Depuis la loggia de ses appartements, la vue du souverain était immédiatement saisie par le rouge flamboyant des tuiles qui recouvraient les toits coniques de ses tours telles des écailles sur le corps de deux dragons jumeaux ; une exception rare au milieu de l'ardoise aux couleurs de plomb qui recouvrait les toits des quartiers nobles de la capitale. Le bâtiment abritait une légion de comptables et d'experts de la finance au service permanent de Sa Majesté ; toute la sainte journée, cette armée d'esclaves zélés ne faisait que mâcher des chiffres, des intérêts et des plus-values en capital, s'efforçant de déterminer la cabale algébrique qui permettrait au Trésor royal d'éviter l'effondrement.

Le tic-tac incessant des boules des abaques se heurtant les unes aux autres s'interrompit un instant lorsque maître Alfino de Narni entra : les comptables se levèrent comme un seul homme pour le saluer, tête découverte. Cela lui était dû en tant qu'avocat de la Chambre, et il le méritait pleinement par sa réputation d'homme intègre.

Alfino hocha la tête et rendit le salut tout en cherchant quelqu'un des yeux. Il avait soin de ne pas montrer l'angoisse qui lui tenaillait les entrailles. Son regard brilla de soulagement lorsqu'il repéra la personne qu'il espérait rencontrer. Le meilleur avocat de la capitale, après lui. Loyal, inflexible, vif dans ses jugements : le seul à qui il sentait en conscience pouvoir confier son épineuse situation.

« Merci d'être venu, Nogaret. J'espère que vous m'excuserez de ne pas vous avoir rejoint à la chancellerie. Mais j'avais besoin de vous parler loin de toute oreille indiscrète.

— Certainement », dit Nogaret tout en regardant autour de lui. Il était intrigué par la grande agitation qui régnait dans la Chambre aux deniers et par le nombre impressionnant d'experts en doctrines mathématiques que Sa Majesté avait à son service.

« Avez-vous besoin de conseils en matière fiscale, maître Alfino ?

— Non, malheureusement. »

L'air abattu avec lequel l'Italien avait prononcé ces mots intrigua Nogaret plus encore qu'il ne l'était déjà. Une expression de furet curieux s'afficha sur son visage, le rendant presque comique, mais Alfino n'était pas d'humeur à apprécier ce genre de choses.

« Suivez-moi, Nogaret. Montons à mon bureau. La question dont je dois vous parler requiert la plus grande discrétion. »

Une fois verrouillée la porte de la pièce, Alfino le fit asseoir devant son bureau. Il lui montra la lettre qu'il avait reçue deux jours auparavant. Nogaret la lut deux fois, soupesant chaque syllabe du contenu abscons.

« Mais quelle est donc cette énigme…

— C'est la question que je me suis posée en ouvrant cette lettre, poursuivit doucement Alfino. Savoir pourquoi Arnaud de Villanova a voulu me contacter est un autre mystère.

— Avez-vous des comptes en suspens avec le Catalan ?

— Absolument pas. Sa Majesté m'avait demandé de défendre ce vieil homme qui avait été jeté en prison pour impiété et sacrilège, je suis allé le voir et lui ai posé quelques questions. J'ai tout de suite compris que le Catalan souffrait d'un désordre mental sévère : il parlait comme l'un de ces prédicateurs dérangés qui récitent l'*Apocalypse* par cœur. J'ai remarqué qu'il avait les poignets marqués par les fers ; il était évident qu'on lui avait fait endurer le pilori et le chevalet sans aucune considération pour son âge avancé. Après cela comment s'étonner de l'état mental du pauvre homme ! »

Nogaret secoua la tête. « Je ne l'ai pas trouvé si dépourvu de raison lorsque j'ai accepté l'affaire, objecta-t-il. Amer, oui, et découragé aussi, comme s'il avait subi la trahison du plus cher de ses amis. Voire d'un de ses enfants. Je le connais depuis de nombreuses années, et je vous garantis qu'il n'est ni fou ni hérétique. Après tout, je lui ai conseillé de faire appel au jugement du pape et il l'a fait, heureusement, et maintenant Boniface VIII l'a nommé son médecin personnel. Vous comprendrez que la tête du vieil homme ne doit pas être si dérangée. »

Alfino fit une moue de mépris.

« Pensez-vous que cette lettre puisse avoir été écrite par un homme de bon sens ?

— Peut-être, maître Alfino. Reconstituons les faits. Le Catalan a reçu de notre souverain une missive au sens mystérieux. Le vieil homme n'explique pas ce que le souverain voulait de lui, mais il n'a visiblement pas aimé le message : il y voit même un danger pour lui et pour vous. Par conséquent, il se sent obligé de vous avertir. En réalité je crois qu'Arnaud a de bonnes intentions. Il dit que le roi est sur le point de commettre un crime exécrable, que vous y êtes mêlé et que vous pouvez vous en sortir en donnant au souverain un conseil : se tourner vers les Templiers, se faire révéler ce qui se cache derrière leur sceau secret. »

Alfino souffla avec agacement et donna un coup de poing contre le mur. « Bon sang, Nogaret, je n'ai pas la moindre idée du crime dont parle le Catalan. Je n'ai jamais eu affaire avec lui, par la grâce de Dieu !

— Pourtant, Arnaud en est convaincu. Vous avez été son avocat, ne serait-ce que pour quelques jours. Vous l'avez interrogé. Vous a-t-il montré des documents, par hasard ? »

Alfino caressa son front perlé de sueur.

« Comment puis-je m'en souvenir ? Mais oui, j'ai peut-être vu certains de ses papiers. Mais il ne s'agissait pas de documents. C'était un livre.

— Un traité de médecine ?

— Non. Un écrit théologique.

— Une œuvre théologique ? murmura Nogaret. Certains livres peuvent être très insidieux. De plus, Arnaud avait été emprisonné pour des crimes contre la religion, et non en raison de ses recherches scientifiques. Vous souvenez-vous de ce qu'il y avait dans ce texte ?

— Pas un mot !

— Dommage, maître Alfino. Car il semble que le Catalan pense que vous avez de sérieux ennuis pour le simple fait de l'avoir lu. En avez-vous un exemplaire ? »

Alfino haussa les épaules.

« Je n'ai pas pensé à me le procurer. Et pour quoi faire ? Arnaud n'était plus mon client.

— Vous devez trouver ce livre, dit fermement Nogaret. Si c'était la preuve principale de l'accusation, il doit être conservé dans les archives du Châtelet. Demandez une copie. Mais d'abord, il y a une tâche plus complexe et délicate à accomplir.

— Laquelle ? »

Nogaret regarda autour de lui d'un air d'extrême défiance et baissa la voix.

« Quoi que le Catalan ait voulu dire, il semble clair d'après sa lettre que le roi Philippe IV est en grande difficulté et, pour se tirer de ses ennuis, il est prêt à tout. Même à conclure un pacte avec les forces des ténèbres. Nous devons suivre la piste que le vieil homme a indiquée.

— Nous adresser aux Templiers ?

— Je ne vois pas d'alternative, maître Alfino. Le Catalan a cité un mot que je n'avais jamais entendu de ma vie : *Abraxas.* Et il parle d'un sceau particulier, qu'il qualifie de “secret”. Quel que soit le trouble qui tourmente le roi, la réponse à l'énigme se trouve dans cet objet. »

Les frères Albizzo et Musciatto Guidi, conseillers de Sa Majesté pour les questions financières, pénétrèrent sous les voûtes de la Chambre aux deniers. C'étaient deux hommes d'âge moyen, bien habillés, avec un air professionnel et posé, des Italiens de Florence. Nés des mêmes parents, ils ne se ressemblaient guère ; au contraire, il semblait presque que la nature s'était amusée à concentrer dans l'un les caractéristiques humaines qui manquaient à l'autre. Albizzo était grand et trop maigre, chauve, le visage marqué par la petite vérole à laquelle il avait heureusement échappé. Musciatto était à l'inverse d'une taille si petite, et si trapu, qu'on le soupçonnait d'être atteint de nanisme. Il avait, en revanche, une épaisse chevelure noire, un visage aux traits harmonieux et un regard intelligent qui s'enfonçait droit dans le cœur des gens, comme s'il pouvait en pénétrer les secrets. Ils semblaient également être opposés par leur caractère : Albizzo était impulsif et sanguin, prêt à exploser de colère, mais, heureusement pour lui, il n'allait pas même à la selle sans avoir d'abord consulté Musciatto, l'esprit réfléchi et pondéré du couple.

Les deux fonctionnaires s'inclinèrent profondément devant l'effigie du roi Philippe IV ; un hommage très appuyé, même de la part d'étrangers. Ce jour-là, le roi devait faire une visite à la Chambre pour ordonner l'embauche de vingt autres comptables. Une démarche qui n'avait pas manqué de susciter des mécontentements dans la foule de fonctionnaires qui encombraient déjà les rangs de la Cour. La comptabilité de l'État était devenue un casse-tête, avec tous les salaires qui devaient être payés depuis que Sa Majesté avait décidé de construire une Nation (avec une majuscule), à la manière de la Rome antique – pour ainsi dire –, là où ses prédécesseurs s'étaient contentés de diriger un royaume féodal. Il voulait, en d'autres termes, dominer depuis le sommet d'une grande pyramide dans laquelle le pouvoir circulait du Ciel vers la Terre de manière toujours indirecte, à travers la nécessaire médiation des seigneurs des niveaux intermédiaires, sans l'aval desquels Sa Majesté ne pouvait pas communiquer avec ses sujets.

Philippe IV voulait atteindre jusqu'au dernier homme de son royaume et que sa voix lui parvienne en retour, si ce malheureux avait des raisons de se plaindre et faisait appel à la justice du roi. Principe excellent et louable ; mais malheureusement très lourd à traduire en pratique. Il fallait financer un vaste appareil de bureaucrates, d'administrateurs, d'experts. Il fallait des rapports inflexibles. Aucune autonomie pour les nobles, transparence totale sur les impôts. Et une centaine de comptables dévoués comme ceux qui s'affairaient sous les voûtes de la Chambre aux deniers.

« Je ne vois pas Alfino, observa Musciatto. Où est-il allé ?

— Il m'a semblé distrait et soucieux depuis quelques jours, admit Albizzo. S'est-il fourré dans quelque mauvais coup ? Espérons que nous n'aurons pas à changer d'avocat. Ce serait ennuyeux. » Musciatto le fit taire soudain d'un signe de la main.

« Les voici, chuchota-t-il ensuite à son frère. La crème de la France arrive. Et sa pourriture aussi ! »

Annoncés par le bruit des bavardages animés, les princes du sang et les grands barons du royaume pénétrèrent sous les voûtes de la Chambre, exhibant cette arrogance aristocratique dont ils étaient aussi fiers qu'une dame peut l'être de ses bijoux les plus coûteux. En général ils demeuraient là une heure ou deux, conversant allègrement en attendant que Sa Majesté décide de faire son entrée. Tous pourraient ensuite partir enfin à la chasse, mais seulement après avoir fait acte de présence devant le roi et évité de passer pour de riches oisifs insoucieux des affaires de l'État. Alfino invita Nogaret à se rapprocher avec lui du groupe, pour écouter discrètement leurs échanges.

« J'ai reçu de Damas un pur-sang arabe qui vaut une fortune, disait le duc de Bretagne à son voisin.

— Colette, la splendide levrette du baron de Laval, a-t-elle eu ses chaleurs ? demandait le comte de Savoie à son intendant. Il faut le savoir à temps car la course est lancée pour choisir le mâle qui va la couvrir. Les premiers arrivés seront les mieux servis. »

Mais la nouvelle la plus salace fut rapportée à cette gaie compagnie par messire de Châtillon, grand échanson de France, qui avait l'honneur très envié de verser personnellement le vin au souverain. Lorsque, bien entendu, Philippe le Bel, le fanatique petit-fils de Louis IX, le saint, le roi le plus chrétien, le porte-étendard du Christ, ne déjeunait pas de pain et d'eau.

« Saviez-vous que Mme d'Aubigny avait un œil au beurre noir à la messe l'autre jour ? dit l'échanson avec une joie féroce. Son mari lui a fait ça quand il a vu un homme sortir discrètement de sa chambre. Et cela aurait été bien pire si le majordome n'était pas intervenu pour arrêter le massacre ! »

Peu à peu, un flot de bavardages incontrôlés s'est répandu dans la salle. Des rires grossiers et des sifflets d'approbation se mêlaient au tic-tac des boules des abaques manipulées avec frénésie par les comptables, aux coups secs et rythmés des timbres et des sceaux frappés sur les documents, aux voix des comptables qui échangeaient des nouvelles importantes mais pouvaient à peine s'entendre dans cette sarabande de rires et de caquetages.

Choqués au-delà de toute mesure, les officiers et leurs intendants ravalaient leur bile en silence : ces envahisseurs bruyants venus occuper la Chambre avec leurs affaires ridicules étaient des princes de sang royal, des comtes, des ducs, des barons et des marquis : la fine fleur, comme on dit.

Lorsque le brouhaha devint assourdissant, les frères Guidi, conseillers financiers du souverain, décidèrent qu'il était temps de jouer de leur autorité.

« S'il vous plaît, messieurs ! » dit à voix haute Albizzo, l'aîné. En réponse, un homme au corps aussi lourd que son haleine le frappa sur l'épaule de manière trop rude pour être bien intentionnée. Albizzo encaissa le coup et chercha le regard de son frère Musciatto, qui lui ordonna silencieusement de se montrer prudent. Une précaution essentielle, devant un homme tel que le prince Robert de Bourbon, ancien comte de Clermont et de La Marche, mais surtout dixième fils du roi Louis IX le Saint, et donc oncle du monarque régnant. Le prince de Bourbon était visiblement mécontent : au cours des mois précédents, lorsque les seigneurs s'étaient précipités pour s'emparer de la pièce d'or fraîchement frappée, il était à l'étranger pour le compte du souverain. Personne n'avait pris la peine de l'avertir, ni de gérer l'achat en son nom ; il s'était retrouvé dépourvu, d'où son vif ressentiment.

La situation s'était aggravée quand Philippe IV, à qui son oncle avait demandé de pallier ce manque qui déshonorait un homme de lignée royale face à des gens de moindre rang, avait inventé des prétextes risibles et incompréhensibles. Le roi assurait que l'omission avait été dictée par sa grande affection pour son oncle, frère de son père Philippe III et fils de son vénérable grand-père, et que le prince, s'il le voulait vraiment, pourrait acheter de nombreuses pièces lors de la prochaine émission. Philippe IV en parlait comme si la monnaie si convoitée devait être de nouveau frappée dans les plus brefs délais, et comme si c'était un fait acquis. Le Trésor étant toutefois plus à sec qu'une barque échouée, cela signifiait qu'il devrait attendre les calendes grecques. D'où l'amertume du prince.

« En quoi puis-je vous servir, prince ? demanda Albizzo, en faisant un suprême effort pour rester calme.

— Vous autres Italiens, vous venez jouer aux maîtres dans notre maison, tonna l'agresseur blasonné. Vous avez joué des coudes et fourni de faux papiers pour avoir une place à la Cour. Et nous, les Français, que devons-nous endurer ? Nous voir ignoblement devancés par des étrangers, qui s'emparent des meilleurs postes !

— En toute bonne conscience, monsieur, je ne vois pas en quoi j'aurais pu vous offenser », protesta Albizzo. Ses nerfs étaient prêts à lâcher.

« Ah, vous ne voyez pas ? Alors je serai plus clair. Je crois savoir que vous avez obtenu de Sa Majesté l'autorisation d'acheter cinq cents unités de sa nouvelle pièce d'or.

— Cinq cent dix, pour être exact. » Devant la vantardise malicieuse de l'Italien, le prince de Bourbon lui lança un regard meurtrier.

« Méfiez-vous, étranger. La France a frappé de nouveau une pièce de grande valeur après deux générations. Il n'y avait plus de monnaie prestigieuse depuis le temps de mon vénérable père Saint Louis ; et maintenant que le roi a finalement décidé de lancer une pièce digne de notre honneur, que se passe-t-il ? Je demande quelques pièces, et l'on me répond qu'il n'y en a plus. Parce que vous, sales escrocs italiens, vous en avez raflé des centaines. Et moi, fils de France, j'en suis privé !

— Ce n'est pas de notre faute, répondit Albizzo. Vous auriez dû réserver l'achat à temps. »

Perdant toute retenue, le gentilhomme s'élança agressivement mais l'échanson le retint promptement, avant qu'il n'ait pu frapper Albizzo Guidi au visage. Malheur à lui si une telle chose était advenue. Un prince de France ne saurait s'abaisser à gifler un plébéien étranger ! Gandolfo Arcelli, richissime marchand de Plaisance qui, au fil des ans, avait tissé un réseau d'entreprises et d'intérêts si dense qu'il se répandait comme une toile d'araignée dans la capitale, et venu contrôler tous les grands marchés de Paris, intervint à son tour.

« Allons, monsieur le prince. Ce sont des manières indignes d'un homme de votre qualité. »

Malgré le ton posé de l'exhortation, le Bourbon, qui s'estimait dépossédé de manière ignoble, se mit dans une colère noire.

« Vous aussi, vous en avez amassé ! cria-t-il avec véhémence à Arcelli. Race de juif baptisé, sale vilain sans une seule goutte de sang français dans les veines ! »

L'homme de Plaisance décida de ne pas répondre, mais détacha les lacets de ses poignets et retroussa ses manches, prêt à en découdre. Il n'était pas disposé à avaler de telles insultes, même si elles venaient du fils du saint roi.

Une énième rixe était sur le point d'éclater entre la noblesse de France et la clique des puissants fonctionnaires italiens que Philippe surestimait au détriment de leurs collègues français. La colère du prince avait en effet ravivé l'animosité collective : d'autres grands gentilshommes français avaient aussi leurs griefs, et sentaient leurs poings les démanger de manière irrépressible. Beaucoup profitèrent de la joute verbale pour insulter lourdement l'honneur des Italiens. Des menaces de mort volèrent même, au grand amusement des autres nobles français qui avaient cessé de discuter et faisaient cercle autour de ce théâtre improvisé.

C'est alors qu'entra le roi.

Impassible, comme à l'accoutumée, ce magnifique mannequin habillé de soie et d'or, si sculptural qu'on pouvait croire qu'il ne respirait pas vraiment. Après avoir jeté un simple coup d'œil à l'assemblée, le souverain prit la parole. Il parlait rarement, et jamais sans conséquences.

« Si nos grands seigneurs veulent se concerter sur un quelconque sujet, qu'il s'agisse du Trésor ou non, qu'ils aillent dans une autre salle, pour ne pas gêner les comptables. » Comme une nuée de moineaux à l'arrivée d'un faucon, la foule des nobles se dissipa instantanément, disparaissant hors de la pièce. Les frères Guidi poussèrent un soupir de soulagement ; l'air devint soudain moins pesant autour d'eux.

« Il faut reconnaître que le roi est un homme d'une grande subtilité, murmura Albizzo.

— Je suis d'accord, dit Musciatto. Par métaphore, il a dit aux nobles : *Allez vous faire foutre ailleurs, parasites* ! Mais il l'a fait d'une manière totalement incensurable.

— Philippe le Bel a horreur de la vulgarité, mais cela ne l'empêche pas de se montrer cruel ou impitoyable si c'est nécessaire. Il n'est même pas cynique.

— Regarde, Musciatto ! Alfino arrive. »

Le procurateur adressa un salut froid et hâtif aux frères Guidi, puis quitta les locaux de la Chambre d'un pas presque furtif. Son visage pâle, fatigué et tendu, ne disait rien de bon.

7

La sonnerie des vêpres déclencha comme d'habitude un tumulte de chaises repoussées et de cris enfin libérés dans les salles de l'université. En quelques minutes les rues de la rive gauche furent envahies par un flot d'étudiants fatigués, agités et en sueur, mais animés de savoureuses perspectives pour la nuit à venir. Guillaume Nogaret, connu et vénéré par les étudiants qui suivaient des cours de droit, se glissa dans un boyau étroit coincé entre des bâtiments phtisiques au cœur du quartier universitaire, remonta toute la longueur de l'allée et arriva dans la rue du Fouarre, bien plus aérée et mieux fréquentée. La rue devait ce nom populaire aux fourrages, c'est-à-dire aux gerbes de paille que les élèves les moins fortunés apportaient de chez eux pour s'en servir de sièges pendant les cours. Dans cette rue vivaient les professeurs les plus réputés de l'université parisienne, ceux qui avaient tellement d'étudiants inscrits à leurs cours qu'ils devaient en céder à leurs collègues moins chanceux. Nogaret se retourna prudemment et scruta la rue pour s'assurer qu'il n'était pas suivi, puis grimpa quatre à quatre les marches qui menaient à un petit appartement sis au premier étage.

Alfino de Narni détourna les yeux des papiers sur lesquels il s'échinait et se demanda qui pouvait frapper à sa porte à cette heure et dans l'obscurité. C'était ennuyeux d'avoir des visiteurs ; il n'était définitivement pas d'humeur à endurer des discussions frivoles ou de convenance. Lorsqu'il eut passé la tête par la fenêtre, bravant l'air glacé, il fut rassuré : l'homme qui le cherchait n'était pas exactement du genre à perdre son temps en bavardages.

« Entrez, cher collègue, dit-il en ouvrant la porte. Que puis-je vous offrir, maître Nogaret ?

— Du vin, merci. J'ai quelque chose à propos de la question que vous m'avez posée hier.

— Dites-moi !

— J'ai fait une recherche dans les archives de la Chancellerie, maître Alfino. En particulier, le fonds remontant à l'époque du bon roi Louis IX, qui avait des relations étroites avec les Templiers.

— Et bien ?

— Je suis désolé, collègue : il n'y a aucun document contenant des références à un prétendu "sceau secret" utilisé par l'ordre. »

La déception d'Alfino était cuisante, même s'il essayait de la dissimuler.

« Aucune mention ?

— Aucune mention officielle, si ce n'est un vieil officier qui dit en avoir vu un il y a de nombreuses années. Selon lui, l'ordre du Temple posséderait réellement un sceau très particulier utilisé uniquement dans certaines circonstances. Des cas très rares, cependant : en près de quarante ans de loyaux services, il ne l'a vu qu'une seule fois.

— À quoi ressemblait-il ?

— Le brave homme ne s'en souvient pas. Il avait une forme étrange, en tout cas. Étrange et suspecte.

— Suspecte dans quel sens ?

— Ce n'est pas précisé. Il se souvenait seulement que le sceau portait une inscription au sens énigmatique : "*Secretum Templi*". Il n'aimait pas du tout ce sceau. Il m'a semblé qu'il le considérait d'une certaine manière… comme maudit.

— Mon Dieu ! Qu'est-ce que cela signifie ?

— Impossible de le savoir pour le moment. Je vais poursuivre mon enquête.

— Merci, Nogaret.

— Il n'y a pas de quoi, maître Alfino. Un échange de faveurs entre confrères est un devoir. »

Il se leva de sa chaise et remit son chapeau, prêt à partir ; une pensée soudaine l'arrêta.

« Avez-vous autre chose pour moi ? demanda Alfino avec espoir.

— Je ne suis pas sûr, dit Nogaret, perplexe. Laissez-moi vous expliquer : je ne sais pas si le fait concerne l'enquête que vous menez. Quelque chose d'étrange s'est produit ce soir. Rien à voir avec le sceau secret que vous recherchez ; mais cela concerne les Templiers.

— Qu'est-il arrivé ?

— Cela concerne Lanius. Cette espèce de démon qui hante les nuits de Paris a encore fait des siennes. Ou plutôt il était sur le point de le faire. Les Templiers ont arraché de ses griffes la victime désignée.

— Vous voulez dire qu'ils sont sortis de leurs murs et se sont battus contre ce bandit ?

— Non. Le malheureux que Lanius poursuivait est allé frapper aux portes du Temple. Ils lui ont donné refuge. » Alfino fronça les sourcils.

« J'ai du mal à y croire, murmura-t-il. Les Templiers vivent isolés dans la tour d'ivoire de leurs immunités. Ils ne se mêlent pas aux gens ordinaires. À moins, bien entendu, que le fugitif n'appartienne à l'Ordre.

— Pas du tout, Alfino. Ce diable de Lanius poursuivait un homme nommé Raoul Quarre. Est-ce que vous le connaissez ?

— Ce nom ne m'est pas inconnu, Nogaret. Mais je ne sais pas de qui il s'agit.

— Ce n'est personne, en fait. Seulement l'apprenti qui travaillait pour maître Dixmier. »

Ce dernier nom était, au contraire, bien connu du juriste.

« Jean Dixmier, le contremaître de la Monnaie ? demanda-t-il, perplexe.

— Oui, c'est bien lui. Graveur et orfèvre. Tout comme ce type qui a été retrouvé en lambeaux, Yves de Mergueil. »

Alfino pâlit et se signa précipitamment.

« Dieu tout-puissant… Je me souviens de ce jour terrible. Mais Yves de Mergueil était de mèche avec le diable, dit-on. Et qu'est-ce que Raoul Quarre aurait à voir avec Lanius ? Les victimes de ce monstre sont des personnes de très haut rang. Nobles. Bourgeois richissimes. Membres supérieurs du clergé gras. Selon certains, ce scélérat serait le bras gauche de la justice royale. Pourquoi diable Lanius s'en prendrait-il à un simple garçon ?

— Il n'y a peut-être aucun rapport entre ces faits, qui sait ? Quoi qu'il en soit, Quarre n'a pas été mis en pièces comme son collègue. On l'aurait vu entrer dans le bastion des Templiers.

— Mais pourquoi l'auraient-ils accueilli ?

— Il y a peut-être une raison. Ce garçon est un

graveur habile, pour autant que je sache. Et qui forge la matrice métallique des sceaux, sinon un graveur ?

— La matrice des sceaux, répéta Alfino, troublé. C'est pour cela que vous m'avez rapporté ces faits, Nogaret ? Pensez-vous qu'il existe un lien entre la fuite de ce garçon et le sceau secret que je recherche ?

— Je ne sais pas, maître Alfino. Les faits semblent avoir une certaine logique : c'est pourquoi je vous les ai exposés.

— Soyez plus clair, de grâce.

— Ce n'est peut-être qu'une coïncidence, dit Nogaret sans conviction. Mais regardons les faits dans leur simplicité. Jean Dixmier travaille pour les clients les plus illustres de France, et souvent pour le roi ; Raoul Quarre est son premier apprenti. Passons aux victimes de Lanius : nobles, bourgeois riches, clergé gras. Si vous deviez placer les Templiers dans l'une de ces catégories, où les placeriez-vous, mon cher collègue ?

— Dans les trois, répondit Alfino. L'Ordre est composé de membres de la grande aristocratie, ainsi que de la progéniture des familles bourgeoises les plus importantes. Prenons l'exemple des de Tour : c'étaient des gens de bas rang, des comptables et des scribouillards, mais en quelque trente ans, en grimpant dans la hiérarchie du Temple, ils sont devenus plus célèbres et plus puissants que plusieurs lignées seigneuriales. Et si l'on veut parler de clergé gras, eh bien, mon cher Nogaret, je ne pense vraiment pas que les Templiers soient si fidèles au vœu de pauvreté imposé à l'époque par saint Bernard de Clairvaux…

— Tout s'explique donc, Alfino. Les Templiers ont abrité ce Raoul Quarre car le garçon a quelque chose qui les intéresse beaucoup. Des nouvelles importantes, probablement. Des informations confidentielles concernant son activité dans la boutique de maître Dixmier. »

Alfino blêmit.

« Nogaret, vous croyez vraiment…

— C'est une possibilité, dit-il. Si par hasard les Templiers étaient à la recherche d'un graveur talentueux pour reproduire la matrice de leur sceau particulier, c'est certainement à l'atelier de Jean Dixmier qu'ils se sont adressés. Et Dixmier a dû confier le travail au meilleur de ses ouvriers : Raoul Quarre. Ils ont peut-être donné au garçon des dessins ; ou peut-être l'empreinte de l'ancien sceau, qui a été perdu. Et Quarre, en étudiant les détails de la gravure… »

Alfino frappa du poing sur la table.

« Il a vu des choses qu'il n'aurait pas dû voir ! Il a mis le doigt sur des questions embarrassantes, peut-être illégales, qui pourraient mettre en péril la bonne réputation de l'Ordre. »

Nogaret hocha fermement la tête.

« Les Templiers l'ont laissé entrer dans leur citadelle. Les puissants murs de l'Ordre ont avalé Raoul Quarre, ils ont englouti le secret qu'il avait découvert et l'ont mis en sécurité. Mais logiquement… sachant que Lanius, selon une opinion très partagée, agit au nom du souverain…

— Cela signifierait que le roi voulait lui aussi ce secret, approuva Alfino. Ou bien il voulait que Raoul Quarre l'emmène dans l'autre monde. Qu'a-t-il bien pu arriver à ce garçon ? »

Guillaume Nogaret poussa un soupir résigné.

« Dieu seul le sait, cher collègue ! Le fait est que les portes du Temple se sont refermées sur lui. *Ergo*, nous n'en entendrons plus jamais parler. »

8

La couleur de la Méditerranée pouvait devenir étrangement pâle et boueuse certains jours. Cela arrivait, selon les marins, lorsque le mistral hostile se levait, capable de brouiller les eaux les plus claires. « Tout le mal vient du Nord », prétendait-on, paraphrasant Sa Sainteté : disant cela, le pape faisait référence à son pire ennemi, le roi Philippe IV le Bel.

Raoul Quarre s'était habitué au roulement continu du navire, après des jours et des jours de navigation. Ils étaient face aux côtes de la Toscane, mais les supérieurs du Temple lui avaient dit qu'ils se dirigeaient vers Rome ; ils s'étaient montrés réservés, comme il sied aux Templiers, et pourtant Raoul sentait qu'une épreuve difficile l'attendait pour entrer dans les rangs de l'Ordre.

Le vieux chevalier à côté de lui fixait un point indéfinissable à l'horizon. Que cherchait-il ? Jérusalem, peut-être, et la Terre sainte perdue. Ce n'était pas un individu ordinaire, cet homme qui regardait la mer. Son physique avait un aspect incongru et présentait des contrastes frappants. Ses cheveux étaient entièrement blancs, comme ceux des vieillards, mais il avait un corps robuste, presque jeune, maintenu en bonne forme à force d'un entraînement physique continu. Ce n'était pas la seule discordance en lui, ni la plus visible. Il portait l'habit d'un ordre religieux, mais aussi une ceinture d'armes, un baudrier et une épée. Sur sa poitrine et sur sa cape strictement blanche compte tenu de son rang de chevalier, se détachait la croix rouge vif de la milice de l'Ordre.

La croix du magistère n'était pas d'or comme celle des autres hiérarques, mais d'un acier brut noirci par le temps. L'acier de l'épée d'Hugues de Payens, créateur de l'Ordre, qui fondit son arme pour en faire une humble croix monastique le jour où il décida de vouer sa vie au service de Jérusalem et du Saint-Sépulcre. Depuis lors, ce signe d'élection, le signe d'une vocation particulière au martyre par les armes pour la défense de la foi, était arboré par tous les dirigeants du Temple, génération après génération.

Jacques de Molay était le seul qui n'avait pu consacrer la croix du magistère sur la pierre blanche qui avait vu la résurrection de Jésus-Christ : il l'avait reçue après la chute de la ville d'Acre, dernier bastion chrétien en Syrie. Il avait toujours vécu ce manque comme une tare, une minoration de son autorité, presque une faute. C'était vrai, en partie, car le rôle des Templiers était avant tout de défendre le royaume chrétien. Au fil des années, ce trouble avait déclenché en lui un désir ardent de vengeance qui en avait fait le plus fervent partisan du nouveau pèlerinage en armes. Chaque matin, il se réveillait avec le cœur plein de fervents espoirs de reconquête, et chaque soir il s'endormait, constatant qu'un autre jour était passé en vain.

Depuis des mois, il était à Rome pour discuter avec Boniface VIII des initiatives à mettre en œuvre. Il était convaincu que le pape Caetani, auquel il était lié d'amitié et d'estime, accepterait enfin de soutenir le plan de tout le poids de son autorité spirituelle et temporelle.

« À quoi pensez-vous, Votre Grâce ? Si je puis demander… dit timidement le garçon.

— Onze ans se sont déjà écoulés depuis la chute d'Acre. Onze ans. Et pas un seul pas en avant ! » répondit Molay. Il y avait un mélange de douleur et de colère dans sa voix. Raoul Quarre en avait appris assez sur les Templiers pour se hasarder à une considération.

« Cela n'a pas été votre défaite personnelle, sire. Même si vous y étiez. Même si vous avez vu mourir Guillaume de Beaujeau. »

Jacques de Molay tourna lentement la tête vers le novice. Il éprouvait de la sympathie pour lui.

« Voulez-vous me parler de ce jour, Votre Grâce ?

— Nos frères templiers se sont battus avec un courage désespéré, dit Molay. Ils se sont fait tuer au moment où les Sarrasins ont envahi Acre. Ils sont morts en martyrs, pour protéger les civils qui fuyaient par la mer. »

Le grand maître plissa les yeux. Il revoyait ces jours terribles. Il revoyait la pire de toutes ces journées, le 18 mai 1291. Les ennemis étaient entrés dans la ville, brisant le siège. Ils tuaient et brûlaient. Les gens se jetaient des tours, et les corps se brisaient sur les rochers. Du sang éclaboussant les murs, coulant en ruisseaux dans la rue. Les femmes étaient déshabillées et violées, puis massacrées. Les petits enfants jetés sous les sabots de chevaux, horriblement éviscérés, des intestins éparpillés le long des rues… Beaujeau résistait avec ses hommes, tandis que ceux qui le pouvaient trouvaient le salut sur les navires. Puis ce fut le désastre.

Une flèche avait transpercé Beaujeau sous l'aisselle, là où les mailles de l'armure n'étaient pas liées. La pointe avait pénétré dans sa poitrine sur la longueur d'une paume. Beaujeau avait compris que c'en était fini pour lui ; mais s'était efforcé de rester en selle, se plaçant sur l'aile pour ne pas gêner les autres. Ils avaient cru qu'il quittait la bataille pour se mettre en sécurité. Le guerrier qui portait la bannière du Temple l'avait rejoint, puis tous ses hommes l'avaient suivi ; et comme il s'éloignait, vingt croisés du Val de Spoleto étaient venus à sa rencontre le supplier de ne pas se rendre. Sans lui, la ville tomberait immédiatement. Beaujeau avait répondu d'une voix forte, pour que tout le monde l'entende : « Messieurs, je ne peux plus me battre. Je meurs. Voyez ce coup ! »

Ils avaient vu la flèche fichée dans son corps. Il l'avait arrachée en criant, l'avait jetée au sol. Puis il avait baissé la tête, sans plus de force. Il était sur le point de tomber de son cheval, mais les siens avaient rapidement mis pied à terre pour le soutenir. Ils l'avaient aidé à descendre de cheval et l'avaient déposé sur un bouclier qu'ils avaient trouvé jeté là, un beau et long bruant. Transporté à l'église du Temple, il y rendit son âme à Dieu. Il fut enterré devant le tabernacle, l'autel où la messe était chantée. Dieu avait pris son âme. Avec sa mort, Acre était perdue.

« Le grand maître Beaujeau est mort en martyr, murmura Raoul en faisant le signe de la croix.

— Ce n'est pas ce qu'ils disent de nous en Europe, protesta Molay, pour eux, nous ne sommes pas des héros !

— On m'a dit que vous étiez très attaché à Beaujeau, Votre Grâce. Et que la rédemption de la Terre sainte est pour vous bien plus qu'un devoir : cela signifie venger votre seigneur. Mais les supérieurs de Paris estiment que ce n'est pas le bon moment pour lancer l'offensive. Pas maintenant, avec le front sarrasin si solide et compact. »

Molay crispa le poing et le leva d'un air de menace. « Ce n'est jamais le moment pour eux. Race de lâches ! Ils voudraient réduire le Temple à un fouillis de clercs et de comptables, de vils serviteurs des souverains. Ce serait la ruine de l'Ordre ! Saint Bernard a forgé un corps de guerriers consacrés, prêts à donner leur sang pour défendre Jérusalem. Nulle part dans sa Règle il n'est dit que les Templiers doivent manipuler de l'argent ou se mêler des querelles des différents royaumes.

— Vous parlez de la voie originale, Votre Grâce ? Ce que l'on appelle l'ancienne observance ? »

Molay s'apaisa et se tourna vers le garçon avec un regard moins hostile. « C'est la seule vraie voie pour nous, les Templiers, mon fils. La seule règle de vie approuvée par l'Église de Rome et rédigée par les mains d'un saint.

— J'ai entendu dire que de nombreux frères suivent la Règle réformée. De quoi s'agit-il ? »

La bouche du grand maître se tordit d'indignation.

« Une sorte d'hérésie, mon fils. Il y a des années, un schisme a brisé l'Ordre. Après la chute d'Acre, le pape a été séduit par nos ennemis qui voulaient abolir le Temple. À quoi pouvait servir un ordre créé pour défendre la Terre sainte, puisque celle-ci était définitivement perdue ? Quelques hauts dignitaires ont demandé au grand maître une réforme qui ouvrirait les rangs de l'Ordre aux comptables, aux juristes et autres clercs experts en diplomatie. Ils ont gagné. Le Temple a ainsi commencé à se mêler de finance et d'affaires profanes que saint Bernard aurait jugées indignes. Vous aurez remarqué que certains dignitaires ont un blason sur leurs armes qui n'est pas notre glorieux *baussant*, mais celui de leur famille. Ils ne se rasent pas la tête, ils portent les cheveux mi-longs. Et ils n'ont pas de barbe.

— Ils sont très différents des autres, en effet. Ils sont différents de vous, Votre Grâce. Quant à moi, que vais-je devoir faire ? Vais-je suivre l'ancienne voie ou la nouvelle ? »

Molay tourna la tête pour le dévisager d'un long regard silencieux. Il vit du courage dans ses yeux. Bien sûr, il désapprouvait la manière dont il était arrivé au Temple, et il blâmait l'idée d'utiliser ce garçon pour traiter avec Philippe IV, un homme avec lequel il était impossible de trouver un accord ; mais, peut-être le trésorier de Tour n'avait pas complètement tort : Quarre devait aller en Orient, voir de ses propres yeux.

« Ce sera à toi de choisir, mon garçon, dit-il alors. Lorsque tu seras arrivé à destination.

— Alors, vous me donnez votre bénédiction… Mais où vais-je, Votre Grâce ? Que devrais-je faire ? Personne ne veut me le dire. »

Molay posa une main paternelle sur son épaule.

« Tu devras récupérer un objet qui a été envoyé à Rome. S'il tombait entre de mauvaises mains, cela pourrait causer de très lourds dommages à notre ordre.

— Qu'est-ce ?

— Une pièce.

— C'est tout ? Eh bien, mon seigneur, les coffres du Temple débordent de pièces. Pourquoi cette pièce-là est-elle si dangereuse ? »

Le regard de Molay s'obscurcit soudainement. Raoul y vit de la dureté et une réprobation accrue.

« Cette pièce est l'étincelle qui peut déclencher un feu ravageur, mon fils. Ne demande plus rien : rapporte-moi la pièce le plus tôt possible. Tu deviendras alors l'un d'entre nous. » Raoul acquiesça de la tête.

« Je pense avoir compris, sire. Vous faites allusion à l'agnel d'or que le roi de France a fait frapper dans le passé ? On l'a envoyé à Rome, et maintenant vous craignez qu'il n'arrive entre les mains du pape. » Le grand maître lui lança un regard sévère, mais teinté d'admiration.

« Ceci ne doit pas arriver. La pièce est gardée par un moine qui vit dans l'abbaye de Santa Croce. Tu iras le trouver. Et comme il te sera expliqué, tu devras alors le convaincre de te donner cette pièce.

— Je le ferai, seigneur. Le moine me donnera la pièce. » Le grand maître scruta la côte, s'arrêta sur le promontoire de l'Argentario. Il semblait vibrer, agacé par l'absence de vent qui empêchait le navire de filer vers sa destination.

« Tu dois te faire donner l'agnel d'or, répéta-t-il vigoureusement, comme s'il s'agissait d'une question de vie ou de mort. Et prions pour que les autres n'arrivent pas avant nous ! »

9

La chair contre les murs de pierre froide. Il n'y avait pas d'air. L'obscurité et le froid intense du sous-sol mordaient la peau nue des mains, oppressaient les poumons. C'était peut-être la fin… Dante chancela et s'appuya contre le mur, pris d'un vertige. C'était comme descendre vivant dans la tombe, les yeux ouverts.

« Tout va bien ? » Il lui fallut quelques instants pour reprendre son souffle et répondre : « Oui. Continuons. » L'homme devant lui, courbé car sa taille ne lui permettait pas de marcher debout dans ce labyrinthe de tunnels étroits, descendit encore plusieurs marches. Sa torche, seul lien avec le monde des vivants, s'arrêta devant une petite porte fermée. Dante poussa un soupir de soulagement. Ils étaient arrivés ! Ce voyage angoissant dans les ténèbres était terminé. Son guide actionna une grosse clé de fer qui crissa en tournant plusieurs fois dans la serrure.

« Venez, Dante. Entrons. »

Il baissa la tête et franchit le seuil très étroit. Rapidement, le temps d'allumer d'autres torches, il se rendit compte qu'ils étaient dans une pièce immense, baignée d'une lumière inattendue. Mais, bon sang ! Qu'était-ce là ? La grotte aux trésors ?

« Ce sont les réserves d'or de la République, dit avec fierté Guccio de Médicis. Ce que notre ville a secrètement accumulé au cours des siècles pour les moments difficiles. » Abasourdi, Dante avança, les yeux rivés sur tous ces coffres qui débordaient de monnaies d'or fin, de pierres précieuses, d'objets liturgiques de valeur inestimable, de lingots lourds et de sacs pleins de pépites.

« Avec cet or, sieur Dante, nous produisons notre prestigieux florin. C'est la monnaie la plus forte et la plus demandée dans tout le monde chrétien en raison de la pureté de son métal. »

Il y avait des pièces d'or de toutes les périodes, y compris de nombreux *denarii* sur lesquels était gravé le nom de Constantin.

« À quelle profondeur sous terre sommes-nous, sieur Médicis ?

— Assez pour avoir froid même en été, sieur Dante. Assez pour croire que nos réserves sont en sécurité.

— Nous ne sommes pas sous la Monnaie, n'est-ce pas ?

— Non. Vous êtes arrivé les yeux bandés à l'entrée de ces souterrains précisément parce que vous n'avez pas à savoir dans quelle partie de la ville vous vous trouvez. »

Dante leva la tête, et imagina que son regard pourrait traverser l'épais rideau de pierre du sous-sol pour émerger au soleil, où sa ville défiait les rigueurs de l'hiver pour célébrer dignement, et pas seulement selon le rite religieux, l'Épiphanie.

À cette époque, comme tous les ans, Florence s'apprêtait à rire des folies des « brigands et des bonimenteurs » au Mercato Vecchio, c'est-à-dire toutes sortes de mendiants, de va-nu-pieds et de sans-abri, ainsi que les catégories les plus défavorisées des diverses populations de la ville. Un jour par an, grâce à la générosité des vrais nobles qui payaient, celles-ci remontaient comme par magie les marches de l'ordre hiérarchique qui régit le monde. Les mendiants, soudain, devenaient chevaliers.

Dès les premières lueurs du jour, les gens affluaient au marché malgré le froid redoutable qui mordait les chairs : certains apportaient du bois, des œufs et de la volaille, de la paille, du saindoux et du vin. Ils s'entassaient en une foule dense à s'étouffer pour attendre l'étrange procession des misérables prêts à défiler à demi nus pour recevoir la gifle du chevalier mandaté par le seigneur du jour. Celui-ci, au lieu de les adouber du traditionnel coup sur la nuque, les précipitait, tête la première, dans les eaux glacées de l'Arno, singeant ainsi le bain rituel que devaient prendre les vrais chevaliers pour purifier leurs corps comme ils avaient purifié leurs âmes de leurs péchés par le sacrement de la confession.

Ce jour-là, c'était un rassemblement bruyant…

Les vrais chevaliers devaient en effet prendre un bain rituel, après une nuit de veillée et de prières, pour purifier leur corps comme ils avaient purifié leur âme de ses péchés par le sacrement de la confession. C'était un rassemblement bruyant de pauvres hères à moitié gelés et à moitié noyés, repêchés avec une longue canne et traînés vers le grand feu qui brûlait au centre de la place pour ne pas mourir de froid. Ranimés avec du bon vin chaud, ils mangeaient des morceaux de pastèque confite à la manière des seigneurs les plus riches.

Les gens avaient un grand désir de faire la fête, après les violents événements récents. On avait vécu des mois d'enfer, depuis les calendes de mai 1300. Alors que l'on célébrait le retour de l'été en chansons et strophes d'amour, un noble de la famille des Pazzi avait tranché le nez d'un membre de la puissante famille Corsi. La guerre avait éclaté entre les Blancs et les Noirs[1]. L'exil de Corso Donati et des Noirs, prononcé après un horrible bain de sang, avait mis fin à cette saison de cauchemar.

Dante ferma les yeux un instant, et pria la miséricorde divine d'éloigner de sa belle ville le spectre des quatre cavaliers qui annoncent l'Apocalypse.

« Pourquoi m'avez-vous mené ici ? demanda-t-il, perplexe.

— Chaque gonfalonier de justice connaît l'existence de cet endroit et jure de garder le secret. Dans votre cas, sieur Dante, j'ai voulu faire une exception. La Seigneurie a de nouveau besoin de vous, elle vous confie donc une autre tâche.

— De quoi s'agit-il ?

— Nous avons reçu des nouvelles alarmantes de Paris. Deux de nos concitoyens qui occupent une place très importante à la cour du Louvre nous ont alertés. Le séjour prolongé du prince de Valois en Toscane ne promet rien de bon.

— Le prince ne doit-il pas aller en Sicile pour arracher l'île aux conquérants aragonais ?

— C'est le but officiel du voyage, messire Dante. Et pourtant, Charles de Valois semble s'attarder trop longtemps dans notre région. Pourquoi ? Nous nous posons la question depuis des semaines et nous ne trouvons pas de réponse logique. En attendant, le prince reçoit de fréquentes visites d'hommes fidèles à Corso Donati.

1. Deux factions rivales au sein du parti Guelfe à Florence. *(N.d.T.)*.

— Craignez-vous que les Noirs ne demandent son aide pour attaquer Florence ?

— Ils le feront certainement, messire Dante. Mais le scénario le plus préoccupant est en fait tout autre. Valois pourrait utiliser les Noirs à son avantage.

— De quelle manière ?

— Les Noirs veulent déclencher une émeute pour prendre le pouvoir. Le prince pourrait leur donner les renforts nécessaires : et pendant que Florence serait mise à feu et à sang, les soldats français pilleraient nos réserves d'or. Dieu seul sait ce qui peut arriver lorsqu'une ville est assiégée. »

Dante le fixa, anéanti.

« Vous devez retourner à Rome, ordonna Médicis. Nous avons besoin du pape. Si Boniface VIII met Florence sous la protection apostolique, les Français ne pourront pas commettre de violence contre notre ville, ils seraient immédiatement excommuniés.

— Philippe IV ne peut pas se permettre de subir une sanction religieuse aussi sévère, lui qui est le petit-fils de deux saints. De nombreux vassaux de France sont prêts à se révolter, et seul le charisme sacré du souverain les retient.

— C'est pourquoi j'ai voulu vous conduire ici, sieur Dante. Une fois de retour à Rome, vous devrez acheter des silences, payer des allégeances. Et peut-être commanditer des choses abominables que personne ne voudra faire gratuitement. Rappelez-vous toujours que tout cela est fait pour une bonne cause, le salut de notre ville. Maintenant vous savez que nous ne manquons pas d'or : faites ce qui est nécessaire, sans vous encombrer de scrupules inutiles ! »

Alighieri sentit tomber sur lui une charge oppressante que sa conscience aurait du mal à soutenir. Néanmoins, pour le bien de Florence, il était disposé à faire les plus grands sacrifices.

« Vous commencerez votre enquête avec les Templiers, déclara Médicis. Ce sont les banquiers des papes, les trésoriers de nombreux souverains catholiques. Leurs frères parcourent le monde chrétien à la recherche de fonds pour la nouvelle croisade. Ils connaissent certainement les plans du roi Philippe IV. Ce sera à vous de les faire parler. »

Les cloches en fête de ce dimanche matin égayaient la ville de leurs sonorités joyeuses. La maison de la sainte milice des Templiers était un lieu d'élection, et comme chacune de leurs innombrables bâtisses disséminées à travers l'Occident et l'Orient chrétien, elle avait une apparence singulière qui tenait à la fois du monastère et de la caserne.

Aux quelques privilégiés autorisés à franchir ces murs, le petit jardin entretenu avec un soin impeccable inspirait immédiatement une sensation de grande sérénité, avec le parfum intense de ses herbes, de nombreux lauriers et de grands cyprès – le laurier, symbole de gloire, et le cyprès d'éternité, les valeurs auxquelles les Templiers s'étaient dévoués. Discipline, efficacité et silence s'imposaient au visiteur. Dante Alighieri, bienfaiteur laïc de l'Ordre depuis de nombreuses années, traversa l'allée du jardin en suivant l'habit sombre du frère sergent. Le précepteur avait immédiatement accepté de le recevoir, il plaçait de grands espoirs dans cet entretien.

Frère Vieri de Rossi venait d'une famille guelfe de Florence parmi les plus célèbres et les plus anciennes ; c'était un vieil homme, mais toujours vigoureux. Sa peau tannée par le soleil et la longue cicatrice qui barrait sa barbe blanche suggéraient qu'il avait vécu la poussière des batailles dans le désert, là où les Templiers connurent le martyre en combattant les Sarrasins au nom du Christ.

Il l'attendait dans son bureau, propre et sobre. Les murs étaient entièrement recouverts d'étagères où étaient conservés les registres comptables ; l'ordre du Temple était une banque très puissante qui exerçait ses activités des deux côtés de la Méditerranée, et qui assurait la garde de la dîme due au pape pour la sainte cause de la croisade, collectée dans chaque diocèse du monde chrétien.

Le précepteur l'invita à s'asseoir, mais Dante était trop nerveux et préféra rester debout. « Frère Vieri, je vous remercie de m'avoir accordé cet entretien.

— C'est mon devoir, sieur Alighieri. Vous êtes un prieur de Florence ; et vous avez l'estime de mes frères. Ils disent même que vous aimeriez devenir l'un de nous. » Dante sourit.

« C'est exact, frère Vieri. Du reste, saint Bernard admettait des chevaliers mariés. »

Le précepteur lui lança un regard approbateur.

« Je vois que vous connaissez bien nos statuts. Mais c'étaient d'autres temps, saint Bernard vécut il y a deux siècles. Jérusalem avait un royaume et les soldats étaient peu nombreux. Désormais la ville sainte appartient aux Sarrasins, et les chrétiens n'ont plus de terres dans ces régions depuis vingt ans. Si on songeait sérieusement à une croisade, ce serait différent.

— Mais le roi de France a pris la croix. Ses dix mille cavaliers sont capables de défaire la résistance islamique. »

Le templier plissa son front tané et sillonné de longues marques comme une carte militaire.

« Pour le moment il n'en fera rien. Philippe le Bel

n'a pas l'intention de partir. Comme dit le proverbe : un homme sans argent est un loup sans dents. »

Ce commentaire étonna Dante.

« Est-ce par manque d'argent ? Pourtant, la France est un grand pays prospère. La terre y est fertile, le patrimoine forestier à lui seul doit valoir une fortune. Deux fois par an, chacun des nombreux vassaux du souverain verse au Trésor français une somme au prorata de la richesse qu'il possède. »

Le précepteur s'enferma dans un silence embarrassé. Il s'était laissé entraîner sur un terrain perfide et glissant ; la divulgation d'informations couvertes par le secret était une faute sanctionnée par l'expulsion irrévocable du Temple. Il y avait tellement de choses dont les Templiers ne pouvaient pas parler ouvertement. Pour certaines d'entre elles, le monde ne devait même pas imaginer leur existence ; à la seule pensée que l'on puisse les découvrir, le frère Vieri sentit son sang frémir dans ses veines. Mieux valait rester sur des chemins plus sûrs et en venir au fait.

« Pourquoi vouliez-vous me voir, sieur Dante ?

— Frère Vieri, la Seigneurie craint que les Français n'attaquent Florence en traître. Il y a quelque temps, elle leur a envoyé un ambassadeur avec des présents. Le pauvre homme est revenu à l'état de cadavre. »

Le templier leva un sourcil.

« Ce sont des choses qui arrivent, murmura-t-il.

— Elles arrivent en Terre sainte, où nous avons affaire aux Sarrasins. Chez les chrétiens, c'est un acte qui mérite l'excommunication. Encore faut-il être sûr que ce sont les Français qui ont tué ce pauvre homme. Ma tâche est de comprendre si Florence est sous une menace aussi sérieuse que le prétend la Seigneurie. J'espère que vous voudrez m'aider, car il s'agit de défendre le bien suprême qu'est la paix. »

Dante dévisagea le vieil homme, mais il affichait un masque impénétrable. Fidèle au double secret religieux et militaire qui scellait son ordre, frère Vieri ne dirait pas un mot. Alighieri comprit que c'était à lui de parler, de prendre des risques ; le templier pourrait peut-être le conduire à la vérité en gardant le silence, ou peut-être même en mentant, par une expression particulière de ses yeux ou de sa bouche.

« Je sais que l'armée commandée par le prince de Valois est puissante, insinua Dante. Officiellement, les Français se rendent en Sicile pour reprendre l'île que les Aragonais ont conquise avec la guerre des Vêpres. Mais le prince a dévasté les récoltes dans certaines régions comme s'il venait en ennemi. Le geste exprime clairement une volonté d'intimidation. De plus, il y a quelques jours, il semble qu'il ait reçu Geri Spini, venu de Rome. Vous me comprenez, frère Vieri ? Geri Spini, l'agent des Noirs qui veulent notre mort. Notre messager avait peut-être découvert leurs plans d'attaque, ils se sont débarrassés de lui avant qu'il ne leur nuise. »

Le précepteur détourna un peu trop vivement le regard, l'air coupable. Il ne voulait pas pointer du doigt le frère du roi de France, évidemment, mais les paroles du Florentin avaient fait mouche. Dante le pressa avec fougue. « Frère Vieri, Florence est fidèle au pape ! La ville a envoyé ses troupes à Rome lorsque les Colonna ont fait la guerre à Boniface VIII. Vous autres Templiers devez nous aider : écrivez à Sa Sainteté. Défendez notre cause, qui est la cause de la paix. Le Temple est le bras armé de l'Église, le pontife vous écoutera ! »

Le vieux soldat ne répondit pas, mais son expression

indiquait clairement qu'il voyait l'affaire comme un piège insidieux dont il était prudent de rester éloigné.

« Sieur Dante, notre ordre jouit depuis ses origines d'une autonomie que tous nous envient. Sa Sainteté n'intervient pas dans nos affaires et nous essayons, en échange, de ne jamais nous immiscer dans le gouvernement temporel de l'Église. C'est une sage mesure de prudence que nous entendons respecter. Surtout quand le roi de France est impliqué. »

Dante encaissa cette amère déception. Il savait bien que les Templiers, après la chute d'Acre, avaient dû déplacer leur siège d'Orient sur l'île de Chypre, et celui d'Occident dans une ville fortifiée près de Paris. Dans l'immense tour du Temple s'accumulaient les biens de l'Ordre, un impressionnant trésor de métaux nobles et de pierres précieuses réuni en vue de la reconquête de Jérusalem, si telle était la volonté de Dieu. En attendant, la richesse, le pouvoir et les nombreux privilèges dont jouissait le Temple étaient devenus un problème embarrassant pour le roi de France, problème exacerbé par le fait que nombre de vassaux, parmi les plus riches, donnaient volontairement des fonds et des revenus au Temple en tant que dons pour la Terre sainte ; des dons exonérés de taxes, puisqu'ils avaient pour objet la reconquête du Saint-Sépulcre.

Dante tenta une dernière manœuvre.

« Pour quelle raison les Français devraient-ils aider les Noirs ? Ce sont des hommes violents. De vils parjures qui ne respectent pas la parole donnée. Pourquoi les Français préfèrent-ils jeter Florence entre leurs mains ? »

Le vieux templier cligna des yeux, signe qu'il venait d'entendre une question pertinente, destinée néanmoins à rester sans réponse.

« Sieur Dante, je vous exhorte à méditer sur les

Saintes Écritures », dit-il d'un ton lourd de sous-entendus. Sur quoi, le tuteur prit un codex de la Bible sur une étagère et se mit à le feuilleter à la recherche d'un passage précis. Lorsqu'il le trouva, ses yeux s'éclairèrent d'un éclat fourbe.

« Écoutez, sieur Dante. La Bible est la parole de Dieu. Elle nous enseigne toujours quelque chose. "Hiram envoya ses serviteurs, des marins qui connaissaient la mer, avec la flotte et les serviteurs de Salomon. Ils allèrent à Ophir, ils prirent quatre cent vingt talents d'or et les apportèrent au roi Salomon."

— Plus de quatre cents talents, murmura Dante. C'est une grande quantité d'or.

— On peut dire que c'était une somme astronomique, sieur Dante. À l'époque où vécut Notre-Seigneur Jésus-Christ, un talent équivalait au poids actuel de deux mille florins.

— Le roi Salomon a donc pris à Ophir la somme de…

— Un peu moins d'un million de florins d'or, sieur Dante. C'était, de plus, un métal d'une pureté incroyable. Et nous ne savons pas si le chargement dont parle le texte a été le seul. Il y en eut peut-être d'autres. »

Yeux levés vers le plafond, Dante médita sur ce passage des Saintes-Écritures, entendu tant de fois pendant les offices religieux et jamais entièrement compris.

« Hiram conduit les navires de Salomon à Ophir, dit-il. C'est lui-même, un Phénicien, qui a projeté le temple de Jérusalem. Les traditions apocryphes lui attribuent même des pouvoirs occultes. Et Salomon était également considéré comme un magicien. Il possédait une bague magique. Un sceau d'une puissance extraordinaire. »

Frère Vieri remit le codex en place sans dire un mot. Quand il fit ce geste, un rai de lumière qui filtrait à travers les volets frappa le grand anneau sigillaire qu'il portait à sa main droite, celui avec lequel il signait les documents, symbole de son autorité dans les rangs de l'Ordre. Le sceau brillait d'une lueur secrète, comme s'il cachait des feux enfouis en lui-même.

Extraordinaire, pensa Dante. De l'or pur. D'une qualité extrême et rare, jamais vue auparavant.

10

Ridolfino da Lastra a Signa, procurateur de l'archevêque de Florence, plaçait un grand cierge votif sur la pointe en fer d'un candélabre devant l'autel central du Duomo. Dante se dit que ce n'était pas de bon augure. Ridolfino était récemment revenu de Rome : s'il ressentait le besoin d'implorer une grâce spéciale du Père éternel, c'était peut-être qu'il avait appris quelque nouvelle catastrophique dans la cité du pape.

Il s'approcha pour tenter sa chance.

« Bonjour, sieur Ridolfino. Je sais que Guccio de Médicis…

— Oui, il m'a mis au courant, coupa Ridolfino. Vous êtes sur le point d'aller à Rome. Vous devrez soumettre une requête au pape et demander, en audience privée, que la protection apostolique soit étendue à notre ville. Je vous admire pour votre courage. Il souffle un vent mauvais là-bas, vous savez ? » Le ton était aussi insidieux que grave.

« Le pape Boniface a une dette vis-à-vis de Florence et de nous autres Blancs. Nous avons envoyé nos milices pour le défendre lorsque les Colonna se sont armés pour lui livrer bataille.

— Vous avez raison, sieur Dante. Mais vous siégez

au Conseil depuis trop peu de temps pour avoir appris une vérité essentielle : les puissants ont la mémoire courte. Je vous déconseille d'approcher directement le pape. Vous devez chercher la médiation d'un homme de confiance. Un homme fidèle aux intérêts de Florence, et en même temps capable d'accéder personnellement à Sa Sainteté.

— Qui cela ?

— Père Rolando Guidi. C'était un orfèvre talentueux qui travaillait à la Monnaie ; il a contracté le typhus, mais a survécu. Pendant sa maladie, il a promis à Dieu de lui consacrer le reste de sa vie s'il était sauvé. Une fois guéri, il est devenu frère cistercien à Sainte-Croix-de-Jérusalem. Connaissez-vous cette ancienne abbaye cistercienne de Rome ?

— Bien sûr, dit Dante. Je l'ai visitée pendant le grand Jubilé universel. Est-ce que le père Guidi y vit ?

— Disons, sieur Dante, qu'il y garde sa résidence permanente. En réalité, le pape Boniface l'utilise volontiers pour de petites missions discrètes qu'il ne peut pas accomplir en suivant les voies officielles. Il informe le pape des nouvelles les plus confidentielles qui circulent à la cour du Louvre, par exemple.

— La cour du Louvre ? Mais comment peut-il obtenir ces informations ?

— Le père Rolando connaît des personnes très haut placées à Paris. Vous avez peut-être entendu parler des deux Florentins qui ont fait fortune en France. Je veux dire Albizzo et Musciatto Guidi des Franzesi, les banquiers du roi Philippe le Bel. On les a surnommés "Biche" et "Mouche" », ajouta-t-il d'un ton légèrement ironique.

Alighieri était impressionné, mais pas par la créativité perverse des Français dans l'art d'inventer des surnoms.

« Pourquoi le roi met-il ses finances dans les mains d'étrangers ? Les Français se laissent-ils narguer ainsi ?

— Sieur Dante, tout le monde ne peut pas être au premier rang ! Les Italiens savent s'y prendre. Ils s'entraident. Ils se protègent mutuellement. Et puis... ils arrosent de florins le roi, qui est à sec depuis un moment. Il y a peu, il était sur le point de sombrer, mais les frères Guidi l'ont sauvé *in extremis*. Il va de soi qu'ils le mènent à la baguette. »

Dante pensa aux vagues allusions aux dettes de la France du frère Vieri.

« Comment se fait-il que Philippe le Bel soit à court d'argent ? »

Ridolfino secoua la tête.

« Vous connaissez le proverbe : quand le père s'amuse à Carnaval, le fils doit faire carême. Philippe III s'est endetté jusqu'au cou à cause de cette idée stupide de faire la guerre à l'Aragon, qui était d'ailleurs la patrie de sa première femme. La France n'a pas fini de payer, elle ne peut donc pas battre monnaie, il faut donc l'acheter à Bettino Cassinelli, au prix qu'il décide.

— Bettino Cassinelli, murmura Dante, un autre Florentin à Paris, le patron de la Monnaie.

— En réalité, il est de Lucques, mais cela ne change rien. De toute manière, depuis que les Guidi sont là, le roi de France respire. Les florins pleuvent à verse.

— Mais où ces frères Guidi prennent-ils tout cet argent ? Il s'agit des comptes du royaume, tout de même !

— J'ai une petite idée, dit le procurateur. Les Guidi ne travaillent pas pour eux-mêmes. Les sommes qu'ils fournissent au roi de France ruineraient le roi Midas lui-même. Derrière les deux frères, il y a la République : un accord secret avec la Seigneurie. C'est pour cette raison que Philippe le Bel a limogé la banque des Riccardi, auprès de laquelle il se servait auparavant. Les Riccardi ne sont pas de Florence. Pour des raisons évidentes, les frères Guidi ont donné l'alarme sur les probables intentions belliqueuses des soldats français contre Florence.

— C'est pourquoi le roi de France déteste tellement Florence… Au point de trahir ses amis !

— Allons, Dante : ne soyez pas naïf. Philippe le Bel ne déteste pas Florence. Au contraire, il éprouve une réelle sympathie. On dit même qu'il a appris à parler italien pour comprendre le courrier qui parvient à ses hauts fonctionnaires. Il le fait lire et transcrire par des serviteurs de confiance. La décision d'attaquer notre ville dépend d'une circonstance simple : cet homme est désespéré. Vous souvenez-vous de ce que disaient les anciens ? *Mors tua, vita mea.*

— Et les Templiers, sieur Ridolfino ? Si le roi a besoin d'argent, ne pourrait-il pas leur demander ? »

Le visage du procurateur s'assombrit.

« Quelle folle idée ! Le grand maître est aussi éloigné du roi que possible.

— Pour quelle raison ?

— Les deux hommes ne s'entendent guère, de par leur caractère. Au début, ils s'étaient efforcés de collaborer, il y avait même une certaine cordialité entre eux ; mais un étrange désaccord est intervenu qui a ruiné cette sorte de paix armée.

— Qu'est-il arrivé ?

— Je ne sais pas grand-chose, sieur Dante. Cela s'est passé il y a trois ou quatre ans, lorsque le roi de France s'est mis en tête de construire une manufacture royale dans le quartier fortifié des Templiers à Paris.

— Étrange, observa Dante. Avec un grand royaume

à sa disposition, il voulait construire une fabrique précisément sur le territoire des Templiers ?

— Il avait ses raisons, sieur Dante. Tout produit sorti de cette usine aurait été exonéré de toutes les charges prévues par la loi française.

— Cela n'a pas de sens, Ridolfino : le roi fait la loi. Il aurait pu donner à cette usine un statut fiscal *sui generis*.

— Qui sait ? Peut-être que le grand maître des Templiers lui a opposé l'objection que vous soulignez maintenant. Ou une autre tout aussi raisonnable. Le fait est que frère Molay ne voulait pas de cette usine royale dans ses pattes, et rien ne pouvait être fait sans sa permission. Depuis ce jour, le roi a fait un nœud à son mouchoir.

— Merci, sieur Ridolfino, répondit-il un peu mal à l'aise. J'irai de nouveau à Rome, si c'est ce que le Conseil désire. »

L'idée de partir exaspérait Alighieri. Sans motif rationnel, mais s'éloigner de sa famille et de sa ville l'agitait au point qu'il sentit un frisson désagréable courir sous sa peau, comme un avertissement silencieux du destin.

« Il y a une chose que vous pouvez faire pour moi, sieur Dante, quand vous serez à Rome. Une faveur que je vous demande personnellement.

— Je vous écoute.

— Comme je vous l'ai dit, le père Rolando était un orfèvre très talentueux qui travaillait pour notre Monnaie. Plusieurs des plus belles gravures qui ornent nos florins sont de sa main. Après sa conversion, il a continué d'exercer son art en forgeant des œuvres de la plus haute facture. Je lui ai donc commandé la création d'un reliquaire d'or en forme de croix pour Santa Maria del Fiore. Je n'ai pas besoin de vous expliquer pourquoi cette forme a été choisie. »

Alighieri saisit immédiatement l'idée, mais n'eut pas

le courage de poser de question ni de parler en termes explicites. Il y avait une bonne raison pour que Ridolfino reste dans le vague : le moine orfèvre avait secrètement prélevé un éclat du bois inestimable de la Vraie Croix. Soigneusement enfermé dans le reliquaire, il enrichirait la cathédrale de Florence d'un fragment d'éternité. Évidemment, tout avait été fait dans le secret le plus total : il était difficile pour l'abbé d'autoriser ce prélèvement, car le vol des reliques sacrées se payait par l'excommunication sans appel.

« Je pense avoir parfaitement compris, Ridolfino.

— Bien, sieur Dante ! Je suis persuadé que vous n'ouvrirez pas le reliquaire et que vous aurez soin de le rapporter dans sa patrie en le dissimulant soigneusement.

— Vous pouvez compter sur moi », assura le poète.

Il quitta la nef de la cathédrale avec dans le cœur un inquiétant maelström d'émotions contradictoires : pour des raisons qu'il ne comprenait pas, son soulagement se mêlait à un présage de mauvaise fortune.

11

Le front ceint d'olivier sous un voile candide,
une dame m'apparut, qui, sous un vert manteau,
portait une robe couleur de flamme vive.

Purgatoire, chant XXX, 31-33

Dante releva sa plume et regarda autour de lui. L'arrière-boutique de la banque des Bardi était encombrée de livres de comptes, dossiers, registres, tablettes de cire et piles de feuilles.

Que de matériel pour écrire ! Il avait ressenti une envie irrépressible dès qu'il avait mis les pieds dans cette pièce. L'envie de confier à l'écrit un souvenir trop cher pour être perdu. Un souvenir qui pourrait vivre des siècles, peut-être éternellement, sur les ailes de la poésie.

Si gentille et si honnête ma femme paraît
Quand elle salue les gens,
Que chaque langue tremble muette,
Et les yeux n'osent la regarder.

Ma Dame se montre si aimable
Et si modeste quand elle vous salue

Que la langue vous devient muette et tremblante,
Et les yeux n'osent la regarder[1].

Il la revoyait dans ce portrait fidèle de la douleur irrésolue. Le visage juvénile et les yeux clairs, cette douce façon de rougir avec laquelle elle l'accueillait. Il en avait été foudroyé, marqué à vie. Il avait cru que son sourire discret, timide et bienveillant, lui donnait le droit d'espérer. Il se souvint avec une honte abyssale le soir où il s'était résolu à affronter son père pour lui exprimer son désir : il voulait épouser cette fille. Le bon Alighiero l'avait fait asseoir devant lui. L'idée d'avoir bientôt une descendance lui plaisait. Il avait fait apporter le vin, et ils avaient fêté et discuté de détails divers et variés.

Au quatrième verre, il avait commencé à perdre le contact avec la réalité. C'était l'hiver, mais dans l'air de la pièce mille lucioles s'étaient mises à danser comme dans la nuit de la Saint-Laurent, et le sol ne voulait pas rester immobile. Alighiero l'avait pris à bras-le-corps et l'avait porté à l'étage.

« Va te coucher, imbécile. Tu ne supportes pas deux verres de chianti, et tu penses pouvoir supporter une femme ! » Il n'avait pas pu s'opposer, ni lutter contre sa famille. Elle avait épousé Simon de Bardi, un banquier florentin bien placé à tous points de vue. Et convenablement plus âgé qu'elle.

Dante ne haïssait pas Bardi, parce que son cœur était trop grand pour ressentir des sentiments mesquins envers un homme qui n'avait fondamentalement aucun

1. *La Vie nouvelle*, traduction Maxime Durand-Fardel, Fasquelle, 1898.

tort ; mais il avait souffert pendant des années, dans les ténèbres de sa conscience, de cette blessure jamais guérie.

Puis elle était morte. Et ce jour-là, par un hasard incongru de son esprit ou de son cœur, il avait senti que, finalement, elle lui appartenait. Paradoxalement depuis lors, il éprouvait le besoin de confier ses sentiments à Bardi. C'était étrange, mais cette relation de confiance qui s'était en définitive établie entre eux, de banquier à client, représentait pour Alighieri un bon substitut à l'amitié qui aurait pu être, une sorte de parenté posthume au nom de la femme que tous deux avaient aimée.

Dante fut étonné, et ému, de trouver parmi les livres de cette pièce, une copie de la *Vita Nova*, l'écrin dans lequel il avait enfermé son amour immortel pour Béatrice Portinari.

La porte grinça, et Dante saisit aussitôt la feuille sur laquelle il avait écrit ses vers pour la cacher dans son sac. Simon de Bardi entra d'un pas légèrement déséquilibré par le poids de l'âge et des douleurs au genou droit.

Il lui tendit la main avec une cordialité authentique. Aucune trace de ressentiment ou de suspicion en lui. Il ne pouvait pas imaginer qu'il était face à l'homme qui avait secrètement voué à son épouse un amour chaste mais violent, la liant à lui pour l'éternité dans la mémoire des hommes.

« Asseyez-vous, messire Dante. Je vous écoute. Je vous aiderai, si je peux.

— La Seigneurie m'envoie à Rome en mission : faites transférer une partie de mes biens dans votre succursale romaine pour que je parte tranquille.

— Aucun problème. De combien avez-vous besoin ?

— En réalité je ne sais pas, sieur Simon.

— Resterez-vous là-bas longtemps ?

— Le moins possible, j'espère. Mais qui sait ? L'armée française est aux marches de notre comté, il n'y a pas de quoi dormir sur ses deux oreilles. Je dois requérir la protection apostolique pour Florence mais obtenir une audience du pape Boniface peut demander une patience biblique. Heureusement, j'ai un allié bien introduit dans la Curie. Un Florentin qui est au service de Dieu dans l'abbaye de Sainte-Croix.

— Comment s'appelle-t-il ? Je le connais peut-être.

— C'était un orfèvre de la Monnaie, il a échappé à la mort et est entré dans les ordres. Il s'appelle Rolando Guidi. D'après Ridolfino, il est en contact étroit avec deux Florentins bien placés à la cour du Louvre.

— Rolando Guidi, avez-vous dit ? Est-il de la famille d'Albizzo et Musciatto Guidi des Franzesi ?

— Pas que je sache, mais le nom de famille est le même. Ce sont des banquiers importants, comme vous. »

Bardi rit de bon cœur.

« Vous plaisantez, messire Dante ? Les Peruzzi, oui, sont comme nous. Les Cerchi, les Mori aussi, mais les Guidi… ils sont si haut placés que si je les regarde, je risque de me tordre le cou !

— Certains pensent qu'il y a une entente secrète entre les Guidi et le roi de France : Philippe le Bel défend Florence, et les Guidi lui prêtent des florins d'or pur pour ses innombrables besoins. Ils ont scellé un pacte d'acier », conclut Dante.

Simon de Bardi caressa son menton gras et mou avec une lenteur méditative. Puis il se leva de sa chaise, non sans quelques efforts, et se déplaça dans la pièce d'un pas lourd. Il toucha l'abaque et fixa le paysage urbain par-delà la fenêtre, regardant au loin, comme s'il voyait réellement le scénario sans précédent que Dante lui proposait. Et plus il y pensait, plus il était méfiant.

« Cela dépend, dit-il enfin.

— Cela dépend… Cela dépend de quoi, sieur Simon ?

— Des circonstances, répondit le banquier. Jusqu'à il y a quelques mois, j'aurais souscrit à vos conjectures sans réfléchir un instant. Aujourd'hui, je n'en suis plus convaincu.

— L'amitié entre le roi Philippe et les frères Guidi s'est donc rompue ?

— Jugez par vous-même, messire Dante. Depuis quelque temps déjà, les deux trésoriers du roi transportent des fonds hors de France par tous les moyens ingénieux qu'ils peuvent imaginer. Des fûts de vins fins de Bordeaux à double fond. De pauvres pèlerins en route pour prier au tombeau de saint Pierre avec des florins sonnants cachés dans la doublure de leurs manteaux grossiers. Et des bêtes de somme qui, dès qu'elles franchissent la frontière française, se retrouvent, comme par miracle avec des sacoches pleines de pièces d'or, au lieu de livres… Vous comprenez ce que je veux dire ?

— Parfaitement. En bref, c'est comme si Albizzo et Musciatto Guidi s'apprêtaient à quitter la France à tout moment. Comme s'ils avaient peur d'être expulsés. Si cela arrive, ils ne rentreront pas chez eux les poches vides.

— Philippe le Bel n'en est pas à son coup d'essai lorsqu'il s'agit de manœuvrer contre des groupements disposant d'un grand capital, sieur Dante. Cependant, dans le cas des frères Guidi, il y a autre chose que le simple besoin de mettre de l'argent en sécurité. Certains de leurs actes semblent suggérer qu'ils ont peu d'estime pour le souverain et une envie urgente de prendre le large, de s'éloigner de lui et de ses choix.

— Quels actes précisément ?

— La nouvelle monnaie, répondit Bardi avec conviction. Vous savez peut-être qu'il y a quelques années, Philippe le Bel a ordonné la frappe d'un agnel en or au moins aussi précieux que celui qu'avait émis Saint Louis en son temps. Contrairement à son grand-père, cependant, le roi ne voulut qu'un nombre limité de pièces, mais des pièces d'une valeur considérable.

— J'imagine la foire d'empoigne des grands seigneurs pour en obtenir, intervint Dante.

— Ils se sont battus comme des chiffonniers pendant des mois ! Pourtant, l'accès à ces pièces n'était pas libre, pour ainsi dire. Seul le roi décidait de leur sort, une par une. Il a fait dresser des listes avec les noms de ceux qui pouvaient en acheter et en quelle quantité.

— C'est étrange, sieur Simon. Si la Couronne les avait vendues aux enchères, elle aurait pu en tirer bien davantage.

— Mais ce n'est pas ce qu'elle a fait. Au vrai, l'attribution de cette pièce devait représenter bien plus qu'une simple vente : en avoir était un signe tangible et incontestable de la faveur de Philippe IV. L'agnel d'or est avant tout un symbole d'appartenance à la meilleure société de France. Plus on en a, plus on s'en vante.

— Et les frères Guidi ?

— Ils ont acheté cinq cents pièces.

— Eh bien !

— Maintenant, ils les revendent une à une, ajouta Bardi, savourant la consternation qui se lisait sur le visage de son interlocuteur.

— Ils les revendent ? Mais pourquoi ?

— Ils y gagnent, messire Dante. Beaucoup de nobles, écartés de la distribution, dépensent pour acheter quelques-unes de ces pièces des sommes beaucoup plus importantes que leur valeur réelle, c'est-à-dire leur poids en or. Je crois que les frères Guidi font de très bonnes affaires. Mais il y a autre chose. En vendant ces pièces, Albizzo et Musciatto veulent donner un signal clair de leurs intentions : ils marquent leurs distances avec le roi de France.

— Un désaveu en bonne et due forme, acquiesça Dante. Quelque chose de très grave a dû se produire pour les pousser à un tel geste. Avez-vous une idée ? »

À en juger par l'expression de sieur Simon, l'affaire prenait une tournure scabreuse.

« Bien sûr, ce n'est qu'une conjecture, messire Dante. Vous savez que la dîme est collectée dans tous les diocèses, c'est de l'argent pour la croisade. Mais depuis combien de temps n'y en a-t-il pas eu, de croisades ?

— Trente ans. La dernière a été celle de Saint Louis, qui est mort à Tunis. Depuis, il y a eu beaucoup de discussions à ce sujet, mais rien de concret n'a été entrepris.

— Bien résumé, approuva le banquier. On parle et on écrit à tort et à travers. Pendant ce temps, l'argent est collecté partout. On l'engrange, année après année, et comme il n'y a pas moyen d'aller en Terre sainte, les souverains l'investissent et en tirent profit.

— Les intérêts appartiennent cependant à l'Église.

— En théorie, mais demandez-vous : quand est-ce que le paiement est effectué ? Le temps, sieur Dante, est une aubaine pour ceux qui manipulent l'argent. Les rois chrétiens sont des grenouilles de bénitier, ils se mettent en quatre pour libérer le Saint-Sépulcre, du moins en paroles. Pendant ce temps, le pape les autorise à collecter la dîme dans leur royaume. Ils gardent l'argent jusqu'à ce qu'ils soient obligés de le rendre, sous peine d'excommunication. En attendant, les capitaux batifolent de-ci de-là, ils mettent bas comme des juments, et les intérêts sont empochés. La France est bien grande, elle compte de nombreux diocèses. Vous imaginez les chiffres ?

— Ce sont les Guidi qui ont obtenu pour le roi la collecte de la dîme dans son royaume ?

— Exactement. Pendant des années, ils ont également géré le Trésor de la France, qui se trouve au Louvre. Pourtant, depuis quelque temps leur idylle avec le souverain s'est dégradée. Et maintenant, ils sortent tous leurs biens du territoire français. Que faut-il en déduire ?

— Les Guidi ont subodoré quelque chose. Un délit qui concerne la dîme et les intérêts à payer à l'Église. S'ils sentent qu'ils sont sur le fil du rasoir, il est naturel qu'ils préparent leur départ de Paris. »

Simon de Bardi approuva d'un hochement de tête lent et solennel.

« Des documents compromettants vont sortir, messire Dante : Albizzo et Musciatto ont besoin de preuves sûres pour accuser de fraude un homme illustre comme le roi Philippe le Bel. Des preuves inattaquables. C'est peut-être pour cela que la Seigneurie vous renvoie à Rome.

— Les instructions que j'ai reçues ne parlent pas de documents ou papiers d'aucune sorte. Mais… j'y pense, ce frère orfèvre doit me livrer un reliquaire précieux qu'il a façonné pour Santa Maria del Fiore. Il cache un éclat du bois de la Vraie Croix. »

Simon de Bardi sortit une bougie du tiroir du bureau

et l'approcha de la flamme de la cheminée avec gravité, comme s'il voulait allumer un cierge votif.

« Ce frère sera l'intermédiaire entre ses proches à Paris et Sa Sainteté, j'en mets ma main à couper. Il recueillera les preuves contre le roi de France et les remettra au pape. Si ce que vous avez dit est vrai, alors le but principal de votre voyage n'est pas d'obtenir la protection papale de Florence. Pensez-y, Dante : pourquoi n'ont-ils pas confié cette tâche à l'évêque ? Il aurait été beaucoup plus qualifié que vous.

— À quoi dois-je m'attendre alors ?

— Le moine mettra entre vos mains la preuve de la fraude commise par le roi de France et non la relique de la Vraie Croix ! Bien entendu la Seigneurie ne fait pas aveuglément confiance au pape Boniface et préfère avoir une arme plus tranchante contre l'avidité du prince de Valois. Si ces preuves étaient divulguées aux quatre vents, le nom de Philippe IV serait traîné dans la boue. Belle renommée pour le roi très chrétien ! Le prince Charles ne peut pas permettre que sa famille soit diffamée : c'est la meilleure garantie pour la protection de Florence. »

Dante baissa la tête, saisi d'un sentiment frustrant de défaite. Il aurait préféré être averti du fait que la Seigneurie avait l'intention de l'utiliser dans un but aussi sensible. Mais cela valait mieux que de découvrir qu'il était utilisé à son insu. L'éducation militaire qu'il avait reçue en tant que fils et petit-fils de chevalier suffisait cependant à lui faire comprendre une amère vérité : à la guerre comme en amour, il n'y a pas de règles. Et dans la situation du moment, il était clair qu'un conflit silencieux mais féroce se jouait entre Florence et le roi de France.

« Que me suggérez-vous de faire, sieur Simon ?

— Exactement ce qu'ils vous ont dit, messire Dante. Demandez une audience à Sa Sainteté. Prenez ce reliquaire et apportez-le à la cathédrale. On ne vous demande rien de plus. Je vous recommande une seule chose : n'ouvrez ce boîtier sous aucun motif. Souvenez-vous-en quand vous serez à Rome : votre vie en dépend ! »

12

Rome semblait déserte après la cloche du couvre-feu. Le silence, imposé par les sévères mesures papales contre le crime, plongeait la ville dans une immobilité profonde et sinistre, comme en état de mort apparente. Même le gargouillis discret du Tibre, invisible par-delà l'épais rideau des maisons populaires, évoquait un sifflement inquiétant, presque un présage de l'Achéron noir. Au coucher du soleil, les ruines millénaires assumaient un charme sinistre ; chaque terrain vague dans ce labyrinthe de ruelles sombres, de coins étroits et sales, d'arcs ruinés depuis des temps immémoriaux, devenait un repaire de criminels et de possibles guets-apens. Dans cette nuit ambiguë de fuites et d'inquiétudes, certains poursuivaient un être cher perdu, ou le rêve d'un amour impossible. D'autres scrutaient le ciel à la recherche de messages mystérieux. Debout devant la fenêtre grande ouverte de l'auberge où il logeait, Dante Alighieri écrivit un vers qui bourdonnait dans sa tête :

« Et nous sortîmes revoir les étoiles[1]. »

1. Dernier vers de *L'Enfer*. *(N.d.T.)*

Oui, c'était le vers final qui convenait. La fin heureuse d'un voyage imaginaire dans les régions horribles et obscures de l'enfer. Une forêt sombre comme entrée, des tribulations et des brutalités pendant le voyage ; une vision cauchemardesque qui devait dépeindre toutes les nuances de la misère humaine. Et puis, enfin, la montée des ténèbres vers l'espoir. L'idée lui était venue en observant à l'astrolabe le spectacle du ciel nocturne. La configuration astrale qu'il avait devant les yeux n'annonçait, selon ses connaissances, rien de bon.

Il pensa à ce fameux passage de Roger Bacon, qui reprenait dans ses pages le savoir profane de l'Arabe Albumasar : lorsque Jupiter entre en conjonction avec d'autres astres, il annonce des événements fondamentaux pour la religion et la foi. Mauvaise chose, pensa Dante, que l'astrolabe ait indiqué la survenue de la conjonction la plus néfaste connue des grands savants : celle de Jupiter et de la Lune. Selon Bacon, cet événement maléfique perturbe l'harmonie du cosmos, car il annonce la loi de l'Antéchrist.

La mission que la Seigneurie lui avait confiée ne pouvait commencer sous de pires auspices, et les paroles de messire Guccio de Médicis avant son départ de Florence ne pouvaient être plus décourageantes. Derrière la présence du prince de Valois en Toscane, il entrevoyait les signes d'une vaste conspiration qui pourrait coûter la liberté à Florence, comme le marin voit les ombres longues et effrayantes de prédateurs voraces aux aguets sous la surface calme de la mer. Il fallait écouter Médicis, car c'était un vieil homme : au cours de sa longue vie d'homme politique et de commerçant, il en avait assez vu pour pouvoir porter des jugements fiables.

Dante se demandait avec amertume ce qu'il ferait s'il découvrait finalement celui qui essayait de livrer

Florence aux mains de l'ennemi. Et si c'était quelqu'un qu'il connaissait ? Un de ses amis, peut-être…

« Monsieur !

— Vous me parlez ? demanda Dante, surpris dans ses réflexions.

— Oui monsieur. Pardonnez-moi. Je suis perdu dans ce labyrinthe de ruelles, c'est la première fois que je viens à Rome. Pour aller à Saint-Pierre, c'est par là ?

— Oui. Le Tibre est droit devant. Vous trouverez un grand château circulaire où vivent les Orsini. Il y a un pont là-bas : c'est le seul accès au Vatican. Mais je crains que la basilique ne soit fermée à cette heure de la nuit.

— Merci monsieur ! »

Le cavalier éperonna son cheval et partit en suivant la direction que Dante lui avait indiquée. C'était curieux. Ce devait être un pèlerin perdu, d'après sa langue occitane qui mêlait l'idiome italique aux langues parlées par-delà les Alpes. Se rendant au Vatican, il trouverait un logement dans l'une des nombreuses auberges réservées aux pèlerins qui se pressaient autour de la grande basilique de l'Apôtre comme des poussins autour d'une poule. Il avait malgré tout l'allure d'un homme important. Pourquoi voyageait-il sans escorte, bravant les dangers des rues de Rome, à la nuit tombée, quand il n'y a plus de loi qui vaille ? Il portait un manteau luxueux : à en juger par les reflets sous le clair de lune, il devait être en velours de soie. Autour de son cou, Dante avait vu une grande boucle en or massif, décorée d'émaux héraldiques avec le lys de France. Les armoiries royales. Un dignitaire, certainement. Quelqu'un de haut placé au Louvre. Pourquoi ce seigneur mince et bien habillé voyageait-il seul ?

Le jeune homme pressa son cheval pour aller plus vite. Il avait peur, à parcourir ces rues désertes dans le noir absolu, mais là où il allait, personne ne pouvait l'accompagner. Il frémit et ajusta la capuche de sa précieuse cape de velours.

À peine hors des murs de Rome, la forêt s'étendait à perte de vue, sombre comme un abîme. Il aperçut enfin les lumières du Vatican dans cette désolation, comme un phare dans la tempête : les flambeaux votifs des couvents, les fenêtres de la grande basilique éclairées par des centaines de cierges. Non loin de la tombe de Pierre se trouvait un autre bâtiment tout aussi illuminé. Un bâtiment profane mais non moins important. C'étaient les fonderies de la Monnaie vaticane où les soufflets étaient activés en permanence et les fours brûlaient à plein régime.

Il en possédait, de l'or, ce Boniface VIII. Le vicaire de Pierre n'avait pas de problèmes de liquidités. Il avait beau se plaindre, crier misère depuis que ses ennemis de la famille Colonna avaient attaqué la caravane qui transportait le Trésor apostolique, les mieux informés chuchotaient tout autre chose. Tant d'argent lui avait été volé, et autant d'argent avait été caché en un endroit sûr. En homme habile, Boniface envisageait toujours les renversements possibles du destin, et en général il prenait des précautions. Les offrandes et les aumônes affluaient des quatre coins du monde chrétien ainsi que l'argent de la dîme que les croyants payaient pour racheter le Saint-Sépulcre ; des patrimoines entiers étaient légués au Saint-Siège. Le grand Jubilé universel avait attiré en ville un flot de gens jamais vu auparavant, et les revenus augmentaient. Si jamais une urgence se présentait, Sa Sainteté pouvait compter sur quelques riches banquiers qui rivaliseraient pour lui prêter des sommes astronomiques avec un intérêt négligeable, à condition qu'il ferme les yeux sur leur petite comptabilité. Que jamais nul ne prononce ce mot haineux, qui pue déjà l'enfer dès qu'on l'entend : usure !

Le pape avait de la chance. Les autres dirigeants devaient se démener comme de beaux diables pour régler leurs dettes d'État. Jusqu'à commettre des crimes, parfois.

Il était arrivé. Il contourna le château Saint-Ange, franchit le pont et se retrouva devant le poste de garde. Il frappa deux fois. Un peu trop discrètement peut-être. Il recommença avec plus de vigueur et le judas de la caserne s'ouvrit. Un regard suspicieux se posa sur lui.

« Qui va là ? demanda l'officier d'un ton rogue.

— Je suis le prince Robert de Bourbon. Je dois voir Arnaud de Villanova. J'ai une lettre de créance signée par le roi de France. »

L'œil le fixa avec étonnement.

« Arnaud comment ?

— On l'appelle le Catalan. C'est le médecin personnel du pape. »

Le regard du militaire se perdit pendant un moment dans le vague, puis reprit la même expression peu amène avec laquelle il l'avait accueilli.

« Serait-ce ce vieil imbécile qui circule déguisé en Sarrasin ?

— Oui, c'est lui. Pouvez-vous m'accompagner chez lui ?

— Personne n'entre en ce moment.

— Alors demandez-lui de venir ici. Je dois lui remettre un message important de Sa Majesté. Et qui ne peut souffrir aucun retard ! » Le ton péremptoire et l'autorité qui émanaient du gentilhomme, si jeune fût-il, calmèrent la sentinelle. « Attendez. Je vais voir ce qu'il dit. »

Le judas se referma. Un temps passa qui parut interminable au postulant, en réalité à peine une demi-heure selon le sablier et les critères des simples mortels. Le carré de la porte de fer s'ouvrit de nouveau. Cette fois, le regard curieux du vieux savant apparut. Il écarquilla les yeux.

« Toi ici ? s'exclama le Catalan.

— J'ai fait un long voyage pour vous voir, maître Arnaud.

— Que veux-tu de moi ?

— Le *lys* veut que vous reveniez.

— Je sais. Mais je n'ai pas l'intention de me plier à son souhait.

— Il a besoin de vous, maître. Le soleil doit briller de nouveau dans les souterrains de Notre-Dame. Est-ce que vous comprenez ce que je veux dire ?

— Je ne comprends que trop bien, pour mon malheur. Mais je ne serais pas ici à Rome si j'étais prêt à revoir cette aube-là. Réfères-en au roi : il t'a fait parcourir un long chemin pour rien.

— Je ne travaille pas pour lui. Je sers une bien plus haute autorité.

— Vraiment ? Et laquelle ?

— La paix entre chrétiens. »

Une réponse aussi générique rendit Arnaud méfiant.

« C'est pour sauver la paix que tu es venu à Rome ? » L'autre eut un sourire narquois.

« Je suis venu également pour récupérer une de mes brebis égarées. Ou plutôt, une de *vos* brebis, maître. Un *agneau* d'une valeur incalculable. »

Le Catalan contracta les muscles de son visage.

Il soupçonnait tout cela depuis le début, maintenant il en était sûr.

« Un agneau… Est-il arrivé ici à Rome ? demanda-t-il mal à l'aise.

— Oui, maître Arnaud. Le premier du troupeau.

— Le premier, répéta le vieil homme, étonné. Tu veux le montrer au pape ?

— Au contraire. Je vais me le faire rendre pour le garder caché. Le pape ne doit pas le voir. Et vous, qu'avez-vous dit ?

— Pas un seul mot, dit le vieil homme. Où est l'agneau ?

— Entre les mains d'un moine qui vit à Sainte Croix. Père Rolando Guidi. Est-ce que vous le connaissez ? »

Arnaud de Villanova fouilla dans ses souvenirs, puis son regard s'illumina grâce au détail qu'il venait de saisir.

« Je sais de qui il s'agit, répondit-il. Et je sais, par conséquent, pour le compte de qui tu viens me voir.

— J'en doute, maître, dit l'autre, moqueur. Mais peu importe qui je suis, ou qui m'envoie. Seul le but compte. Le Seigneur ne doit pas nous rendre gloire, mais nous le devons à Son Saint Nom. »

À ces mots, le Catalan ouvrit la bouche dans un élan de stupéfaction. Il n'était pas sûr d'avoir bien compris, mais l'autre le précéda en entonnant un psaume capable de dissiper toutes ses hésitations.

« *Ecce quam bonum et quam iucundum…* »

Le vieil homme ne voulut pas en entendre davantage.

« Que Dieu te guide ! » coupa-t-il sévèrement. Et il referma aussitôt le judas dans un bruit sourd et sans appel.

L'homme se remit en selle. Il éperonna son cheval et pénétra dans le dédale de ruelles qui menaient du Tibre au Champ de Mars, puis à la Via Sacra, l'artère principale de la ville.

Il lui fallait la parcourir dans l'obscurité de cette nuit froide, avec comme seul guide la lune exsangue qui brillait d'une lueur fantomatique. Sa destination était à l'autre bout de la ville, non loin de Porta Asinara.

Une ombre apparut soudain à l'angle d'une rue, qui le fit tressaillir. Fausse alerte, heureusement. C'était seulement une femme.

Une pauvre folle, une mendiante qui errait désespérée dans les rues de Rome. Une de ces femmes dangereuses, qui se meuvent dans l'obscurité sans aucune crainte et sans jamais prendre le mauvais chemin, car elles semblent voir dans le noir. Comme les chats errants, les oiseaux nocturnes, et les fantômes. De celles qui semblent tout savoir, capables de déchiffrer le mystère de la nuit à son odeur. Une gitane sarrasine.

La gitane avançait tête baissée. Ses pieds nus, endurcis par des décennies de marche, dévoraient la rue sans se soucier du froid. Elle ne craignait ni le froid, ni les malfaisants, ni les esprits malins ; peut-être avait-elle beaucoup souffert au cours de sa vie, au point de n'avoir plus peur de rien. Ou alors croyait-elle avoir à ses côtés des forces invisibles capables de la protéger de tous les maux.

Elle connaissait l'heure et le lieu. Elle devait être là, parce que c'est là que cela se produirait. Ses précieuses cartes emplies de magie le lui avaient raconté dans la mystérieuse langue des symboles. Il n'y avait pas de mensonges dans les naïbis. Ceux qui avaient dessiné ces cartes connaissaient la science des décrets des étoiles, et les étoiles ne mentent jamais.

Une voiture qui avançait prudemment sur le chemin de terre s'arrêta soudainement. Dedans, un vieil homme au visage fatigué, souffrant d'insomnie comme toutes les personnes de son âge, qui semblait pressé et fut agacé par cet arrêt inattendu. Arnaud de Villanova ne s'en voulait pas d'avoir été arrogant, mais bien plus d'avoir été insouciant. Il n'aurait pas dû en finir si vite avec l'homme venu de Paris. Il aurait dû auparavant entendre exactement ce qu'il venait faire.

Regrettant sa réaction impulsive, Arnaud avait demandé aux gendarmes du pape de l'emmener à l'église Sainte-Croix-de-Jérusalem. Il était vital de récupérer l'agnel. Mais pourquoi la voiture s'était-elle arrêtée ?

« Que se passe-t-il ? » cria-t-il brusquement au cocher. Le domestique croisa les doigts et répondit : « Désolé, il y a une femme au milieu de la route.

— Pousse les chevaux et dis-lui de s'écarter ! » Le serviteur secoua la tête. Un réflexe inconscient, un frisson. Le malheur était que l'inconnue ressemblait à une gitane, une sorcière, de celles qui vous jettent le mauvais œil. Arnaud regarda dehors.

« Ouvre la porte, laisse-moi sortir ! dit-il au conducteur. Je connais cette femme. »

« Put… n », marmonna le porteur, avant de faire très vite le signe de la croix.

Il ne s'accommodait pas du mauvais coup du destin qui l'avait placé au service du nécromancien. Rien qu'à le regarder se promener, on frémissait : on eût dit un de ces Sarrasins avec un bâton à tête de chacal dont le regard vous jetait un sort. Dans la sorte de forteresse qu'il s'était fait construire dans les jardins du Vatican, il menait des expériences de magie, et il n'était pas rare d'entendre de fortes détonations venant d'une grotte et de sentir une odeur âcre de soufre, preuve sans équivoque de la présence du Malin. Un valet de pied avait un jour grimpé sur la clôture pour l'espionner, était tombé soudainement, effrayé, et s'était cassé le bras. Il avait juré que le Catalan était un sorcier capable de transformer l'eau en feu, qu'il avait versé du liquide transparent d'une fiole, qui s'était immédiatement enflammé de lui-même, par simple contact avec l'air.

Et cette nuit, c'était le comble ! Il avait exigé une voiture alors qu'il faisait déjà nuit pour se rendre de l'autre côté de la ville. Une gitane les arrêtait et voilà que le vieux disait qu'il la connaissait. C'était vraiment un hérétique, un mécréant !

« Zaïra, dit Arnaud, c'est toi ? »

L'étrange femme hocha la tête, et pour dissiper les doutes du vieil homme, sortit du sac élimé qu'elle portait, malgré l'obscurité qui les enveloppait, le jeu de naïbis, les arcanes grâce auxquels, disait-on, elle pouvait lire le destin.

« Que fais-tu ici dans la rue ? Me cherchais-tu ? »

Question stupide ! Tout dans l'attitude de la femme disait qu'elle était là pour le voir et qu'elle l'attendait. Comment savait-elle que le vieil homme avait demandé une voiture à cette heure de la nuit, alors qu'il ne quittait que rarement les murs du Vatican même en plein jour : c'était un mystère insondable. La gitane resserra sur sa poitrine le châle en lambeaux qu'elle portait plus par habitude que pour recevoir un peu de chaleur de cette toile d'araignée pleine de trous.

« Je dois vous remercier. Et vous dire quelque chose, murmura-t-elle dans son dialecte des montagnes reculées de la Sicile.

— Viens ici, laisse-moi voir ta blessure », lui dit le vieil homme. La bohémienne s'approcha de lui, aussi agile et docile qu'un chat domestique. Elle pencha la tête, car Arnaud était un peu voûté, et laissa les doigts de l'habile médecin écarter ses cheveux ébouriffés pour dénuder la suture d'une entaille assez sérieuse pour avoir manqué lui coûter la vie. Arnaud l'avait désinfectée et guérie quelques mois plus tôt, lorsqu'elle s'était fait frapper par une grande dame pour qui elle avait lu dans les cartes une prédiction funeste. Blanche sous la blancheur de la lune, la suture avait laissé des marques aussi légères que des points de broderie. Arnaud caressa du bout des doigts ce miracle de la chirurgie qui n'était certainement pas dû à son talent, car un homme seul ne va pas aussi loin : refermer un crâne fendu sans que la personne blessée ne subisse de conséquences irréparables sur ses fonctions vitales, sans qu'une fièvre brûlante, qui intervient toujours après des traumatismes aussi forts, n'entraîne la mort.

Le procédé décrit dans l'ancien papyrus égyptien était prodigieux. Prodigieux et magique.

« J'ai rêvé de vous, maître.

— De bonnes ou de mauvaises choses ?

— Mauvaises. Il y a un danger ce soir.

— Je ne suis pas en danger, Zaïra. Je vais dans l'abbaye des moines pour rencontrer quelqu'un. » La gitane ne parut nullement rassurée, bien au contraire : l'explication du vieillard semblait mettre encore davantage en alerte ses sens rompus à saisir l'invisible. Elle prit ses mystérieuses cartes parlantes et commença à les mélanger, puis coupa le paquet et s'accroupit à terre. Elle les disposa selon d'obscures règles connues d'elle seule puis en prit une seule, avec ses longs doigts tatoués d'arcanes, parfaitement semblable aux autres dans la lueur de la lune. Impossible de dire comment elle l'avait choisie, et pourquoi cette carte avait une vertu prémonitoire au milieu de ses semblables. Fixant Arnaud, elle semblait alarmée sans raison apparente, comme les bêtes qui flairent le danger.

« N'entre pas là-bas ! l'avertit-elle.

— Pourquoi ne devrais-je pas entrer ? Je suis venu exprès. » La gitane lui tendit la carte qu'elle avait extraite du jeu pour lui.

Inquiétant, se dit le vieil homme. Elle représentait la mort, sans aucun doute. Pendant ce temps, du fond des ténèbres, le chœur de moines se leva en entonnant la séquence : *Victimae paschali laudes.*

13

Scimus Christum surrexisse
a mortuis vere.
Tu nobis, victor Rex,
Miserere...

La voix mystique des cisterciens faisait vibrer l'air de la basilique de la Sainte-Croix. Seul dans la chapelle de Sainte-Hélène, où depuis près de mille ans étaient conservées les reliques de la Passion du Christ, le père Rolando Guidi contemplait le spectacle de cette magnificence avec des yeux brillants d'émotion. Il n'y avait aucun lieu au monde plus proche du Ciel, sinon Jérusalem elle-même ; même le sol de ce sanctuaire était en terre battue, la terre du Golgotha que la mère de Constantin avait rapportée à Rome.

Il avait fondu lui-même certains de ces reliquaires en or massif, incrustés de perles et des pierres précieuses les plus rares. Il se souvenait parfaitement de chaque étape, de la conception au polissage final ; pendant tout ce temps, il avait travaillé à genoux, incapable même de respirer, lorsque ses mains indignes touchaient les clous qui un jour avaient transpercé la chair du Fils de Dieu.

Quelqu'un tira violemment sur sa bure et interrompit

son extase. Le frère gardien au visage ensommeillé précédait un jeune homme maigre. Bien habillé, mais fatigué et fripé comme quelqu'un qui a fait un long voyage.

« Je suis Robert de Clermont, comte de Bourbon et oncle du roi de France, dit-il. Il faut que je vous parle de toute urgence. »

Le moine le regarda, abasourdi. Il remarqua le luxe inhabituel du manteau, la qualité de l'épée avec sa poignée incrustée de perles, et surtout, l'impressionnante broche ornée des lys d'or de France que Robert de Bourbon, prince de sang, avait le droit d'exhiber.

« Certainement. C'est un grand honneur de vous rencontrer. Entrez. Et vous, mon frère, allez-vous rendormir ! »

Le portier ne se le fit pas dire deux fois, heureux de retourner se blottir dans la chaleur de son lit, en attendant le lever pour la prière du matin.

Le Français franchit le seuil du sanctuaire. Tout autour de lui des lueurs d'or, d'argent, de perles et de pierres précieuses s'éveillaient dans la lumière de la torche. Un spectacle étonnant, vraiment. Les pèlerins faisaient la queue des heures durant pour visiter la chapelle. La vision de ces reliques inestimables leur apportait réconfort et soulagement et leur inspirait des pensées de résurrection, de vie éternelle.

Il n'était pas dans cet état d'esprit. Il était entouré de croix, de lances, de clous acérés. Un écriteau avec une sentence de condamnation. C'était étrange et inquiétant. Partout où il regardait, il ne voyait que des instruments de mort.

« Vous avez fait un long chemin, monseigneur. Vous venez à Rome pour rencontrer le pape, sans doute.

— Évidemment, révérend. Mais je dois d'abord vous rencontrer d'urgence.

— Vous m'honorez, monseigneur. Mais je ne comprends vraiment pas…

— La pièce, l'interrompit brusquement l'autre. La lourde pièce d'or que vos cousins Albizzo et Musciatto Guidi vous ont envoyée, en don pour l'abbaye. »

Le moine était stupéfait.

« Comment le savez-vous ?

— C'est le roi de France qui me l'a révélé, révérend. Je suis ici en mission à son service. Au nom du roi Philippe IV, je vous demande de me restituer cette pièce. »

Le visage du moine s'assombrit.

« Monsieur le prince, votre demande me surprend. Cette pièce ne m'appartient pas, elle a été donnée à l'abbaye de Sainte-Croix. Il n'est pas rare que des hommes très riches comme mes cousins veuillent faire l'aumône à des fondations religieuses pour demander pardon à Dieu pour leurs péchés…

— Assez, révérend ! Ne jouez pas l'innocent. Ou dois-je penser que vous êtes stupide ? Cette pièce a quelque chose de particulier. Très particulier. Niez-vous l'avoir remarqué ? »

Le moine hésitait, tenté de feindre et se demandant s'il pourrait s'en sortir en se cachant derrière un bon prétexte. La détermination qu'il voyait briller dans les yeux de l'étranger, et le rang très élevé que les Bourbons occupaient à la cour de France, le convainquirent de renoncer. Si Philippe le Bel avait chargé un proche de récupérer cette pièce, l'affaire devait avoir des implications très graves, dont un humble moine comme lui ignorait les proportions exactes.

« En effet, prince… balbutia-t-il, mal à l'aise, j'étais orfèvre à la Monnaie de Florence. Je sais très bien ce qu'une pièce d'or comme celle-là peut valoir. Et quel métal, par saint Éloi ! »

Le père Guidi se tut, puis tira sur le col de son habit, révélant à son cou le cordon d'un scapulaire destiné à contenir des reliques sacrées. Celles-ci, si on les porte sur soi, annulent l'influence néfaste des mauvais esprits sur le corps et l'âme.

Il ouvrit la petite sacoche en toile et en sortit un objet rond et plat qui brillait d'une lumière encore plus intense et splendide que l'or rougeâtre dans lequel étaient coulés les reliquaires qui couvraient chaque mur de la chapelle. Le père Rolando contempla longuement l'objet entre ses mains, puis le fit scintiller devant ses yeux dans la lumière de la torche, en extase.

« Cette pièce est d'une pureté extraordinaire. Cela me rappelle l'or d'Ophir mentionné dans la Bible, celui que Salomon gardait dans le sous-sol du Temple…

— Prudence ! l'interrompit l'autre. Il y a des gens. Quelqu'un pourrait nous entendre. »

En effet, à ce moment précis, le vénérable abbé passa devant la porte de la chapelle, leur jetant un regard sans s'arrêter. Tous deux le saluèrent avec révérence, sans mot dire.

« Vous comprendrez certainement la perplexité qui a été la mienne, prince, lorsque j'ai fait quelques calculs sur la quantité de métal nécessaire pour battre des pièces comme celles-ci. Personne n'ignore que le Trésor français est… disons, plutôt démuni. Je me suis demandé comment le souverain avait réussi à rassembler tout cet or. Sans aucun doute, c'est une question que le pape se posera également.

— C'est pour cela que mon neveu m'a envoyé à Rome », dit le prince. Les yeux du moine s'assombrirent.

« Que voulez-vous dire ?

— Ma mission est de montrer au pontife que le roi Philippe a agi dans un cadre licite : je saurai le convaincre, croyez-moi ! Je suis le fils du roi Louis IX, que Boniface VIII lui-même a canonisé.

— Êtes-vous sûr de ce que vous avancez ?

— Bien sûr. J'ai des documents avec moi. Un ancien privilège papal autorise les dirigeants à utiliser l'argent de la dîme dans l'intérêt de leurs royaumes, en cas de besoin grave. Et cela les autorise également à faire des choses qui sont en temps normal jugées illégales. Mais sortons d'ici, révérend : il y a trop de va-et-vient. Allons au cloître. Je vous montrerai les papiers que j'ai avec moi, et vous me remettrez l'agnel d'or. Sans cette preuve, il me sera difficile de convaincre le pontife. » De nouveau, l'abbé passa devant l'entrée de la chapelle, et cette fois ralentit en les regardant d'un air curieux, avant de continuer.

« Allons au jardin, révérend. J'ai d'autres choses importantes à vous dire, nous y serons à l'abri des oreilles indiscrètes. »

Après un instant d'hésitation, Rolando Guidi se décida.

Ils quittèrent la lumière dorée de la chapelle et remontèrent la nef de la basilique. Le frère plongea ses doigts dans l'eau bénite et se signa avant de sortir dans le cloître, où il gagna un coin plongé dans l'obscurité, loin du sanctuaire.

Ils s'assirent sous une pergola où une vigne grimpante résistait courageusement au froid, nue et brûlée par la nuit de février. La lune brillait au centre d'un ciel constellé de milliers d'étoiles, doublée par son reflet dans l'eau d'un abreuvoir.

« Entendu, prince. Montrez-moi les documents que vous avez apportés et je vous prêterai cette pièce pour que vous la montriez au pape… Atchoum ! » Le moine fut secoué par un éternuement bruyant, et s'essuya le nez sur la manche de son habit.

« Révérend, vous allez être malade. » Robert enleva son manteau et le mit sur les épaules du religieux. « Je vais fermer la boucle. Vous devez serrer ici, vous voyez ? Juste sous le cou. C'est un joyau très précieux. Tout en or. En or pur… »

14

Le cœur tourmenté, mais gardant ce charme qui la faisait remarquer à cent pas, la comtesse Mathilde d'Artois s'apprêtait à gravir le grand escalier du Louvre. Elle se déplaçait avec une élégance arrogante, très droite. Elle évoquait une panthère qui n'avait jamais manqué sa proie. Elle avait conçu avec l'esprit d'un prédateur les coups les plus efficaces pour impressionner le roi, à commencer par sa façon de s'habiller.

Selon la tradition de l'Église, l'espoir est associé à la couleur verte parce qu'il est tenace comme le lierre et ressemble à ces plantes bénies qui poussent sur les tombes des martyrs, que l'hiver le plus rigoureux ne peut flétrir ; la foi, au contraire, est blanche, pure comme la neige, tandis que la charité brûle et rougit comme la plus noble des flammes. La comtesse s'était donc enchâssée dans une précieuse robe écarlate qui faisait contraste avec la blancheur neigeuse de sa peau et rehaussait la couleur émeraude de ses yeux. Verts, un peu en amande, les yeux d'un félin aux aguets. En la voyant, Philippe IV apprécierait une telle référence pieuse, car c'était un homme sensible aux subtilités théologales. Mathilde, de son côté, ne pensait guère aux vertus religieuses : les intentions de la belle envers son cousin le roi avaient les nuances enflammées du péché.

Quand elle sortait de sa voiture à bras, Mathilde prenait le temps de regarder autour d'elle, puis elle souriait, satisfaite de l'effet qu'elle faisait à la gent masculine ; il y avait toujours une foule de jeunes hommes à proximité qui affluaient pour regarder, dans l'espoir qu'en foulant le marchepied, elle finirait par découvrir sa fine cheville gainée de soie.

Elle était belle, altière, intelligente et de sang très noble ; elle avait toutes les qualités de l'épouse d'un roi. Elle avait failli le devenir.

Le chambellan Pierre de Chambly, qui avait la lourde tâche de gérer l'avalanche d'audiences, de cérémonies, de dîners et de déjeuners d'État qui animaient au quotidien la vie du palais royal parisien, l'informa que Sa Majesté l'attendait à l'étage noble pour un entretien privé, comme elle l'avait sollicité. Lui non plus ne put retenir un regard furtif, avide et concupiscent. Quelle belle femme ! Elle suscitait l'admiration pour la façon dont elle marchait, enserrée dans cette robe précieuse mais raide, avec cette coiffure compliquée, toutes deux sans doute inconfortables mais qu'elle portait avec aisance, les arborant avec la fierté d'un guerrier caparaçonné sous sa lourde armure. Il faut du courage pour la revêtir, et un grand esprit de sacrifice, mais ce fardeau est un signe évident de supériorité. Mathilde souriait beaucoup, et son sourire lui-même était le fruit d'une préparation méticuleuse. Mais il flottait dans son expression, dans son regard, le souvenir d'une passion frustrée qui transparaissait au-delà de l'écran de sérénité, comme un courant turbulent sous la surface tranquille de la mer.

Ce sentiment était ancré dans une faute que Mathilde

ne pouvait se pardonner, naissait du regret de ne pas avoir tout fait, en temps voulu, pour avoir l'homme qu'elle aimait et du violent désir de vengeance qu'elle nourrissait contre le monde et contre elle-même. Elle attendait depuis des années l'occasion de reprendre le roi, et la place à laquelle elle estimait avoir droit, à ses côtés. Sa douleur secrète la rendait encore plus belle, mais de manière insaisissable. Lorsqu'elle entra dans la pièce, le cœur battant d'émotion, le souverain était assis à son bureau et relisait des documents venant d'être rédigés.

Le bruissement discret de la robe lui fit lever le regard : il lui fit signe d'avancer.

Mathilde lui offrit une révérence raffinée comme un pas de danse, car Philippe IV vénérait la beauté, et avait l'obsession de l'élégance. Mais elle fut amèrement déçue de découvrir dans un coin discret, semblant vouloir se fondre dans les personnages des tapisseries, le baron Pierre Galard et Mme Yolande de Dreux, duchesse de Bretagne. Debout, embarrassés, les deux vétérans du Louvre étaient demeurés à la demande du souverain, pour couper court aux commérages sur l'honnêteté de ce face-à-face. Ils restaient à bonne distance, assez près toutefois pour entendre ce que Sa Majesté et la belle dame se disaient. Pour survivre au Louvre, il fallait aiguiser sa vue et affiner son audition, développer les cinq sens à l'extrême, et peut-être même en cultiver un sixième, pour échapper aux couteaux et aux poisons qui menaçaient en permanence.

« Que Dieu vous garde, Majesté, salua la comtesse. Merci de m'accorder cette rencontre. »

Philippe IV hocha la tête et, par courtoisie, puisqu'il n'avait pas d'autre chaise ou tabouret à lui offrir, se leva et alla au-devant d'elle, ce qui la fit frémir dans toutes les fibres de son corps.

« Majesté, j'ai acheté cent pièces de votre nouvelle monnaie. Je n'ai jamais rien vu de plus beau, sire !

— Vous aviez droit à ce nombre de pièces, Mathilde. Les seigneurs d'Artois sont pairs de France. »

Les deux visiteurs, tapis au fond de la salle, échangèrent un regard entendu : le roi lui parlait comme un homme ordinaire, sans pluriel de majesté, un signe de faveur et de grande intimité.

« Voilà, sire, dit la comtesse, je savais que Bettino Cassinelli avait mille pièces, alors je suis allée chez lui pour en acheter d'autres. J'étais sûre qu'il me les aurait concédées, mais il a refusé. Quel homme odieux que ce maître de la Monnaie ! Cela m'a déplu, Majesté. Je vous supplie de lui ordonner de m'en vendre cinquante de plus. »

Philippe IV haussa légèrement ses sourcils blonds.

« Ces pièces ont un coût très élevé. Pourquoi en voulez-vous autant ? »

La comtesse détourna légèrement les yeux vers le sol, comme une personne sur le point de révéler un sentiment malgré sa pudeur ; puis soudain elle braqua effrontément son regard vert, tranchant et pénétrant comme une arme dans le regard bleu du roi. Émeraude contre saphir : deux pierres précieuses parfaites, mais d'une dureté inégale.

« Je croyais pouvoir prétendre à un traitement spécial, Majesté, avoua-t-elle d'une voix altérée par l'émotion. Parce que nous sommes cousins. Et puis… pour ce qui existe entre nous, sire. »

Philippe IV resta silencieux quelques instants, fixant la belle femme sans ciller, avec les yeux d'un aigle qui ne craint même pas le soleil.

« Il y a quelque chose de particulier entre nous,

Mathilde, admit-il. Mais vous savez que je ne permets pas à mes affaires privées d'influencer les décisions gouvernementales. Quel roi serais-je si je le faisais ? »

La comtesse inclina un peu la tête sur le côté, et lorsqu'elle se retourna vers le roi, ses yeux brillaient de passion.

« Avoir d'autres pièces serait très important pour moi, murmura-t-elle. Ce serait la preuve certaine que j'occupe une place importante dans votre existence. »

Le baron Galard, dans son coin, adressa un clin d'œil à la duchesse de Bretagne.

« Vous avez entendu, Yolande ? Le fou veut faire échec au roi. » La gente dame apprécia le commentaire.

« Belle comparaison, Galard. Précise et pleine d'esprit. Mathilde a en effet la force et l'habilité du fou sur un échiquier. Elle dirige d'une main de fer le fief le plus stratégique de France, car il protège le royaume le long de la frontière avec les Flandres, qui sont toujours agitées par la révolte. Mais vous vous trompez sur un point : vous sous-entendez qu'elle cherche à le séduire. Je pense au contraire qu'ils parlent de politique. » Pierre Galard se mordit la main pour ne pas éclater de rire.

« Bien sûr : la politique du matelas ! » Il sourit dans sa barbe. « Vous ne voyez pas comme elle le regarde ? Comme elle garde constamment la bouche entrouverte et passe sa langue sur les lèvres pour les humecter ? Croyez-moi, cette bouche et cette langue font des promesses précises à notre souverain. Mon Dieu, quelle tentation… ! La décence m'empêche d'être plus explicite, mais je peux vous dire qu'aucun confesseur n'admettrait certaines choses, même entre mari et femme. » Yolande de Dreux lui lança un regard de censure bienveillante.

« Baron, vous parlez comme un vieux cochon ! Attention, Sa Majesté ne supporte pas les gens vulgaires. Et de toute façon, je vous dis que Mathilde tente d'arracher au roi un signe de faveur tangible afin de pouvoir s'en vanter au Parlement et montrer sa position prééminente face aux autres pairs de France. Ce qui est en jeu, c'est la place qu'elle compte obtenir à la Cour, pas dans son lit. »

Galard haussa les épaules.

« Je reste sur mon idée, Yolande. Peut-être que nous avons tous deux raison. Après tout, nous savons tous qu'il aurait dû épouser Mathilde quand il était encore l'héritier du trône de France. C'est son père Philippe III qui a révoqué les fiançailles pour lui donner Jeanne de Navarre en mariage. Chacun de nous réserve une place particulière dans son cœur aux rêves jamais réalisés. Pourquoi voudriez-vous qu'il n'en soit pas de même pour lui ?

— Peut-être, Galard. La reine Jeanne a son charme mais, comparée à la superbe beauté de Matilde, elle ressemble à un petit animal effrayé. Ce qui ne signifie pas que Philippe III a fait une mauvaise affaire pour son fils : Mathilde aurait apporté à la France une grosse somme d'argent en guise de dot, c'est vrai, mais Jeanne a donné à son mari un royaume, même petit et perché sur les Pyrénées. Sans oublier le comté de Champagne et de Brie, qui rapporte une fortune grâce aux recettes fiscales de ses célèbres foires.

— C'est vrai, admit le baron. Mais j'ai peur que le jeune prince Philippe n'ait pas été très ravi par le changement. De son point de vue, la déception a dû être féroce. Il est réellement à plaindre : qui pourrait résister à une femme comme Mathilde ?

— Pensez-vous qu'ils soient amants ?

— Vous pouvez le parier, Yolande. Un homme sait déchiffrer certains signes dans le comportement des autres hommes. Leurs relations sont allées très, très loin. »

La duchesse étudia un long moment le jeu intense des regards qui couraient entre le roi et sa cousine.

« Vous avez peut-être raison, Galard, admit-elle. Il est possible que le roi ne l'ait jamais oubliée. Mais vous avez tort de considérer Philippe comme un homme ordinaire. Il endure l'abstinence, le jeûne et la privation avec l'orgueil d'un mystique qui contemple ses propres blessures et pense à la Passion de Notre-Seigneur. Ce qui est vrai pour les autres ne l'est pas pour lui. Notre roi a beaucoup de charisme.

— Il est bien doux, ce "notre" dans votre bouche ! Vous aussi, vous en êtes amoureuse. Confessez-le ! » La duchesse sourit, désarmée.

« Philippe est un homme magnifique, baron. Mais je trouve qu'il y a quelque chose de froid et d'inamical chez lui qui décourage ceux qui voudraient l'aimer. Et je ne parle pas seulement de son caractère. Par exemple, je n'aime pas la couleur de ses yeux. Ils rappellent l'acier d'une épée : d'un bleu si intense que cela vous refroidit. » Le baron Galard lui donna un léger coup de coude.

« C'est vous qu'ils glacent, Yolande. Sur Mathilde, ils ont un effet incendiaire. Que diriez-vous de nous éloigner discrètement ? L'air devient incandescent dans cette pièce ! »

15

Aux premières lueurs de l'aube, Alfino de Narni marchait vivement le long de la route qui menait hors de la ville, passant devant les étals du marché des Champeaux, noir de monde comme d'habitude. Insensible aux appels qui fusaient de toutes parts, il ne voyait même pas les marchandises vantées à cor et à cri par les harangueurs chargés pour quelques sous d'attirer des clients. Tout autour de lui, un brouhaha joyeux de poissonnières et de jardiniers, de marchands de paniers et de balais, de vendeurs d'œufs à la douzaine et de chapons plumés, de vignerons évoquant les doux étés du Midi, de vendeurs de vaisselle battant avec leurs louches sur les casseroles en cuivre, brillantes comme si elles étaient d'or pur. Des ménagères attentives s'agitaient, leur enfant accroché au cou, autour de ces étals où passaient parfois même de nobles messieurs en quête de divertissement, des oisifs attirés par les cris, des étudiants en goguette qui avaient séché les cours de la rue du Fouarre, et des attrape-nuages de toutes sortes.

Un mendiant agrippa son bras pour demander l'aumône avec trop d'impudence ; Alfino le chassa brutalement, contrairement à son habitude. Il était anxieux, nerveux au-delà du raisonnable, et terriblement agacé par l'agitation qui régnait dans ce quartier de la rive droite, au nord-est, le plus commercial de Paris. Il gardait les yeux fixés sur l'énorme forteresse visible au loin après la rue du Temple, la grande artère qui depuis les rives de la Seine poussait hors de la ville dans cette direction.

La puissante citadelle des Templiers avait un jour surgi comme par magie sur des fondations modestes autrefois hors de la ville, au-delà des murs d'enceinte construits par le roi Philippe Auguste. Lorsque les moines guerriers résidaient principalement en Terre sainte pour défendre les frontières du royaume de Jérusalem, Paris n'avait besoin que d'un simple manoir, un peu plus grand peut-être que les autres disséminés dans tout le royaume, simple maillon d'une chaîne composée de milliers de constructions, qui étaient des couvents, et auparavant des maisons. Puis la reconquête des Sarrasins était devenue inexorable. Les Templiers, contraints de fuir comme les autres chrétiens, avaient transféré leur avant-poste oriental sur l'île de Chypre, quartier général opérationnel à partir duquel on pouvait surveiller le monde islamique dans l'espoir de lancer une nouvelle offensive au bon moment. Depuis ce jour, la grande majorité des frères s'étaient installés en Occident, en particulier en France ; et le trésor que l'Ordre gardait avait circulé lui aussi, avec les plus hauts dignitaires.

Au fil du temps, l'enclos du Temple s'était monstrueusement agrandi, à tel point qu'il débordait au-delà des murs érigés cent ans plus tôt. À la citadelle, dont les murs étaient plus hauts que ceux du Louvre, était venu s'ajouter un vaste complexe de champs et de fermes qui s'étendait à perte de vue vers la campagne.

Des fermes riches, des terres fertiles et des rentes foncières qui ne relevaient d'aucune juridiction, laïque ou ecclésiastique. Tous les biens du Temple, ordre souverain, étaient strictement exonérés d'impôt. Tout naturellement, des tiraillements s'étaient fait sentir entre les Templiers et Sa Majesté, surtout dans des temps difficiles, comme à présent, où le revenu des Templiers aurait pu donner de l'air aux caisses asphyxiées du Trésor royal. Naturellement, le roi était choqué par l'affichage de tant de pouvoir indépendant de son autorité. Signe symptomatique, le domaine des Templiers était quatre fois plus vaste que l'espace occupé par la cour royale entre les vingt-quatre tours blanches du Louvre.

C'était pour le moins effronté, surtout au vu des mérites et qualités de gens comme les Templiers ; le peuple de Paris se demandait à voix basse combien de temps un homme comme Philippe le Bel, débordant de fierté et dévoré par le culte fanatique de la sainteté de sa couronne, pourrait endurer tout cela. Maître Alfino se posait la même question tandis qu'il faisait le tour de la puissante enceinte pour se rendre au poste de garde près du pont-levis. L'homme qu'il devait rencontrer l'y attendait : le frère Pietro da Bologna, procurateur général du Temple, un aumônier qui avait obtenu la dispense papale pour se consacrer aux études juridiques, comme tant d'autres. Mieux que beaucoup d'autres, puisqu'on l'avait nommé à la grande maison de Paris, le quartier général d'Occident autour duquel gravitaient désormais les intérêts les plus remarquables et les organes vitaux de l'Ordre.

C'était un petit homme au corps solide et rond, à la tête rasée de près qui évoquait un œuf dur parfaitement pelé. Une courte barbe foncée et des yeux aimables un peu myopes complétaient sa physionomie, en rien celle d'un rude guerrier, plutôt un rat de bibliothèque habile dans son métier. Il était perspicace, Alfino s'en était rendu compte lorsque, deux jours plus tôt, l'ayant abordé alors qu'il entrait dans Notre-Dame, il lui avait demandé un entretien confidentiel. Frère Pietro avait vite compris de quoi il retournait et préféré lui donner rendez-vous en dehors du quartier des Templiers. De cette façon, quelle que fût la raison pour laquelle Alfino voulait lui parler, l'Ordre ne serait pas impliqué. Pour les Templiers, l'honneur du Temple venait toujours en premier.

Pietro da Bologna lui sourit amicalement en l'invitant à emprunter avec lui le chemin qui s'éloignait des murs.

« Révérend, merci de m'avoir accordé cet entretien.

— Vous plaisantez, maître Alfino ? Il y a dix ans, lors de mon arrivée à Paris, j'étais comme un poisson hors de l'eau, aux prises avec le droit féodal français. Mon Dieu ! Un fatras inextricable d'us et coutumes anciens toujours en vigueur… Il y a des fiefs, *vivants* ou *morts*. *Ruraux* ou *nobles*. Puis *routiers*, *jurés*, *loyaux*, *réversibles*, *oblatis*, *ouverts* et *découverts*… De quoi perdre la raison ! Les supérieurs m'ont chargé de veiller au patrimoine de l'Ordre, et comme si cela ne suffisait pas, de veiller également au Trésor de France, qui était alors conservé dans le Temple. Vous m'avez aidé. Je ne sais pas ce que j'aurais fait sans votre direction avisée !

— Entre avocats on se comprend. Et avant tout, nous, les étrangers, nous devons nous entraider. Le roi Philippe profite volontiers des Italiens, il les emploie dans son administration et les couvre de faveurs, si nécessaire. Hélas, il s'en sert aussi parfois comme boucs émissaires. Nous devons donc nous soutenir mutuellement. » Pietro da Bologna prit une expression légèrement alarmée.

« Maître Alfino, dois-je en déduire que vous avez des ennuis ?

— Non, Dieu merci. En fait, je voulais juste une clarification de votre part.

— Parlez, je vous prie.

— J'ai entendu parler de documents cachetés avec un sceau anormal, non pas celui habituel du Temple. Il porte une formule sibylline : *Secretum Templi*.

— Pourquoi sibylline ? Inutile d'imaginer Dieu sait quel mystère, maître Alfino, c'est seulement une question de langage bureaucratique. *Secretum* est utilisé au sens latin, c'est-à-dire « réservé ». Ce que vous décrivez est le sceau privé du secrétariat des Templiers. Bref, le sceau du trésorier.

— Alors, le *Secretum Templi* serait juste cela : les réserves des Templiers ?

— Eh bien oui. Dans sa forme la moins ésotérique et la plus prosaïque imaginable. C'est-à-dire le grand capital d'or, d'argent, de pierres précieuses et d'autres valeurs que la tour garde dans ses coffres.

— Avez-vous déjà vu ce sceau de vos propres yeux ?

— Bien sûr. Cependant il est très rare. Je l'ai vu sur certains actes du frère André de Coulors, qui était trésorier au milieu du siècle dernier.

— Comment est-il ?

— Étrange. Je dirais effrayant. Il représente un être mi-homme mi-animal. Comme dans ces horribles bas-reliefs grimaçants sculptés sur les églises. Il y a aussi des lettres grecques.

— Avez-vous demandé à l'un de vos supérieurs de vous en dire plus ? »

Frère Pietro da Bologna haussa les sourcils de façon éloquente.

« Maître Alfino, nous autres Templiers, nous apprenons très vite à ne pas nous mêler de sujets qui ne sont pas strictement liés à nos devoirs. S'il m'avait fallu en savoir plus, on me l'aurait dit sans que j'aie à demander.

— Je comprends. Mais vous vous êtes sans doute posé des questions, insinua-t-il.

— À mon avis, c'est une chimère, répondit l'aumônier. Un de ces animaux mythologiques si chers au monde antique. Comme le sphinx, les centaures et les sirènes. Selon les Grecs et les Romains, ils portent chance.

— Et moi qui imaginais je ne sais quel secret ! s'exclama Alfino avec un sourire. Je me suis complètement fourvoyé.

— Pas vraiment, Alfino. Il y a certainement un secret, mais c'est un secret bancaire. Où gardez-vous votre argent ?

— Dans la banque de mes clients, les Guidi. Évidemment.

— Évidemment, répéta l'aumônier, d'autres, en revanche, préfèrent confier leurs biens aux Templiers. Qui protègent la confidentialité des clients en couvrant leur identité sous un nom fictif. Ou un nombre.

— Voulez-vous dire que l'Ordre gère des comptes numérotés ?

— Oh non, Alfino ! L'Ordre ne sert que Dieu et l'Église comme milice d'élite, et ses buts sont tous seulement religieux. Quant à la Trésorerie ou, comme je vous l'ai dit tout à l'heure, au *Secretum Templi*… eh bien, disons qu'il utilise des stratégies de pointe pour financer les besoins de nos confrères engagés en Orient. Pour soutenir leur effort de guerre. » Déconcerté, Alfino essaya de lire entre les lignes ce que frère Pietro entendait lui confier dans son langage obscur et allusif. Finalement, il crut entrevoir la lumière.

« Donc, révérend, imaginons que je veuille transférer mon argent de la banque des frères Guidi à la banque des Templiers. Est-ce que je recevrais un numéro au lieu d'enregistrer le compte sous mon nom ?

— Vous avez bien posé le problème, Alfino.

— Mais le Temple bénéficie d'immunités spéciales, tous ses actifs sont exonérés d'impôts et de prélèvements.

— Bien sûr. Pour la noble cause de la croisade, que l'Ordre sert.

— Et l'argent comptant ?

— Pareillement, répondit le moine. Là encore, une fois que votre compte sera entré dans les coffres de la tour, il perdra toute référence pouvant mener à vous. » Alfino hocha vigoureusement la tête.

« Et si par hasard j'étais un grand seigneur, disons même un baron vassal du roi de France, chaque pièce que j'enverrais au Temple serait immédiatement cachée aux yeux du fisc royal…

— Le roi ne pourrait jamais savoir que cet argent est à vous, avoua frère Pierre. L'Ordre n'est en aucun cas tenu d'informer le souverain au sujet de ses créanciers ; et il ne le fait pas. Pour cette raison précisément, dans le passé, les rois de France ont confié aux Templiers le Trésor du royaume, sur lequel les papes peuvent réclamer la dîme. Vous connaissez le dicton : une main lave l'autre…

— Vos supérieurs ont pris soin de dénoncer au roi au moins les plus grands fraudeurs, je suppose ?

— Les dénonciations n'étaient pas nécessaires. Tout l'argent du royaume était là, sous les voûtes de la tour. Les grands vassaux nous le confiaient, convaincus qu'ils paieraient moins d'impôts, mais nos dirigeants prêtaient au souverain toutes les sommes dont il avait besoin. Ensuite, ce prêt était remboursé lentement, en puisant dans les recettes fiscales de l'État. Un mécanisme bien pensé. Un *do ut des* très efficace. Louis IX était un homme brillant, en plus d'être un saint ; son alliance avec notre maître de France Amalric de la Roche a apporté au royaume des décennies de stabilité et de prospérité.

— Mais Philippe le Bel a voulu retirer son Trésor du Temple il y a quelques années ?

— Oui, quand frère Jacques de Molay a été élu grand maître. L'entente n'est pas bonne entre lui et le roi de France. Leur relation est une douloureuse tolérance mutuelle.

— Je dois comprendre que cette communication à huis clos a été interrompue ?

— Nécessairement. S'il n'y a pas d'estime, il n'y a pas de confiance. Frère Molay ne permettrait jamais au souverain d'utiliser l'argent gardé par les Templiers pour guérir les comptes de la France : notre or n'est là que pour la reconquête de la Terre sainte. Si notre trésorier parlait aujourd'hui, ce serait une divulgation illégale d'informations confidentielles. Violation du secret bancaire.

— Mais ce circuit qui occulte l'argent est un trafic malhonnête. Vous, les Templiers, vous encouragez les nobles français à cacher leurs capitaux : s'ils restent enfermés dans votre tour, ils deviennent invisibles pour l'administration fiscale du roi !

— Non, Alfino : notre position est irréprochable. Le roi sait très bien où finit une grande partie du patrimoine de ses vassaux.

— Et il l'accepte de bon cœur ?

— Pas exactement. Mais que peut-il y faire ? L'accord qui vous semble illégal et peut-être absurde ne l'était pas il y a cent ans, lorsque les papes ont accordé ces privilèges à l'ordre du Temple. À cette époque, nous n'étions pas riches, et notre banque était un humble sous-sol fermé par une simple porte en fer. La Terre sainte était menacée par les agressions sarrasines, et chaque sou levé d'une manière ou d'une autre devenait précieux pour la noble cause de la défense du Sépulcre.

— Noble cause, mon œil, frère Pietro ! Vous venez de me dire que quiconque a de l'argent sale provenant de brigandage, d'usure ou de vol peut le retrouver pur et immaculé comme par magie, s'il vient le rincer dans les coffres de votre tour. De cette façon tout voyou, qui saigne peut-être les braves gens, devient soudainement un bienfaiteur anonyme du Temple et de la Terre sainte. Mon Dieu, c'est un outrage à la décence ! »

L'aumônier exhibait une expression de sérénité résignée. Ce n'était certainement pas de sa faute si dans le passé des accords financiers précis avaient été conclus entre le pape, les Templiers et les grands monarques du monde chrétien ; ces accords, autrefois justifiés par les dures nécessités de l'Orient, devenaient désormais, dans les nouvelles conditions politiques, obsolètes et clairement illégaux.

« Très bien, frère Pierre. Je vous remercie de votre franchise. Il y a une autre chose que j'aimerais savoir.

— Je vous écoute, Alfino.

— Il y a quelques jours, un jeune homme est venu frapper à votre porte. Son nom est Raoul Quarre.

— Que dire ? De nombreuses personnes demandent la fraternité des Templiers.

— Oui mais, dans ce cas, le déroulé de l'affaire est étrange. Le jeune homme est venu au Temple au milieu de la nuit.

— La nuit ? Êtes-vous sûr, Alfino ? Nos portes sont fermées au moment des vêpres. Pendant la nuit, il y a un couvre-feu rigoureux.

— Une exception a été faite pour lui, vous dis-je. J'aimerais beaucoup savoir pourquoi.

— Comment avez-vous dit qu'il s'appelle ?

— Raoul Quarre. Je pense que c'est un simple apprenti. Il a travaillé pour Jean Dixmier, le contremaître de la Monnaie. »

À ces mots, le moine, jusque-là bon enfant et détendu, se rembrunit, et ses yeux prirent les couleurs de l'orage.

« Vous vous trompez, Alfino », dit-il d'un ton lapidaire.

Il lui tourna le dos abruptement et repartit à grands pas vers l'enceinte du fort des Templiers, comme pressé de se mettre à couvert.

16

Les mains tremblantes, les yeux inquiets se tournant vers la porte jalousement verrouillée du laboratoire, maître Pedro Mercader contemplait le travail qu'il venait de réaliser à la lumière jaunâtre d'une bougie de suif. Lorsqu'il se consacrait à certaines créations très exigeantes, il gardait les volets fermés, même pendant la journée. Exigeante, sa dernière création l'était certainement : un élixir parfumé pour sa plus généreuse et illustre cliente, la comtesse Mathilde d'Artois. Il jeta un œil à la petite fiole d'albâtre où le mélange improbable était enfermé. Il était là, le parfum légendaire qui ne s'estompe pas. Le seul capable de laisser une trace épicée sur la peau pendant des jours et des jours, voire, sur les vêtements, des semaines. Il l'avait fabriqué en appliquant une méthode particulière, dont Mercader avait obtenu le secret grâce à son amitié avec Arnaud de Villanova. Comment le vieil homme réussissait-il à réunir l'huile de fleurs douces dans un mélange mystérieux avec l'essence volatile des éthers, l'emprisonnant pour toujours ? Il ne le savait pas, il ne pouvait même pas l'imaginer. C'est la mort, selon Arnaud, qui accordait ce don mystérieux ; les fleurs devaient se dissoudre, en mourant doucement dans l'alcool, comme dans un sommeil sans fin. Maître Mercader frissonna.

Il valait mieux oublier cet obscur procédé : les gens évoquaient le nom du Catalan à voix basse, avec une peur superstitieuse, comme s'ils le comptaient dans les rangs des anges déchus. S'il ne l'avait pas connu personnellement, s'ils n'avaient pas été collègues à la cour aragonaise du bon roi Jacques II, lui aussi aurait nourri ce soupçon. Maître Mercader chassa ses scrupules, déboucha la fiole et respira le parfum paradisiaque qu'il venait de créer. Il ferma les yeux : c'était comme si une entité céleste et violente le ravissait, le transportant instantanément sur des ailes de lumière à dix mille kilomètres de là, survolant l'Est et le Caucase, la Perse et le lointain Indus, explorant des continents inconnus avec des forêts tropicales, de grands oiseaux aux ailes de verre et des fleurs charnues couleur de sang. C'était divin…

Il reboucha le flacon, craignant que le parfum perde ne serait-ce qu'une infime partie du pouvoir par lequel il faisait chavirer l'âme. Il n'avait rien à voir avec les mixtures ordinaires que l'on pouvait acheter dans les boutiques du Grand-Pont, de misérables petites bouteilles pleines d'onguents insipides et d'eaux de toilette qui semblaient d'humbles escargots rampants comparés à la traîne irisée du paon. Dans sa formule, on percevait la cannelle et la tubéreuse, un complexe suave, floral, subtil, bref parfait pour une grande dame telle que sa cliente. La comtesse serait ravie ; elle lui avait demandé quelque chose que nul autre ne pourrait avoir. Il ne fallait pas être un génie pour comprendre qu'elle comptait utiliser ce parfum comme une arme pour obtenir quelque chose qu'elle jugeait vital. Mais quoi ?

Pour Pedro Mercader, c'était évident comme deux et

deux font quatre. Mathilde d'Artois voulait un parfum unique, au pouvoir imparable ; quel pouvoir une femme peut-elle désirer, sinon celui de submerger l'esprit d'un homme ? Et qui pouvait désirer une dame aussi puissante et noble, sinon un homme plus noble et puissant encore ? Il n'en existait qu'un en France. : le redouté seigneur le roi.

Plus il y pensait, plus l'apothicaire était sûr que la Panthère d'Artois, comme on l'appelait pour sa beauté rugissante, avait l'intention de séduire le souverain ; raison pour laquelle la comtesse lui avait promis une somme faramineuse s'il lui fournissait un artefact magique capable de domestiquer l'amour.

Mercader se mordit les lèvres : devait-il se sentir en danger ? Les femmes ne savent tenir leur langue ; et si Mme d'Artois avait confié ses intentions à ses amies ? À une servante, peut-être… Si certaines rumeurs se répandaient à la Cour, sa position enviable s'effondrerait comme un château de sable sous l'assaut de la marée. Son amitié avec Arnaud de Villanova pourrait lui coûter très cher.

Des coups violents frappés à la porte interrompirent ses ruminations. Il ouvrit la fenêtre.

« Qui est-ce ? » Dans la rue, emmitouflé plus que nécessaire, attendait un homme qu'il lui sembla reconnaître. N'était-ce pas Nogaret ? L'un des juristes les plus connus de la capitale et un fonctionnaire du roi. Même le grand inquisiteur faisait parfois appel à lui.

Mon Dieu, pensa-t-il, je suis perdu !

« Je vous ouvre tout de suite », dit Mercader. Sa voix tremblait de crainte.

« Asseyez-vous, maître Nogaret. Quel bon vent vous amène ? » L'avocat accepta volontiers le tabouret que lui proposa Mercader en jetant un regard curieux vers la fenêtre : à travers les fissures sifflait un vent du nord malin qui tourmentait la ville depuis des heures.

« Le vent est loin d'être bon aujourd'hui, répondit-il. Mais pour vous il ne fait ni froid ni chaud, maître Mercader. Votre jolie petite maison a du verre aux fenêtres. Un luxe réservé à quelques privilégiés. » L'apothicaire accusa le coup. Après tout, il ne se faisait pas d'illusions : Guillaume Nogaret, avocat pugnace de la Chancellerie connu pour son dévouement au travail et sa ténacité à mener les enquêtes, n'était pas venu chez lui pour acheter une pommade parfumée.

Derrière le sourire poli, le regard vif de Nogaret montrait bien son intention de l'étriller.

« Mon travail rend bien, dit Mercader.

— Plus que bien, je dirais. À en juger par le quartier de Paris où vous habitez. » Que répondre et à quoi bon nier l'évidence ?

La rue des Rosiers était l'endroit idéal pour quelqu'un qui faisait commerce d'épices et d'essences parfumées. Elle tirait son joli nom des arbustes qui grimpaient sur la rugosité du haut mur de pierre du roi Philippe Auguste ; au mois de mai, les rosiers se couvraient de fleurs. Et que dire du voisinage ! Non loin de là se dressait la somptueuse résidence qu'occupait le roi Charles II d'Anjou lorsqu'il était en visite de Naples.

« Que voulez-vous insinuer ? demanda l'apothicaire, piqué au vif.

— Mais rien ! répondit Nogaret. C'est mon métier de me poser des questions, maître Mercader, et de chercher des réponses. Par exemple, je me pose la question suivante : comment se fait-il que vous, qui êtes un artisan, vous viviez dans cette belle maison aérée à deux pas des palais de la noblesse, alors que moi, fonctionnaire royal, je dois me contenter d'un appartement modeste qui donne sur une ruelle sombre près du Petit-Pont ? Un enfer de bruits et d'odeurs désagréables… »

Mercader déglutit.

« Vous êtes un intellectuel, maître Nogaret. Il est normal que vous aimiez vivre dans le quartier universitaire. » C'était une réponse pleine d'ironie, et l'avocat la prit de la bonne manière, montrant son appréciation par un bon rire retentissant. Ils s'entendaient très bien, entre les lignes.

« Je vois que vous êtes un homme de bon sens, maître Mercader. Je m'en doutais. C'est pour cette raison qu'avant d'ouvrir une procédure contre vous, je me suis dit : Allons le voir, parlons-lui ! »

Le silence prolongé qu'il laissa s'installer après ces mots donna le coup de grâce à l'apothicaire. Il commençait à transpirer.

« Une procédure contre moi ? Je n'ai rien fait de mal !

— Qui sait ? On dit que vous faites des affaires en or en vendant certains onguents parfumés dont vous avez la formule exclusive à des personnes importantes.

— Et alors ? Ce n'est pas un crime !

— Cela dépend, maître Mercader. Vous êtes inscrit à la guilde des apothicaires et parfumeurs, vous avez l'obligation de partager vos secrets de fabrication avec les autres membres. »

L'artisan essuya son front ruisselant avec sa manche.

« Je n'ai pas le droit de divulguer ce procédé, murmura-t-il avec désarroi. Celui qui me l'a transmis m'a fait jurer de ne le révéler à personne. »

Guillaume Nogaret se leva. Il s'appuya des deux mains sur la table, pencha son visage vers celui de l'interrogé et plongea son regard dans celui de sa victime.

« Je sais bien, Mercader. Et j'en connais aussi la raison : ce secret vous a été confié par Arnaud de

Villanova. Un homme plein d'ombres, dit-on. Qui a fini en prison, accusé de pratiquer la magie. »

Pedro Mercader soutint ce regard qui semblait vouloir pénétrer sa conscience.

« Arnaud n'est pas un sorcier, dit-il fermement. J'ai travaillé avec lui à la cour du roi Jacques. Et même s'il consulte des livres écrits en arabe ou dans la langue des juifs, ce n'est que pour soigner ses patients. » Cette défense enjouée et sincère frappa Nogaret qui, grâce à son intuition peu commune et la longue expérience accumulée dans sa profession, pouvait reconnaître un mensonge même déguisé sous les formes les plus crédibles.

« J'ai également rencontré Arnaud personnellement quand j'enseignais à Montpellier, admit-il sur un ton conciliant. Je suis d'accord avec vous : c'est un homme bizarre, mais il n'est pas mauvais. Vous avez également raison sur un autre point : ses patients guérissent. Est-ce pour les remèdes qu'il est capable de produire, est-ce grâce à certaines amulettes que, selon certains, le vieillard sait utiliser… »

La sueur perlait de nouveau sur le front de l'apothicaire ; un excellent signe, pour Nogaret, qui nota également la formation de deux halos sur la laine de la tunique de Mercader, juste sous les aisselles.

Je le tiens par les parties, pensa-t-il, sa tête est maintenant sur le billot du bourreau.

« Que voulez-vous de moi ? demanda brusquement l'apothicaire.

— Pas un parfum, mon ami. Je suis également prêt à fermer les yeux sur la plainte de la guilde contre vous. Mais j'aurais besoin d'un geste de bonne volonté de votre part.

— Combien ? s'exclama l'autre avec colère.

— Oh non, maître Mercader ! Je ne veux pas d'argent.

Ce petit appartement sombre et bruyant du Petit-Pont me convient parfaitement pour le moment. Toutefois…

— Toutefois ?

— Je sais que lorsque Arnaud de Villanova était en prison, vous lui avez rendu visite.

— Je vous l'ai dit : nous sommes amis. Il était en difficulté, il était sur le point de se rendre à Rome et n'avait pas l'argent pour le voyage. Je le lui ai donné. Ce n'est pas non plus un crime.

— Nullement, maître Mercader. Mais d'après les gardiens de prison, Arnaud vous a donné des papiers. Un livre de recettes, apparemment. Contenait-il des indications sur la formule pour créer des parfums ? » Encore une question rhétorique, et une flèche dangereuse à laquelle Mercader ne voulut pas prêter le flanc.

« Non, répondit-il sèchement. Pour rembourser la faveur que je lui ai faite, Arnaud avait traduit quelques recettes de l'arabe pour fabriquer des amulettes protectrices. Mais attention : il s'agit de magie astrale, donc de magie blanche. Elle peut aider les hommes en canalisant dans les gemmes la vertu des corps célestes. Il n'y a aucune invocation des démons ! »

Nogaret était très proche du but. Un petit coup, et le fruit mûr tomberait tout seul. Il sourit avec amabilité.

« C'est pourquoi je suis ici, maître Mercader. J'aimerais une amulette qui me protégera de l'envie déplorable de mes collègues. Mais vous comprendrez que je suis soucieux de ne pas mettre mon âme en danger. Pourrais-je voir ces papiers, si cela ne vous dérange pas ? » C'était dit comme une prière, mais le parfumeur n'était pas assez innocent pour ne pas percevoir le caractère impérieux de la requête. Il inspira, se leva de sa chaise, ouvrit une armoire derrière lui ; d'une main un peu tremblante, il tendit à l'avocat les papiers qu'Arnaud avait rédigés deux ans plus tôt à son intention.

« Je vous supplie de n'en parler à personne, ajouta-t-il d'un souffle.

— Soyez tranquille, Mercader. Je n'en parlerai même pas au prêtre en confession. »

Soucieux de ne pas laisser paraître la satisfaction qu'il couvait en son cœur, Nogaret feuilleta les courtes pages rédigées d'une écriture large et sinueuse, arrondie comme les écritures des Sarrasins. Et finalement, il trouva ce qu'il cherchait. La totale confirmation de l'intuition qui l'avait conduit jusque chez maître Mercader pour ce petit simulacre d'interrogatoire.

Avec les pouvoirs de Mercure, grave sur la pierre d'émeraude la figure d'un homme avec la tête d'un coq, assis sur une selle, avec des pieds en forme de pattes d'aigle, et que dans sa main gauche il y ait l'image du feu, et sous lui ces signes...

« Maître Mercader, cette bague avec l'amulette gravée dans la pierre d'émeraude sera une merveille. Pour qui voulez-vous la faire ?

— Je ne peux pas le révéler, je suis désolé. Secret professionnel.

— Allons ! Moi aussi, je viole le secret professionnel. Pour vous aider, pour que vous puissiez vous défendre je suis venu ici, je vous ai révélé que la guilde des apothicaires a déposé une plainte contre vous…

— C'est pour la reine Jeanne », avoua l'apothicaire avec grand embarras. Nogaret fit la moue.

« Notre souveraine bien-aimée veut-elle quitter la France ?

— Ce n'est pas pour elle, Nogaret. Elle veut le donner au roi.

— Un talisman qui protège des dangers d'un long voyage, marmonna l'avocat à voix basse. Philippe le Bel est donc sur le point de quitter le royaume. Mais pour aller où ? »

Mercader n'en savait rien. Nogaret ne posa plus de questions. Lui en savait assez : le sceau archaïque mystérieux des Templiers ressemblait de manière frappante à l'amulette décrite dans ces papiers. Un monstre avec une tête de coq, pensa Nogaret. Le torse d'un homme, deux serpents à la place des jambes. C'était aussi une amulette, bien sûr, et tout comme les talismans fabriqués par Arnaud, elle tirait son pouvoir de la tradition magique de l'Orient.

17

À l'approche du coucher du soleil, la métropole la plus grande et la plus peuplée d'Europe se transformait en ville fantôme, car même les criminels n'avaient pas le courage de sortir par ce froid. Un seul quartier faisait exception : la rive gauche, le quartier universitaire habité presque exclusivement par des étudiants, et par ceux qui amassaient des fortunes en louant des logements aux riches fils de bonne famille venus s'instruire dans le *studium* le plus célèbre du monde chrétien. Les ruelles étroites encombrées pendant la journée et frémissantes d'activités intellectuelles étaient peuplées, la nuit, de goliards éméchés faisant la fête, en cortège derrière le diplômé du jour. Ils chantaient à pleine voix :

Tam pro papa quam pro rege,
bibunt omnes sine lege !
Pour le pape et pour le roi, ils boivent tous sans
[aucune loi !

Ils ne souffraient pas du froid, ces jeunes gens audacieux couverts de boutons, avec leur chair tremblante et leur sang bouillonnant ! Quand ils sortaient des tavernes avec des yeux qui voyaient double, ils finissaient par se cogner contre les murs, puis se mettaient en colère, sentaient la moutarde leur monter au nez et leurs mains les démanger. Ils étaient impatients d'en découdre dès que des soldats en patrouille, appelés par quelque aubergiste inquiet, apparaissaient au coin de la rue.

Quel chahut ! Certains utilisaient leurs poings, les autres des verges à tête de lys qui symbolisaient le pouvoir. La bagarre fait partie de la vie d'un goliard, qui même dans sa maturité conserve avec une fierté jalouse les souvenirs truculents et les cicatrices acquis au cours de ses études. À chaque fois, c'était la même histoire. Le lendemain, une floraison de papiers timbrés passait du recteur au fonctionnaire du Châtelet pour se plaindre de l'énième débordement des policiers royaux contre les droits de la caste universitaire. Une caste d'intouchables, impunie et sacro-sainte, car l'économie florissante de Paris reposait en grande partie sur elle, comme un château sur de profondes fondations de granit. Penché à la fenêtre, Alfino de Narni regardait passer l'une de ces processions, une bande d'ivrognes tapageurs chantant derrière un garçon à la tête couronnée de lauriers : à en juger par le rouge flamboyant de sa tunique, le garçon que l'on fêtait venait d'obtenir la licence *in utroque iure.*

Comme le veulent la science et notre honneur,
comme le demandent la coutume et le devoir,
reconnaissons que le clerc, en amour,
vaut bien plus qu'un chevalier.

Maître Alfino souriait, caressant ses chers souvenirs de jeunesse. Quelques années auparavant, lui aussi participait aux bagarres sauvages d'étudiants, pochant les yeux et brisant le nez velu des sbires. Pas à Paris, bien sûr, mais dans les nobles rues de Bologne la grasse, rose par la couleur des beaux bâtiments en briques, bénie le jour par le parfum des succulentes lasagnes, bercée la nuit par les sérénades d'amour qui résonnaient dans le noir. Une silhouette attira son attention, dissipant instantanément les heureux souvenirs. Guillaume Nogaret avait tourné au coin de la rue et se dirigeait vers sa porte. Leurs rencontres étaient devenues fréquentes, presque quotidiennes ; ce soir-là, cependant, Nogaret avait l'air particulièrement circonspect. On aurait dit un chien reniflant une bonne piste. Il avala une pinte de bière à la chaleur de la cheminée.

« L'affaire est grave, déclara Nogaret. Bien plus grave que je ne l'imaginais, ajouta-t-il lorsque son verre fut vide.

— Je le crains également, Nogaret. J'ai eu la même mauvaise sensation quand je suis allé au Temple.

— Nous devons en savoir plus. Pouvez-vous parler au grand maître ?

— Mes contacts n'atteignent pas ce niveau. Mais au fond, il n'y a pas lieu de déranger frère Molay, qui réside presque toujours à Chypre. Les centres vitaux du Temple se trouvent à Paris depuis que les Sarrasins ont repris la Terre sainte. Je ne suis même pas sûr que le grand maître gère véritablement l'Ordre comme il le faisait auparavant.

— Qui est votre informateur ?

— Frère Pietro da Bologna. C'est le procurateur général de l'Ordre. » Cela plut à Nogaret.

« Un avocat comme nous. Bien ! Entre avocats, on peut se comprendre.

— J'ai eu l'impression qu'il voulait m'aider, en effet ; mais quand j'ai mentionné Jean Dixmier, il a pris peur. Soudain, il est devenu réticent.

— Cela ne me surprend pas, compte tenu de ce que j'ai découvert. » Nogaret tira de sa cape une feuille de parchemin usé par le temps. Au bas du texte, une signature qui ne prêtait pas à équivoque : + *Frater Andreas de Coloribus*

Et accroché avec un fil de soie, un grand sceau noir portant une inscription en majuscules : *SECRETVM TEMPLI*

« Bon sang, Nogaret ! D'où vient ce document ?

— J'aime faire mon travail avec minutie, maître Alfino. Lorsqu'un client compte sur moi, sa cause devient ma cause ; en quelque sorte, c'est comme si je me battais pour me défendre moi-même. J'ai donc passé quelques nuits blanches à fouiller dans les archives de la chancellerie royale. J'ai trouvé dans un coffret ce reçu d'André de Coulors, qui était trésorier du Temple il y a presque cent ans. »

Alfino lui prit des mains le parchemin et fit tourner le sceau pour en éclairer le relief dans la faible lueur de la bougie. Ah, le bon Pietro da Bologna avait raison ! Le côté face représentait la rotonde du temple de Jérusalem, une image courante sur les sceaux des Templiers ; mais l'autre côté, le contre-sceau, était pour le moins inquiétant. Son centre était occupé par un hybride monstrueux, un guerrier qui avait une tête de coq et deux serpents au lieu des jambes, un bouclier dans sa main gauche et un fouet à trois fléaux dans l'autre. Le soleil et la lune l'encadraient, en plus des lettres alpha et oméga. Il rendit le document à Nogaret sans pouvoir réprimer un frisson.

« Je n'aime pas ça, murmura-t-il. J'aimerais ne jamais l'avoir vu.

— Je vous comprends. Mais le Catalan a raison : que vous le vouliez ou non, vous êtes impliqué, maître

Alfino. Et moi avec vous, car maintenant je suis votre avocat.

— Dans quel pétrin nous sommes-nous fourrés, mon ami ?

— Un sale pétrin, j'en ai peur. J'ai fait quelques recherches à la bibliothèque de Saint-Victor, où sont conservées les annales de France. Les indiscrétions d'un moine bavard m'ont permis de compléter le tableau. Buvez une goutte de vin. En fait, buvez le pichet entier. Vous allez avoir besoin de quelque chose de fort, croyez-moi ! » Il rapporta avoir lu que l'ordre du Temple avait son principal bastion en Terre sainte au château Pèlerin, que les Sarrasins appellent Atlit. C'était un rempart impressionnant, construit par un gentilhomme à la suite d'un vœu. Il était inexpugnable, à tel point que les Templiers ne l'avaient perdu que parce qu'ils mouraient de faim à cause d'un siège, et non parce que ses défenses avaient succombé aux assauts ennemis. On disait que pendant les travaux d'édification de ce château, au moment où l'on creusait les fondations, une urne gravée de signes très étranges était apparue. Elle était pleine de pièces d'or qui n'étaient ni grecques ni latines, mais des anciens phéniciens. Sur le couvercle de l'urne était imprimé le nom d'Hiram, l'architecte qui bâtit le temple du roi Salomon.

« Le moine qui a écrit les Chroniques de Terre sainte était très intrigué par ces pièces, il en a dessiné une sur le manuscrit. Je n'en croyais pas mes yeux quand j'ai vu ce dessin : on y voyait la créature monstrueuse qui se trouve sur le sceau de frère André de Coulors.

— Cela voudrait dire…

— Oui, Alfino. Il n'y a pas d'autre explication : cette espèce de monstre se trouvait sur le sceau de Salomon. Le sceau magique reçu des anges. Mais de quels anges parlons-nous ? La Bible en cite beaucoup ; et tous ne sont pas dévoués au Seigneur. Selon les apocryphes, avec cet anneau, Salomon asservit les démons pour construire le Temple de Jérusalem.

— Les démons… » murmura Alfino, le regard perdu dans le vide.

« Cette affaire ne concerne pas que nous, dit fermement Nogaret. Le message du Catalan est clair : *le roi est sur le point de commettre un crime atroce. La France tout entière en subira les conséquences.* »

Philippe IV était submergé de dettes, étranglé par des banquiers avides, avec un royaume au bord de la faillite. Pour se tirer d'affaire, il avait pris une voie souterraine qui ne pouvait conduire à bonne fin. Aussi noble que soit le but, sauver le royaume, le roi s'était engagé sur le chemin de la perdition. Il était peut-être trop tard pour l'arrêter. Autour du Trésor des Templiers planait un secret de la pire espèce : un louche commerce d'argent, avec de sinistres collusions avec la magie.

18

La messe solennelle à la Sainte-Chapelle venait de se terminer et le chambellan fit apporter un trône pliant pour Sa Majesté, afin qu'il puisse donner audience à ceux qui l'avaient demandée. Un vieux moine à l'allure sale et négligée fut présenté au roi. Il ressemblait à l'un de ces saints anachorètes d'Orient, hébété par son mysticisme et décoiffé par le vent du désert.

« Majesté, frère Raymond Lulle est de retour de Chypre et veut s'entretenir avec vous.

— Sire, dit le moine avec agitation, j'apporte de bonnes nouvelles. Les Templiers ont mis au point leur plan d'attaque, et le roi de Chypre est prêt à vous donner toutes les troupes dont vous avez besoin. Bien sûr, il aimerait que votre fille Isabelle épouse un de ses fils.

— Notre seule fille à Chypre… murmura Philippe. Cette île est si loin de Paris…

— Majesté ! s'écria Lulle. Comment pouvez-vous penser à vos sentiments personnels, alors que le Saint-Sépulcre est outragé par les infidèles depuis plus de cent ans ! Vous avez été consacré, sire. Comme l'Oint du Seigneur et les rois de l'Ancien Testament. Vous êtes leur héritier dans la dignité et la mission que Dieu vous a confiées. Puisque vous portez le signe des Messies d'Israël, vous en portez également le poids écrasant sur vos épaules. Personne ne peut racheter Jérusalem sauf vous, le roi Philippe IV. Vous ne pouvez pas reculer devant cette responsabilité ! »

Le grand chambellan Pierre de Bouville devenait nerveux. Le roi de France ne tolérait pas que quiconque s'adresse à lui sur un ton si péremptoire, qu'il s'agisse du pape lui-même ; pensez donc, un vieux moine mendiant ! Il intervint en saisissant Lulle par la manche de sa bure.

« Révérend, Sa Majesté est parfaitement au fait des devoirs que son rang impose, soyez-en certain. Venez, maintenant. Vous pourrez discuter des détails des opérations militaires avec le maréchal de France, qui commande l'armée…

— Laissez-moi ! cria Lulle, révolté. Vous, les Français, êtes un troupeau de ramollis. Vous avez oublié Dieu et le Saint-Sépulcre. Ne savez-vous pas que la colère divine est sur le point de tomber sur vous tous ? »

Le moine avait vraiment dépassé les bornes dans sa folle véhémence oratoire. Même si le roi demeurait apparemment absorbé par les figures de pure lumière des vitraux, les dignitaires commencèrent à craindre que sous son expression de calme imperturbable la tempête ne gronde. Quatre mains solides se saisirent de Lulle comme d'un animal. Pour son bien, avant qu'il ne fût trop tard.

« Révérend, Sa Majesté doit maintenant donner audience aux conseillers financiers. Il y a la question de la monnaie à discuter. Retirez-vous en bon ordre, s'il vous plaît ! » Se rendant compte qu'il n'avait aucun espoir d'échapper à ces sbires, le moine exprima sa frustration avec la seule ressource qu'il lui restait de libre, à savoir sa langue.

« Conseillers financiers ! aboya-t-il. J'ai voyagé pendant des mois en défiant les pillards et le risque de naufrage, n'ayant que Dieu devant mes yeux, et tout ça pour donner à Sa Majesté la bonne nouvelle que la croisade est enfin possible. Et qu'est-ce que je trouve ? Un souverain à l'écoute des manipulateurs d'argent. Qui pensent d'abord à la monnaie ! Quel déclin par rapport à l'époque de Saint Louis ! Lui qui est mort pour racheter le sépulcre du Christ. Pour vous, seul importe l'or, la bouse du diable ! »

Cette fois, Bouville, à bout de patience, saisit le vieil homme par le col.

S'il n'avait pas été homme de religion et s'ils ne s'étaient pas trouvés dans un lieu sacré, il l'aurait sévèrement corrigé.

« Frère Lulle, comment osez-vous prononcer des mots irrévérencieux devant Sa Majesté ? Vous êtes un sot, malgré votre grande réputation de sagesse. Vous accusez notre roi d'avidité et d'avarice. Comment croyez-vous que l'on puisse financer la croisade ? Croyez-vous que les chevaux se nourrissent d'Ave Maria ? Avez-vous idée de ce que coûte le transport de dix mille cavaliers en Orient ? » Ses yeux furibonds semblaient prêts à sortir de leurs orbites.

Philippe le Bel fit un signe de la main et Bouville se tut. Il s'approcha du trône pour recevoir les ordres, tandis que le chambellan appelait les frères Albizzo et Musciatto Guidi. L'assistance recula d'un mouvement spontané, laissant le passage à ceux que l'on mandait.

« Majesté, dit Albizzo, mon frère a exécuté les calculs que vous lui avez demandés. Pour frapper une nouvelle émission de l'agnel d'or, qui est la monnaie la plus forte que la France ait eue depuis des siècles, qui serait une véritable panacée pour l'économie du royaume… »

Le roi le coupa net : « Combien ?
— Deux mille livres, sire.
— Autant que cela ?
— Je le crains, Majesté. Voyez-vous, l'agnel frappé il y a trois ans a connu un succès bien au-delà de ce qui était prévu pour une monnaie forte. Vos barons se sont battus pour en acquérir. Il y a eu des duels sanglants et des vengeances privées ; l'autre jour, lorsque vous êtes venu à la Chambre aux deniers, vous l'avez vu de vos propres yeux… Je n'ai pas besoin de vous dire quel soulagement a été pour les caisses du Trésor la vente de cette belle monnaie ! Mais aujourd'hui nous nous trouvons, pour ainsi dire, dans une impasse. Les seigneurs nous pressent pour avoir d'autres pièces. Imaginez que mon frère et moi nous avons été menacés parce que nous en possédons quelques centaines. Nous ne voulons pas les céder, puisque Votre Majesté a été si magnanime en nous les assignant. Après tout, nous en avons peu au regard de ce que demandent les grands seigneurs. Il n'y en aurait pas assez même pour les pairs de France. En tant que conseillers financiers, sire, nous ne pouvons vous donner qu'un seul avis : commandez une nouvelle émission ! »

Philippe le Bel dirigea le bleu profond de ses yeux sur le ciel étoilé qui brillait au plafond de la Sainte-Chapelle. Il fixa le point où la lumière du soleil filtrait, illuminant la pourpre et l'or prodigués pour représenter la figure de Salomon, le roi biblique juste et sage, fils de David.

« Deux mille livres, dit-il, perdu dans ses pensées. Près de deux cent cinquante mille florins d'or. Auquel il faut bien sûr ajouter la somme que le maître de la frappe demande en échange de ses services.
— Oui, Majesté. Et nous arrivons à trois cent mille. »
Le front du souverain se plissa.

« Il faudrait être le roi Salomon pour avoir tout cet or. Et posséder les mines légendaires d'Ophir, celles dont parlent les Saintes Écritures… »

À vingt pas, au-delà de la foule et de son bourdonnement suffocant, le graveur Jean Dixmier avait une discussion plaisante avec le prince Alphonse de Castille, le cousin de Sa Majesté, qui lui avait laissé entrevoir la possibilité d'être fait chevalier par le roi et d'entrer de plein droit dans les rangs de la noblesse. Une perspective séduisante qui viendrait couronner les rêves les plus audacieux du graveur ; mais le titre de chevalier s'obtient pour des services de grands mérites, insinuait le prince, une juste récompense à ceux qui offrent le dévouement le plus inébranlable à la couronne.

« Il est entendu, maître Dixmier, que vous devez observer un silence absolu, avertit le prince à voix basse. Aucune infraction ne sera pardonnée. Certaines relèvent du crime de lèse-majesté. Qui est puni de la peine de mort.

— Bien sûr ! protesta Dixmier. Je serai éternellement reconnaissant à Sa Majesté pour l'énorme faveur reçue… » Il s'interrompit brusquement et un frisson parcourut sa colonne vertébrale. Le roi le fixait de son intense regard bleu. Un regard si froid qu'il semblait, disaient certains, brûler l'âme comme la morsure de glace sur la peau nue.

2

AGNUS DEI

« Vous ne pouvez pas servir Dieu et Mammon. »

Matthieu, 6.24

1

Vierge Mère, fille de ton Fils,
humble et élevée plus que créature,
repère de conseil éternel,
Tu es celle que la nature humaine
a tellement ennobli que son Créateur
n'a pas dédaigné devenir sa propre création.

Paradis, chant XXXIII, 1-6

L'abbé de Sainte-Croix-de-Jérusalem, la plus ancienne abbaye de Rome, fondée par sainte Hélène, mère de Constantin, se pinça les lèvres dans une expression d'étonnement silencieux. Il examina ensuite les traits anguleux de l'homme qui le fixait depuis quelques minutes. Décidément, un physionomiste lui-même aurait échoué s'il avait tenté de définir le caractère de cet individu à partir de son apparence. Menton fort, yeux enfoncés, nez aquilin : le parfait sceptique, de ces athées qui font montre de leur inexorable matérialisme comme d'un gage de supériorité intellectuelle à exhiber face aux masses aveugles et crédules. Pourtant l'homme qui se trouvait aujourd'hui à Sainte-Croix lui avait fait lire cet hymne sacré d'une puissance inouïe.

« Je n'ai pas de mots, messire… ?

— Dante Alighieri.

— Messire Alighieri, reprit l'abbé, est-ce un éloge que saint Bernard de Clairvaux chante à la Sainte Vierge ?

— Oui, vénérable abbé. Dans mes cantiques, j'imagine un voyage au paradis, où la Madone reine est assise sur le trône. Personne ne peut chanter ses louanges mieux que Bernard de Clairvaux, le fondateur de votre ordre des Cisterciens.

— Et c'est pourquoi vous avez pensé à le soumettre à mon jugement. Que puis-je vous dire, messire Alighieri ? Votre hymne procède par paradoxes. Être vierge et mère. Devenir fille de son propre fils. C'est absurde, mais les vers suggèrent que tout coexiste en Dieu. Même l'impossible.

— *Deus est coincidentia oppositorum,* révérend.

— C'est du génie. Mais aussi assez audacieux, je ne vous le cache pas. Vous devez montrer votre travail au pape avant de le publier : voilà mon avis. Et maintenant, j'espère que vous allez me dire la vraie raison pour laquelle vous avez souhaité me parler. L'évêque de Florence n'a certainement pas pris la peine de vous recommander pour une poignée de vers, même s'ils sont d'une beauté sublime », ajouta-t-il avec un soupçon de complaisance. Dante hocha la tête.

« Vous avez raison, révérend. Les vers ne sont pas la seule raison qui m'amène à vous. J'ai besoin de parler au père Rolando Guidi. Je sais qu'il vit dans cette abbaye. »

L'abbé secoua la tête.

« C'est impossible.

— Je vous en prie, révérend : autorisez cet entretien ! Je viens au nom de la Seigneurie.

— Je suis désolé, mais il n'y aura pas d'entretien.

Ni avec vous, ni avec personne. Le seul avec qui notre pauvre frère peut maintenant dialoguer c'est le Seigneur Dieu.

— Vous voulez dire que…

— Le père Guidi est mort, messire Dante. Il y a quelques nuits à peine. »

Surpris et consterné, Alighieri laissa errer son regard autour de la pièce, totalement désemparé.

« Comment est-il mort ? Si soudainement… Je ne savais pas qu'il était malade !

— Moi non plus, messire Alighieri.

— A-t-il eu une attaque cérébrale ? Il était encore jeune, pourtant.

— Le Tout-Puissant nous appelle à lui quand il veut », répondit l'abbé d'un ton très évasif. Tant de hâte à écarter le sujet, alors que Dante aurait voulu enquêter en profondeur, lui inspira des soupçons véhéments.

« Sa mort subite pourrait ne pas être l'œuvre du Seigneur, mais celle du Malin, insinua-t-il. Le père Guidi a-t-il été tué ? »

Le malaise de l'abbé était criant.

« Mais qu'allez-vous penser…

— Je vous en prie, révérend. Un crime commis dans l'enceinte sacrée de vos murs est une question douloureuse et très embarrassante pour vous, je comprends cela ; mais la République doit savoir. Parce qu'il s'agit d'un crime, n'est-ce pas ? » Acculé par la sagacité de ce regard, comprenant qu'un mensonge prudent ne lui éviterait pas l'assaut, l'abbé hocha la tête.

« Je pense toujours que ce n'était qu'un tragique accident, sieur Alighieri. Je voudrais y croire ! Quoi qu'il en soit, notre pauvre frère a été retrouvé tête en avant dans un abreuvoir pour les chevaux. Il paraît s'être noyé.

— Avez-vous remarqué quelque chose d'anormal ?

— On peut le dire ! Le père Guidi avait sur les épaules un manteau de velours très coûteux. Doublé de fourrure de vison. » Dante écarquilla les yeux.

« Un manteau de velours ? Par-dessus sa robe de bure ?

— De toute évidence, il n'était pas à lui. La règle nous interdit de posséder des vêtements d'une telle opulence. Et puis il y a la boucle. » Peu avant minuit, raconta-t-il, un étranger avait frappé à leur porte. Le moine tuteur l'avait laissé entrer, malgré l'heure tardive, car il portait une lettre de créance avec un sceau de la chancellerie de France. C'était un haut dignitaire du Louvre et cela se voyait : il portait un manteau princier et sur la lanière en cuir qui le maintenait attaché sous le menton brillait une magnifique boucle d'or incrustée d'émaux bleus, aux armoiries du souverain français.

« Le frère gardien n'a pu s'empêcher de la remarquer, vu sa splendeur, dit l'abbé. Plus tard, quand le visiteur est reparti, il ne portait plus sa cape. Il l'avait laissée au pauvre père Guidi, assurément. Mais sans la boucle.

— Il l'aurait gardée pour sa valeur ?

— J'en doute, messire Dante. Nous avons retrouvé notre pauvre frère allongé dans cette vasque, le visage sous l'eau. Il avait une longue ecchymose noire au cou, comme s'il avait été étranglé. Est-ce que vous me suivez ?

— J'en ai bien peur, dit Dante.

— Le pape a envoyé un dignitaire pour nous interroger : un jeune gentilhomme, qui n'est autre que son neveu. Je lui ai dit clairement ce que je pensais.

— Le pape a envoyé son neveu pour enquêter ? Vous parlez de Crescenzio Caetani, le bachelier en médecine ?

— Précisément, confirma l'abbé. Ce jeune homme a su mieux que quiconque donner une juste explication au drame pour la bonne raison qu'il prépare un doctorat en médecine.

— Excellent choix ! J'ai eu le plaisir de rencontrer Crescenzio Caetani l'année dernière. Je sais que le pape l'utilise pour mener des enquêtes confidentielles sur des personnes en vue et des affaires épineuses qui méritent la discrétion. C'est un homme fin et perspicace. Que vous a-t-il dit ?

— Selon lui, le gentilhomme a donné son manteau au père Guidi, puis il y a eu une violente altercation entre eux. Notre frère s'est défendu, tandis que l'autre tirait pour lui arracher le manteau qu'il lui avait donné peu de temps avant. Il a été étouffé. Il n'y a pas eu de meurtre intentionnel. En effet, la lanière en cuir a été coupée proprement avec un couteau. Un tueur l'aurait simplement poignardé au cœur. »

Dante était étonné.

« Pardonnez-moi révérend… cela n'a aucun sens ! Donner le manteau et ensuite vouloir le reprendre, et finir par étrangler le pauvre moine pour le récupérer. Vous ne pensez pas que c'est absurde ?

— Je ne sais pas, s'impatienta l'abbé. Le noble français a peut-être donné ce manteau au père Guidi par charité ou par courtoisie. Puis il a demandé à se confesser, et peut-être que le père Rolando n'a pas voulu l'absoudre d'un péché grave. D'où sa colère et l'envie de reprendre son manteau.

— C'est ce qu'a dit le neveu du pape ? demanda Dante.

— C'est l'une des conjectures possibles. » Alighieri n'arrivait pas à comprendre ce qu'il entendait. Il connaissait très bien Crescenzio, il admirait son ingéniosité, il l'avait vu à l'œuvre : qu'il eut lui-même proposé cette solution absurde lui paraissait paradoxal. Une véritable insulte à la raison ! Il y avait trop d'incohérences dans ce scénario. Était-il possible que Crescenzio ne l'ait pas remarqué ?

« Révérend, j'ai bien peur que quelqu'un essaie de simuler une noyade. Y a-t-il eu des désaccords entre le père Guidi et les frères ? La nature humaine peut être perfide. Le diable pervertit le cœur des hommes, il devient l'instigateur du mal… » L'abbé se renfrogna.

« Assez ! J'ai entendu trop d'insinuations sur cette abbaye. Allez dans la paix de Dieu, sieur Dante. Et je ne rapporterai pas à Sa Sainteté le ton offensant avec lequel vous avez osé vous adresser à moi. »

Dante resta coi. La haine avec laquelle l'abbé avait proféré la menace, à peine voilée, de le dénoncer pour insulte au Saint-Père lui faisait apparaître clairement que Crescenzio, loin d'avoir perdu sa subtilité bien connue, s'était simplement heurté avant lui au mur de silence qui entourait cette ancienne abbaye. Une fois le message reçu, le neveu de Sa Sainteté avait fourni au révérend la solution qu'il voulait entendre.

2

La voiture peinte du blason des Orsini venait à peine de pénétrer dans la ruelle étroite qui mène du quartier de Campo dei Fiori au pont Saint-Ange lorsqu'elle s'arrêta brusquement. Crescenzio se pencha par la fenêtre et découvrit une vision désespérante à laquelle il ne s'était pas attendu.

« Que se passe-t-il ? demanda la petite voix innocente de sa sœur Maddalena.

— C'est dimanche, répondit-il à mi-voix. Les pèlerins vont à Saint-Pierre. »

Il était, en réalité, très nerveux. Il affrontait habituellement les affres de la circulation à Rome avec flegme, mais pas aujourd'hui. Le pape l'avait convoqué pour régler les détails complexes de ses fiançailles avec la femme qu'il aimait. L'année sainte était finie depuis des mois et, techniquement, il n'y avait plus de raccourcis canoniques ou théologiques pour conjurer les flammes de l'enfer en récitant des Pater, Ave et Gloria à genoux. Pourtant, les gens affluaient pour prier sur le tombeau du pécheur de Galilée. La Grande Indulgence de Boniface VIII avait déclenché une sorte de jubilé pérenne, qui durerait aussi longtemps que l'histoire du christianisme. Il fallait avoir de la patience à Rome.

La ville était toujours ce qu'elle était depuis le temps des Césars : engorgée, sale et invivable. Crescenzio déboutonna le col de sa tunique. Il transpirait affreusement, même si la journée n'était pas vraiment chaude. Puis il vit quelque chose qui le réconforta.

« Dieu merci ! Les gardiens du château Saint-Ange viennent nous chercher. »

La lueur qu'il avait aperçue au loin venait d'une douzaine d'hommes armés, qui portaient des cuirasses brillantes frappées d'un ours rampant. Leur méthode pour repousser les gens contre les murs était expéditive.

« Faites place, canailles ! » criait leur chef.

À force de bousculades et d'insultes, ils atteignirent la voiture cernée par des malheureux vite éloignés à coups de pied.

« Messire ! salua l'officier en portant brusquement sa main tendue contre son front, vous pouvez avancer. Nous avons dégagé la route jusqu'au pont. » C'était vrai, ou presque. Un petit groupe de personnes un peu mieux vêtues que les autres s'étaient en effet rassemblées au bas de la rue, comptant peut-être profiter du passage spécial accordé à la voiture des Orsini.

« Dégagez, grogna le soldat. Faites passer ! »

Tout le monde s'écarta, sauf un individu qui portait la tunique vermillon des apothicaires. Il avait un visage sérieux et élégant, avec un nez grand et busqué qui lui donnait des airs de philosophe stoïcien. Il ne s'était pas écarté et, au contraire, prétendait accéder au pont après la voiture privilégiée.

« Je ne suis pas un pèlerin ! répétait-il aux gardes. Je représente la République de Florence. Je dois voir le pape ! » Le capitaine n'avait pas les délicatesses d'un homme d'Église ; il le repoussa violemment vers la foule serrée contre le mur.

« Écarte-toi ! Tu ne vois pas que les Orsini passent ? » Furieux, le Florentin devint si rouge qu'on ne voyait plus guère de différence entre la couleur de son visage et celle de son costume. Il prit une profonde inspiration, remit son chapeau sur sa tête et lança vers la voiture une curieuse invective en vers.

« *Espèces de malandrins, vous et vos maîtres !*
Je fus vraiment le fils de l'ourse
si avide que, pour enrichir les oursons,
je me suis mis ici, et l'argent dans une bourse[1]. »

Crescenzio l'entendit et fit immédiatement stopper la voiture.

« Tiens donc, comme on se retrouve, sieur Dante Alighieri. Ou comme on dit à Rome, *sor* Dante. » Le visage du Toscan s'éclaira.

« Crescenzio ! je te cherchais ! » Il s'engouffra en hâte par la portière ouverte et la referma aussitôt en bénissant sa bonne étoile. Il n'avait pas une opinion très élevée de Boniface VIII, mais il aimait son neveu, rencontré quelque temps auparavant lorsqu'il était venu à Rome pour l'année sainte. Probablement parce que c'était un jeune homme hors du commun : fils de comte et neveu du pape, il avait refusé de rentrer dans les ordres et de faire carrière à la Curie, ou de vivre de ses rentes comme il sied à la noblesse, et avait voulu étudier la médecine, provoquant la colère de ses proches. Les nobles seigneurs Caetani ne toléraient pas qu'un membre de leur famille puisse exercer un métier comme un plébéien. Ils craignaient qu'il jette le déshonneur sur toute la maison, et ils en avaient honte. Républicain convaincu, Dante

1. *Enfer*, chant XIX. *(N.d.T.)*

trouva en lui un jeune homme intéressant, à l'intelligence éclairée et à l'esprit libre, mais sans exagération.

Crescenzio le fit asseoir, puis l'attaqua à bout portant : « Pourquoi êtes-vous en colère contre les Orsini et le pape Nicolas III ? Concrètement, vous l'avez accusé de simonie. » Dante fut embarrassé. L'invective était dirigée contre le blason, mais il ne savait pas qui se trouvait dans la voiture.

« Je suis désolé, dit-il, je ne pensais pas que quelqu'un pouvait comprendre.

— Nicolas III était notre oncle, pour mémoire, dit Crescenzio, piqué au vif.

— Je n'écris pas une chronique, objecta Alighieri. Je travaille à un poème, je vous en ai parlé, souvenez-vous.

— Bon. Quoi qu'il en soit, écoutez-moi : les quatrains satiriques sur les papes et autres puissants, il vaut mieux que vous les fassiez circuler de manière anonyme. Pourquoi êtes-vous revenu à Rome ? »

Alighieri regardait nerveusement de gauche à droite, comme quelqu'un qui hésitait à parler pour ne pas violer un pacte secret.

« Je suis ici en tant que consul de la République, murmura-t-il, et j'ai besoin de votre aide. Un besoin désespéré. » Ce ton suppliant, comme un gémissement de chien malade, rendit Crescenzio méfiant.

« De quoi avez-vous besoin, monsieur le consul ? demanda-t-il en le regardant de biais. Voulez-vous être reçu par le pape ? ou bien êtes-vous intéressé par mes compétences en logique ? » Quelle impudence dans le ton de la voix ! Mais le fait que le neveu de Sa Sainteté ait laissé échapper quelques mots en dialecte romain restaura un peu de confiance entre eux ; Alighieri lui en était reconnaissant, et encore plus d'avoir compris ce qui était en jeu sans avoir besoin d'autres sous-entendus.

« J'ai besoin de votre intuition. Vous avez entendu parler de ce moine retrouvé mort à Sainte-Croix. »

Crescenzio pouffa.

« Maintenant, je dois voir mon oncle le pape pour une affaire urgente. Dites-moi de quoi il s'agit. Vous pouvez parler librement devant ma sœur. Maddalena sait tout de l'affaire.

— Je l'ai même aidé ! dit-elle avec fierté.

— Cette affaire est résolue. C'est le sénateur qui le dit. Le moine a été accidentellement tué par un voleur. Il voulait emporter une boucle en or massif, si je ne me trompe pas.

— C'est ce que l'abbé de Sainte-Croix affirme également, intervint Dante. Mais il y a beaucoup de choses étranges. Vous ne pouvez pas ne pas l'avoir vu. Ce ne serait pas digne de vous. » Crescenzio fit une grimace de dépit : il ne contestait pas, mais ne lui donnait pas raison.

« Allons, reprit Alighieri, j'ai besoin de votre aide. Ici à Rome je suis comme un poisson hors de l'eau. La justice vaticane est en jeu. Mon malheureux concitoyen était un moine, un homme consacré. L'assassin a commis un sacrilège. Il ne peut rester impuni. »

Crescenzio était quant à lui convaincu que bon nombre de membres du clergé gras, laid et corrompu pourraient être éventrés sans que les malfaiteurs ne finissent dans les flammes de l'enfer. Au contraire, ils pourraient même avoir droit aux meilleures places dans l'au-delà pour leur œuvre salutaire. Ce n'était évidemment pas une pensée que le neveu du pape pouvait exprimer.

Et après tout, ce cistercien, selon ceux qui le connaissaient, était un moine pieux menant une vie honnête, donc il méritait justice ; de plus, Sa Sainteté, une fois que Crescenzio lui aurait présenté la solution de l'affaire sur un plateau d'argent, serait certainement plus malléable pour l'affaire au sujet de laquelle oncle et neveu se disputaient avec véhémence depuis des mois.

Oui, la solution de l'affaire… Et Immacolata Colonna. Le pape deviendrait plus conciliant si Crescenzio le tirait une fois de plus d'une situation épineuse. Peut-être, avec le temps, lui permettrait-il d'épouser cette jeune fille qu'il aimait désespérément, mais qui était née, par un mauvais coup du sort, dans la famille qui plus que toute autre détestait Boniface VIII et voulait sa mort.

« Très bien, sieur Dante, dit-il d'un ton radouci. Venez me voir demain. Nous essaierons de faire la lumière sur la question. »

3

« Non ! » s'écria Maddalena. Elle tremblait comme une feuille, Crescenzio était blanc comme un linge.

« Sainteté, ne parlons pas de certaines choses devant elle. Elle pourrait être choquée.

— Au contraire, objecta Boniface VIII. Cette enfant doit voir et savoir. La vie est dure, tu ne dois pas l'élever sous une cloche de verre. » Déconcerté, le jeune homme regarda l'horrible preuve placée au centre de la table, enveloppée dans un tissu blanc brodé d'un griffon disparaissant sous une tache sombre de sang séché. C'était une tête humaine. On lui avait arraché les yeux, tranché le nez et on avait découpé ses lèvres, en un sourire glacial de crâne. Du fond des orbites vides, deux bosses noires ensanglantées semblaient encore fixer les vivants, déplorant jusqu'où la perversion humaine peut aller.

« Arnaud de Villanova l'a vue, murmura le pontife. Il n'a aucun doute : c'est de la magie noire. Un pacte avec les forces des ténèbres visant à obtenir la mort de quelqu'un. J'espère que tu as compris, Crescenzio. »

Le jeune homme redressa hardiment le dos. « Je n'ai pas peur, répondit-il. Personne ne me menace. Même mes belliqueux parents du côté Caetani, vos neveux, Votre Sainteté, se sont résignés. Je ne contesterai pas la volonté de mon père, je me contenterai de ce que vous voudrez me donner. Il n'y aura pas de représailles. »

Sa plaidoirie était magistrale : s'il avait été dans une salle d'audience, ce ton calme mais ferme lui aurait valu l'ovation du public et un verdict de victoire.

Boniface VIII, au contraire, saisit le tissu sanglant avec dégoût, et cacha la monstruosité.

« Personne ne te menace, mon neveu. En es-tu sûr ?

— Aussi sûr que Pâques vient après Noël, Votre Sainteté.

— Et ces lettres anonymes ?

— Une mauvaise blague, dit-il. Certains vauriens s'amusent à salir la demeure d'autrui par des insultes et des dessins obscènes. »

Le pape le cingla d'un regard réprobateur.

« Ils te menacent de mort dans ces lettres, murmura-t-il. Ces vauriens ont la main lourde ! » Crescenzio baissa les yeux, simulant une docilité qui n'était pas vraiment dans son caractère.

« Saint-Père, je vous en supplie. Arrêtons de discuter de ces choses devant Maddalena. Il n'y a aucune raison de s'inquiéter. De plus, j'espérais que votre convocation… Bref, j'aimerais connaître votre décision à propos d'Immacolata Colonna. » Il finit sa phrase dans un souffle, en forçant sa voix pour prononcer les syllabes de ce patronyme abhorré.

Le pape prit une longue inspiration. Tel un grand acteur se préparant à affronter le public comme si c'était toujours la première fois. Il regarda par la fenêtre : le temps commençait à se gâter alors que les ombres du soir tombaient.

« J'ai donné ma parole, Crescenzio, murmura-t-il, pensif. Bien qu'elle soit la fille de cette sale engeance, elle m'a été utile. Les informations qu'elle nous a fournies se sont avérées providentielles pour contrer l'attaque de ses proches. J'ai promis, répéta-t-il à haute voix. Je suis un homme de parole. C'est pourquoi j'ai voulu te montrer cette horreur, Crescenzio. »

Il parlait d'un ton lugubre.

« Que voulez-vous me dire, Saint-Père ? » questionna-t-il, en proie à un sinistre doute. Boniface VIII hocha lentement la tête, douloureusement.

« Je t'ai montré cette tête coupée, Crescenzio, mutilée, percée d'une centaine de clous. Et toi, qu'en déduis-tu ? Que c'est une menace pour toi. Parce que tu te méfies. Parce que tu as déjà subi plusieurs intimidations, voilà la vérité. »

Crescenzio pâlit, le regard fixé sur le mur. Peut-être commençait-il à comprendre.

« Où l'a-t-on trouvée ? demanda-t-il d'une voix étranglée.

— À l'extérieur du couvent de Santo Stefano, répondit le pape. Sous la fenêtre d'une cellule bien précise. Là où dort une certaine personne. Tu as compris, non ? » Un silence de mort tomba dans la pièce alors que Maddalena portait ses mains à sa bouche, terrorisée.

« Ce n'est pas toi qu'ils veulent tuer, mon neveu. Ce sortilège de mort s'adresse à elle. » Crescenzio déglutit, et il lui sembla que sa gorge était de pierre.

« Ce sont les Colonna ? » hasarda-t-il. Boniface VIII écarta les bras d'un geste d'exaspération.

« Et qui, sinon ? Elle fait échouer leurs plans contre moi, ils la considèrent comme une traîtresse. Combien de choses sait-elle ? Combien en révélera-t-elle encore ? Ils n'auront aucun scrupule à l'éliminer. Je m'en doutais, pour être honnête. C'est pourquoi je l'ai fait enfermer à Santo Stefano. Le couvent est à l'intérieur des murs du Vatican, me suis-je dit, la jeune fille est en sécurité.

Mais je me trompais. Cet horrible paquet avec la tête coupée en est la preuve.

— Comment sont-ils entrés, Sainteté ? » marmonna le garçon. Le pape réagit d'un haussement d'épaules nerveux.

« Comme tout le monde ! Les pèlerins visitent la basilique puis ils sortent par les portes mineures. Ils se promènent dans les jardins du Vatican, aussi longtemps que les gardes les y autorisent. Il n'est pas difficile d'entrer avec un panier sous le bras. Mais c'est peut-être pire encore.

— Pensez-vous qu'il y ait des complices à la Curie ? » demanda Maddalena d'une voix hésitante. Le pape lui lança un regard approbateur.

« Bien sûr qu'il y en a, mon enfant. Il faut cent yeux et cent oreilles pour rester en vie. Mais je ne peux pas m'occuper de tout. Je ne peux pas garantir la sécurité de cette jeune fille. Tu comprends ? »

Le visage de Crescenzio était livide.

« Que faire, Sainteté ? » Le pape fit quelques pas à travers la pièce en réfléchissant. Il regardait ses pieds chaussés de précieux souliers en soie, à la recherche d'inspiration, comme s'ils pouvaient lui parler.

« Il y a peut-être un moyen de la mettre à l'abri, murmura-t-il. Mais le chemin du salut est toujours semé de sacrifices. Il y a quelques jours, un chevalier que je respecte profondément s'est adressé à moi. C'est désormais un vétéran, il aimerait dire adieu aux armes pour se marier et fonder une famille. Il me demande de lui trouver une femme noble et innocente. Belle, si possible. » Interdit, Crescenzio s'était mué en statue de sel sans mouvement de respiration ni battement de cils.

« Mais, Sainteté, vous m'aviez promis…

— Je tiendrai la parole donnée ! tonna le pontife.

Mais je t'ordonne de réfléchir, Crescenzio. Si Immacolata épouse ce chevalier, elle quittera Rome, et échappera à la situation périlleuse dans laquelle elle se trouve. Tu n'auras plus aucun lien avec elle, donc ses proches ne la verront plus comme une menace. Tu sais ce que l'on dit, n'est-ce pas ? Loin des yeux, loin du cœur. Et loin du poignard, aussi », ajouta-t-il avec gravité. Crescenzio baissa la tête, au point que son menton frôlait son sternum. Sous le regard de sa sœur au bord des larmes, il serra les poings avec une arrogance héroïque.

« Je ne pourrai pas le supporter, Votre Sainteté, chuchota-t-il. Je ne peux pas. » Le pape lui tapota l'épaule, plein d'affection et de compréhension.

« C'est un choix amer, Crescenzio. Mais parce que je t'aime, je t'en laisse la totale responsabilité. Tu dois décider. Immacolata épousera ce vétéran et partira avec lui. Elle aura des enfants, elle vieillira. Ou elle sera à toi ; mais dans une tombe de pierre glaciale. »

Le regard du jeune homme s'échappa au dehors, attiré par l'éclat d'un orage. La nuit qui tombait était menaçante, avec le tonnerre et des éclairs de fin du monde. Le ciel, torturé et désemparé, versait un déluge de larmes sur le monde.

4

Du sable à perte de vue, entre les dernières collines et la mer. La mer caressée par le vent du nord dans l'air froid d'un après-midi qui tirait à sa fin. Mais dans la perfection de ce scénario naturel, vision divine, une minuscule anomalie. De loin, elle faisait une tache noire. C'était un homme avec un chevalet de peintre. Sur le chevalet, un panneau entièrement blanc.

« Mais que fait ce jeune homme avec son pichet ?

— Éminence, il souffre à cause d'un amour impossible. C'est pourquoi il peint avec de l'eau de mer des choses que lui seul peut voir. Comprenez-vous la poésie du geste ? » Non, la poésie du geste échappait complètement à Duraguerra.

« Allons écouter ce fou… » dit-il. Le vice-chancelier descendit de la voiture, proférant des jurons. Énervé, il perdit l'équilibre et chancela pendant quelques instants, avant d'atterrir en douceur sur le ventre rebondi d'Ottone da Sermoneta. Les bras solides du notaire apostolique saisirent le maigrichon empourpré.

« Tout va bien, Éminence ?

— Non ! grommela Duraguerra. J'ai perdu mon chapeau. » De fait, le galero cardinalice s'était envolé, et avait atterri dans les branches d'un myrte qui l'avaient heureusement retenu. Ottone dut ferrailler pour arracher à l'arbuste les glands en soie de la somptueuse coiffe.

« Voici votre galero, Éminence. » Il le lui posa sur sa tête avec une courtoisie presque liturgique. Couronné de l'énorme chapeau rouge flamme, Pietro Valeriano Duraguerra se sentit de nouveau maître de ses hautes prérogatives.

Pour être drôle, il l'était ! Il faisait penser à ces gros champignons rouge brillant qui sortent de terre dans les sous-bois humides en automne. Se sentant ridicule, Duraguerra ne portait les insignes du cardinalat que lorsqu'il devait faire peser l'autorité de sa fonction sur quelqu'un. Et c'était le cas ce jour-là.

Crescenzio était debout face à la mer. Il aurait voulu que la marée monte suffisamment pour l'emporter ; que la mer efface sa douleur comme elle efface les dessins sur le sable. Il trempa le pinceau dans l'eau de son pichet puis caressa le panneau en bois, vide. On aurait pu passer des heures à regarder cette mer, et ce ciel, et tout ce qu'il y avait autour, mais on n'aurait rien trouvé de cette couleur. Rien qui puisse être vu.

« Jeune homme ! » Crescenzio se retourna lentement, nonchalamment, englué dans la mélancolie paresseuse qui enveloppait toute sa personne, son regard et ses mains, le corps emmitouflé dans une grande veste de pêcheur.

« Bonsoir, Éminence.

— Jeune homme, j'ai appris ce que tu as fait l'année dernière, commença Duraguerra. Cette sale affaire des nobles dames empoisonnées. Bravo ! Aujourd'hui, le Saint-Siège a encore besoin de toi. » Silence prolongé et décourageant. Un fantôme aurait eu plus de répondant, aussi le notaire prit-il les devants.

« Messire Crescenzio, ils ont trouvé un moine mort à Sainte-Croix-de-Jérusalem. » Le jeune homme soupira avec résignation.

« Quelle décadence, maître Ottone ! Maintenant, on fait mourir même ceux qui sont vivants. »

Ironie de merde ! pensa Duraguerra, mais il ne répondit pas à la provocation : il était pressé de remporter la victoire.

« Le moine a été tué, reprit le notaire. Ce soir-là, il a reçu une personne, un noble de sang royal envoyé par le roi de France. Ils sont allés dans le jardin pour discuter. Le matin suivant, le père Guidi était mort. » Crescenzio répondit sans quitter des yeux sa planche aniconique.

« Demandez de l'aide à Paris.

— Allons donc ! explosa Duraguerra. Nous avons déjà suffisamment de problèmes dans notre propre maison. Ce moine était un agent de la République florentine. Derrière sa mort atroce, il y a une embrouille politique, j'en parie les glands de mon chapeau. Maintenant, aide-moi et je t'aiderai. Donnant donnant.

— Pas du tout ! répondit Crescenzio. Sur les livres de paie du Saint-Siège figurent beaucoup de gens qui peuvent gérer ce problème. Et moi, je ne vois pas en quoi vous pourriez m'aider.

— Je parle de ta belle. Résous l'affaire, et le pape ensuite…

— Les fosses sont pleines d'*ensuite*, Éminence. »

Son ton glacial contraria Duraguerra. Dans un accès de colère, il ôta son galero et le jeta dans le sable.

« Mais arrête donc ! Tu es jeune. Et le monde est plein de femmes. » Crescenzio ne pouvait endurer plus longtemps cet échange qui retournait le couteau dans la plaie ouverte de sa mélancolie. Mieux valait changer de tactique.

« Le moine a-t-il été enterré ? demanda-t-il calmement.

— Oui, bien sûr.

— Alors il est trop tard. En déplaçant le corps du lieu du crime, vous avez effacé un certain nombre de traces essentielles. Faites dire une messe pour son âme ; c'est tout ce que vous pouvez faire à ce stade. »

Duraguerra aurait voulu répondre qu'il n'était pas nécessaire de découvrir le meurtrier, puisque le noble français était le coupable, on devait seulement le retrouver. Mais Crescenzio ne lui en laissa pas le temps. Il donna un coup de pied dans les pierres qui maintenaient le chevalet, qu'il souleva dans ses bras pour l'emporter avec lui, laissant le notaire apostolique et le cardinal plantés là.

Dans l'air froid et transparent de l'aube hivernale, une jeune fille en habit de deuil montait vers le haut des jardins du Vatican. Maddalena marchait d'un pas prudent, tenant fermement contre sa poitrine l'ampoule de myrrhe à déposer en offrande sur la tombe de Pierre, un stratagème grâce auquel elle avait arraché à sa famille la permission de sortir seule à cette heure matinale. Elle n'avait pas besoin de chaperon, avait-elle dit, pour se rendre à la basilique prier et faire une offrande. Les jardins papaux étaient parcourus par des sentinelles qui se relayaient à toute heure du jour ou de la nuit ; si bien qu'à moins qu'elle ne creuse un trou dans le sol pour s'y enterrer volontairement, il n'y avait aucun danger de ne pas la voir rentrer à la maison. Revêtir une tenue de deuil avait été un véritable coup de génie : elle évitait le risque que ses proches soupçonnent des arrière-pensées, comme s'échapper tôt le matin pour rencontrer un galant.

Elle devait trouver le Catalan dans son jardin fortifié. Lui demander une drogue pour apaiser la mélancolie de son frère ou, encore mieux, un appareil magique pour chasser ce sentiment qui le détruisait, voué qu'il était à un amour impossible. Mais pourquoi le destin avait-il voulu qu'il tombe amoureux d'Immacolata Colonna ? Pourquoi elle ? La jeune fille était très belle, et héritière d'une des familles les plus anciennes et les plus nobles de Rome ; malheureusement, il y avait cette haine viscérale entre les Colonna et le pape Boniface VIII. Une querelle dynastique sans précédent aurait ensanglanté les rues de Rome si le pape, avec arrogance, n'avait pas envoyé en exil tous les hommes adultes de la famille Colonna, rendant inoffensif le puissant front ennemi. Mais ses adversaires belliqueux avaient promis mort et vengeance, pour lui et pour tous les Caetani, Crescenzio y compris.

Cachés dans la campagne autour de Rome, hôtes de nobles seigneurs complices, ils complotaient pour que Boniface VIII se retrouvât au plus tôt devant Dieu pour rendre compte de ses nombreux méfaits.

Maddalena souffrait pour son frère. Crescenzio était amaigri, éteint, et faisait des choses insensées. De grandes peines peuvent tuer, mais un médecin doté du talent du Catalan connaissait sûrement un remède pour tous les maux. On disait que, parmi ses nombreux traités, il en avait écrit un sur l'amour héroïque, celui qui transforme l'âme et la rend capable de tout.

Le vieil homme était intraitable et hostile envers tout le monde, mais il avait une grande sympathie pour elle ; Maddalena l'avait compris à de subtils signes. Elle avait remarqué sa manière de la regarder lorsque, sortant de son jardin fortifié, le vieillard restait immobile devant sa porte : il y avait comme un appel dans ses yeux, une sorte de prière secrète que le vieillard n'osait pas lui adresser. Il l'étudiait, elle le sentait. Peut-être la considérait-il comme une sorte de page blanche sur laquelle un enseignant peut écrire librement ce qu'il veut. La faiblesse qu'Arnaud avait pour elle était peut-être due à autre chose. Après tout, Maddalena était un peu folle, comme lui. Depuis des années, elle faisait des rêves très étranges dans lesquels des gens aux yeux perdus lui rendaient visite, pauvres âmes en peine en quête de quelqu'un à qui demander justice.

Elle avait compris que c'étaient des âmes qui ne trouvaient pas la paix, des hommes et des femmes qui avaient connu une mort violente et étaient incapables de quitter définitivement cette vallée de larmes. C'était comme si elle possédait une fenêtre secrète par laquelle elle pouvait communiquer avec l'invisible. Ainsi, la nuit précédente, elle avait rêvé d'un moine. Il était dans le jardin d'Éden et parlait au Serpent, qui éclairait l'air tout autour de lui parce qu'il était recouvert d'écailles d'or. Le moine s'était approché de lui un peu trop près ; et le reptile l'avait étouffé dans ses anneaux.

La jeune fille soupira et se signa. Elle était arrivée. Elle leva le bras pour frapper à la porte, mais vit que celle-ci était entrouverte. Curieux. Arnaud n'était pas seul. Même s'il était encore très tôt, quelqu'un discutait avec lui.

Sans un bruit, Maddalena coula un regard par l'interstice. Le Catalan était debout dans son jardin de plantes tropicales rares, et à côté de lui, l'air grave, le cardinal Pietro Valeriano Duraguerra de Piperno. Un vieil homme maigre, blanc comme de la farine, avec des cheveux argentés et crépus en désordre. Un petit homme dont le poids dans les énormes rouages du Saint-Siège était inversement proportionnel à celui de son enveloppe terrestre. Que faisait le chef de la diplomatie papale dans le jardin du Catalan ? La conversation semblait houleuse.

« Vous ne pouvez pas refuser de répondre, maître Arnaud. Je me fiche que le pape vous défende bec et ongles. Vous êtes un homme comme les autres. Et comme les autres, vous êtes soumis à la justice, bon sang de bon sang ! »

Pietro Valeriano Duraguerra était un homme d'une grande culture qui avait voyagé dans toute l'Europe pour le compte des papes ; il connaissait plusieurs langues, mais lorsqu'il s'échauffait, son éloquence prenait inévitablement l'accent du Trastevere. Son explosion de colère ne sembla pas émouvoir Arnaud de Villanova.

« Éminence, je n'ai rien à vous dire.

— Ah non ? Pourtant, la nuit de la mort du père Rolando Guidi, vous avez demandé une voiture. Il était déjà tard, mais vous avez exigé que le cocher vous conduise directement à Sainte-Croix-de-Jérusalem. Le gentilhomme arrivé de Paris vous avait confié son intention de s'y rendre. Vous l'avez éconduit. Ensuite, vous l'avez regretté, alors vous l'avez rejoint à Sainte-Croix. Pouvez-vous le nier ? »

Le vieil homme fronça les sourcils.

« Je ne voulais pas rencontrer cet homme, c'est vrai. Puis j'ai changé d'avis.

— Pourquoi ?

— Je n'avais pas confiance en lui, avoua le vieil homme à regret. Je ne désire pas rencontrer les émissaires du roi de France.

— Cet étranger venait donc de la part du souverain ? »

Arnaud de Villanova hésita sur la réponse qu'il devait faire. Il savait bien qu'il n'était encore en vie que parce qu'il avait gardé le secret sur ce qui s'était passé à Paris trois ans auparavant. Il voulut au moins mettre le cardinal sur la bonne piste. Duraguerra était un homme très perspicace ; s'il aboutissait de lui-même au nœud du problème, c'était tant mieux.

« J'ai des raisons de le croire, éminent père, répondit-il. Le roi Philippe me tourmente de mille manières. Il le fait directement, à travers les hommes qui lui sont dévoués et sur lesquels il peut compter à la Curie. Même par des messages anonymes.

— Des messages anonymes ?

— Exact. Je vais vous montrer. »

Le vieil homme entra dans la maison, puis revint avec un billet, qu'il donna au cardinal. Duraguerra le regarda, ébahi. Était-ce une plaisanterie ? Sur la feuille, il n'y avait pas un mot, mais deux portées musicales distinctes. Sur la première se trouvait une seule note, un *sol.* Sur l'autre, une séquence de seulement trois neumes. Un *ré*, un *mi* et un *si*. En bas, dans la marge de droite, un petit cercle avec un point au centre.

« Mais il n'y a là que quatre notes de musique ! protesta Duraguerra.

— Vous vous trompez, Éminence. Ce sont des notes de musique, certes, mais elles forment un message chiffré. Le roi de France me demande de commettre un crime. Naturellement, j'ai refusé.

— Vous êtes fou ! Et quel est ce prétendu crime ?

— Rien que je puisse révéler. Je suis médecin, souvenez-vous. Et les médecins ne trahissent pas le serment d'Hippocrate en dévoilant les secrets de leurs patients. »

Duraguerra le regarda, sévère.

« Oubliez Hippocrate : il est question d'un mort !

— Éminent père, ma conscience est en paix. Je me suis confessé au pape et Sa Sainteté m'a imposé un silence perpétuel sur cette affaire. »

Cette affirmation contraria Duraguerra, à la fois par le côté impératif de l'ordre donné par le pontife et par le ton sincère d'Arnaud. De plus, si Boniface VIII avait vraiment appris en confession ce que le Catalan avait à dire, les informations scabreuses ne pouvaient être récupérées sans violer le secret du sacrement. Il ne restait plus qu'à se saisir du mystérieux billet, dans l'espoir que tôt ou tard quelqu'un résoudrait l'énigme.

« Soit ! Mais donnez-moi au moins quelques indices. Revenons à cette nuit fatidique. Vous dites que vous n'êtes pas entré dans l'abbaye de Sainte-Croix, mais vous avez traversé Rome dans l'obscurité pour vous y rendre. »

Arnaud de Villanova inspira profondément, irrité.

« Je vous ai déjà dit que je ne voulais plus avoir de relations avec le roi de France, j'ai donc expédié son émissaire en quelques mots. Plus tard, j'ai réfléchi à mon geste et j'ai compris que j'avais agi sous le coup du ressentiment que je nourris pour Philippe le Bel. Je voulais savoir ce que cet homme avait à me dire. »

Le ton calme mais irrévocable d'Arnaud laissait entendre qu'il ne lâcherait pas un mot de plus. Duraguerra caressa sa forêt de cheveux gris, avec un découragement touchant. Il n'y avait décidément rien à tirer de ce vieux bouc. Il renonçait.

« Quoi qu'il en soit, conclut-il, restez disponible. »

Le Catalan écarta les bras et son regard indiqua la grande enceinte derrière laquelle il vivait en reclus. Où diable aurait-il pu s'échapper ?

Lorsque le chef de la diplomatie papale sortit du jardin-forteresse, il avait la tête basse et une mine pitoyable de chien battu. Il s'était embourbé dans l'étang triste des causes perdues. Il fut surpris de trouver une jeune fille debout près de la clôture, qui semblait l'attendre. N'était-ce pas Maddalena Caetani, la nièce de Sa Sainteté ? Vêtue de noir, qui plus est, on se demandait pourquoi. Elle contenait avec peine un sourire malin, comme si elle venait de trouver par chance un trésor inestimable.

« Pardonnez-moi, Éminence, dit-elle en s'approchant, je passais ici par hasard, et involontairement j'ai entendu une partie de votre discours. Mon frère pourrait peut-être vous aider dans votre enquête. Voyez-vous, il a du talent pour ce genre de choses. »

Duraguerra lui lança un regard suspicieux.

« Votre frère Crescenzio ? Ce méchant garçon est encore plus obstiné que le Catalan, un âne têtu au-delà du vraisemblable !

— On peut convaincre même les ânes, si on sait s'y prendre. En leur offrant une carotte succulente… »

Une expression convaincue sur son visage fin, elle se mit à faire l'éloge des compétences de son frère en matière d'investigation, à croire que le pape utilisait Crescenzio pour faire la lumière sur les affaires les plus ténébreuses depuis qu'il était nourrisson. Bien sûr, ces temps derniers, son esprit était moins aiguisé, embarrassé qu'il était par ses problèmes de cœur. Mais Duraguerra, homme clé dans l'édifice du Saint-Siège, pourrait certainement manœuvrer les bons leviers pour résoudre le drame. En un mot, il fallait que Boniface VIII donne son consentement à cet amour injustement refusé.

Le cardinal écouta, puis souligna les difficultés de l'affaire avec force gesticulation. Pendant ce temps, les jardiniers du pape, perplexes, se demandaient ce que pouvaient bien se raconter ce vieux renard de vice-chancelier et la nièce de Sa Sainteté.

5

L'hiver s'écoulait lentement, enveloppant Paris de son étreinte implacable. L'air était d'une clarté éblouissante ; il vous entrait dans la bouche avec un goût métallique piquant. La neige tombait en abondance, annulant les couleurs et les contours des choses, ralentissant les gens qui s'affairaient à transporter du bois pour alimenter un feu qui offrait un peu de chaleur, mais devait être nourri comme un enfant affamé et capricieux demande une attention constante.

Les Parisiens prenaient leur mal en patience, ils espéraient vivre assez longtemps pour oublier les soucis provoqués par les rhumatismes et les douleurs osseuses, dès que le doux soleil du printemps serait revenu comme un cadeau du ciel. Alors les rues de la ville cesseraient d'empester la fumée des cheminées et les cris joyeux des hirondelles se feraient entendre ; pour l'instant, la triste grisaille du ciel n'était striée que de vilains corbeaux agressifs prêts à se jeter sur n'importe quoi comme des sorcières affamées. La plupart du temps, ils ne trouvaient à manger que sur la charogne des torturés exposés dans les cages de la place de Grève, ou suspendus à des potences à Montfaucon.

Alfino de Narni écarta ces pensées lugubres et replia

le col de sa cape sur son visage engourdi. Comment ne pas céder à de sinistres visions, vu l'endroit où il allait ?

Nogaret avait quitté Paris, il était parti vers le sud, avait-il dit, à la recherche d'informations sur lesquelles il n'avait pas voulu donner de détails ; il avait un indice, ou peut-être simplement une intuition, qui valait le désagrément du voyage.

Quant à lui, il avait un devoir pénible qu'il reportait depuis des jours : se rendre au Châtelet pour demander une copie du procès intenté contre Arnaud de Villanova, y compris des preuves à charge. Il devait examiner ce maudit livre à cause duquel, selon Nogaret, le vieil homme avait été jeté en prison. Le livre qui l'avait impliqué dans l'affaire, lui, Alfino, pour le simple fait d'y avoir distraitement jeté un coup d'œil.

Il ne se souvenait de rien, hélas. Deux ans plus tôt, lorsqu'il avait accepté de défendre Arnaud de Villanova, il avait épluché une quantité de paperasses que le vieil homme gardait chez lui : il était raisonnable de supposer que les idées hérétiques qui avaient valu au Catalan sa dénonciation et son emprisonnement étaient cachés dans ces pages. Il n'avait rien trouvé en dehors de la pratique médicale, la chirurgie, la phytothérapie ou des sujets connexes. Et un petit cahier orné de dessins à la sanguine et à l'encre dans lequel Arnaud avait rassemblé des considérations sur les péchés de l'humanité et la juste punition divine. Un petit livre idiot plein de prophéties, en somme. Ce n'était pas un sujet téméraire ni hardi, ou alors il aurait fallu réduire en cendres toute la tradition chrétienne en commençant par les grands docteurs de l'Église.

Alfino se souvenait d'en avoir parlé à l'époque avec le notaire du Châtelet, maître Toussanz ; c'était un homme intelligent qui avait étudié le droit sans avoir obtenu une licence de doctorat, mais qui s'y connaissait en chicanes juridiques. Maître Toussanz lui avait dit quelque chose sur ce petit traité d'Arnaud, un détail auquel Alfino n'avait pas accordé d'importance sur le moment et qu'il avait chassé de sa mémoire après avoir abandonné la défense du vieil homme. Mais après les découvertes de Nogaret, ce détail était revenu résonner dans sa tête, fort et strident comme une sonnette d'alarme.

Malgré l'oubli, il était sûr d'une chose : le traité concernait l'Antéchrist.

« Faites appeler maître Toussanz, s'il vous plaît. J'ai un besoin urgent de lui parler. » Le vieillard assis sous les voûtes du Châtelet, si basses et si sombres que la lumière du jour paraissait se perdre et s'éteindre entre ces murs de pierre glacée, jeta à Alfino un regard sceptique.

« Vous pouvez le trouver à l'église Saint-Honoré.

— Revient-il ici après les vêpres ?

— Je ne pense pas, monsieur. Il est mort il y a six mois. »

Alfino de Narni prit une grande inspiration, et son corps sembla se plier en deux.

« Il est mort… répéta-t-il d'un air désemparé. Laissez-moi parler à celui qui le remplace.

— Je vous écoute », dit le vieil homme, l'air tranquille.

Surpris, Alfino le scruta de la tête aux pieds. Assis derrière une table en chêne mal dégrossie, il portait une tunique usée et rapiécée sans soin, qui même neuve n'avait jamais dû être un beau vêtement. Ses chaussures étaient déchirées et ses chaussettes trouées. Il n'y avait sur lui aucun signe de cette distinction particulière qui caractérise ceux qui ont suivi des études de droit.

« Qui êtes-vous ? » questionna Alfino, perplexe.

Le vieil homme s'éclaircit la gorge puis cracha par terre un morceau de flegme brunâtre, conséquence, sans doute, du froid humide qui stagnait sous ces voûtes.

« Je m'appelle d'Alet, pour vous servir.

— Vous n'êtes pas notaire, n'est-ce pas ?

— Non monsieur. J'ai servi maître Toussanz dans divers domaines, de son vivant. Je rangeais ses affaires. Puis il s'en est allé vers le Créateur, et je suis resté ici.

— Avez-vous pris sa place ? Je veux dire, sans avoir les titres…

— Et alors ? dit le vieil homme, un peu fâché. Je sais écrire et compter. Il faut quoi de plus ?

— Il faut être qualifié ! répliqua Alfino d'un ton acide. Le poste que vous occupez indûment est celui d'un fonctionnaire. »

Le vieil homme haussa les épaules. Ces remontrances ne l'affectaient guère.

« Il y avait un remplaçant, après la mort de maître Toussanz, daigna-t-il répondre. C'était un notaire, un vrai. Un avec les titres, comme vous dites. Mais les mois passaient et il ne toucha jamais de salaire. Tout le monde le sait : les caisses de l'État sont vides. Un beau jour il a abandonné son travail et s'en est allé. J'étais là, autant m'occuper. J'ai le gîte et le couvert », conclut-il avec gratitude : il était clair qu'il appréciait la place.

Exaspéré, Alfino se frotta les yeux.

« D'accord, d'Alet. Passons ! Pouvez-vous au moins me montrer les dossiers d'un procès qui s'est déroulé il y a deux ans ? demanda-t-il d'un ton rogue.

— Oui monsieur. Le nom ?

— Arnaud de Villanova. Il n'était pas français, mais catalan. »

Les yeux du vieil homme brillèrent.

« Je me souviens : le sorcier ! » s'exclama-t-il en se

levant. Alfino se demanda s'il devait se réjouir ou non du fait que d'Alet ait pu assister en personne au procès. Il le vit fouiller dans les boîtes placées sur l'étagère derrière le bureau, jusqu'à ce que le vieil homme lui mette un mince dossier entre les mains.

« C'est tout ? demanda Alfino, déçu. Il y avait beaucoup d'autres papiers, des dossiers volumineux. Je le sais avec certitude, car j'ai défendu l'accusé, au début. » D'Alet secoua la tête.

« S'il y en avait, je ne sais pas. Vous dites que vous avez vu beaucoup de choses, et je vous crois. Mais les soldats ont tout emporté.

— Des soldats ? Et quand ?

— Peu de temps après le départ du Catalan. Ils sont arrivés un jour, ils ont tout mis sens dessus dessous, et ont saisi ce qu'ils voulaient.

— Ils ont confisqué les papiers… Mais pourquoi ?

— Qu'est-ce que voulez que j'en sache, moi ! protesta le vieil homme. Il ne reste que ce fascicule. Maître Toussanz l'a rédigé de sa propre main. »

Alfino se résolut à l'ouvrir, même si la déception et le désespoir étaient si brûlants qu'ils anesthésiaient ses sens. Le document était effectivement signé par le notaire Toussanz, mais ce n'était qu'un bref compte rendu de l'arrestation d'Arnaud de Villanova. Le texte n'aurait pas pu être plus désincarné : il décrivait strictement l'ensemble du processus juridique qu'Alfino connaissait très bien. Un détail retint cependant son attention.

« Il est question d'un petit livre, dit-il au vieil homme. Savez-vous si par hasard il est resté ici ? » Le vieil homme fronça les sourcils.

« Celui sur l'Antéchrist ? » demanda-t-il. Et aussitôt il fit le signe de la croix.

« C'est cela, dit Alfino. Puis-je le voir ?

— Non, monsieur. C'est la première chose que les soldats ont saisie. À la dernière page des papiers, il y a un dessin.

— Quel dessin ?

— Maître Toussanz n'a pas compris le titre du livre, il a donc copié la première page du fascicule. Tournez la page ! »

Alfino obéit. Effectivement, la dernière page était couverte d'étranges figures d'animaux, même s'il était difficile de dire de quel bestiaire fantastique elles venaient. Un double cadre tracé à l'encre suivait les quatre côtés de la feuille, et à l'intérieur du cadre courait une inscription composée de lettres majuscules entrecoupées de petites croix. Les lettres formaient une longue phrase au sens abscons, vaguement sinistre.

« *Antichristus revolvit super aquas*… lut Alfino tout en tournant le fascicule. Puis-je la copier ?

— Comme vous voudrez ! répondit le vieil homme. Mais je ne sais pas si vous avez intérêt à le faire. Entre nous, à mon avis, cette inscription attire le mauvais sort. Maître Toussanz s'était entêté à vouloir la transcrire intégralement, il avait presque terminé le travail, puis un soir, alors qu'il rentrait chez lui, des bandits… »

Alfino fut saisi d'un frisson. Mais il n'était pas pleutre, et ne lâchait pas facilement prise. Ayant demandé de l'encre et du papier, il recopia les mystérieuses inscriptions.

6

Ils avaient décidé de se rencontrer dans la chaleur d'une taverne de la rive gauche ; un endroit discret, fréquenté par des étudiants sans le sou et de pauvres diables qui venaient récupérer, pour quelques centimes, les restes du dîner de la veille. Des gens qui ne se mêlaient pas des affaires d'autrui et ne cherchaient pas les ennuis. Guillaume Nogaret et Alfino de Narni devaient faire le point sur ce que chacun d'eux avait découvert.

« Je suis allé au Châtelet, déclara Alfino. Je pourrais dire que j'ai fait chou blanc, mais c'est *ce que je n'ai pas trouvé* qui est la chose la plus intéressante pour notre enquête.

— Pardon ?

— Les documents ont disparu, Nogaret. Les soldats royaux sont passés et ont tout emporté. Dans les archives de la prison, il n'y a plus qu'un petit fascicule rédigé par le notaire, le pauvre maître Toussanz, Dieu ait son âme. Quelques pages qui résument l'arrestation du Catalan et sa libération.

— Comment est-ce possible ? Je ne comprends pas qu'ils aient fait si vite.

— De toute évidence, il y a quelque chose dans

les livres d'Arnaud que Sa Majesté ne veut pas voir divulguer.

— Ça n'a pas de sens, protesta Nogaret. Le roi voulait faire sortir le vieil homme de prison. L'accusation, d'ailleurs, ne tenait pas. Elle était fallacieuse.

— Je partage votre avis, Nogaret. Même la déclaration sur l'arrivée de l'Antéchrist, celle qui a tellement frappé le notaire, ne contenait rien de scandaleux. Elle sonne comme un mauvais sort, c'est évident, d'ailleurs l'actuel directeur de la prison est convaincu qu'elle porte malheur. »

Nogaret se caressa le menton d'un air méditatif.

« À moins qu'il n'y ait eu des recettes notées sur les pages de garde. Ou peut-être à la fin du livre, dans les pages qui restent souvent vierges.

— Des recettes ?

— Oui, maître Alfino. Lorsqu'il vivait ici à Paris, Arnaud aurait composé de puissants talismans de guérison pour certaines personnes. À cause de ces rumeurs, je me suis rendu chez maître Pedro Mercader, un apothicaire d'origine catalane, comme Arnaud, qui fut son collègue lorsqu'ils travaillaient à la cour du roi Jacques II d'Aragon. Mercader conserve certaines procédures qui lui ont été transmises par Arnaud. Elles sont utilisées pour préparer des amulettes en utilisant la magie astrale.

— En êtes-vous sûr ?

— Faites-moi confiance, maître Alfino. Les termes utilisés sont explicites. Ils excluent tout malentendu.

— Magie astrale… répéta Alfino, dubitatif. Ça ne suffit pas pour parler de sorcellerie. Certaines pratiques sont communément transmises aux sages ; lorsque la confection d'un talisman est indiquée à des fins de guérison, elle est même prévue dans l'enseignement universitaire. Comme les amulettes propitiatoires, capables d'éclairer l'esprit des dirigeants en les dotant d'un sens de la justice et de clarté de jugement. Elles sont même recommandées par l'Église, car elles favorisent la paix. Mais que vient faire dans cette histoire ce Pedro Mercader ?

— L'une des recettes que l'apothicaire a obtenues d'Arnaud nous intéresse, maître Alfino. Elle prescrit de *dessiner sur une pierre d'émeraude un homme à tête de coq.* »

L'éclair dans les yeux d'Alfino récompensa Nogaret de toute l'énergie qu'il avait mise dans sa recherche, même s'il était de son devoir de tempérer l'enthousiasme de son collègue.

« Je dois préciser que la figure n'est pas exactement la même que celle que l'on voit sur le sceau des Templiers. Quoi qu'il en soit, cela semble être un bon indice.

— Quel pouvoir a-t-elle ?

— L'amulette protège contre les revers de fortune quiconque est sur le point de quitter son pays pour se lancer dans un long voyage. Mercader avait l'intention de la créer pour un homme très puissant : le roi.

— La croisade ! s'exclama Alfino en frappant du poing sur la table. Philippe le Bel se prépare à aller en Orient.

— C'est ce que l'on dit. Toutefois…

— Toutefois ? »

Une nuance de méfiance dans la voix de Nogaret mit Alfino en alerte.

« Le raisonnement ne colle pas, déclara Nogaret. Dans le billet qu'il vous a adressé, le Catalan dit expressément que le roi lui a fait une demande immorale. Pouvant même compromettre le salut de son âme. Rien à voir avec une innocente amulette protectrice.

— Vous avez raison ! grommela Alfino. Cela signifie que nous revenons au point de départ…

— Pas exactement. Ce que j'ai vu dans la maison de Mercader m'a rappelé un épisode d'il y a quelques années. À cette époque, j'enseignais le droit à Montpellier, où vit une communauté juive florissante. Ils firent appel à moi pour les défendre lorsque Sa Majesté décida d'expulser les Juifs hors des frontières du royaume. J'ai pu prouver qu'ils n'étaient pas coupables d'usure et j'ai donc évité la saisie de leurs biens. Pendant que je travaillais sur cette affaire, j'ai vu quelque chose dans leur maison qui a attiré mon attention. Des amulettes, maître Alfino. Des talismans créés à partir de la Kabbale.

— Dois-je supposer que vous êtes allé à Montpellier récemment ?

— Effectivement. J'ai parlé au rabbin Isaiah ben Adereth, qui m'est très reconnaissant d'avoir sauvé sa famille de la faillite. Je lui ai montré le sceau des Templiers avec lequel nous luttons depuis des semaines. Et savez-vous, maître Alfino, il n'était pas du tout surpris.

— Il le connaissait ?

— Ce petit monstre est très célèbre en Orient, dit Nogaret d'un ton d'oracle. Frère Pietro de Bologna ne vous a pas dit toute la vérité. Il a gardé le silence sur certains aspects plutôt scabreux. Le monstre représenté sur le sceau secret des Templiers n'est pas une chimère, comme le prétend le bon aumônier : c'est en fait un démon. Les Pères de l'Église l'appelaient *Abraxas* et croyaient qu'il était de nature diabolique. Avant l'ère chrétienne, les Juifs le connaissaient sous un autre nom : Shamir, ou “celui qui rampe sur la terre”. »

Ce n'est qu'à cet instant qu'Alfino prit conscience qu'il y avait quelque chose de sinistrement profane dans la figure : elle rappelait le serpent du Paradis terrestre.

Mauvais présage ! Il frémit et se jura qu'il se débarrasserait de l'enquête le plus tôt possible, dès qu'il aurait dirigé le souverain dans la bonne direction, comme il était de son devoir.

« L'aumônier des Templiers vous a donné une bonne piste de toute façon, poursuivit Nogaret. Le château Pèlerin était vraiment la plus grande forteresse de la Terre sainte. Il pouvait accueillir dix mille soldats. Il avait coûté à ses bâtisseurs près de deux millions de besants d'or. Vous imaginez ? Deux millions de besants d'or ! Dans sa Chronique, l'évêque Jacques de Vitry se demande où les Templiers avaient bien pu trouver cette somme astronomique.

— Frère Pietro parlait d'un bienfaiteur, rappela Alfino. Un noble aurait payé une grosse somme pour s'acquitter d'un vœu.

— C'est vrai. Ce bienfaiteur était Gauthier d'Avesnes, qui a effectivement déposé une belle donation sur la première pierre : mille besants sarrasins. Seulement mille. Et le reste ?

— Alors, vous supposez…

— L'*Abraxas* est en réalité une carte, dit Nogaret. Dans certaines anciennes traditions rabbiniques, la Mésopotamie est appelée "le pays des fleuves jumeaux", et vous admettrez que le cours d'une rivière peut évoquer la forme d'un serpent. Mais avant d'y arriver, il faut suivre un itinéraire qui passe par la Morée, où se trouve un promontoire appelé par les indigènes *Choros burni* : dans la langue locale, cela signifie "tête de coq". Le fouet est, par ailleurs, un symbole de pouvoir chez les Moghols, qui dominent la Perse. Je crois que vous m'avez compris, maître Alfino…

— Si vous voyez juste, alors sous le nom mystérieux d'Abraxas se cache un autre nom, beaucoup plus célèbre… Ophir, la ville mythique où se trouvaient les mines du roi Salomon ! »

À ce point, Nogaret retint son souffle, exalté par l'importance de ce qu'il était sur le point de relater.

« Atteindre cet objectif, maître Alfino, pourrait devenir le salut du roi Philippe et de la France. Il se situe au bout d'un chemin inconnu du reste du monde, un itinéraire difficile à suivre, jusqu'à la source qui a offert à Salomon son immense richesse. Aujourd'hui, cette richesse est aux mains de quelqu'un d'autre », conclut-il d'un air sous-entendu.

Alfino pâlit, et ses yeux se dilatèrent.

« Les Templiers !

— Vous y êtes. Ce n'était pas compliqué à comprendre, au fond : leur quartier général à Jérusalem a été érigé exactement à l'endroit où, plusieurs siècles auparavant, le temple de Salomon se dressait vers le ciel. Selon les traditions apocryphes des Juifs, quand le Temple fut achevé, le *shamir* s'était volatilisé. Derrière l'allégorie se cache cette vérité : le sceau a disparu, celé à l'intérieur des fondations du Temple lui-même. Emportant avec lui le secret qu'il contenait.

— Jusqu'à ce que les Templiers fouillent les ruines du Temple. Ils ont trouvé ce sceau, ils ont vu l'être rampant. Ils ont compris alors que son corps est en réalité une carte. Que tous ses éléments combinés indiquent un chemin. »

Nogaret hocha vigoureusement la tête.

« La route des mines de Salomon. À Ophir, la cité perdue des Templiers. »

Alfino passa une main dans ses cheveux. Il transpirait abondamment, malgré la neige qui se posait lentement sur le toit du porche.

« Maintenant, je vois clairement ce que le roi attendait

d'Arnaud, murmura-t-il. Bientôt Philippe IV se rendra en Orient pour la croisade, mais libérer le Saint-Sépulcre n'est pas le seul but de la mission. Une expédition secrète se détachera du gros de l'armée et tentera de trouver Ophir. Le Catalan a voyagé longtemps à travers l'Orient. Il connaît les pistes les moins fréquentées. Ce que le roi attendait de lui, c'est de lui servir de guide.

— Le vieil homme, cependant, n'a pas l'intention de coopérer ; pour une raison qui nous échappe, Arnaud considère le projet du roi comme hautement immoral. Même pire encore : il est capable de précipiter le roi dans le péché mortel. Je doute, par ailleurs, que la mission dépêchée par le souverain puisse trouver Ophir, si elle n'est pas soutenue par une aide valable. L'entreprise est pleine de dangers même pour ceux qui connaissent ces régions. La Bible dit qu'après Salomon, Josaphat est parti à la recherche des mines, mais qu'il n'a jamais atteint son but et que ses navires ont fait naufrage.

— Que suggérez-vous que nous fassions, Nogaret ?

— Suivez les conseils du Catalan : nous devons pousser le roi à demander l'aide des Templiers. Ils savent comment rejoindre Ophir. Pour le bien du royaume, ils accompagneront la mission.

— Pour le bien du royaume », répéta Alfino. Patriote comme tous les Français, Nogaret tenait pour acquis que les Templiers accueilleraient à bras ouverts la requête du souverain, prêts à servir la volonté de ceux qui demandent des sacrifices au nom de la nation. Mais le Temple était un ordre souverain, et ne reconnaissait d'autre autorité que celle du pape.

Nogaret avait fait un excellent travail, il avait trouvé la clé du problème ; sa reconstruction méticuleuse manquait cependant d'ingéniosité. Alfino était convaincu que les Templiers connaissaient le trajet jusqu'à Ophir, et il lui paraissait absolument plausible, voire acquis, qu'ils avaient déjà tiré une grande quantité d'or de ces mines perdues au cœur de l'Islam.

Mais obéiraient-ils au roi Philippe IV ? Seraient-ils prêts à partager la source de leur immense richesse ? Alfino devait informer Sa Majesté. Il devait trouver le moyen de lui parler rapidement, sans attendre que le chambellan lui fasse une place dans le cahier des audiences dans deux ou trois mois. Le plus difficile était de lui faire parvenir le message en toute confidentialité, étant donné la nature délicate du problème. Comment faire ? Philippe le Bel était entouré de cent vingt chevaliers affectés à sa sécurité. Une galaxie de dignitaires, d'officiers, de serviteurs et de larbins de toute sorte gravitait perpétuellement autour de lui. C'était le casse-tête le plus compliqué à résoudre.

Mais oui, bien sûr… !

À force de réfléchir, la solution lui apparut. Il leur faudrait ruse, éloquence, audace, en plus d'une bonne dose de sang-froid. Alfino décida de tenter le tout pour le tout. Avait-il le choix ?

7

« Les sources sont explicites, Majesté : Salomon connaissait la magie.

— L'a-t-il utilisée pour le Temple de Jérusalem ?

— Oui, Votre Majesté. L'édifice tout entier était une source de pouvoir magique. »

Le soleil de midi filtrait à travers les vitraux polychromes de la Sainte-Chapelle en créant de merveilleuses illusions de couleurs sans corps. Les longues figures des anges et des saints, des martyrs et des confesseurs étaient comme touchées d'une évanescente vie nouvelle, faite de pur esprit et de lumière. Philippe le Bel se tenait près de l'autel, absorbé dans Dieu sait quelles réflexions. La tunique bleue qui descendait jusqu'à ses pieds, longue comme celle d'un évêque, tombait sur ses hanches dans une parfaite harmonie de plis et de reflets dorés qui répondaient à l'or pur des lys brodés sur les manches et l'épaulière.

Devant lui, le dos un peu courbé en signe de déférence, Alfino de Narni lisait le dossier préparé avec le plus grand soin.

« Majesté, selon le juif Josèphe, chaque partie du temple, y compris le sol, était en or massif. La clé de tout était dans cet anneau, sire. Il pouvait garantir un pouvoir incroyable à celui qui le possédait. »

Alfino était sûr d'avoir exposé ses concepts avec une parfaite clarté ou, du moins, d'avoir sagement imprimé dans son discours les sous-entendus nécessaires pour envoyer un message discret mais limpide à l'intuition du souverain.

À ses côtés, Gandolfo Arcelli de Piacenza, maître du change, le fixait avec une impatience croissante. Les Arts avaient offert à la Sainte-Chapelle ce nouveau vitrail très coûteux où la sagesse de Salomon était représentée, avec moult détails, dans toute sa splendeur. Gandolfo, président des corporations de Paris et membre éminent de la Chambre aux deniers, avait songé à préparer un discours sensationnel qui serait prononcé le jour solennel où Sa Majesté serait venue voir le vitrail avec toute la cour.

Lorsque Alfino de Narni, un homme connu pour son éloquence, avait proposé de le faire gratuitement, il avait accepté sur-le-champ. Le discours devait se concentrer sur la sagesse de Salomon dépeinte dans le vitrail. Alfino, au contraire, sortait désagréablement du sujet : il parlait de magie et d'anneaux. Comme si cela ne suffisait pas, il faisait durer sa prestation, encouragé par le fait que le roi semblait lui accorder toute son attention.

Bouville, majordome du Louvre, s'éventait nerveusement avec la feuille sur laquelle il avait dressé l'ordre des auditions, la longue liste de personnes que Sa Majesté devait entendre ce jour-là. Pourtant se rafraîchir n'était vraiment pas nécessaire, en ce matin de février livide.

« Majesté, dit Bouville, maître Alfino pourra vous exposer le reste lorsqu'il vous plaira, mais nous devons procéder aux auditions, sire. Il y a beaucoup de personnes qui attendent. »

Pas plus touché par les protestations du majordome

que par une mouche importune, le roi leva les yeux très haut, là où la lumière du soleil éclairait la pourpre et l'or de la figure du grand roi biblique.

« Maître Alfino, vous attribuez les grandes richesses de Salomon au pouvoir de ce sceau mystérieux, dit-il, pourtant la Bible parle de mines.

— Vous avez saisi le cœur du problème, sire. Ainsi dit le Livre des Rois : *Hiram envoya à la flotte ses serviteurs, marins qui connaissaient la mer, avec les serviteurs de Salomon. Ils allèrent à Ophir et, de là, ils prirent quatre cent vingt talents d'or et les apportèrent au roi Salomon.* Le grand roi craignit la colère de Dieu : c'est pourquoi il fit emporter une certaine quantité de métal précieux, et pas une once de plus. Juste ce qui était nécessaire pour élever le temple splendide à la gloire du Seigneur. Combien d'or reste-t-il dans les légendaires mines d'Ophir, Majesté ? Et où se trouvent-elles exactement ? Je suis sûr qu'il y a encore un moyen d'y arriver aujourd'hui. Je vous demande une audience privée, Maj… »

Il fut brusquement coupé par un coup d'épaule plus que vigoureux qui lui fit perdre le souffle et l'envoya s'écraser contre le mur. C'était Gandolfo Arcelli qui prenait place ; plus que des mots, il avait fait valoir les arguments d'un corps imposant tant en hauteur qu'en largeur. Il estimait que le procurateur avait vraiment volé trop de temps aux audiences de Sa Majesté.

« Pardonnez-moi, sire, dit Alfino en saluant, contusionné mais satisfait. Je vois que vous êtes très occupé. Ce sera un honneur pour moi si vous voulez me convoquer pour discuter à nouveau de ce sujet. »

Il fit un pas en arrière, et une trentaine de bourgeois en habit de fête se hâtèrent pour passer devant lui : en un instant il se trouva englouti dans cette foule qui sentait le cuir de prix et la laine vierge fraîchement teinte. Il trouva refuge dans un coin isolé, comptant y attendre que l'on vienne lui dire quand Sa Majesté le recevrait en privé. Il fut surpris de se voir approché par une sommité de la Cour, quelqu'un qui avait la confiance inconditionnelle de Sa Majesté et qui s'en servait, disait-on, pour accomplir certaines missions secrètes très délicates sous ses ordres.

« Discours intéressant, maître Alfino.

— Heureux que vous ayez aimé, Altesse », répondit le procurateur. Et il baissa la tête avec déférence.

Protocolairement, la révérence n'était pas réellement due à Don Alfonso de la Cerda, héritier légitime du trône de Castille, mais dépossédé par un usurpateur dès son jeune âge ; il vivait depuis à la cour de France comme chevalier de la suite personnelle de Philippe le Bel. Cousin du souverain, on disait qu'il était aussi son homme de main le plus habile. Son visage perpétuellement bruni, comme s'il avait passé toute sa jeunesse à combattre les Sarrasins le long des frontières désertiques de l'Andalousie, faisait face à Alfino, avec un beau sourire qui l'étonna.

« On vous considère comme le meilleur avocat de Paris, lui dit-il. Mais vous n'êtes pas français, sinon vous auriez déjà été fait chevalier. Y pensez-vous ? Avoir ses propres armoiries, avec un blason et une devise à crier au combat. Le roi Philippe anoblit volontiers les juristes depuis quelque temps déjà. Les poètes satiriques le lui reprochent en vers : “Ici la cavalerie est perdue, il ne reste que la cavillerie : et toute la France est pleine de juristes !”

— Mais je suis déjà noble, Altesse, fit remarquer Alfino. Mon grand-père a été fait chevalier par ma ville, la municipalité de Narni en Ombrie. »

Alfonso de la Cerda plissa la bouche comme s'il venait de mordre dans un citron.

« Fait chevalier par une… municipalité ? »

La coutume en vigueur en Italie était absurde pour lui : depuis le début du monde, depuis la fondation de l'ordre noble et sacré de la chevalerie, l'octroi de la ceinture militaire était la prérogative exclusive des empereurs, des monarques et des seigneurs de sangs illustres.

« Je sais que c'est incroyable pour vous, Altesse. Mais voyez-vous, dans mon pays, les villes se gouvernent elles-mêmes. Elles ont leurs propres magistrats que le peuple élit librement. Ils forment un Conseil qui est l'organe directeur suprême des communes libres d'Italie. Je sais que ce n'est pas le cas dans votre Castille, ni en France. Ici à Paris, il n'est même pas concevable que le pouvoir puisse être entre les mains du peuple. »

Alfonso de la Cerda gloussa sous sa moustache.

« Maître Alfino, si les Français étaient aussi doués que les Italiens pour mentir, alors nous verrions fleurir dans ces régions de nombreuses villes libres où les magistrats gouvernent parce qu'ils sont élus. Et où le pouvoir est entre les mains du peuple, comme vous le dites. Mais les Français sont de mauvais acteurs, je vous l'accorde. »

Alfino encaissa patiemment le sarcasme.

« Votre Altesse, quand je dis "peuple", je ne parle certainement pas des masses qui vivent misérablement. Ceux qui décident, c'est toujours la *sanior pars*. Bref, la majorité. »

Mais ce n'était pas vraiment de politique que le gentilhomme castillan voulait discuter, comme il le montra très vite.

« Il faut dire que vous autres Italiens savez y faire dans le domaine de la finance. Vous prêtez de l'argent à tous les monarques de la chrétienté. Ici en France, vous occupez tous les postes cruciaux dans le domaine de l'argent. » Surpris par cette affirmation, Alfino se demanda pourquoi le prince lui tenait un tel discours, mais répondit sur le même ton. Le Castillan avait peut-être quelque chose à lui dire.

« Nous autres Italiens ne sommes pas si nombreux à Paris et pas si importants.

— Vraiment ? Pourtant, les marchés de la capitale sont contrôlés par Gandolfo Arcelli, un Lombard originaire de Piacenza. Il est là, regardez comment il se pavane aujourd'hui ! Ce doit être un jour de gloire pour le chef des guildes. Bettino Cassinelli se porte bien aussi. D'où vient le maître de la Monnaie ? Il est florentin lui aussi ? »

— Non, Votre Altesse. Cassinelli vient de Lucques. Les frères Guidi, les banquiers de Sa Majesté, viennent de Florence. »

Alfonso de la Cerda poussa un soupir théâtral.

« *O tempora, o mores !* Mon pauvre cousin Philippe est assiégé de toute part par des Italiens. Un étranger de Piacenza contrôle les marchés de la capitale. Un étranger de Lucques possède la seule officine autorisée à frapper des pièces en France, et la Couronne est obligée de lui acheter sa propre monnaie. Au prix qu'il fixe. Et pour finir, deux Italiens gèrent le Trésor royal lui-même. Et vous, qui venez d'Ombrie, êtes l'avocat de tout ce beau monde ! Ainsi, si par hasard ils commettent des abus dans la gestion des tâches que leur confie Sa Majesté, ils ont toutes les chances de s'en tirer… »

Dans le ton de sa voix, Alfino perçut clairement un fond de menace. Pourquoi ? Il devait essayer de comprendre.

« Votre Altesse, les hommes que vous avez mentionnés ont été personnellement choisis par Sa Majesté. Si le roi n'est pas satisfait de l'un de nous, tout ce qu'il a à faire est de le révoquer.

— J'ai peur que cela n'arrive, maître Alfino. Aujourd'hui, vous avez abordé un sujet très épineux. Vous parlez de sceaux magiques, d'arts interdits…

— Je l'ai fait exprès, Altesse. Mon but était de susciter la curiosité du roi et d'obtenir une audience privée le plus tôt possible. Je dois faire un rapport sur une question d'une importance vitale pour la France, mais j'ai attendu en vain pendant deux semaines ! J'espère que vous êtes venu me parler à la demande du souverain, dit-il avec espoir.

— Cela dépend, répondit laconiquement Don Alfonso.

— Arnaud de Villanova m'a envoyé une lettre. Le Catalan sait comment résoudre les problèmes financiers de la France, une question cruciale. Il suggère que le souverain s'adresse aux Templiers : ils savent comment atteindre les mines d'Ophir, où Salomon trouva l'énorme quantité d'or nécessaire à la construction du Temple. Vous comprenez maintenant les allusions au sceau magique dans mon discours ! »

Le regard sceptique du Castillan surprit Alfino et l'indisposa. Le prince avait-il besoin de preuves ?

« J'ai fait des recherches, Votre Altesse, et il est clair pour moi que le monstre gravé sur le sceau du Trésor des Templiers constitue en fait une carte, la route de la ville légendaire d'Ophir, serpentant à travers différentes étapes. Elle traverse la Morée et le royaume dominé par les Mongols, puis suit le cours des fleuves Tigre et Euphrate jusqu'à la mer. Mais l'Orient est immense, et ce serait chercher une aiguille dans une botte de foin. Je crois que c'est pour cela qu'Arnaud suggère au roi de demander l'aide des Templiers. Personne ne connaît mieux ces itinéraires qu'eux. Lorsque l'armée française partira pour la croisade, une expédition peut se détacher secrètement du reste des troupes et voyager vers le sud en suivant les indications des Templiers. Je vous prie de le faire savoir au roi ! »

Alfonso de la Cerda lui adressa un regard énigmatique. Et peu rassurant.

« Puis-je vous donner un conseil, Alfino ? Si vous tenez à votre charge à la Chambre aux deniers, oubliez cette histoire. Sa Majesté est en butte à de très graves problèmes, il ne peut se permettre le luxe de poursuivre une légende.

— Une légende ? Mais Altesse, les mines d'Ophir sont décrites dans la Bible, qui est la parole de Dieu…

— Et la Bible est impitoyable, tonna Alfonso. *Œil pour œil, dent pour dent.* Aujourd'hui, vous bénéficiez d'une position privilégiée à Paris. *À votre place, je ne prendrais aucun risque.* »

Sur les mots, il lui tourna le dos et disparut dans la foule. Interdit, Alfino de Narni leva les yeux vers le nouveau vitrail où Salomon prononçait son fameux jugement.

À votre place, je ne prendrais aucun risque.

Que diable insinuait le cousin du roi ?

8

« Alors ? Qu'est-il arrivé ? »

La baronne Marie Galard venait de franchir le seuil de l'aile du palais réservée aux appartements de la reine. Elle était transie. Elle avait marché à un rythme soutenu du Palais-Royal à la Sainte-Chapelle, mais les souliers de soie qu'il lui fallait porter même en hiver selon l'étiquette de la Cour s'enfonçaient dans la couverture de neige fraîche. Ses pieds étaient si gourds qu'elle fit sa révérence de guingois. Jeanne de Navarre ne s'en souciait guère ; elle avait dépêché sa première dame à la Sainte-Chapelle pour être ses yeux et ses oreilles et brûlait de connaître tous les détails de cette cérémonie qu'elle avait désertée sous une fausse excuse. La dévouée baronne voulut parler, mais éternua violemment.

« Venez ici, dit la reine. Approchez-vous de la cheminée, réchauffez-vous. »

Elle l'aida à défaire la boucle de sa cape, lui offrit un tabouret et lui versa un verre de vin chaud avec du miel et de la cannelle. Il était brûlant, et la baronne, reconnaissante, le but aussi vite qu'elle le put. Lorsqu'elle se sentit requinquée, elle prit une profonde inspiration, comme quelqu'un qui s'attend à devoir rester pendant un moment en apnée.

« Le nouveau vitrail offert par les Arts est aussi beau qu'on le dit, Madame.

— Et… ?

— Oui, Madame. Elle lui ressemble un peu. »

Jeanne de Navarre s'approcha du métier à tisser sur lequel se trouvait une grande tapisserie murale destinée à embellir les salles du Palais ; elle représentait les puissants vassaux de la couronne de France et ses satellites. Pour chaque fief figuraient les armoiries que la reine avait brodées de ses propres mains. Le travail de ce matin-là, consacré au duché de Bourgogne, était identifiable au premier coup d'œil : Jeanne l'avait fait et défait au moins vingt fois, de sorte que dans ce petit carré la toile paraissait effilochée, comme maltraitée par l'aiguille dans un incessant ballet de faire et de défaire. Elle était furieuse, et le résultat ne pouvait être qu'un désastre.

Maria Galard comprenait et compatissait : avant même que le vitrail n'atteigne sa destination, les maîtres artisans avaient laissé échapper des ragots repris à mi-voix, qui avaient fait le tour de la ville en un rien de temps. Le thème de *La Sagesse de Salomon* faisait évidemment apparaître la reine de Saba, qui selon le texte biblique était d'une grande beauté ; malheureusement, elle n'avait pas été représentée sous les traits de Jeanne de Navarre, comme il eut été de mise.

L'horrible soupçon se confirmait.

« Que disent les courtisans ?

— Certains trouvent cela indécent, Madame. Mais croyez-moi, la ressemblance avec la comtesse Mathilde d'Artois est vraiment faible. Une impression, tout au plus. »

Jeanne de Navarre la foudroya du regard. Était-ce censé la consoler ?

« D'autres ont dit que c'était juste, car il n'aurait pas été approprié que la reine de Saba revête votre visage, ajouta Galard. Elle ne fut pas l'épouse légitime du roi Salomon, mais la maîtresse d'une nuit. Encore moins qu'une concubine. Une catin, en somme. »

Ce commentaire plein de bon sens parut apaiser un peu la souveraine.

« Gandolfo Arcelli me rendra compte de cette insulte, siffla-t-elle entre ses dents. En tant que chef des guildes, le vitrail relève de sa responsabilité. Il a le devoir de veiller sur le décorum et le bon goût de tout ce que font les Arts !

— On dit que ce n'est pas de sa faute, Madame. Il semble qu'il n'ait vu le vitrail qu'aujourd'hui. Arcelli a donné son accord sur la base des dessins, où la reine de Saba avait un beau visage anonyme, comme prévu. Mais un généreux donateur est intervenu qui a payé aux Arts la moitié du chef-d'œuvre. Les maîtres verriers ont immédiatement accepté, vous pensez bien ! Et Arcelli a découvert le visage après coup, différent de celui qu'il avait approuvé. Il était trop tard pour contester. »

La reine serra les poings. Il ne fallait pas être grand clerc pour deviner qui se cachait derrière ce généreux donateur.

« Sorcière ! cria-t-elle entre ses dents avec plus de douleur que de colère. Et mon mari ? Qu'a-t-il dit en voyant ce visage ? »

Marie Galard n'était pas convaincue que Philippe le Bel ait sérieusement remarqué ce détail scabreux : tout absorbé comme il l'était dans ses vagues ruminations sur on ne sait quoi, il paraissait rêveur ou, pire, idiot, comme certains le murmuraient. La baronne détestait les mensonges, mais des années de vie à la Cour lui avaient appris que la vérité peut être aussi tranchante qu'une lame bien affûtée : il est sage de ne jamais la présenter nue, mais protégée d'une gaine épaisse.

« Sa Majesté avait l'air soucieux, Madame. Il ne cessait de poser des questions sur Salomon et ses mines. Il était intéressé par un certain anneau magique. Je pense qu'il voulait détourner l'attention. »

Jeanne de Navarre souffla. Oui, ça, c'était vraiment lui. Si Philippe était séduit de voir la beauté de sa maîtresse célébrée dans une splendide œuvre d'art, il ne pouvait qu'être heurté que ce portrait se trouve dans un lieu sacré ; une œuvre qui, même subtilement, l'accusait d'être adultère. Une faute très grave pour les rois thaumaturges. À ceux qui s'en rendent coupables, Dieu retire le pouvoir charismatique de guérir les malades par l'imposition des mains. Une fois le charisme perdu, le respect des vassaux et des sujets disparaissent également.

« Quoi d'autre, baronne ?

— Ils ont parlé de la nouvelle monnaie, Madame. Beaucoup pressent votre mari de frapper un autre agnel d'or au plus vite. »

La reine se mit à faire les cent pas dans la pièce. Cette nouvelle ne pouvait pas lui apporter de soulagement, sachant que la fanfaronne, l'impudente Panthère d'Artois avait obtenu du souverain le privilège d'acheter cent unités de la belle pièce frappée pour surpasser en splendeur l'ancienne pièce d'or qui fit la fierté de Saint Louis.

Cent pièces ! C'était énorme.

Et dire que Philippe avait opposé un non catégorique et irrévocable à sa demande d'en avoir seulement dix ! La Couronne n'avait pas d'argent pour satisfaire des caprices de collectionneurs, avait-il dit. Jeanne avait répondu que c'était un bon investissement. Elle était allée mendier, inutile. Le roi ne voulait rien savoir et lui avait ordonné de ne plus aborder le sujet. Plus jamais. Rarement, depuis qu'elle le connaissait, s'était-il montré aussi hostile et farouche. Avec Mathilde, au contraire, il affichait un tout autre tempérament…

« Ensuite est arrivé un moine un peu original nommé Raymond Lulle, Madame. Il a exhorté votre mari à prendre les armes pour libérer le Saint-Sépulcre. »

Les yeux de Jeanne retrouvèrent la paix et la lumière : la croisade, le bon combat pour la défense de la foi ! Descendante hispanique du Cid Campeador, reine de ces Pyrénées qui virent le sacrifice du valeureux Roland et du sage Olivier, la reine ressentait très fortement le poids de cette mission sacrée.

Mais partir pour l'Orient signifiait aussi s'éloigner durablement : aller vers une nouvelle vie, et tant d'autres possibilités.

Philippe IV avait une armée puissante, avec les mercenaires et les troupes des seigneurs chrétiens, il disposait d'une force irrésistible.

Il pouvait se saisir de la couronne de Jérusalem et régner sur la Ville sainte avec elle à ses côtés. Il pouvait laisser le trône de France à son héritier qui était presque majeur. Oubliés les poisons et les poignards toujours à l'affût au Louvre. La féroce Panthère d'Artois devrait se rendre à l'évidence : le roi serait bientôt loin de ses griffes acérées.

« Merci, baronne, dit la reine avec un soupir de soulagement. Vous pouvez partir maintenant. »

Mais Marie Galard hésitait, son petit pied tapotait avec inquiétude sur le parquet.

« En fait, Madame, il y aurait un dernier point… Il n'a pas été abordé en public, mais j'ai entendu quelqu'un en discuter avec beaucoup de passion. Un homme est venu à la Sainte-Chapelle avec l'intention de présenter une protestation publique devant le roi et la Cour, mais les gardes du corps de Sa Majesté l'ont arrêté avant.

— Qui est-ce ?

— Le chevalier Jean de Chalon-Arlay. Le chef de file des seigneurs de Franche-Comté.

— Pourquoi était-il si agité ? Il ne veut pas participer à la croisade ?

— Non, Madame. La rédemption de la Terre sainte n'a rien à voir avec cela. Chalon-Arlay contestait une décision du roi. J'ai tendu l'oreille et j'ai cru comprendre que votre fils aîné, le prince Louis, a été fiancé à la demoiselle Jeanne d'Artois. La fille de la comtesse Mathilde. »

La reine se retourna lentement et Marie Galard eut peur de la voir s'effondrer. La souveraine s'était raidie, blafarde, comme si un givre mortel était tombé sur elle. Elle n'en savait rien, évidemment. Son fils allait se marier et personne ne l'avait informée. Pauvre femme !

« Ce n'est pas possible ! s'exclama la souveraine. Cette maudite traînée a pris mon époux, elle conspire depuis des années pour détruire mon mariage… Et maintenant elle s'empare de ma famille ? »

Des larmes brûlantes commencèrent à couler sur son visage exsangue. Elle défaillit et, pour ne pas tomber, s'agrippa à la tapisserie sur laquelle elle travaillait.

« Madame ! s'écria la baronne. Je vous en supplie, Madame ! Il s'agit simplement d'accords politiques… La comtesse a offert beaucoup d'argent à la Couronne, et vous savez à quel point cet argent est nécessaire, en ce moment ! »

Jeanne n'entendait plus ces tentatives sincères d'apaisement, elle avait enfoui son visage dans la lourde soie de la tapisserie où les fards de ses joues, délayés par les larmes, coulaient dans les fibres, se mêlant aux couleurs de la broderie. Lorsqu'elle se força à respirer, suffocante, elle s'aperçut qu'elle inondait de ses larmes le fief même du chevalier de Chalon-Arlay qui protestait contre les fiançailles du prince Louis. Elle vit l'honorable blason rouge à bandeau d'or frappé d'une étoile bleue se teinter de bistre et de vermillon.

Une étoile… N'est-ce pas un symbole d'espoir ?

Son cœur, qui refusait de se rendre, se gonfla quand l'idée la frappa.

Loin des miasmes fétides des quartiers populaires, des recoins étouffés par des maisons trop proches les unes des autres, l'air du Marais fleurait les jardins frais et les vignes fertiles derrière les murs des résidences patriciennes. Les rues étaient suffisamment larges pour permettre le passage aisé de deux voitures en même temps. Il n'était pas rare que les carrosses de deux familles tout aussi illustres se croisent, et il n'était ainsi pas nécessaire de chercher à chaque fois à qui revenait la priorité. À cause de ce détail, qui n'avait rien de marginal compte tenu de l'incurable vanité des Français, les palais des grands seigneurs s'élevaient de plus en plus nombreux dans ce quartier de la rive droite que les débordements de la Seine ne pouvaient pas inonder.

« Madame, suppliait la baronne Galard, s'il vous plaît, Madame, allez plus lentement ! La caisse est lourde, les valets sont essoufflés. Et je n'arrive pas non plus à vous suivre… »

Sans se soucier de ces suppliques, Jeanne de Navarre avançait au pas d'un général lancé vers la victoire. Elle gravit d'un trait l'escalier de la somptueuse demeure que Robert II, duc de Bourgogne, avait fait construire dans la capitale.

Bien entendu, les domestiques n'avaient jamais rien vu de tel : la reine de France en personne, accrochée aux battants du portail, seule sans sa suite de dames et de chevaliers, avec le maigre équipage de deux valets de pied épuisés et la pauvre épouse du baron Galard langue pendante. Le chambellan aurait été horrifié s'il avait eu vent d'une telle folie ; mais la situation était grave, aux grands maux les grands remèdes.

« *Par la coiffe-Dieu !* » s'exclama le majordome en voyant de ses yeux cette aberrante anomalie. Fidèle à sa charge, il se ressaisit rapidement. S'inclinant devant la souveraine, il la fit asseoir dans le hall principal avec sa suite suante et soufflante.

Jean de Chalon-Arlay descendit en hâte, ceinturé dans une lourde robe de chambre de laine noire à revers de loutre. Il semblait que le majordome avait un peu trop levé le coude et qu'il avait des hallucinations ; mais s'il avait dit vrai, faire attendre la reine le temps de s'habiller convenablement aurait été un outrage. Arrivé dans la salle il constata que le majordome n'avait pas perdu la raison. Abasourdi, il s'avança vers Jeanne et mit genou à terre, main droite sur le cœur.

« Madame, votre visite est un honneur que je n'aurais jamais osé imaginer. Cependant, je me dois de vous prévenir : Sa Majesté m'a placé en résidence surveillée dans le palais du duc de Bourgogne, qui me fait les faveurs de son amitié. Le simple fait d'être venue dans cette maison peut vous mettre en situation délicate. »

La reine apprécia au premier coup d'œil ce grand homme solide aux traits lourds et aux mouvements sans grâce, mais doté d'une voix musicale et s'exprimant avec une courtoisie exquise. Jeanne ne regrettait pas son geste audacieux.

« On m'a parlé de votre éclat de ce matin, chevalier. Puis-je en connaître la raison ? »

Tandis que la reine prenait place sur la chaise d'apparat, celle qu'utilisait le duc lorsqu'il présidait la table du banquet, Chalon-Arlay s'assit sur un tabouret pliant si frêle et délicat qu'il manqua de s'effondrer. Nerveux et agité, il demanda la permission de rester debout.

« Vous connaissez déjà la raison de ma mauvaise humeur, Madame. Le contraire serait étonnant.

— Hélas ! Sa Majesté m'informe rarement des négociations qu'il mène. Je veux connaître votre version des événements.

— Il n'y a pas grand-chose à dire, en réalité. Le roi a fiancé son fils aîné à Jeanne, fille de la comtesse d'Artois et du comte Othon de Bourgogne. Nous, vassaux d'Othon, seigneurs de Franche-Comté, ne pouvons certainement pas approuver cela. »

La colère de l'homme était si véhémente qu'il était écarlate. Jeanne comprit qu'il était essentiel de calmer les esprits.

« La Bourgogne… Quelle belle terre ! s'exclama-t-elle avec un sourire nostalgique. Je l'ai visitée une fois. Je me souviens du vert de ses forêts. La chaleur et le parfum de ses vins incomparables. Et que dire de ses monuments ? La cathédrale Saint-Bénigne de Dijon, la porte noire de Besançon. Impressionnant ! »

Le chevalier semblait mal à l'aise.

« En fait, Madame, Dijon appartient à la Franche-Comté de Bourgogne, tandis que Besançon est dans le duché », rectifia-t-il avec tact.

Elle prit un air désinvolte.

« Ah bon ? Comté, duché… c'est toujours la

Bourgogne ! D'ailleurs, n'est-ce pas la raison de votre amertume contre le roi ? Vous espériez réunir votre prospère région historique en un seul fief, après avoir été divisée en deux pendant si longtemps. Vous avez travaillé avec zèle pour que les deux fiefs soient unis par un mariage. Et vous aviez presque réussi, d'après ce que l'on dit. Au lieu de cela, voici cette mauvaise surprise. La comtesse Mathilde d'Artois a convaincu le roi de fiancer mon fils Louis à l'aînée de ses filles. De ce fait, désormais, l'ancienne terre de Bourgogne sera plus divisée que jamais. »

Le chevalier avait froncé les sourcils, ce qui le rendait laid au-delà de toute imagination. Cependant, il y avait une lumière courageuse et honnête dans la profondeur de son regard.

« Je me suis porté garant pendant les négociations, Madame, dit-il d'un ton triste et grave. Pendant tout ce temps, j'ai assuré au duc de Bourgogne que le pacte de mariage était acceptable pour le roi de France : votre mari me l'avait explicitement confirmé ! La Bourgogne est une terre riche et stratégique. C'est aussi un pays frontalier : une fois unie, sa puissance double de valeur. Imaginez quel rempart ce serait pour la France en cas d'invasion ennemie !

— Peut-être la comtesse Mathilde a-t-elle utilisé le même argument pour persuader le roi mon mari. La petite Jeanne pourrait hériter de l'Artois, si par hasard son frère nouveau-né ne venait pas à l'âge adulte. Cependant, il héritera de la Franche-Comté de son père Othon IV. Ensemble, les deux fiefs forment un mur puissant qui défend le nord du royaume. »

Le visage du chevalier s'assombrit.

« S'il n'y avait que cela, j'aurais compris et accepté volontiers ma défaite, dit-il avec d'amertume. Un roi a le devoir de protéger son royaume et il a le droit de le faire comme il l'entend. Mais sous l'ignoble volte-face, il y a une basse affaire d'argent. La comtesse Mathilde a secrètement promis au roi de donner à sa fille une dot de trois cent mille livres d'argent si elle épouse le prince Louis. »

Comme piquée par un serpent, la reine se leva d'un bond.

« Trois cent mille livres. Une somme intéressante par les temps qui courent, quand le roi se démène pour réunir l'or nécessaire pour la frappe du nouvel agnel.

— Madame, je peux tout comprendre ! s'exalta Chalon-Arlay. Je comprends que les grands seigneurs harcèlent le roi parce qu'ils veulent une autre émission de la pièce d'or, et que les marchands l'assaillent avec la même demande. Je comprends également que nous parlions d'une croisade pour trouver des ressources en Terre sainte, car comme on dit, celui qui va en Orient, il y meurt ou en revient riche. Mais il n'y a pas que l'argent dans ce monde. Il y a aussi l'honneur et la décence. Le sens de la justice, la foi en sa parole. N'est-ce pas ? »

Jeanne fixa cet homme tellement hors du temps qu'il paraissait avoir plus de cent ans. Dans son cœur, elle lui accordait sa plus totale sympathie.

« Vous êtes un homme d'une seule pièce, Chalon-Arlay, repartit-elle. Votre honnêteté est admirable, même si elle est définitivement démodée. Aujourd'hui les choses sont différentes, les villes et les royaumes ne bougent que par le pouvoir de l'argent. L'or est l'excrément du diable. Même si un sage César de l'Antiquité a dit qu'il n'avait pas d'odeur. »

Le chevalier baissa les yeux, mortifié.

« Levez les yeux, mon ami. Ce n'était nullement une

critique. J'ai beaucoup de sympathie pour vous ; je vais faire lever votre assignation à résidence. »

Il redressa la tête, incrédule.

« Madame, j'apprécie votre geste. Mais en faisant cela vous vous exposeriez. Je ne serais pas digne du titre de chevalier si je le permettais. Si le roi découvre que vous êtes venue me voir pour mettre en cause ses plans…

— Mais cela ne s'est pas produit, dit-elle avec confiance. Je ne suis là que pour vous apporter un cadeau. Vous m'avez reçu avec une parfaite courtoisie. Nous avons discuté de ceci et de cela, avec une brève allusion à votre mésaventure de ce matin. »

Dérouté, Chalon-Arlay essayait vainement de comprendre.

« Vous m'apportez un cadeau ? »

Jeanne fit un signe. Les deux valets ouvrirent le coffre et, d'un seul mouvement, ils déployèrent une grande tapisserie murale qui illustrait, dans les couleurs vives de la soie, tous les grands fiefs de France et leurs voisins.

« Je l'ai tissée et brodée de mes propres mains, dit-elle avec douceur. Mais en réalité nous en avons trop, entre le Louvre et le Palais. Alors je veux vous la donner, si vous l'aimez. »

Le ton semblait cacher quelque sous-entendu. Jean de Chalon-Arlay attendit que la souveraine révèle ses intentions plus explicitement. Jeanne se leva à nouveau de la chaise d'apparat et pointa l'index vers un château.

« C'est votre maison, dit-elle. Voici l'Artois et voici la Bourgogne. Le duché de Bourgogne, je veux dire. »

Avec stupéfaction, craignant que ses yeux le trahissent à la faible lueur des bougies, Chalon-Arlay découvrit que, dans le territoire indiqué par la souveraine, on avait ajouté une belle pièce bleue en forme de bouclier. Bleue comme le drapeau de la France, semé de lys d'or.

« Qu'est-ce que cela signifie ? »

Jeanne se leva et caressa d'un sourire indulgent la candeur de cet homme respectable.

« Cela signifie que j'ai raison, chevalier. La comtesse Mathilde d'Artois a l'intention de prendre son roi par le cou, de l'attirer avec le tintement des pièces. Elle veut acheter le siège le plus convoité du royaume pour sa fille Jeanne. Chose ignoble ! En sommes-nous arrivés à mettre le trône de France aux enchères ? Vraisemblablement. Eh bien, vous avez dit que la Bourgogne est également très riche. Et j'apprends que le duc Robert a une fille en âge de se marier. Elle s'appelle Marguerite. Est-elle laide ?

— Pas du tout, Madame. C'est l'une des plus belles filles que je connaisse.

— Alors vous devez persévérer dans la noble mission pour laquelle vous avez travaillé jusqu'à présent, chevalier. Pour ma part, je dois donner mon assentiment aux liens que mon fils entend nouer. Louis sera aussi un jour roi de Navarre, et recevra ce royaume de ma part : rien ne peut être fait sans mon approbation. Parlez au duc de Bourgogne. Dites-lui que je n'ai aucune raison de permettre le mariage de mon fils Louis avec la fille d'Artois. »

Maintenant, les yeux du chevalier brillaient comme des étoiles dans un ciel d'été. Il était si heureux et touché qu'il semblait avoir du mal à retenir ses larmes. Il tomba à genoux devant la reine et embrassa l'ourlet de sa robe.

« On vous appelle la Rose des Pyrénées, Madame, murmura-t-il d'une voix légèrement tremblante. On dit que c'est à cause de votre beauté délicate et parce que vous avez les cheveux roux. C'est peut-être vrai, mais je crois qu'il y a plus. Les roses cachent des épines redoutables. Capables de donner des piques mortelles aux mains de ceux qui veulent les briser ! »

Jeanne s'autorisa un rire nerveux.

« Chevalier, ainsi va le monde : tout se résume à une question d'argent. Mon mari doit en trouver, d'une manière ou d'une autre. Renflouer le Trésor en encaissant une dot princière ne l'oblige pas à commettre des abus. Parce qu'il pourrait en commettre, croyez-moi ; et ce serait un désastre pour nous tous. » La note lugubre qui accompagnait les derniers mots de la reine fit frissonner Chalon-Arlay.

« Commettre des abus, Madame ? demanda-t-il, alarmé. Le roi pourrait se procurer l'argent dont il a besoin de manière… peu honorable ? »

Jeanne de Navarre rentra la tête dans les épaules, comme frappée d'un froid brutal.

« Nous avons foi en Dieu, chevalier. Puisse-t-il éclairer l'esprit de mon mari et détourner de lui le terrible dessein qu'il entend mener ! »

9

La grande ville dormait du sommeil lourd qui précède l'aurore, mais la couche de nuages qui était tombée sur les toits était si sombre et épaisse qu'on pouvait à peine distinguer un rai de lumière prêt à éclairer l'horizon.

Épuisé par une énième nuit de veille, Alfino jeta ses notes sur le bureau. Cette lettre sibylline d'Arnaud de Villanova le hantait. Maudit le jour où il l'avait reçue !

Il existait entre les différents faits une relation sinistre qu'il n'arrivait pas à cerner : le Catalan disait sans ambages que le roi de France était sur le point de commettre un crime très grave, susceptible de damner son âme. Et comme par hasard, tous les écrits du vieillard avaient été subtilisés au Châtelet : il était impossible de ne pas en déduire qu'Arnaud avait laissé dans ses textes des traces des manipulations illicites du souverain, ou en tout cas des indices susceptibles de le compromettre.

De ce qui avait servi à dénoncer et jeter le Catalan en prison, il ne restait plus que le très bref résumé rédigé par maître Toussanz, le notaire de la prison, qui avait copié l'en-tête de ce traité apocalyptique qui l'avait tant impressionné. Mais qui n'avait absolument rien d'hérétique.

Alfino ne pouvait comprendre quel âne bâté avait pu utiliser ce carnet comme preuve contre Arnaud. Il reprit ses notes, relut ces phrases pour la millième fois ; à la lumière vacillante de la flamme, elles semblaient plus stupides que jamais, malgré le langage délibérément cryptique et inquiétant. La première page du traité original était totalement blanche, selon la description de maître Toussanz, avec dans un cadre une sorte d'avertissement, dont les mots étaient séparés par des petites croix. Alfino fit pivoter la feuille pour parcourir l'inscription et s'interrogea de nouveau sur le sens de ces mots abscons.

Antichristus + revolvit + super + aquas + usque + reversum in focum + et regna + adnullabit + cum + affluenti + usu + tenebrarum + et + incepta + nequitia + cum + eradicati + Domini + eredes.

« L'Antéchrist se retourne sur les eaux, traduisit-il perplexe, jusqu'à ce qu'il retourne dans le feu. Il anéantira les royaumes avec un usage redondant des ténèbres, et l'avènement du mal aura lieu lorsque les héritiers du Seigneur seront déracinés. »

Cela ressemblait à un puzzle maladroit de prophéties tirées de textes anciens, construit en rafistolant des phrases de Malachie d'Armagh ou d'autres fanatiques de la même espèce, brûlantes du feu sacré de ces mystiques qui enjoignent les pécheurs à se repentir à temps, avant le Dernier Jour. Elles étaient sinistres et alarmantes, comme il sied aux prophéties apocalyptiques, mais des prédictions de ce genre n'avaient cessé de se succéder au cours des siècles, depuis les origines de la foi chrétienne et depuis que les disciples du Rédempteur attendaient son retour glorieux pour ordonner aux anges de sonner de la trompette du Dernier Jour.

Qu'y avait-il de si scandaleux dans cette espèce de devinette ? Qu'est-ce qui avait pu déclencher une terreur si féroce qu'elle risquait d'envoyer le vieil Arnaud da Villanova au bûcher pour le simple fait d'en être l'auteur ?

Quelque chose de grave devait se nicher dans cet écrit, quelque chose de maléfique, téméraire, blasphématoire ou funeste. Capable d'entraîner dans le péché mortel quiconque aurait le malheur d'y poser le regard.

Autre folie, le roi tenait à clore le procès contre le Catalan, après deux ans d'oubli. Avec tous les problèmes auxquels Sa Majesté devait faire face, avait-il le temps de penser au vieil homme ? Avec la croisade aux portes, les dettes d'État, le tourment des grands seigneurs qui réclamaient une nouvelle pièce d'or alors que le roi n'avait même pas l'argent pour payer les salaires, et le Châtelet, la principale prison de la capitale, qui n'avait pas de notaire mais un concierge à moitié analphabète qui se contentait d'avoir le gîte et le couvert…

Il y avait sans aucun doute d'obscures raisons à cette anomalie, des contraintes que le souverain ne voulait pas divulguer. Peut-être le Catalan en savait-il plus que ce que lui et Nogaret avaient découvert ? Des secrets qui pouvaient ruiner le roi de France, le catapulter hors du trône ?

Alfino caressa son dos endolori par sa longue veillée. Ses yeux fatiguaient et, dans la lumière faiblissante, sa vision devint floue, les lignes d'écriture se mirent à se chevaucher, jusqu'à ce que…

Oh mon Dieu !

Un instant, il cessa de respirer, suspendu à un terrible doute. Il essaya de nouveau et reçut la confirmation de ce qu'il avait vu. Ce n'était pas là un mirage dû au manque de sommeil : il avait vraiment un sens, ce traité cryptique par faute duquel le vieux sage risquait de mourir sur le bûcher !

Effaré, Alfino referma le petit livre puis le rouvrit brusquement pour parcourir une fois encore le texte page après page, mais à la lumière de son intuition. Oui, la clé qu'il venait de trouver donnait bien à l'ensemble une signification subliminale, aussi sombre qu'insoupçonnée.

Maintenant, il ne lui semblait plus si absurde qu'Arnaud de Villanova ait été dénoncé pour impiété et sacrilège : quiconque avait découvert cette vérité avant lui n'avait pu agir autrement.

Et maintenant ? Que devait-il faire ?

Il songea à se rendre immédiatement au Louvre pour demander une audience à Sa Majesté et l'affronter, lui demander des explications. Non, c'était une très mauvaise idée : il ne pourrait rencontrer Philippe le Bel en tête à tête sans passer la solide barrière des sbires qui l'entouraient, et risquaient de l'interroger en détail sur les raisons de sa précipitation. Et s'il allait voir l'évêque de Paris ? Cette hypothèse ne l'enchantait guère : ce qu'il avait à dire était d'une gravité catastrophique, et il ne pouvait pas prédire comment Simon Matifort réagirait. Si monseigneur en informait le pape, comme il était raisonnable de le supposer, Boniface VIII pourrait frapper le roi Philippe IV d'excommunication, jetant l'anathème sur tout le royaume de France. Selon toute vraisemblance, une guerre sanglante serait déclenchée entre les différents monarques du monde chrétien. La semence de Satan se disperserait aux quatre vents sur tout l'Occident, donnant raison au vieil Arnaud, lui qui annonçait le retour de l'Antéchrist…

Le hurlement glaçant d'un loup le fit sursauter. C'était arrivé de nouveau !

S'était-il endormi ? Était-ce un cauchemar ? Il frémit, et pria que ce ne fut pas un effroyable présage de malheur.

Tel un chien aux abois, Alfino de Narni déambulait sur l'île de la Cité. Il patrouillait depuis des heures, patient et alerte comme un prédateur ; tôt ou tard il devrait bien le rencontrer, l'homme qu'il cherchait.

Tout au long de la journée, la vie du Paris qui compte s'écoulait dans ces rues du centre. L'île avait été entièrement pavée, jusqu'aux plus petites ruelles, à la demande du roi Philippe II, cent ans plus tôt : un jour, accoudé au rebord d'une fenêtre de son palais, il avait été asphyxié par les miasmes des déchets en fermentation que ses sujets jetaient dans la rue et laissaient pourrir au soleil. Ulcéré par tant de crasse, il avait fait poser sur Paris un pavé de pierre digne de celui qui couvrait la ville du temps des Césars : ne s'appelait-il pas lui aussi Auguste ?

Depuis lors, il était strictement interdit à quiconque de jeter des déchets, et les chevaux devaient porter un sac suspendu à leur queue pour recueillir le crottin. De temps en temps, les grands seigneurs vociféraient contre cet ordre qui enlaidissait le noble profil de leurs pur-sang, leur donnant des allures de génisses maladroites sur le dos desquelles ils avaient honte de se promener, sous les risées des roturiers qui les regardaient passer, goguenards. Mais leurs velléités de privilèges avaient fait long feu. Seul le monarque garda celui de chevaucher sans ce sac disgracieux à l'arrière-train. Roi par la grâce de Dieu, lui seul avait le droit sacro-saint d'emmerder Paris, même en passant par ses rues les plus chics.

Parfois, une exception était faite pour certains personnages que le souverain voulait honorer, en cas de services signalés à l'État ; ce privilège convoité leur attirait une ardente jalousie. Comme ces trois riches bourgeois allant à pied, qui auraient tant aimé en découdre avec l'homme qui, à ce moment-là, chevauchait un magnifique bai exempt de gros sac à l'arrière ; il chevauchait si raide qu'il avait l'air d'avoir avalé un balai.

« Mais n'est-ce pas Jean Dixmier, celui-là ?

— Dis plutôt monsieur Dixmier. Ne savez-vous pas que Sa Majesté l'a récemment fait chevalier ?

— Chevalier celui-là ? C'est insensé ! Ce n'est qu'un artisan.

— Et alors ? Le regretté roi Philippe III avait fait chevalier son orfèvre. Et Dixmier est un orfèvre, justement.

— Le meilleur de Paris, intervint un quatrième homme qui avait rejoint le groupe, à tel point que le roi l'a débauché de la Monnaie de Bettino Cassinelli, où il travaillait, pour lui demander de superviser la frappe de la nouvelle pièce.

— Celle dont tout le monde parle ?

— Exactement. Un agnel d'or le plus pur, comme au bon vieux temps du roi Louis le Saint. Une monnaie très forte capable de concurrencer même le florin de Florence. Qu'ils aillent se faire foutre, ces damnés Italiens ! Ils ont fini de nous prendre à la gorge, d'étrangler nos affaires !

— Ce serait une aubaine si c'était vrai. La force du florin est une catastrophe pour nous autres Français. Quand verrons-nous la nouvelle monnaie circuler ?

— Bah ! Vous savez ce qu'on dit ? Faite la loi, trouvée la tromperie. Quelqu'un murmure que cet agnel est très lourd, et de l'or ici en France on n'en voit pas beaucoup. Il y a deux ans, le roi n'a pu frapper que quelques pièces, donc elles valent une fortune. En bref, l'agnel est une pièce réservée aux grands seigneurs. Il paraît qu'une guerre a éclaté au Louvre entre les barons, car les puissants ont fait main basse dessus : ceux qui sont restés à jeun la dernière fois se préparent à se battre pour avoir les nouvelles pièces encore chaudes. Plus il y en a, plus les pairs de France en veulent.

— Est-ce qu'ils paient d'avance ?

— Oui, rubis sur ongle. Tout est entre les mains de Jean Dixmier, qui met l'or de côté au nom de Sa Majesté, en attendant d'en avoir assez pour démarrer la fusion. Bien sûr, j'imagine que Dixmier garde pour lui les pourboires et cadeaux que chacun de ces messieurs lui verse à titre personnel pour obtenir ses faveurs, fût-ce au détriment des autres…

— Quel drôle de manège ! Et le roi fait confiance à ce voyou ?

— Il semble que oui. Sa Majesté est si satisfaite de son orfèvre qu'elle l'a non seulement ennobli, mais elle lui a également octroyé une belle maison au cœur de Paris, ainsi que plusieurs arpents de terre. Du coup, Dixmier a quitté Cassinelli et vit de ses rentes.

— Et il se promène tel un prince, sur un cheval libre de souiller la ville ! »

Effectivement, la fierté de l'orfèvre qui venait d'accéder

à la noblesse était flagrante : Jean Dixmier transpirait d'orgueil.

Soudain, surgissant d'un chemin secondaire, un homme attrapa perfidement la bride du superbe bai. Stoppé brutalement, l'orfèvre regarda le responsable de l'agression.

« J'ai besoin de vous parler, Dixmier. En privé.

— N'êtes-vous pas maître Alfino de Narni ?

— Précisément.

— Pourquoi voulez-vous me parler ? Je n'ai pas besoin d'avocat.

— J'ai bien peur que si, Dixmier. Et pas seulement d'un, mais de tout un collège. » Le ton menaçant alarma le graveur.

« Décidément, je ne vous comprends pas ! »

Alfino de Narni fixa son regard sur le sien, dans un silence lourd de sous-entendus.

« On vous considère comme le graveur le plus habile de France, et cette réputation vous a valu une place de choix à la Monnaie de Cassinelli, reprit Alfino d'un ton insinuant. Pourtant, vous l'avez quittée. Et ce pour accomplir une tâche unique : frapper l'agnel d'or.

— Et alors ? N'importe qui serait fier de travailler pour Sa Majesté.

— Je vois que vous vous portez bien, Dixmier. Vous vivez dans le quartier le plus cher de la capitale.

— Le roi est généreux.

— Bien sûr. Au point que vous avez arrêté de travailler et vivez de vos rentes !

— Cela ne vous regarde aucunement.

— Je pense que si, objecta Alfino d'un ton doucereux. Et cela concerne aussi mes plus illustres clients, les frères Guidi. Vous voyez, mon cher Dixmier, mes clients sont brillants dans le domaine des chiffres.

Ils font même des miracles quand il s'agit d'argent. Mais tout qualifiés qu'ils sont, ils ont constaté que le roi est encore plus doué qu'eux. Il fait apparaître l'or de nulle part, par un tour de passe-passe... Qu'y a-t-il, mon ami ? Vous êtes pâle comme un linge, tout à coup...

— Allez-vous-en ! Vous m'importunez. Ou j'appelle la patrouille.

— Attention, Dixmier. Peut-être que personne ne vous a donné d'explications, mais vous aussi, vous êtes compromis jusqu'au cou. Impossible que vous n'ayez pas vu et entendu quelque chose. »

Indécis, le visage empourpré par le malaise, Dixmier fixait Alfino avec les yeux vitreux et ternes d'un bœuf conduit à l'abattage.

« Bien. Maintenant vous semblez plus enclin à écouter, commenta Alfino avec un sourire sardonique. Après tout, vous êtes aussi un peu coupable. Vous savez ce qu'on dit en France, non ? Le roi vit du sien. C'est-à-dire que Philippe le Bel ne perçoit que ce que rendent les terres d'Île-de-France, le fief qui lui appartient comme patrimoine personnel. Le roi vit du sien, mais ce "sien" n'est pas grand-chose et ne suffit pas à financer un État de vingt millions de sujets, et à payer les salaires de milliers de fonctionnaires à travers le royaume. Savez-vous combien d'argent il faut ? »

Les cheveux de Dixmier étaient collés à son front trempé de sueur.

« Le Trésor est alimenté par les impôts, balbutia-t-il.

— Le Trésor est vide, coupa net Alfino. Il est vide depuis des années. Et avec les caisses de l'État dans une telle disette, le redouté seigneur, le roi de France, est capable de frapper une pièce d'or qui équivaut à quatre cent mille florins d'or[1] ? Cet homme doit être un magicien, par Dieu ! »

Dixmier baissa la tête, défait.

« Qu'attendez-vous de moi ?

— Des informations, Dixmier. Vous devez me dire comment le métal arrive à la fonderie où vous avez travaillé. Sont-ce des bijoux ou d'autres objets précieux volés aux Juifs par exemple ? Ou des pièces sonnantes et trébuchantes prélevées sur la dîme destinée à Sa Sainteté ? »

Le graveur avait les yeux écarquillés et ne battait pas d'un cil.

« C'est pire que ce que vous imaginez, balbutia-t-il. J'ai baissé la tête devant les ordres du roi parce qu'il ne m'a pas laissé le choix. Mais je vous le jure, maître Alfino : depuis le jour où j'ai commencé ce maudit travail, mon âme ne connaît pas le repos. »

Ils tressaillirent. Autour d'eux, la foule se pressait vers le parvis de Notre-Dame, attirée par une voix déchirante qui hurlait à gorge déployée des blasphèmes et des malédictions. Un cortège lugubre passa : dix moines conduisaient à la cathédrale un malheureux obsédé, dans l'espoir qu'un exorcisme pût le délivrer.

Alfino et Dixmier s'écartèrent du passage, troublés.

Le possédé marchait en titubant, donnait des coups de pied et crachait. Il baragouinait dans une langue incompréhensible et roulait son regard dément dans toutes les directions.

Lorsqu'il arriva à la hauteur des deux hommes, il se figea et les fixa d'un air hébété : même la danse folle de ses yeux s'interrompit un instant.

« Abraxas », murmura-t-il, et il laissa éclater un rire obscène.

1. 1,4 tonne d'or.

Alfino se tourna vers Dixmier, et le graveur lui retourna un regard rempli d'horreur.

Ce n'était que l'énième absurdité qui sortait de cette bouche en délire ; pour les autres, mais pas pour eux. Ils savaient pertinemment ce que le diable voulait dire.

10

Le batelier était assis par terre sous le portique, emmitouflé dans ses habits tièdes de sommeil. Non loin, le Tibre murmurait calmement dans la première lumière de l'aube. Un long sifflement le fit tressaillir, il ouvrit un œil, puis l'autre. Un jeune gentilhomme à la tenue un peu froissée, qui revenait sans doute d'une nuit coquine, apparut dans son champ de vision, encore flou. Il semblait soucieux. La nuit avait-elle déçu ses attentes ? Probablement pas, à en juger par sa tenue débraillée. Il y en avait tant comme lui, la nuit ! Rome était une ville aux mœurs débridées : d'austères patriarches et d'honorables matrones ne dédaignaient pas, la nuit tombée, se départir de leurs habits sévères et faire des folies. Les aventures des amants clandestins donnaient du pain et du travail aux bateliers de la ville éternelle. Il suffisait de savoir rester muet comme une tombe sur leurs aventures.

« Allons-y ! » lui intima le jeune homme.

Crescenzio sauta dans la barque. Il avait l'impression que ses yeux allaient éclater, durcis par le manque de sommeil et par les larmes qui refusaient de couler. Il avait honte de lui-même. Il avait passé la nuit sous la maison d'Immacolata, caché dans le noir ; une nuit entière à se tourmenter, à se demander, encore et encore, ce qu'il devait faire.

La faire sienne signifiait mettre sa vie en danger. Renoncer à elle et la voir partir avec un autre, c'était impossible…

Un rayon de soleil lui caressa le nez. Il éternua violemment et s'aperçut qu'avec l'air, ses larmes avaient commencé à jaillir. Autour de lui, le jour nouveau éclatait dans le ciel de Rome, une aube d'or liquide et de carmin. Le printemps était aux portes, mais dans son cœur régnait comme un mois de novembre sombre et pluvieux.

« Bonjour, mon fils. »

Crescenzio sursauta et se retourna. Un homme se tenait près de la porte. Âgé, un peu courbé et vêtu de noir, il était couronné d'une masse de cheveux blancs sur la tête et enfouissait ses mains dans les manches de son manteau. L'habit qu'il portait était élimé, à peine plus présentable que les nippes que portent les misérables.

Étonnamment, il le reconnut immédiatement.

« Bonjour Éminence. »

Pietro Valeriano Duraguerra esquissa un sourire. Crescenzio aimait beaucoup son visage. Il avait la trogne d'un acteur comique qui aurait vieilli en faisant rire, et cette espèce de petit sourire en coin qui ne le quittait jamais complètement, même lorsqu'il parlait de catastrophes.

« Tu es bien matinal, jeune homme. Des nouvelles du palais Colonna ? »

Le jeune homme fut piqué au vif. « Vous me faites suivre, Éminence ? »

Duraguerra apprécia l'allant du jeune homme qui ne

perdait ni son sang-froid, ni le sens de l'humour. C'était le digne neveu de Boniface VIII.

« Quand est-ce qu'elle se marie, celle-là ? Pas de sitôt, me semble-t-il. Il semblerait qu'il y a une embrouille... »

Duraguerra avait réussi à déstabiliser Crescenzio. Le jeune homme attendait à présent, l'oreille dressée, qu'il veuille bien finir la phrase laissée en suspens. Mais rien. Duraguerra était coriace.

« Que voulez-vous me dire ?

— Tu te souviens de ce malheureux tué à Sainte-Croix ? Il paraît qu'il avait reçu la visite d'un jeune homme très en vue à la cour du Louvre. Le même qui, une heure avant, avait frappé à la porte du Vatican en demandant à voir Arnaud de Villanova. La sentinelle se souvient de son nom : c'était Robert de Bourbon, comte de Clermont ; rien moins que le fils de Saint Louis. C'est la dernière personne qui ait vu le pauvre père Rolando, et selon toute vraisemblance, c'est aussi son assassin.

— Un assassin aux galons dorés. Compliments, vous avez résolu l'énigme !

— Effectivement, mon fils. Il me manque seulement un coup de pouce de ta part pour mettre au point quelques détails. Tu sais que je dois rédiger un rapport pour le pape ?

— Ce sont vos affaires, Éminence. Pointer son doigt sur l'oncle de Philippe le Bel... Un moment ! Vous avez dit un *jeune homme* ? Comment peut-il être jeune, le fils de Saint Louis ? Il doit avoir au moins cinquante ans.

— Il avait à peine la vingtaine, selon la sentinelle qui a vu son visage. Même l'abbé de Sainte-Croix est sûr que c'était à peine plus qu'un adolescent.

— Ce n'était donc pas le prince de Bourbon, mais quelqu'un qui se faisait passer pour lui.

— Une aubaine, pour nous autres, soupira Duraguerra.

C'eût été plus que délicat de faire part au Louvre d'atroces soupçons sur un proche parent du roi. Pouvoir inculper un imposteur est un grand soulagement. Mais pour l'enquête, il faut tout recommencer.

— J'en suis désolé, répliqua Crescenzio avec humeur.

— Je suis réellement dans le pétrin, mon enfant, mais je ne me décourage pas. J'ai une arme secrète. Tu veux la voir ? »

Sans attendre de réponse, Duraguerra défit les lacets des poignets de sa chemise qui pouvaient se transformer, à l'occasion, en pochettes bien pratiques. Avec un geste de prestidigitateur, il fit apparaître devant les yeux de Crescenzio un billet où étaient écrits quatre noms masculins. On aurait dit une liste : en face de chaque nom, une somme d'argent.

« Qui sont ces gens ?

— De nobles prétendants. Le pape, ton oncle, a fait dresser la liste des candidats qui demandent la main d'Immacolata Colonna. Comme tu vois, il y en a peu.

— Comment est-ce possible ?

— Hélas, la jeune fille est belle comme une aube de printemps, mais la saisie des biens des Colonna l'a laissée sans un sou de dot. En plus sa famille est diffamée dans tous les territoires pontificaux. Le pape les hait et les persécute : qui pourrait vouloir s'unir à cette famille ?

— Ces quatre-là le veulent ! grogna Crescenzio.

— Ils ont du courage, je dois dire. Le premier de la liste est Gregorio Conti, comme tu vois. C'est l'oncle d'Immacolata, le frère de sa mère Mabilla. Oh mon Dieu, ai-je dit au Saint-Père, voulez-vous vraiment que cet abominable inceste soit consommé ? Les liens de parenté sont trop étroits. Aussi, Conti a été écarté.

— Et les autres ?

— Le deuxième, c'est Maffeo Annibaldi, dit le

cardinal. Il n'a pas de liens de parenté avec les Colonna, mais le mois dernier il a été impliqué dans une rixe au portique d'Octavie. Il y a eu deux morts. L'enquête est toujours en cours, et, qui sait, il pourrait être inculpé. Si c'est le cas, la peine pour l'homicide d'un chrétien est le pèlerinage forcé en Terre sainte. Il restera loin de Rome pendant au moins deux ans. Et il n'est pas sûr qu'il revienne.

— Bien fait pour lui ! Le troisième ?

— Il alimente les commérages parce qu'il a un concubin mâle. Il épouserait la fille juste pour faire taire les mauvaises langues ; il serait facile de lui nier l'autorisation de se marier, sur la base de ces rumeurs, précisément.

— Le quatrième… ? demanda Crescenzio, exaspéré par cette confrontation.

— Giancante Gabrielli ? Malheureusement, il est blanc comme neige. Sans tache et sans reproche. Au point qu'il commande l'armée pontificale. Mais je peux me pencher sur son cas. Faire travailler mon imagination… Que sais-je, je pourrais m'inventer un prétexte pour lui refuser la somme d'argent qui devra accompagner le mariage. Ou lui faire savoir, par des chemins détournés, qu'Immacolata a contracté une maladie vénérienne. Pour mon bonheur, j'ai une imagination galopante, sans quoi je ne serais pas un bon diplomate. Que je doive l'utiliser ou pas, cela ne dépend que de toi, conclut-il, tout sémillant.

— En somme, vous êtes en train de me faire chanter.

— Quelle méchante expression, mon Crescenzio ! Surtout lorsqu'il s'agit d'un sentiment noble comme l'amour. Disons-le à la manière élégante des anciens : *do ut des*. Tu m'aides, je t'aide. Quand j'aurai éliminé tous les prétendants possibles, lorsque la fille sera seule et abandonnée, elle deviendra une épine dans le pied de Boniface, qui doit être son tuteur. Le pape sera bien obligé de s'adapter à la situation, tu ne crois pas ? »

Crescenzio le dévisageait comme on examine un joueur de hasard génial. Il se demandait si Duraguerra était un honnête homme ou un tricheur. Il ferma les yeux pendant un moment interminable. Lorsqu'il les rouvrit, le monde autour de lui avait repris des couleurs.

« Décide-toi, lança le cardinal. Je suis vieux, je n'ai pas le loisir d'attendre…

— Bien ! Je travaillerai pour vous.

— Parfait. Commence par ce rébus… »

Ayant ouvert son autre manche, il présenta à Crescenzio la mystérieuse lettre qu'Arnaud lui avait donnée : rien de plus qu'une poignée de notes.

11

« Avant tout, très révérend père, j'aimerais vous présenter mes condoléances pour le deuil qui vous a frappés. »

Le visage de l'abbé de Sainte-Croix était marqué par un chagrin de circonstance, mais pas totalement feint.

« Père Rolando Guidi était un être qui nous était cher, et sa mort inattendue nous a privés de joie mais également d'une aide précieuse dans nos travaux. Le Tout-Puissant aura pitié de son âme.

— Celui qui l'a assassiné avec préméditation sera, au contraire, précipité dans les flammes de l'enfer, très révérend père. Que diable, tuer en traître un homme de religion ! »

Le vénérable hésita entre l'inquiétude et l'embarras.

« Préméditation, sieur Caetani ? La dernière fois que nous nous sommes vus, vous étiez d'accord avec moi pour dire qu'il était mort à cause d'un voleur maladroit. »

Crescenzio lui jeta un regard de biais pour lui faire comprendre que ce n'était pas la peine de jouer trop longtemps la comédie avec lui.

« J'avais les idées un peu confuses, vénérable. Des affaires privées assez graves troublaient alors mon esprit. Aujourd'hui j'en suis libéré. Et je vois surgir des faits paradoxaux et tout un tas de choses incongrues qui me forcent à réfléchir.

— Des faits paradoxaux ? demanda l'abbé dont le malaise s'aggravait.

— Il y en a beaucoup, insista Crescenzio. D'abord, le présumé voleur aurait étranglé le père Guidi pour lui voler un manteau que lui-même lui avait donné peu de temps auparavant. Ensuite, il lui laisse le manteau et emporte la boucle. Un homme aux idées plutôt confuses, ce brigand, vous ne trouvez pas ? Il tue pour voler quelque chose qui lui appartient ! Continuons. Le voleur arrive comme un visiteur, il demande à parler avec la victime qui est à l'église pour réciter les laudes, mais il ne veut pas rester à cet endroit et invite le malheureux à sortir ; cela est plausible puisque dans l'église il y a un va-et-vient de moines, alors que le jardin est désert et plongé dans l'obscurité. Admettez que ce comportement est absurde. La dernière fois, vous m'avez dit que le visiteur voulait montrer un objet au père Guidi, un objet brillant, pour qu'il l'examine. Mais comment pouvait-il l'examiner dans le noir ?

— Eh bien, je ne saurais dire…

— Voyons, très révérend père ! Je peux comprendre qu'il soit délicat de parler de ces choses mais je suis certain que vous en savez beaucoup plus que ce que vous avez dit à Dante Alighieri. À propos, voici une autre circonstance curieuse : le père Guidi vit ici depuis des années, aimé et respecté de tous. Puis quelqu'un décide de le tuer et, comme par hasard, cela se produit peu de temps après qu'il a reçu un message d'alerte de la part de ses cousins qui vivent à Paris. Lesquels, et de nouveau *comme par hasard*, sont les banquiers du roi Philippe le Bel. »

L'abbé soupira et se couvrit les yeux, honteux.

« Je vous demande pardon, sieur Caetani. Je n'avais pas l'intention de vous mentir, murmura-t-il après un silence. Comme abbé et pasteur j'ai le devoir de veiller sur les frères qui me sont confiés, et faire appel au sceau du secret fait partie de mes prérogatives. Alighieri m'a semblé par trop curieux, un indésirable qui met son nez dans des affaires qui ne le concernent pas.

— Ce n'est pas totalement faux, très révérend père. Mais à moi vous ne devez rien cacher : j'ai reçu une mission officielle de Sa Sainteté. Le pape doit savoir ce qu'avait découvert le pauvre père Guidi : c'est justement pour garder le secret sur cette information qu'on a voulu le faire taire pour toujours.

— Bien, murmura l'abbé. Venez avec moi. Je dois vous montrer quelque chose. »

Il le conduisit à travers un long dédale de couloirs jusqu'au dortoir des moines. La cellule de Rolando Guidi était telle qu'on pouvait l'imaginer : petite, propre, presque vide. Outre le lit et un crucifix accroché au mur, il y avait une petite écritoire, une chaise, un urinoir et une simple cuvette en céramique aux bords un peu ébréchés. À côté de la fenêtre qui donnait sur le jardin, deux icônes représentant la Sainte Vierge et saint Éloi.

« Admirable, ce tableau avec le saint patron des orfèvres.

— Père Rolando lui était très dévoué, il était lui aussi orfèvre. Il avait travaillé à la Monnaie de Florence, mais il a été malade du typhus et a fait vœu de rentrer dans les ordres. Mais ce n'est pas le tableau que je voulais vous montrer. »

Il pointa son index : sur l'écritoire se trouvait un petit scapulaire de toile, semblable à ceux que l'on utilise en dévotion à la Madone du Carmel.

« Ouvrez-le, dit l'abbé, vous y trouverez quelque chose de très intéressant. »

Crescenzio fouilla dans la poche de tissu et resta ébahi.

« Une pièce en or, dit-il en la portant devant ses yeux. Elle doit être de grande valeur, à en juger par son poids. C'est de l'or pur, comme on en voit peu.

— Ça l'est, sans doute, assura l'abbé. Père Guidi la portait toujours autour du cou, dans le scapulaire caché sous sa bure. Notre pauvre frère est mort à cause de cette pièce.

— Il aurait donc été tué par erreur. La pièce est restée ici.

— Nous l'avons trouvée au fond d'un bénitier, murmura l'abbé. J'ai vu de mes yeux le père Guidi montrer la pièce au visiteur, ensuite ils ont discuté assez vivement. Je ne sais pas ce qui est arrivé après. Alors qu'ils sortaient vers le jardin, notre frère a plongé la main dans le bénitier pour se signer et, sans être vu, il a dû faire glisser la pièce au fond de l'eau bénite. Les choses n'ont pu se dérouler qu'ainsi. Personne ne met de l'argent là-dedans. Et ce n'est pas une pièce qui puisse être confondue avec aucune autre.

— Certainement, acquiesça Crescenzio. J'imagine que le brigand a fouillé le pauvre père Rolando après l'avoir tué.

— Fouillé ? Il l'a entièrement déshabillé, cet enfant du démon ! J'ai trouvé le corps nu, sans même un pantalon. Vous imaginez la situation fâcheuse ? Ce détail aurait pu alimenter des insinuations scandaleuses.

— C'est vous qui l'avez trouvé ?

— Oui, mon fils. J'aime marcher dans le jardin à l'aube, pour voir le lever de soleil.

— Vous l'avez rhabillé ?

— Le plus vite que j'ai pu. En priant Dieu que personne ne me voie. C'était un geste de piété fraternelle que je devais au père Guidi, pour soustraire sa mémoire aux médisances. »

Crescenzio ne pouvait le lui reprocher, même si l'abbé avait, de bonne foi, probablement effacé de précieuses preuves pour l'enquête.

« Les arbustes avaient-ils des branches cassées aux alentours, révérend ?

— Et comment. Un genévrier était totalement écrasé, comme s'il avait subi le poids de deux personnes en lutte.

— La victime a dû se défendre, naturellement. Est-ce que d'autres détails ont attiré votre attention ?

— Un détail, peut-être.

— Lequel ? »

L'abbé ouvrit un tiroir, y prit un objet léger, de métal sombre, qu'il fit glisser dans la main de Crescenzio.

« On dirait un briquet, nota le jeune homme.

— C'en est un, mais regardez-le bien. Au centre il y a un dessin, une décoration.

— Je vois deux poissons et quatre croix. C'est un blason, probablement. Celui du pauvre père Guidi ?

— Je ne sais pas si sa famille est noble. Je crois plutôt qu'il appartient à l'assassin. »

Crescenzio rendit l'objet au révérend, mais il confisqua la pièce, au nom du pape. L'abbé ne voyait rien à y redire, convaincu qu'il était que cette pièce était la cause de la mort du moine et renfermait un maléfice obscur. Comme si, au lieu de représenter l'agneau de Dieu, elle était marquée de l'Antéchrist.

12

L'ineffable Providence a mis devant l'homme deux buts à atteindre : le bonheur en cette vie, qui consiste à réaliser pleinement ses capacités, et la béatitude de la vie éternelle. Le premier est représenté dans le Paradis terrestre, le second, qui consiste dans la jouissance de la vision de Dieu, est représenté dans le Paradis céleste.

Crescenzio parcourut pour la troisième fois l'impeccable cahier que Dante lui avait mis sous les yeux. Il le relut scrupuleusement pour vérifier si son latin n'était pas défaillant et ne l'induisait pas en erreur ; mais non le texte signifiait exactement cela.

« Vous n'avez pas l'air convaincu », dit le Toscan avec regret.

Il feuilleta plusieurs pages à la recherche de quelque schéma, de noms, de dates : rien, toutes les pages étaient comme la première.

« Mais qu'est-ce que ce missel ?

— Comment ? Ça ne se voit pas ? objecta Dante. Vous m'avez donné rendez-vous ici, à la Taverne de l'Oie, et j'ai emporté de quoi écrire, et mes notes pour les comparer aux vôtres et voir ce que l'on sait pour le moment.

— Effectivement ! Mais pourquoi me montrez-vous un traité philosophique ? »

Alighieri parut un peu froissé.

« Ma prose est peut-être un petit peu ampoulée, concéda-t-il, mais elle est dans le sujet. Le problème, c'est la souveraineté du roi de France. Monarque par la grâce de Dieu, il rentre dans le système universel gouverné par la Divine Providence. Mais ses créditeurs le tiennent pieds et poings liés comme s'il était leur prisonnier. Et lui, pour se défendre, il se démène et s'embrouille. »

Crescenzio comprit que ses craintes étaient fondées : le texte du Toscan n'était pas un résumé agile et synthétique, comme il l'attendait, mais une sorte de somme théologique.

« N'avez-vous pas un peu trop élargi le sujet, sieur Dante ?

— Je ne pense pas. Philippe le Bel raisonne exactement comme moi. Il a eu comme précepteur Egidio Romano, un théologien fou d'Aristote. »

Crescenzio soupira.

« Peut-être Philippe le Bel raisonne-t-il ainsi, mais ses comptes sont faits par quelqu'un qui a la tête un peu moins théologique que vous. Un "système universel dominé par la Providence", voyez-vous ça ! Ici il est question d'argent, c'est une affaire très terre à terre, un peu répugnante même. Écartez ces belles feuilles, elles sont dignes d'un traité sur la monarchie. Aujourd'hui, nous travaillerons à ma manière. Mais mangeons d'abord, on ne réfléchit pas l'estomac vide. »

Même si elles sont bondées, les *osterie* de Rome méritent leur réputation de lieux où l'on mange bien et où la propreté n'est pas totalement indécente. À peine entrés, on les dirigea vers une table minuscule mais qui avait l'avantage d'être à l'écart. L'air était saturé de vapeurs de graisse, d'odeurs de vin et d'épices bon marché.

« Demandons des œufs frits », suggéra Dante, qui voulait manger léger. Comme s'il n'avait rien entendu, Crescenzio commanda des lasagnes au beurre, fromage et cannelle, puis une tourte tricolore d'œufs, carottes et épinards. Pour la suite, de l'agneau en bouillon et les *mortadelli* à la manière de l'empereur Frédéric II, de délicieuses paupiettes de foie de porc cuit avec du fenouil sauvage et du laurier, haché, roulé en boule et rôti dans la crépine. Et pour finir, un *cappuccio* du moine, une crêpe frite farcie de miel, écorces d'orange confites et éclats d'amandes.

Une fois le ventre satisfait, et la table nettoyée, Crescenzio traça, sous le regard horrifié de Dante, deux traits obliques sur le joli paragraphe rhétorique qu'il avait lu auparavant. Il tourna la page et se mit à écrire.

Italiens en France :
Gandolfo degli Arcelli, de Piacenza :
Contrôle les marchés de Paris, il fixe les prix.
Bettino Cassinelli, de Lucques :
Patron de la Monnaie, il a remporté le marché pour battre la monnaie française et la vend au souverain au prix qu'il décide.
Les frères Guidi, de Florence :
Gèrent les finances et le Trésor du royaume. Le roi s'endette, eux, ils prêtent.
Noblesse de France :
Ils sont riches en terres et forment l'armée du royaume. Paresseux, arrogants, indisciplinés au pouvoir du monarque. Chacun veut gouverner seul et fait ce qu'il peut pour éviter de payer des impôts.
Officiers royaux :
Ils forment un réseau dense de pouvoirs répartis sur tout

le territoire du royaume français, qui maîtrise et gère l'ensemble de l'administration du patrimoine et de la justice. De nombreux fonctionnaires (sénéchaux, échevins, juges et maires), qui n'obéissent qu'au roi. Ils sont la solution parfaite au problème posé par la féodalité, la réponse du souverain à l'autonomie des nobles.
Philippe IV :
Il se retrouve entre l'enclume et le marteau. S'il veut vraiment régner, il doit imposer sa volonté à l'intérieur des frontières du royaume, et il ne peut le faire qu'en renforçant le réseau des agents de l'État. Mais pour payer ces serviteurs dévoués, il faut de l'argent, et beaucoup. Il ne l'a pas. Il peut contracter des emprunts et les banquiers étrangers sont heureux de les lui accorder. À leurs conditions, bien sûr, ce qui endette de plus en plus le Trésor. Pour réduire ses dettes, le souverain doit courber l'échine et accepter les demandes des étrangers.

Crescenzio leva la plume du papier et le passa à Dante.

« Est-ce que cela vous semble exact ?

— Dit de la sorte, c'est un peu prosaïque. Mais oui, cela sonne juste, concéda le Toscan. Ce n'est pas vrai que l'on ne trouve pas d'or en France. Il y en a, et beaucoup. Mais il est bien caché dans les palais des grands seigneurs. Qui l'ont mis de côté sous forme de bijoux et de vaisselle précieuse. C'est toujours la même histoire : quand les temps sont mauvais, les riches stockent de l'or. Et au lieu de déclarer leurs avoirs et de vendre le métal au souverain à un prix qu'on pourrait dire patriotique, ils l'enterrent dans leurs caves. Le roi est obligé d'acheter l'or aux marchands étrangers à un prix désavantageux.

— Vous pouvez dire à un prix d'usurier, sieur Dante. La monnaie est un véritable fléau pour le roi. Il doit payer ses officiers, mais comment faire ? Les ministres lui conseillent de frapper une pièce d'argent. Qui ne peut être que faible puisqu'elle contient peu de métal noble. Les gens sont obligés de l'accepter : la valeur courante, c'est la valeur courante.

« Pour le petit peuple, ça ne fait pas beaucoup de différence : si une pinte de bière coûte un sou, le vendeur obtient ce sou de toute façon. Ensuite il le passe au charretier qui transporte les barils, et c'est toujours un sou. Même si dans le sou il y a beaucoup moins d'argent qu'il ne devrait y en avoir.

— Les ennuis sont pour les grands financiers, acquiesça Dante. Ils font des transactions d'un royaume à un autre, et à l'étranger personne ne veut de la monnaie anémique du roi de France. Le roi doit payer en or sonnant aux Italiens. En beaux florins de Florence garantis par la République. Comme dit le proverbe, chat échaudé craint l'eau froide.

« Pour se tirer d'affaire, le roi a donc inventé une pièce de monnaie d'une valeur exceptionnelle, un agnel d'or aussi précieux que celui du vénéré Saint Louis. Encore plus, peut-être.

« Avec cette pièce d'or très forte, il peut rembourser les frères Guidi, ainsi que quelques barons français bien nantis qui lui avaient prêté du capital. Il met le reste en vente : et enfin il respire. Il n'est plus étouffé par la dette.

« Ensuite, il y a la question des Templiers. Ils ont la mainmise depuis longtemps sur le Trésor de la France, mais le roi, à la suite d'un désaccord, leur enleva ce privilège. : il a même l'idée d'installer une fabrique dans le quartier des Templiers. Une idée folle !

— Ce n'est pas si sûr. Ce pourrait être une idée

géniale. Au cas où le roi voudrait fabriquer des choses en dehors de la loi française.

— Oui mais quoi ? Philippe le Bel possède des ateliers et des manufactures disséminés dans tout le royaume. Il suffit de penser aux précieux tissus flamands.

— Les Flamands sont toujours au bord de la révolte. Vont-ils vraiment payer les impôts ?

— Et les draperies de Lyon ?

— Lyon n'appartient pas à la France mais dépend des territoires de l'empire.

— Sieur Dante, vos considérations sont correctes, mais elles ne me convainquent pas. Vous croyez réellement que le roi de France irait contrarier les Templiers pour installer une filature dans leur quartier ?

— Des armes alors, dit Alighieri. Les Templiers sont un ordre guerrier. Qui mieux qu'eux pourrait connaître les secrets de l'acier ? Peut-être ont-ils trouvé en Orient une technique capable de produire des lames qui ne se cassent pas, et le roi veut s'en emparer.

— Des armes ? » répéta Crescenzio.

Alighieri avait peut-être visé juste, mais ils n'arriveraient à rien en ne comptant que sur leurs propres forces. Crescenzio salua à la hâte le Toscan et quitta la taverne en direction de l'Aventin : une suggestive colline couverte de forêts denses dans lesquelles on trouvait les ruines monumentales d'anciens bâtiments romains, entourées de somptueuses basiliques paléochrétiennes et de jardins monastiques parfumés.

Il allait rendre visite à une connaissance, qui naviguait dans les hautes sphères de la hiérarchie mondiale. Cette personne serait capable de répondre à la question qui avait commencé à le tarauder.

Les doigts de Crescenzio goûtèrent la sensation de douceur prodigieuse que la lame fine offrait au toucher. Il la regardait avec admiration et étonnement. C'était un simple bistouri, un instrument chirurgical commun destiné au même usage que les autres, qu'il avait appris à utiliser durant ses années à la célèbre école de médecine de Salerne ; mais dans sa façon, il était extraordinaire. Plus qu'un outil, c'était un bijou. Crescenzio le reposa sur la toile de lin d'où il l'avait extirpé. À côté du scalpel, d'autres instruments d'acier et de bronze destinés à l'art médical étaient alignés dans un ordre parfait : pinces, tenailles, petites scies, perceuses, minuscules aiguilles pour les points de suture. Tout était en excellent état et brillait comme de l'or massif.

« Je ne savais pas que votre ordre s'occupait également des médecins. Et quels médecins, à en juger par l'équipement ! »

Le moine chevalier qui l'avait conduit au valétudinaire de Santa Maria del Tempio sull'Aventino daigna sourire. Il était anglais mais, comme nombre de Templiers habitués à voyager entre l'Orient et l'Occident, il parlait plusieurs langues, dont l'italien.

« Ces instruments appartenaient en réalité à un médecin sarrasin, répondit-il. Il a travaillé dans nos maisons d'Orient pendant de nombreuses années. Arrivé au seuil de la mort, il a écrit dans son testament que ses outils devaient rester chez les Templiers. »

Crescenzio fronça un peu le nez.

« Vous avez des médecins arabes à votre service ? Je vous le demande sans polémique, pour l'amour du ciel : j'apprécie la science islamique et je considère qu'elle est bien supérieure à la nôtre… Mais cela ne vous pose pas de problèmes avec les autorités ecclésiastiques ?

— En Orient, les choses apparaissent sous une lumière différente qu'en Europe, messire. Peut-être pensez-vous que les Templiers sont un ordre exclusivement masculin. Mais vous vous trompez : nous avons aussi des sœurs du Temple.

— Tiens donc ! fit Crescenzio avec étonnement. Mais c'est un choix sage. Les femmes ont un don spécial pour s'occuper des malades. Elles doivent vous être bien utiles, vu l'énergie que vous déployez pour porter secours aux pèlerins.

— Nous n'avons pas que des infirmières, murmura le guerrier. Certaines se battent mieux que les hommes. »

Crescenzio remarqua que les yeux du chevalier s'étaient illuminés d'une lueur extatique quand il avait prononcé cette phrase. Il n'y avait pas de doute : le regard de lord Joffrey Gonneville, commandant du Temple d'Aquitaine et Poitou, était le regard d'un homme amoureux. Le sujet étant délicat pour quelqu'un qui avait fait vœu de chasteté, Crescenzio jugea préférable de revenir sur des sentiers moins glissants.

« J'ai toujours voulu être médecin, dit-il. C'est pourquoi je ne suis pas encore chevalier. Considérant que mon père était comte, et que mon oncle est le pape… je pourrais être admis chez les Templiers, non ? Et tranquillement exercer la profession médicale, d'après ce que je vois. »

Il était visible que l'idée le séduisait, tout comme elle séduirait n'importe qui. Lord Gonneville hocha la tête, avec une gravité triste à laquelle Crescenzio ne s'attendait pas.

« Vous auriez une très courte carrière, monsieur Caetani. Ils feraient immédiatement de vous le précepteur du Temple en Italie. Puis l'année suivante, le visiteur d'Occident. Et puis, qui sait, peut-être même grand maître. Ne faites pas ça, conclut-il, le visage sombre. Il vaut mieux pour vous ne pas devenir templier. Croyez-moi. »

Crescenzio détourna les yeux de la lueur magnétique de tout ce métal qui brillait comme des miroirs autour de lui. Il dévisagea le guerrier anglais. Il y avait de la mélancolie dans ses paroles, et du ressentiment dans sa voix.

« Regrettez-vous votre choix, lord Gonneville ? Votre situation paraît enviable : vous commandez deux provinces du Temple. Ou visiez-vous encore plus haut ? »

L'Anglais retint son souffle et sa réponse. C'était un bel homme de taille moyenne, au corps sculpté par la guerre et l'entraînement intensif quotidien indispensable pour se battre à cheval. Il avait un regard gris intense et quelque peu irrévérencieux, peut-être trop gai pour un homme voué à la pénitence et à la chasteté. Ses cheveux courts cuivrés striés d'argent lui donnaient un air gaillard et malin, tout comme la galaxie de minuscules taches de rousseur qui semaient son visage. Il devait plaire aux femmes, c'était évident, et le problème venait peut-être de là. Ce type de renoncement lui pesait-il ? Était-il cause de l'insatisfaction que Crescenzio sentait en lui ?

« Montez ! vint annoncer un sergent en tunique noire. Le grand maître va vous recevoir. »

L'homme se tenait de dos quand il entra. Crescenzio se sentait honoré et intimidé, le nom du personnage qui se tenait devant lui était connu dans tout l'Orient et l'Occident. Il avait été autorisé à l'appeler simplement frère Molay, étant donné l'estime mutuelle et la grande amitié personnelle qui le liaient à Boniface VIII ; mais pour le reste du monde – sultans, souverains et empereurs inclus – il était Sa Grâce frère de Molay, grand maître des Templiers. Il était grand, arqué, avec un corps alourdi par les années, mais qui avait été agile et vif. Le temps et la dure vie militaire avaient creusé son visage brûlé par le soleil de la Terre sainte. Après une vie passée à l'avant-garde de l'armée templière, il avait le teint presque aussi sombre que les Maures de Syrie qu'il avait combattus. Son visage se détachait sur la blancheur des robes et de la cape, la magnifique cape immaculée du Temple. La longue barbe blanche et légèrement crépue lui donnait l'air d'un ancien prophète biblique.

« Bonjour, frère Molay. Merci de me recevoir. »

Le grand maître gagna lentement sa chaise. Il boitait un peu de la jambe droite, reste d'une vieille blessure de guerre qui remontait à l'an de grâce 1270, qui avait vu le roi Louis IX de France mourir du typhus sous les murs de Tunis, loin de sa patrie quittée pour libérer Jérusalem. Louis le Saint, le dernier roi croisé.

« Le pape m'a dit que tu voulais me poser certaines questions, mon fils. Je te répondrai dans la mesure du possible. Autrement dit, si tu ne parles pas de sujets couverts par le secret militaire.

— J'espère que non, frère Molay. Vous avez sûrement entendu parler de la mort du père Rolando Guidi, le cistercien de Sainte-Croix. Il semble que le dernier à avoir vu le pauvre frère vivant ait été le prince Robert de Bourbon. Ou plutôt, un imposteur qui s'est présenté sous son nom. La nuit fatidique de cette rencontre, le meurtrier voulait dérober une précieuse pièce d'or au moine. Une pièce de la nouvelle monnaie frappée il y a trois ans par le roi Philippe le Bel. »

C'est bien singulier, se dit Crescenzio. Le froncement de sourcils du grand maître à la mention de Guidi ne lui avait pas échappé. Il devait y avoir du mauvais sang entre les deux personnages.

« Frère Molay, poursuivit le jeune homme, la pièce en question était un agnel d'or qui se vend comme des petits pains en France. Les gens se battent pour en avoir ; nous pensons que le père Guidi est mort précisément à cause de cette pièce. »

Molay serra ses lèvres dans une grimace de silencieuse complaisance.

« Que veux-tu savoir, mon garçon ?

— Le Conseil de Florence a envoyé à Rome un de ses représentants, Dante Alighieri. Il pense que le roi de France a trouvé l'or nécessaire pour frapper cette pièce d'une manière qui pourrait indigner le pape. En fraudant le Saint-Siège dans le calcul de la dîme. Je ne vous demande certainement pas de confirmer ce point : ce n'est pas nécessaire. Je suis convaincu que vous, les Templiers, avez été un peu trop permissifs quant à la garde du Trésor français pour cette raison. Vous étiez au courant de la tricherie et ne vouliez pas y être impliqués. Quand vous avez appris que le roi avait l'intention de confier le Trésor français à ses banquiers Albizzo et Musciatto Guidi, cela a dû être un soulagement pour vous. Ma question est donc tout autre. La manufacture que le roi voulait faire construire dans votre quartier de Paris, d'où sortiraient les produits exempts de droits, taxes et frais de justice… était-ce, peut-être, un hôtel de la monnaie ? »

Le grand maître avait suivi son raisonnement avec patience, voire une certaine désinvolture, mais écarquilla les yeux à sa conclusion, visiblement admiratif.

« Mon fils, les Templiers ne sont pas seulement des guerriers et des banquiers, tu le sais. Ceux d'entre nous qui ont l'intelligence la plus affûtée, nous en faisons des ambassadeurs. Tu pourrais jouer un rôle clé. »

C'était une proposition sans ambages, et Crescenzio l'apprécia à sa juste valeur.

« Je vous remercie. Mon oncle le pape voudrait me voir entrer dans les ordres, mais la vie du clergé n'est pas faite pour moi. Pouvez-vous me répondre, frère Molay ? »

Le grand maître caressa sa barbe blanche, qu'il portait longue selon l'ancienne coutume du Temple ; il méprisait la vogue qui poussait tant de Templiers à se raser le menton ou à arborer une barbiche élégante, bien trop frivole pour des ecclésiastiques. Le long silence qui s'installa disait clairement qu'il ne voulait pas donner de réponse directe.

« Le Temple n'a jamais frappé de monnaie, murmura-t-il finalement. Nous devons, de plus, nous garder des médisances. Tant de rumeurs circulent déjà sur nous. Il se dit par exemple que douze vases d'argent dans lesquels sont emprisonnés des démons sont enterrés dans le sous-sol de notre siège à Jérusalem, bâti là où se trouvait autrefois le Temple de Salomon. On dit que Salomon a construit le Temple avec l'aide d'esprits qui l'ont servi parce qu'il était un grand magicien, ainsi qu'un grand roi. La Palestine est aride et stérile, mon garçon. Cette terre est peut-être sainte, mais elle est pauvre. Pourtant le roi Salomon a bâti son temple entièrement en or. Où l'a-t-il trouvé ? »

Un peu surpris, Crescenzio fit appel à ses maigres connaissances bibliques.

« Il exploitait des mines, me semble-t-il.

— Hé oui mon garçon ! Salomon paya entièrement la construction du Temple avec l'or d'Ophir. Un métal magnifique. Brillant et lumineux comme le soleil. »

Il s'assit et fit tinter une clochette. Un servant entra immédiatement et Crescenzio comprit que l'entretien était fini. Quittant les lieux, il ressentait un lourd sentiment de frustration. Il avait l'impression que le maître des Templiers lui avait tout révélé et que lui, Crescenzio, n'avait en réalité rien compris.

Au dernier moment, juste avant de sortir de la maison, il remarqua quelque chose qui le cloua sur place.

« J'ai soif, dit-il au moine qui l'accompagnait vers la sortie. Puis-je avoir un peu de ce vin ? »

Le sergent qui traversait l'atrium, portant une bouteille de verre vénitien et un gobelet d'or posés sur un plateau d'argent, s'arrêta net.

« Merci », dit Crescenzio en s'essuyant les lèvres avec sa manche. Il rendit au sergent la coupe vide et regarda l'homme nettoyer soigneusement avec un mouchoir le petit joyau, précieux comme un calice.

« Vous l'apportez au grand maître, n'est-ce pas ?

— Une petite faiblesse de Sa Grâce, dit le moine en souriant. Le grand maître se refuse à toute vanité, cependant il aime utiliser ce service ancien qui est dans sa famille depuis des générations.

— Je vois, dit le jeune homme. N'est-ce pas le blason de sa famille ?

— Certainement, monsieur. Deux poissons d'or dos à dos et quatre petites croix d'argent. Sa Grâce appartient à la lignée des seigneurs de Longwy. »

Les seigneurs de Longwy, pensa Crescenzio. Il revit dans un éclair le briquet que l'assassin du père Guidi avait perdu dans le jardin de Sainte-Croix. Un objet ancien, de grande valeur, greffé d'armoiries, qui criait à son esprit une atroce vérité.

13

« Puis-je entrer, maître ? »

Arnaud de Villanova ne leva pas les yeux de son travail. Cette petite voix, douce et têtue, lui était vite devenue familière. Comme s'il la portait en lui depuis toujours.

« Viens, petite. Mais je te préviens, je suis très occupé. »

Il manipulait, très concentré, des cartes illustrées comme celles de la gitane Zaïra, et essayait de comprendre comment leurs figures mystérieuses pouvaient révéler le destin.

Maddalena se glissa dans l'ouverture étroite de la porte avec la grâce d'une fouine voleuse. Le vieil homme, comme d'habitude, se montrait bourru et un peu hostile, mais il y avait de la bonté sous cette écorce rugueuse.

Pendant deux jours, la jeune fille avait retranscrit au propre les notes de son frère, ainsi que la prose beaucoup plus alambiquée du sieur Dante. Elle s'était passionnée pour l'affaire et voulait profiter de l'influence qu'elle avait sur le vieil homme pour aider Crescenzio.

Arnaud savait tout, elle en avait la certitude. Le Catalan connaissait l'entière vérité, et la seule personne qui avait le moindre espoir d'obtenir des éclaircissements, c'était elle. À condition que le vieil homme fût, ce jour-là, de bonne humeur. Maddalena fixa l'arcane que le vieil homme avait retourné.

« Vous avez tiré le magicien, maître. L'habileté, mais aussi la tromperie. Qui représente-t-il ?

— C'est moi, mon enfant.

— Vous ? Qui avez-vous trompé pour vous reconnaître dans cette carte ambiguë ?

— J'ai trompé ma conscience, jeune fille. Je l'ai endormie avec de faux arguments, je me suis enivré d'une phrase ignoble qui a réussi à faire taire tous mes scrupules : une juste fin justifie tous les moyens.

— Je ne pense pas que ce soit vrai, maître.

— Bien sûr, ce n'est pas vrai ! Seule l'immense affection que j'avais pour quelqu'un m'a conduit à un tel aveuglement moral. Pour aider cette personne, j'ai commis un acte à faire hurler d'indignation mon âme ! »

Le mélange de colère, de haine et de douleur qui éraillait la voix du vieil homme parlait clairement à la subtilité de la jeune fille.

« Cette personne que vous vouliez aider était votre apprenti, n'est-ce pas ? »

Le Catalan ne répondit pas, mais le voile qui couvrait son regard attristé parlait plus fort que n'importe quel aveu.

« Que vous a-t-il convaincu de faire, maître ?

— Une action malhonnête, mon enfant. Que je ne commettrai plus jamais de ma vie.

— Avez-vous été dénoncé pour cette action ? » osa-t-elle demander à voix très basse, avec pudeur.

Arnaud leva les mains devant son visage, comme pour se protéger d'un ennemi invisible. Puis il se souvint qu'il n'avait rien à craindre : Maddalena était mineure, et même si elle parlait, son témoignage n'aurait aucune valeur devant un tribunal. En revanche, le vieil homme ressentait une brûlante envie de s'expliquer, de défendre son honneur.

« Tu es curieuse, ma fille. Et tu n'as pas peur de l'inconnu. Quelle personne singulière ! Tu me fais penser à Pandore, sais-tu ? La femme qui voulut ouvrir un coffre prodigieux créé par les dieux. Magique, mais interdit. »

Les yeux noirs de l'enfant brûlaient de curiosité.

« Pouvez-vous me raconter ce qui est arrivé il y a trois ans ?

— J'ai été dénoncé à cause d'un livre que j'avais écrit, Maddalena. Un livre plein de vérités. »

Le texte, raconta Arnaud, avait été déclaré impie. La faute en revenait à une prédiction qu'il contenait, à laquelle le Catalan avait abouti en observant la course des étoiles avec un instrument astronomique sophistiqué construit par l'Arabe Al-Battani. Le ciel annonçait, pour le milieu de ce siècle, un désastre capable de mettre fin à une époque, voire à l'histoire de l'humanité. Arnaud avait voulu faire savoir sa découverte, pour venir en aide aux hommes, pour qu'ils prennent conscience de la fin imminente et se convertissent pour purifier leur cœur. Mais le livre avait été jugé provocateur, défaitiste et néfaste parce qu'il pouvait répandre dans les masses une méfiance inopportune pour les activités normales de la vie.

« Qu'avez-vous vu, maître ? » chuchota Maddalena dans un souffle. Le vieil homme se couvrit le visage de ses mains.

« La fin du monde ! Des villes désertes, des corps entassés dans les églises, des cadavres abandonnés dans les rues, car aucun vivant ne pouvait plus s'en occuper. Une mortalité calamiteuse viendrait sanctionner les péchés commis par les hommes vers l'an 1350. L'Antéchrist envahirait la Terre.

— Le pape vous a acquitté, dit-elle, et la plainte de Paris est également levée. Vous n'avez plus rien à craindre maintenant.

— Pourtant, le passé me hante sans cesse. Je crois que je n'en serai jamais libéré tant que je n'en aurai pas fini avec ce que j'ai laissé en suspens à Paris. Tu dois savoir que mon élève, le chevalier de Fontainebleau dont je t'ai parlé, en réalité... »

La sonnerie du couvre-feu qui suivait les vêpres l'interrompit. Arnaud se dit que c'était là un signe divin : pour une raison obscure, impénétrable à son esprit, il ne devait pas révéler à Maddalena la véritable identité de son premier apprenti.

Pourquoi ? se demanda-t-il silencieusement. Les deux élèves d'un sage travaillent toujours en étroite harmonie, liés par une fraternité que l'on scelle en mêlant le sang. Cela n'aurait-il pas dû être le cas pour eux aussi ? De toute évidence, non. Dieu ne voulait pas que la jeune fille connaisse ce secret. Pas encore.

« Est-ce que tu aides ton frère pour son enquête ? demanda-t-il à brûle-pourpoint. Pourtant, tu te moques bien de savoir qui a tué ce pauvre moine. Ta petite tête intelligente pense à bien autre chose. Tu veux en savoir plus sur mon premier apprenti, en fait. Tu veux savoir quelque chose sur lui. N'est-ce pas vrai ? »

Maddalena rougit et baissa les yeux ; elle éprouvait un grand soulagement à voir que le vieil homme lisait dans son âme comme dans un livre ouvert.

« J'ai trouvé une chose étrange dans les papiers que mon frère a rassemblés, murmura-t-elle. Voilà, maître, celui-ci.

— Que crois-tu que ce soit, mon enfant ?

— Apparemment, ce ne sont que des notes de musique ; mais ce pourrait être un message chiffré.

— Bien joué, ma petite élève !

— Est-ce votre apprenti parisien qui vous a écrit ?

— Oui. Il a tracé seulement deux signes. Ma réponse en compte trois. Peux-tu les lire ?

— Oui, maître. Au-dessus, il y a un *sol*. Puis un étrange symbole : un cercle avec un point au centre. En dessous, je vois un *ré*, un *mi* et un *si*. Mais qu'est-ce que cela signifie ?

— Trouve la réponse toute seule, dit-il avec un léger sourire de défi. Penses-tu pouvoir le faire ? »

Maddalena n'était pas sûre d'avoir bien compris. Mais comment… ? Arnaud de Villanova méprisait certains des plus illustres universitaires ; quand il était mal luné, il pouvait envoyer promener même des cardinaux. Mais avec elle, c'était un homme bien différent. Il lui avait ouvert son cœur et ses souvenirs. Il en était venu à se confier sur ce qui était arrivé à Paris, ce dont il n'avait jamais parlé à personne, pas même au pape.

Et maintenant, la lettre. Il lui ouvrait la porte de la correspondance secrète avec son élève à Paris. Un échange de messages cryptés, un code abscons à base de notes de musique, qu'elle devait déchiffrer.

Il voulait la mettre à l'épreuve, mais pourquoi ? Il ne pouvait y avoir qu'une seule raison : évaluer ses capacités, puis, une fois convaincu, lui révéler quelque chose. Elle ne perdit pas de temps à se demander si elle était à la hauteur ou non. Elle prit la lettre, la mit dans son sac à main, tourna les talons et se précipita dans la rue, en direction de la bibliothèque papale. Elle était si étourdie, si heureuse qu'elle en oublia de le saluer.

Fleur de concombre,
Le vin de messe est bon,
Maintenant il n'y a personne,
Je le bois...

« En fait, il y a moi. »

Ezio Baldacci, archiprêtre de la basilique du Vatican, sursauta, avec un hoquet qui sonna comme un petit rot. Monseigneur n'avait guère l'allure d'un homme d'Église, ni même l'air un peu distrait des artistes : plutôt le physique usé et le nez rouge d'un ivrogne. Les envieux disaient qu'il fréquentait régulièrement des tavernes peu recommandables, mais lui se jugeait fin gourmet et amateur dévoué de la glorieuse tradition viticole italienne, même s'il ne dédaignait pas le robuste vin de Bordeaux et le clairet de Champagne, léger comme un froissement d'ailes.

Boniface VIII lui pardonnait, au nom de sa puissance lyrique : somme toute, ce n'était là que péchés véniels, et de plus, lorsque Baldacci était un peu éméché, ses sonates étaient encore meilleures, et il dirigeait les choristes de la chapelle papale avec l'énergie d'un condottiere au combat. C'était également un organiste de tout premier plan. Des hommes de la sorte n'étaient pas nombreux.

Crescenzio s'approcha.

« Désolé, monseigneur Baldacci.

— Ne t'inquiète pas, mon garçon. Je fais une pause dans mes fonctions liturgiques.

— Je vois. Vous rangez vos partitions ? »

Baldacci fit crisser ses dents avec l'air comique d'un crapaud énervé.

« Des partitions ? Plutôt des salmigondis. J'essaye d'éduquer ces ânes braillants à l'art du bel canto ; mais ce sont des bêtes. Si au moins j'en avais un seul avec un soupçon de talent !

— Soyez patient, monseigneur. Ce sont les habituels pistonnés. Des neveux de notables qui veulent faire carrière. »

L'archiprêtre saisit l'ironie de Crescenzio, qui faisait allusion à son propre état : neveu du pape, mais dernier sur la liste. Le seul qui ne criait pas, n'égorgeait pas, qui n'exhibait pas de faux papiers pour s'emparer de châteaux, de prébendes et de bénéfices. Lui, il voulait être médecin. Les arrivistes de la Curie le taquinaient parce qu'ils le prenaient pour un simple d'esprit. Malgré tout, ils le respectaient, et lui tiraient leur chapeau ; son empressement à réduire les fractures et à disséquer les cadavres laissait vacants des postes importants. Qui restaient ainsi disponibles pour les autres. Baldacci le trouvait sympathique, lui aussi.

« J'ai une question à soumettre à votre grande compétence, monseigneur.

— Si je peux... »

Crescenzio réfléchissait depuis des jours à la mystérieuse lettre que lui avait remise le cardinal Duraguerra. Il regrettait de ne pas lui avoir accordé d'importance dès le début, malgré l'avis du chef de la diplomatie papale. C'était une sacrée malchance qu'Arnaud le Catalan, qui considérait lui aussi cette lettre incongrue comme un indice non négligeable, fut si réticent à son sujet.

Un message sibyllin et laconique, un casse-tête composé de quelques notes ; mais précisément parce que c'étaient des notes, du pain béni pour Baldacci.

« Monseigneur, j'ai reçu un billet. Je pense que c'est une plaisanterie. »

L'archiprêtre prit la feuille et la déplia. Puis il écarquilla les yeux et plissa son gros nez couturé de veines violettes.

« Putentraille ! Et moi qui croyais que mes élèves étaient des ânes !

— Y a-t-il quelque chose de bizarre ?

— Un torchon. De plus, l'auteur a la main qui tremble. Tu vois ? C'est probablement un vieil homme.

— Connaissez-vous ce morceau ?

— Ce n'est pas un morceau, objecta Baldacci. Le *sol* est en haut, et en dessous il y a *ré*, *mi*, *si*.

— Et ce cercle avec le point au centre ? »

Baldacci fit la moue. « Ce n'est pas une note. Ni une pause. Franchement, je ne sais pas ce que cela signifie.

— Est-ce que vous pouvez me faire entendre à quoi ça ressemble ? »

L'archiprêtre s'éclaircit la gorge et gonfla sa magnifique luette de baryton.

« La-la, la, laaa !

— C'est tout ? demanda Crescenzio.

— Et alors ? Avec seulement quatre notes, vous vous attendiez à quoi ?

— À rien. Tout ça est bien étrange, c'est pour cela que j'ai pensé à une blague.

— Une blague, et de mauvais goût.

— Pourquoi ça ?

— La séquence *ré-mi-si* renverse la septième et elle génère de la tension.

— Parlez pour de simples mortels, monseigneur !

— Ces trois notes dans cet ordre seraient parfaites pour une marche funèbre. »

Crescenzio se serait volontiers gratté là où le soleil n'arrive jamais, mais il évita, par respect pour les murs sacrés entre lesquels il se trouvait.

Saint Pierre apprécia peut-être son geste et fit jaillir comme un éclair une idée dans sa tête.

« *Ré*, *mi*, *si*, murmura-t-il. C'est curieux… Il ne s'agit peut-être pas d'une séquence musicale, monseigneur. Si on lit les notes à la suite, elles forment le mot *remisi* !

— C'est vrai mon fils ! Je n'y avais pas pensé.

— *Remisi*, marmonna Crescenzio. C'est du latin. Ça signifie "j'ai laissé".

— Cela a aussi un sens religieux. La rémission des péchés.

— Bien sûr ! Mais monseigneur, que signifie alors la première note ?

— *Sol*, dit Baldacci. Cette note aussi a un sens en latin. Cela veut dire "soleil".

— Soleil… répéta Crescenzio perplexe. Si nous avons bien interprété le sens de ce message, la première partie demande le soleil. Mais qu'est-ce que cela signifie ?

— Je n'en ai aucune idée, mon fils. C'est un fait que la réponse est laconique : *remisi*. En clair : "tu peux l'oublier". »

Crescenzio remercia chaleureusement l'archiprêtre et quitta la basilique agité de sentiments contradictoires. Il y avait en lui la satisfaction d'une énigme résolue, l'enthousiasme d'avoir trouvé une nouvelle piste, une nouvelle voie à suivre. Mais il était décourageant de devoir constater qu'il était revenu au point de départ.

En quoi consistait ce message absurde ?

Et pourquoi une réponse aussi claire et décevante ?

14

Les kabbalistes disent que l'homme est un microcosme et que tout sur Terre n'est que le miroir de l'immensité universelle.

C'était certainement vrai, pensa Musciatto Guidi, le regard perdu dans l'immensité noire au-dessus de sa tête, transpercée à intervalles réguliers par des lames de lumière.

L'intérieur de la grande tour du Temple reflétait fidèlement l'ordre géométrique, des angles et des cercles concentriques sur la base desquels Dieu a conçu le cosmos dans sa perfection d'orbites récurrentes : semblable à un velours noir parsemé d'aperçus infinis de lumière divine.

Était-ce parce que Musciatto était un homme de petite taille et qu'il souffrait d'un sentiment frustrant d'infériorité face à tout ce qui était surdimensionné ou était-ce simplement d'être resté pendant au moins deux minutes la tête rejetée en arrière et les yeux dilatés de stupéfaction devant l'abîme de cette altitude qu'il était tout étourdi ? Il fallait admettre qu'aucun homme, même le moins sensible, ne pouvait échapper à cet émerveillement ici, dans ce lieu où se trouvait Musciatto ce jour-là.

Au-dessus de lui, dans le tourbillon fascinant d'une

ascension qui semblait mener tout droit au Ciel, se dressait, imposant, le cœur de la tour du Temple. Rares étaient ceux qui avaient le privilège d'être admis dans le déambulatoire qui donnait accès aux offices des dirigeants. Seuls les Templiers de haut rang pouvaient accéder aux niveaux intermédiaires. Les étages supérieurs, si lointains qu'il était difficile de les distinguer, étaient réservés exclusivement au trésorier.

De bas en haut, la grande banque du Temple se composait d'un nombre infini de galeries hexagonales éclairées par quelques rares fenêtres et de vastes puits d'aération, bordés de balustrades basses.

Depuis ces hexagones, on pouvait voir les niveaux supérieurs et inférieurs, reliés par le grand escalier en colimaçon qui, comme un serpent magique, plongeait et s'élevait dans le vide.

Au dernier étage, disait-on, se trouvait la grande bibliothèque que l'Ordre avait constituée au cours des deux siècles de sa courte mais très intense existence. Une bibliothèque à la valeur inestimable et totalement inviolable. Des manuscrits bibliques originaux où la Parole divine était couchée sur des rouleaux de papyrus, dans une écriture sacrée que les Juifs eux-mêmes n'étaient pas capables de déchiffrer. Manuels de doctrines hermétiques, textes sacrés des Sarrasins et autres peuples mystérieux présents en Orient jusqu'aux régions reculées au-delà de l'Indus. Toutes sortes de livres rares étaient conservés par les Templiers, résultat de pillages dans les contrées de quelque somptueux califat, ou de transactions commerciales ingénieuses. Des livres uniques, écrits dans des langues ancestrales, et des textes interdits. Même si l'espèce humaine était destinée à s'éteindre un jour, la bibliothèque continuerait d'exister : illuminée, solitaire, parfaitement immobile, riche de volumes précieux, indispensable, incorruptible, secrète.

Musciatto Guidi ferma les yeux, écrasé par la force hypnotique que le labyrinthe des Templiers déchaînait dans son imagination. Il était tendu, accablé par le poids de l'énorme responsabilité qu'il avait assumée. Alfino de Narni, son avocat et conseiller, l'avait informé des récentes découvertes sur le Temple de Salomon et le nouveau Temple, habité à Jérusalem par les frères guerriers. L'avant-garde de l'armée de Dieu avait atteint les légendaires mines d'Ophir en découvrant une carte immémoriale enfouie dans les fondations de l'ancien sanctuaire juif et en gardait le souvenir dans le tracé énigmatique de son sceau secret.

C'était incroyable ! Ou peut-être pas, tout bien considéré. Il fallait bien que les Templiers aient trouvé quelque part l'or nécessaire pour construire la puissance que Musciatto avait devant ses yeux, tout autour de lui, et au-dessus de sa tête.

Arnaud de Villanova avait raison : l'or des Templiers pouvait être une manne providentielle pour éviter la ruine de la France, et si Philippe le Bel l'utilisait, comme son grand-père Louis IX l'avait fait des années auparavant, le royaume serait bientôt hors de danger. Il y avait cependant un point sur lequel le Catalan péchait par excès de naïveté : il ne fallait pas conseiller à Philippe de demander l'aide du Temple.

Le roi n'aurait jamais accepté de s'abaisser à implorer ; ou s'il le faisait, son tempérament était tellement chargé d'amour-propre que sa requête, plus qu'à une prière, risquait de ressembler à un ordre péremptoire. Le seul résultat prévisible serait d'indisposer les Templiers, qui ne reconnaissaient pas au souverain une autorité supérieure à la leur. Philippe le Bel devrait donc se débrouiller seul ; mais il pouvait toujours demander l'aide des Templiers par l'intermédiaire d'un tiers.

Pour atteindre ces mines situées au cœur de l'Orient, il fallait passer les frontières des Sarrasins, ce qui impliquait inévitablement d'obtenir un sauf-conduit de leur part. Rien dont on pourrait se glorifier, surtout pour un ordre croisé qui était né et avait grandi pour la noble mission de vaincre les infidèles. Mais cet inconvénient n'était qu'une bagatelle, comparé à l'accord secret que les Templiers avaient dû conclure avec qui sait quel sultan pour obtenir la permission d'exploiter ces mines !

C'était effrayant, pour Musciatto, d'imaginer que les blancs chevaliers consacrés, appelés à donner leur vie pour défendre le Saint-Sépulcre, en étaient venus à sceller un accord avec les ennemis du Christ pour obtenir cet or. C'était impossible, contraire à toute logique humaine, ainsi qu'à la loi de Dieu. Mais même si cela était arrivé, si l'un des grands maîtres qui avaient gouverné le Temple dans le passé s'était taché de cette abominable traîtrise pour enrichir l'Ordre, ou le sauver de la ruine, ce n'était que folie de penser que les Templiers pourraient avouer une vérité aussi scabreuse.

Musciatto était convaincu qu'il valait mieux garder le silence sur ces faits, et faire comme s'il n'en avait jamais entendu parler. Il devait essayer d'obtenir l'aide des Templiers par le biais d'une opération qui était dans ses cordes, et qui ne pouvait pas déshonorer le prestigieux ordre militaire : une transaction économique. Simple et sans compromission. Bénéfique pour tout le monde.

« Par ici, s'il vous plaît. »

Le jeune homme qui venait d'interpeller Musciatto Guidi n'était pas un chevalier, ni un vrai templier, il ne portait pas d'armes, ni les habits de l'Ordre ; le long manteau de lin gris noué à la taille par un humble cordon indiquait que c'était un novice, tout comme ses cheveux longs, retombant sur ses mâchoires.

« Avez-vous un rendez-vous avec notre trésorier ? demanda-t-il.

— Oui. Frère de Tour m'attend.

— Suivez-moi ! »

Il y avait dans ses façons quelque chose d'humble et de péremptoire en même temps. Musciatto le suivit sans poser de questions. Ils arrivèrent devant une petite porte à ogive. Il frappa, puis l'ouvrit sans attendre d'invitation. Musciatto franchit ce seuil, heureux et étonné d'avoir été admis : cela n'aurait jamais été possible s'il n'était devenu gardien du Trésor de France.

Frère Jean de Tour était assis au pupitre, où il lisait des documents.

Derrière sa chaise, une grande bibliothèque faisait le tour de la pièce ; elle abritait des centaines de registres comptables parfaitement reliés, tenus à l'abri des curiosités inopportunes par des serrures robustes forgées dans le même acier que celui des épées. Musciatto imagina que dans ces registres étaient enregistrés les comptes cryptés des clients les plus riches, ceux qui confiaient leurs avoirs à la banque templière mais ne voulaient laisser de trace de leur identité que derrière l'écran d'un exercice cryptographique prudent. De Tour avait la clé secrète de tout cela, tout comme il gardait personnellement les clés métalliques de ces étagères.

« Bonjour, très Illustre, dit Musciatto Guidi. Je vous suis reconnaissant de me recevoir. »

Le trésorier du Temple lui montra un tabouret sur lequel s'asseoir, ou plutôt où un homme de taille normale pouvait poser son séant ; dans le cas de Musciatto, ce n'était pas chose aisée et il dut s'étirer sur la pointe des pieds comme le font les enfants. Il mit une certaine dextérité à son jeu de contorsion et réussit enfin dans l'entreprise, mais ses pieds ne touchaient plus le sol. Il se sentit humilié et ridicule.

« Je suis désolé, s'excusa de Tour. Voulez-vous quelque chose de moins haut ?

— Ce n'est pas la peine, merci. Après l'effort que j'ai fait pour grimper ici, ce serait du gâchis », ironisa l'Italien.

Dès son plus jeune âge, quand sa famille avait compris qu'il ne grandissait pas normalement, il avait appris à faire de l'autodérision un puissant bouclier de défense ; la sagesse de la maturité lui avait permis de devenir si doué dans cet art qu'il pouvait même parfois s'en servir comme arme offensive.

De Tour était quant à lui dépourvu de tout sens de l'humour ; il répondit à la plaisanterie avec un rire idiot de commisération.

« À quoi dois-je l'honneur de votre visite, maître Guidi ?

— À des questions économiques, bien sûr. Je suis un homme d'affaires tout comme vous, même si, bien sûr, je sais que dans votre cas, la mission religieuse l'emporte sur la fonction bancaire.

— Bien sûr, bien sûr. Et quelle affaire souhaitez-vous me proposer, maître Guidi ?

— Une affaire qui pourrait vous intéresser. Comme vous le savez peut-être, Sa Majesté est assaillie par les grands seigneurs de France pour qu'il procède à une nouvelle émission de monnaie d'or. Sa Majesté n'est pas contre le projet, tant qu'on peut trouver la quantité de métal nécessaire à la frappe. En tant que gestionnaires de Sa trésorerie, nous souhaitons proposer à votre

Ordre de racheter la dette accumulée par la Couronne. La somme obtenue nous permettrait de lancer immédiatement une première émission. D'un montant modeste, pour commencer. Juste pour soulager notre souverain des tracas de cette demande pressante », conclut Musciatto sur un ton servile.

Frère de Tour contemplait les ongles de sa main droite avec une expression curieuse, qui oscillait entre incrédulité et agacement. Il se demandait si l'Italien était naïf ou s'il se moquait de lui. Guidi saisit les raisons de cette perplexité et prit les devants.

« La Couronne vous remboursera avec les recettes fiscales des terres qu'elle contrôle, dit-il. Vous aurez également l'intégralité des revenus provenant de l'exploitation des douanes, des voies navigables, des moulins et des forêts de France. Ce qui n'est pas peu ! »

Il était très satisfait des conditions qu'il proposait, sur lesquelles il avait longuement réfléchi les jours précédents, s'efforçant de se mettre à la place des Templiers, pour faire en sorte que l'accord soit profitable aux différentes parties. En tant que comptable du roi, il veillait évidemment à ses intérêts : mais l'homme ne vit pas seulement de pain. L'ordre du Temple, s'était-il dit, sert la sainte cause de la croisade et mène un juste combat pour la foi. Raison pour laquelle, depuis sa création, les papes le couvraient d'une inviolable cape de protection et le laissaient s'isoler dans une tour d'ivoire de privilèges et d'immunités. Raison pour laquelle la communauté chrétienne l'estimait et le soutenait.

Seulement voilà : le visage du templier ne laissait aucunement transparaître l'intérêt que Musciatto Guidi avait escompté.

« Maître Musciatto… Les gens vous surnomment maître *Mouche*. Puis-je vous appeler ainsi ? »

L'intéressé se renfrogna. La *mouche* est un insecte méprisé car envahissant, agaçant et parfaitement inutile. Évidemment, les Français lui avaient attribué ce sobriquet par jalousie et par colère. Mais il devait se montrer accommodant s'il voulait voir son affaire arriver à bon port.

« Certainement, répondit-il avec un sourire forcé.

— Maître Mouche, pourquoi pensez-vous que Philippe le Bel ait tant besoin de métaux précieux, au point d'engager jusqu'à ses dettes ? »

Question étrange, pour quelqu'un qui quelques années auparavant veillait sur la comptabilité vacillante du Trésor français ! Il devait connaître tous les détails de son pitoyable déficit, ainsi, bien sûr, que les cachotteries qu'il n'était pas possible de révéler. Décidément, le templier le prenait de court.

« Eh bien… Je n'aimerais pas utiliser une expression un peu trop crue, qui du reste ne serait même pas exacte. Je ne veux pas que l'on me voie comme un de ces individus méprisables qui crachent dans l'assiette… Mais étant donné que vous maîtrisez les questions financières, et que vous êtes habitué à observer le secret le plus strict…

— Le Trésor est vide, l'interrompit de Tour. Je dois dire que vous avez du cran, maître Mouche, pour venir ici et prétendre que nous, Templiers, achetions à prix d'or les toiles d'araignées qui décorent les caisses du Louvre. Mais quelle importance : les toiles d'araignées sont très légères », dit-il avec un petit rire sournois.

Musciatto se sentit mortifié. Peut-être y avait-il une revanche personnelle derrière la satisfaction perverse que le trésorier ne prenait même pas la peine de dissimuler. De vieilles rancœurs entre les Templiers et le souverain, ou encore des affaires en suspens dont les frères Guidi n'étaient pas au courant.

« Frère de Tour, votre ordre sera intégralement remboursé, assura-t-il. Considérez également l'aspect moral de la question. En achetant la dette de la Couronne, vous rendez grand service à Sa Majesté. Avec un effort insignifiant, ou disons modeste pour vos coffres, vous sortez Philippe le Bel d'une situation épineuse et embarrassante. Essayez d'évaluer les avantages politiques de l'accord. Je connais le roi comme personne, et je vous assure qu'il n'oublie jamais un affront subi, pas plus qu'il n'oublie celui qui lui a fait une faveur. Faites un geste. Votre roi vous en sera reconnaissant.

— Il n'est pas notre roi, répliqua sèchement de Tour. Le Temple ne répond qu'au pape.

— Mais votre ordre en profitera ! s'exclama Musciatto en écartant les bras avec emphase. Après avoir réglé la question de l'émission, le roi de France prendra les armes et partira pour la Terre sainte. Vous obtiendrez une aide inestimable pour mener à bien la mission pour laquelle votre temple a été créé, et qui au cours des dernières décennies a été rendue impossible par la reconquête islamique : reprendre Jérusalem. Libérer le Saint-Sépulcre. »

Il l'avait dit avec toute la grandiloquence voulue, sûr de son fait ; mais le templier répondit à ces pieux arguments par un éclat de rire. Il semblait se réjouir des ennuis dans lesquels le roi de France se débattait.

« Mon cher Mouche, savez-vous quel était le cri des premiers croisés lorsqu'ils partirent en armes libérer la Ville sainte ? *Deus vult.* Dieu le veut ! Et Jérusalem est devenue chrétienne. Mais aujourd'hui, les Sarrasins sont trop forts. Il serait vain de gaspiller de l'énergie à essayer de libérer le Saint-Sépulcre. *Deus non vult.* »

Déconcerté, Musciatto crut que ses oreilles le trahissaient.

« Ce serait vain… ?

— Il y a d'autres moyens pour servir la cause de la Terre sainte, dit de Tour avec douceur. Le meilleur est d'accumuler de l'argent. Beaucoup d'argent, le maximum possible. Pour soutenir un jour l'effort de guerre. Tôt ou tard… »

Musciatto fronça les sourcils, choqué. Le trésorier du Temple était donc de ces hommes qu'il appelait obliques, dont on ne sait pas s'ils ont trop de morale ou s'ils en manquent. Le regard, l'expression, la posture même de son corps lui donnaient l'allure d'un animal hybride, doté de la courtoisie onctueuse du clergé et du cynisme d'un sinistre spéculateur.

« Et donc, ma proposition ne vous intéresse pas ?

— Pas le moins du monde, maître Mouche. Et maintenant, si ça ne vous dérange pas, je suis très occupé. »

Musciatto perdit son sang-froid. Il n'était pas là pour se faire renvoyer par le trésorier d'une manière si expéditive et avec cette arrogance. Il sortit de son sac le sceau du frère André de Coulors et le posa bien en vue sur la table.

« Parlons de cet objet, dit-il d'un ton menaçant. Il représente un monstre, un être diabolique. Mais la vraie monstruosité, frère de Tour, c'est celle que vous avez commise, vous autres Templiers. Nous savons très bien que le monstre de ce sceau est en réalité une carte permettant d'atteindre les mines d'Ophir. N'essayez pas de nier : nous en avons la preuve ! Et croyez-moi, le roi de France pourra également prouver votre trahison. Vous avez passé des accords secrets avec les Sarrasins pour obtenir leur consentement et exploiter les mines de Salomon. Qu'en dira le pape ? Qu'en diront les chrétiens, qui vous donnent de l'argent pour racheter le Saint-Sépulcre ? Il ne vous reste plus qu'à nous révéler le chemin exact pour atteindre Ophir. Parlez sans tarder et Sa Majesté fermera les yeux sur la manière scandaleuse dont vous gérez vos affaires en Terre sainte ! »

Musciatto reprit son souffle, fier de s'être montré ainsi : dur, sévère mais en gardant la main tendue vers le trésorier.

Frère de Tour grimaça et saisit le sceau qu'il jeta par terre à ses pieds. Un coup, et la cire se brisa en mille morceaux sous sa botte.

« Je n'ai jamais entendu un tel ramassis d'absurdités, siffla-t-il avec dégoût. Vous croyez savoir beaucoup de choses, maître Mouche. En réalité, il vous manque les informations essentielles. Le roi de France n'a nul besoin de se rendre en Orient pour trouver l'or dont il a besoin. Philippe IV possède des ressources que vous ne soupçonnez même pas. »

L'Italien plissa les yeux, abasourdi par cette nouveauté. Les Templiers étaient célèbres pour manipuler quantité de capitaux à l'insu de tous. Qui sait, peut-être avait-il raison ?

« Des ressources insoupçonnées ?

— Oui, confirma de Tour. Les mines du roi Salomon ne sont pas situées en Perse ou au cœur de l'Afrique, comme certains le croient. Philippe, tout du moins, est convaincu qu'il les a déjà trouvées beaucoup plus près de la France. Pratiquement à portée de main.

— Et où ? demanda Musciatto avec irritation.

— Ne savez-vous pas que le prince de Valois est descendu en Italie ? Il est à Florence depuis un certain temps. *Votre* Florence, maître Mouche. Une ville glorieuse, célèbre pour la valeur de son prestigieux florin. Pour le frapper elle a mis de côté d'énormes réserves d'or. »

Musciatto sentit son rythme cardiaque doubler.

« Quel est le rapport ? Le prince se rend en Sicile pour reprendre l'île aux Aragonais. Et il est stationné près de Florence pour jouer un rôle de médiateur entre les Blancs et les Noirs. »

En souriant, l'économe découvrit ses canines, accentuant son air malveillant. « C'est ce que l'on dit. Mais à certains moments, quand la paix chancelle, toute étincelle peut être fatale et déclencher l'incendie. Un rien suffirait. Une escarmouche, un mot de travers envers Son Altesse… Et hop ! La ville s'embrase. »

Musciatto était horrifié. Ainsi, selon le trésorier, le roi de France entendait rembourser les dettes de l'État en prenant d'assaut Florence et en vidant ses coffres ?

Oui, l'expression féroce et complaisante du templier confirmait l'atroce conjecture. De Tour en parlait avec une désinvolture et une tranquillité qui appelaient vengeance devant Dieu. Il ne semblait guère se soucier de toutes ces personnes éviscérées, massacrées, violées, jetées du haut des fenêtres ou des murs, passées au fil de l'épée ou brûlées vives, horreurs malheureusement banales dans le scénario d'une conquête. Il semblait enveloppé d'un manteau de cynisme inaltérable, impénétrable à toute compassion envers l'humanité.

Les lèvres de Musciatto Guidi se crispèrent de rage.

« Valois n'attaquera pas ma ville, dit-il avec angoisse. Nous ne sommes pas les ennemis des Français ! »

Le trésorier poussa un soupir théâtral, digne d'un ancien acteur tragique.

« *Mors tua, vita mea*, disaient les Romains. Florence n'a peut-être rien fait pour mériter le pillage, maître Mouche, mais certaines considérations sont parfois hors de propos. Il y a beaucoup d'or dans les coffres de votre ville. Des réserves d'or qui ne sont pas défendues par une armée suffisante. Le roi de France est ruiné, ses troupes sont sur place… Ne voyez-vous pas l'évidence de la tentation ? »

Musciatto se sentit faiblir. Cette ironie mesquine et de mauvais goût, et ce sourire fataliste que de Tour portait comme un masque d'hypocrisie, étaient révoltants. Charogne ! pensa-t-il. Et pas la moindre pitié pour tous les innocents qui seraient massacrés.

L'Italien lutta quelques instants contre l'envie de lui sauter à la gorge et de lui casser la figure pour son arrogance sacrilège. Mais ce n'était pas une bonne idée : de Tour était un haut responsable du Temple, et lui n'était qu'un nain. D'ailleurs, bien qu'il fût un homme détestable, le trésorier pouvait voir juste en ce qui concernait les ambitions de Philippe le Bel. Par ces insinuations, il était peut-être en train de l'avertir, de lui permettre d'alerter ses concitoyens, de leur donner une chance de se sauver.

La violence n'avait jamais été l'arme de Musciatto. Il prit une profonde inspiration et redressa la tête. En pensée, il revit le labyrinthe infini d'hexagones superposés qui s'élevaient vers le ciel, le grand escalier tourbillonnant dont personne peut-être ne connaissait le nombre exact de marches. La banque légendaire conservée dans la tour du Temple.

« Vous avez raison, frère de Tour, ajouta-t-il durement. Le monde fonctionne toujours selon l'adage des anciens : *Mors tua, vita mea.* Mais si Philippe est submergé par les dettes et désespéré au point d'envoyer son armée en Italie pour attaquer une ville à des milliers de kilomètres… vous devez imaginer comment ses mains le démangent quand il pense à tout l'or que vous, les Templiers, cachez dans cette tour maudite. »

Jean de Tour blêmit d'un coup. Mais Musciatto ne le

remarqua pas : il se leva d'un bond, lui tourna le dos et sortit sans prendre congé.

Il devait envoyer à Florence une lettre cryptée pour avertir la Seigneurie de la menace qui planait sur la ville. La République devait invoquer la protection de Saint-Pierre et obtenir l'aide de Boniface VIII.

Immédiatement. Avant qu'il ne soit trop tard.

3

ABRAXAS

« La reine de Saba apprit quelle était la réputation de Salomon et elle vint à Jérusalem pour le mettre à l'épreuve par des énigmes. »

1 Roi 10, 1

1

Paris, ce matin-là, s'était péniblement réveillé dans une aurore balayée par le vent, suivie d'une pluie d'aiguilles glacées qui fouettaient sans pitié les visages des rares passants assez audacieux ou désespérés pour s'aventurer dans les rues. Puis la pluie avait soudain cessé, faisant place à une neige dense et silencieuse. Albizzo et Musciatto regardaient avec étonnement la danse des flocons depuis les fenêtres du beau bureau qu'ils avaient sur le pont au Change. À leurs côtés se trouvait Alfino de Narni.

« L'affaire est très grave, dit l'aîné des frères Guidi. Dieu nous en soit témoin, nous sommes étrangers à ce trafic illicite. Il n'en demeure pas moins que toutes les finances françaises passent entre nos mains. Comment pouvons-nous prouver que nous sommes irréprochables ? Comment pouvons-nous nier notre implication dans tout cela ?

— Arnaud de Villanova avait raison malheureusement, dit Alfino. Je suis impliqué malgré moi. Et vous aussi, messieurs. J'ai peur de comprendre ce que le prince de Castille a voulu me faire entendre en persiflant sur la faveur dont jouissent les Italiens en France en ce moment. Il a insisté avec agacement, comme si le roi avait hâte de se débarrasser de nous tous !

— Cela pourrait vraiment arriver, dit Musciatto. L'histoire nous l'enseigne : il y a quelques années, le souverain a expulsé en masse les Lombards hors de France, en saisissant leurs biens. Ayant besoin d'argent, il a chargé ses avocats de trouver un bon acte d'accusation quelque part pour justifier la manœuvre. On leur a reproché d'avoir étranglé l'économie française avec leurs trafics louches, et c'était fini.

— Nous devons nous mettre à l'abri, dit sèchement Albizzo. Nous ne pouvons pas quitter Paris sans éveiller les soupçons. Vous, Alfino, par contre, vous pouvez partir tranquillement pour Rome.

— Pour Rome ?

— Bien sûr. Avec une excuse magnifique : un pèlerinage au tombeau de saint Pierre. En réalité, vous irez voir le pape et lui remettrez les preuves de notre innocence. Les trafics occultes de Philippe ne nous concernent pas. Qu'il voit ça avec sa conscience et avec l'Église ! »

Alfino ne cacha pas sa perplexité.

« Je suis obligé de vous avertir que les preuves sont insuffisantes. Qu'avons-nous en main, après tout ? La transcription d'un traité écrit par Arnaud de Villanova que l'on a fait disparaître. Qui plus est, une transcription faite par un notaire décédé depuis quelque temps, qui ne peut certainement pas témoigner en notre faveur. Il est facile d'affirmer que maître Toussanz était ivre quand il a copié cette page et qu'il a pris des vessies pour des lanternes.

— Mon frère a préparé autre chose, répondit Musciatto. Albizzo, montre-lui les reçus. »

L'aîné des frères Guidi tendit à Alfino un dossier comptable soigneusement rédigé.

« C'est le montant des dîmes dues par la France au cours des trente dernières années, dit-il. Vous voyez ? Traditionnellement, les dîmes sont calculées en livres parisiennes, la monnaie officielle de la dynastie capétienne. Indiqué par l'abréviation *lb. pr.*

— Ce n'est pas ça, objecta Alfino en feuilletant le dossier. L'abréviation que je vois ici est légèrement différente. Je lis *lb. tr.* »

Albizzo sourit, ravi.

« Vous êtes observateur, Alfino. En fait, la tromperie se niche là. L'abréviation *lb. tr.* signifie "livres tournois". C'est une autre monnaie. Plus ancienne et moins précieuse.

— Rien que cela ?

— Jugez par vous-même. Imaginons que j'aille au marché avec une livre parisienne pour acheter du vin ; on m'en donnera vingt-cinq outres. Si j'y vais avec une livre tournois, on m'en donnera seulement vingt. Vous comprenez ?

— J'en ai bien peur. Si la valeur est calculée en or, une différence, même minime entre les deux devises finit par donner des montants ahurissants. Des sommes astronomiques qui s'envolent.

— C'est exactement ce que le roi fait depuis des années. Pas en personne, bien sûr, il ne saurait souiller ses mains consacrées ; certains courtisans sont prêts à lui obéir aveuglément.

— Maintenant je comprends ! balbutia Alfino. Saint Louis avait frappé son précieux agnel grâce à l'or que les Templiers lui prêtaient volontiers ; Philippe le Bel ne pouvant exploiter la même ressource, il a ordonné à ses comptables de trouver l'or d'une manière ou d'une autre. Et ils l'ont fait : ils ont truqué les comptes de l'État. La tromperie se fait aux dépens du pape, à qui la dîme revient pour financer la croisade. Si vous avez raison, le souverain a volé des sommes colossales à l'Église. Nous sommes confrontés à une fraude fiscale d'une ampleur inouïe !

— Alfino, vous devrez remettre ces documents entre les mains du pontife. Boniface VIII évaluera ce qu'il faut faire. Le jugement moral lui revient ; il suffit d'empêcher Philippe de crier au scandale en rejetant la faute sur nous. Il protestera de son innocence, cela ne fait aucun doute. Il jurera qu'il ignorait tout.

— Autre chose, ajouta Albizzo. Vous êtes de Narni, Alfino. Une ville qui appartient à l'État pontifical. Si vous avez des parents là-bas, prévenez-les du danger qui menace.

— Quel danger ? »

Musciatto devint sombre.

« Nous avons envoyé un message à Florence pour mettre en garde nos concitoyens. Si l'armée française assiégeait la ville, si elle la mettait à feu et à sang pour s'emparer des réserves d'or, Valois et son peuple seraient immédiatement excommuniés. Maudits, exclus de la grâce de Dieu.

« Alors pourquoi s'arrêteraient-ils là ? Ils pourraient bien avancer vers le sud, vers l'État pontifical. Faire des incursions dans les riches communes de Toscane et d'Ombrie. Et, enfin, se diriger vers Rome. Pour mettre à sac le Trésor apostolique.

— Non ! s'écria Alfino. Ce que vous imaginez est impossible. Ce serait bafouer tous les droits. Philippe IV est le neveu d'un saint, il ne fera pas une chose pareille ! »

Musciatto était sur le point de répondre, mais un grand vacarme venant de la rue attira leur attention. Ils coururent à la porte, pour découvrir un spectacle terrifiant.

Les soldats français avaient fait irruption dans l'officine d'un agent de change, juste en face de celle des Guidi. Il s'agissait d'un banquier juif, rabbin de la synagogue de la rue de la Tâcherie. Tout le monde savait qu'il jouissait de la bienveillance de Sa Majesté, et qu'il avait obtenu la permission d'ouvrir sa boutique dans cette prestigieuse rue du centre-ville.

Le pauvre homme était en larmes.

« Pourquoi est-ce que vous me prenez tout ? Je paie mes impôts jusqu'au dernier sou. Qu'ai-je fait de mal ?! »

Tandis que les hommes de main vidaient la pièce et enlevaient les coffres remplis de pièces de monnaie, le chef le jeta à terre et, comme si cela ne suffisait pas, lui donna un coup de pied au visage, lui cassant le nez. Le visage du rabbin était couvert de sang.

« Tais-toi, cochon de juif ! Ta sale race a crucifié Notre-Seigneur. Ils ont dit : "Que ton sang retombe sur nous et nos enfants." Voilà, tu es servi : aujourd'hui c'est ton tour ! »

Albizzo attrapa son frère et Alfino par la manche et les entraîna à la hâte à l'intérieur, verrouillant la porte à double tour. Mieux valait ne pas attirer l'attention de ces soldats brutaux et impitoyables comme des prédateurs.

« Alfino, vous étiez convaincu que les Français n'attaqueraient pas l'État du pape, murmura Musciatto. Dites-moi : qui pourrait l'empêcher ? »

2

Avec un fort esprit patriotique, mais peu diplomate, le chambellan Pierre de Chambly avait décidé que Sa Majesté recevrait sous les voûtes de la grande salle la délégation envoyée par le sultan de Tunis, qui avait pourtant demandé une rencontre confidentielle avec Philippe le Bel.

La délégation était dirigée par un prince andalou nommé Amir. Pas très grand, mais élancé et athlétique, il avait une étrange façon sinueuse de se déplacer, comme un élégant félin, un lynx, par exemple, qui bien que de taille modeste peut être un redoutable prédateur. Sur le visage aux pommettes prononcées brillaient des yeux noirs, intenses et astucieux.

En entrant, les nobles sarrasins eurent du mal à cacher leur surprise et l'admiration que suscitait cette salle pleine de merveilles. Tout, jusqu'au moindre détail, avait été étudié et mis en œuvre dans un seul but : exalter aux yeux des visiteurs la grandeur, la puissance, la supériorité de la nation française sur le reste du monde. Mais ce qui rendait réellement unique cette immense salle, l'ornement le plus beau et le plus exclusif, c'était l'homme qui l'avait conçue : Philippe le Bel.

« C'est brillant, il faut l'admettre, murmura en arabe à

son seigneur l'eunuque qui lui servait d'interprète et de secrétaire. Le roi de France entend vous impressionner en étalant sa magnificence. »

Le prince Amir, cousin du sultan et son confident le plus fidèle, fut de fait impressionné par la beauté superbe et virile de Philippe ; il lança à son secrétaire un regard entendu.

« J'avais entendu parler de lui, remarqua-t-il à voix basse. Mais je ne savais pas qu'il puisse exister un si bel homme au monde. »

On l'avait informé du fait que le souverain français, grand stratège et fin connaisseur de la nature humaine, était parfaitement conscient que la beauté est capable de susciter des émotions positives et gratifiantes chez les gens. Le roi ne connaissait d'Homère que quelques passages lus en cachette entre les codex du Louvre, puisque l'épopée païenne ne convenait pas au neveu d'un saint, encore moins au « roi le plus chrétien », porte-étendard du Christ ; mais ce qu'il avait lu confirmait sa conviction sur la nature humaine : ce qui est beau enchante, et ne peut que sembler bon.

Amir sentit le frisson d'une terrible tentation charnelle sous sa peau. Sagace et intuitif qu'il était, il percevait toutefois que Philippe le Bel n'avait pas la même passion que lui pour le sexe fort. Patience ! Il y avait d'autres moyens par lesquels il pourrait l'atteindre et avoir un rapport intime avec lui ; même si cela ne passait pas nécessairement par le lit.

« Il vous plaît, n'est-ce pas ? » murmura discrètement le secrétaire.

Le prince sourit en lissant sa moustache noire.

« Qu'Allah me pardonne ! Je serais prêt à faire des folies pour lui.

— La folie est inutile, monsieur. Il suffirait de mettre en œuvre un peu de courtoisie.

— Courtoisie ?

— Je pensais à un échange de cadeaux. Des armes précieuses, par exemple.

— Cela n'a pas déjà été fait ?

— Pas les bonnes armes, je pense. La gracieuse reine consort m'a donné un indice. Si vous voulez plaire au roi de France et en faire votre ami pour toujours, elle pourra vous conseiller sur la meilleure voie.

— Cette femme déploie beaucoup d'empressement pour son mari, me semble-t-il.

— Je pense qu'elle est follement amoureuse de lui, monsieur.

— Et lui ? Il ne fait pas beaucoup attention à elle en public.

— En public, approuva le secrétaire. Mon expérience me souffle que la reine est une femme très satisfaite, en ce qui concerne les besoins de la chair. Ce n'est pas chose courante chez ces barbares mécréants. Ils ont trop de préjugés sur les plaisirs du sexe !

— Même entre mari et femme ?

— Surtout entre mari et femme ! Imaginez que leurs prêtres considèrent que les hommes fréquentent les prostituées pour pouvoir donner libre cours à toutes leurs fantaisies. »

Le visage du prince exprima le dégoût, il récita en silence une prière de purification pour qu'Allah le protège du mal tant qu'il était obligé de vivre au milieu d'un peuple aux coutumes si désolantes.

« La reine est-elle une femme fidèle et une épouse dévouée ? demanda-t-il à l'eunuque.

— Je pense que oui. Mais des ombres dans son regard montrent qu'elle cache une peine secrète.

— Le roi a-t-il une favorite ?

— Je ne sais pas exactement, monsieur le prince. On murmure au Louvre qu'il y aurait une relation entre le roi et la comtesse d'Artois. En voyant cette femme aux yeux d'émeraude on pourrait croire que c'est vrai ; pourtant Philippe est un homme singulier, sous bien des aspects.

— Sois plus clair.

— Voyez-vous, Altesse, j'ai appris que Sa Majesté se fait fouetter par son confesseur, avec un horrible fléau qui appartenait à son grand-père, le roi Louis IX qui a été proclamé saint. C'est en réalité un instrument de torture atroce : un manche en bois auquel sont fixées trois chaînes en fer. Selon les courtisans, cet homme se fait infliger ces souffrances humiliantes pour expier le péché charnel qu'il commet avec sa maîtresse.

— Ou si ce que tu me dis sur les théories absurdes des chrétiens sur le sexe est vrai, il se punit pour utiliser le corps de son épouse en prenant un plaisir qu'il juge excessif ? suggéra le prince Amir.

— C'est possible, Altesse. Dans tous les cas, cela vous sera utile. Les yeux de la reine changent de couleur lorsqu'elle regarde son mari. Avez-vous remarqué ? Ils semblent s'embraser d'un feu secret qui les dévore !

— Cela ne m'étonne pas, Abdul, si le roi entre dans son lit avec tant de scrupules, il doit éprouver à chaque fois le plaisir trouble de la transgression. Il la rencontre avec passion, et la reine en est subjuguée. Je me demande jusqu'où elle pourrait aller pour lui. »

Sur le visage glabre du secrétaire, un sourire éclatant s'épanouit.

« Vous pourrez le découvrir par vous-même, monsieur. La reine Jeanne vous fait dire qu'elle vous attend dans ses appartements après le banquet.

— Diantre, une invitation officielle, et avant même que j'aie rencontré son mari ! Cette Française est une femme entreprenante.

— Elle n'est pas française, mais hispanique. *Juana Enríquez primera* est née à Pampelune, en Navarre. Pour cela, et pour la couleur de feu de ses cheveux, on l'appelle la Rose des Pyrénées. »

La chose plut beaucoup au prince Amir : le fier tempérament hispanique de Jeanne faciliterait leur entente plus facilement que s'il avait dû affronter la cordialité glaciale d'une femme du Nord.

« Eh bien, Abdul, dites à la gracieuse souveraine que j'accepte volontiers son invitation. A-t-elle fait connaître le motif de la convocation ?

— Non, monsieur le prince. Mais je vais me renseigner immédiatement. »

Amir l'arrêta d'un regard impérieux.

« Je comprendrai moi-même ce qu'elle attend de moi lorsque je la regarderai dans les yeux, Abdul. Les roses cachent des épines acérées ; et cette superbe fleur des Pyrénées ne fait pas exception. »

3

Iris. Hélichryse. Muguet et ambre. La belle salle aérée située au rez-de-chaussée du Louvre où un valet avait introduit les deux convives orientaux rappelait l'arsenal d'un parfumeur. Debout devant la fenêtre, Jeanne de Navarre semblait l'icône d'une sainte guerrière enveloppée de son aura de lumière. À leur entrée, elle se retourna, un peu trop vivement peut-être, selon la stricte étiquette de la Cour.

Elle apprécia la profonde révérence que ses hôtes lui adressèrent et les invita à s'asseoir sur des coussins moelleux recouverts de damas qu'elle avait fait poser au sol, de sorte qu'ils se sentent aussi à l'aise que chez eux. Le prince accepta aussitôt cette exquise attention et, dans un mouvement de chat, se pelotonna sur le coussin en croisant ses jambes. L'eunuque le suivit avec moins d'agilité, vu sa corpulence, tandis que la reine prenait place sur un tabouret bas. Dans un coin à l'écart, la baronne Galard brodait, assise en silence, disparaissant comme de coutume au milieu des figures de la tapisserie.

« Je vous suis reconnaissante d'avoir accepté mon invitation, monsieur le prince. »

Amir tourna les yeux vers le visage du secrétaire,

surpris par ce qu'il venait d'entendre. Abdul approuva d'un léger signe de tête.

« Votre Majesté parle-t-elle arabe ? » demanda le prince.

Jeanne baissa les yeux modestement et répondit dans sa langue maternelle.

« Malheureusement, non. J'ai demandé à votre secrétaire comment vous saluer dans votre langue. Par simple courtoisie.

— Je vous suis reconnaissant, gracieuse Majesté. Mais je vous avoue que parler espagnol est un grand plaisir pour moi. »

Jeanne sourit, rassurée. Le prince était vraiment un bel homme, même si le scintillement de ces yeux très noirs, perçants et insidieux, l'inquiétait un peu. C'était un homme intelligent, de toute évidence ; avec lui, elle pourrait certainement s'entendre.

« Êtes-vous marié, monsieur le prince ?

— Avec plusieurs femmes. Selon nos coutumes.

— Et votre secrétaire ? »

Amir étira ses lèvres fines en un sourire amusé.

« Abdul ? Non, il ne peut pas. Alors qu'il n'était qu'un enfant, on l'a soumis au traitement que les chrétiens appliquent aux jeunes hommes pour qu'ils ne perdent pas leur voix d'ange. Si Votre Majesté comprend ce que je veux dire.

— Oui Altesse. Je comprends. Et quel genre de tâche effectue-t-il dans votre cour ?

— Abdul ne vit pas dans mon palais. Il sert mon seigneur, le sultan de Tunis.

— Est-il son interprète pour lui comme il l'est, maintenant, pour vous ?

— Oui, mais ce n'est pas sa tâche principale. Voyez-vous, Abdul est un homme sage qui a beaucoup voyagé :

il parle de nombreuses langues, et mon seigneur l'a chargé de diriger son harem.

— Qu'est-ce que c'est ?

— Le grand palais où vivent les nombreuses épouses et concubines du sultan. »

Le regard de la reine se fit plus vif, comme si, insidieusement, elle avait peu à peu conduit l'hôte exactement là où elle voulait.

« Les femmes du sultan sont donc confiées aux soins d'Abdul ?

— Bien sûr. Il veille sur elle quand elles sont malades. Il les habille et les nourrit. Il apaise leurs querelles constantes. Il instruit les nouvelles arrivées.

— Accomplit-il convenablement sa tâche ?

— Admirablement. Sinon, il n'aurait plus la tête attachée à son cou. »

Un peu troublée par cette phrase atroce qu'Amir avait pourtant prononcée avec désinvolture, comme s'il s'agissait d'un fait ordinaire, la reine continua son interrogatoire prudent.

« J'ai entendu un conteur andalou raconter l'histoire d'une esclave capable de garder un souverain éveillé pendant mille nuits. Elle l'aurait enchanté et ensorcelé, jusqu'à ce qu'il décide de l'épouser. »

Le prince et Abdul échangèrent un regard amusé.

« Gracieuse Majesté, dit le prince. Ce dont vous parlez est la fable de Shéhérazade. Un roman, comme vous dites en France. Et pourtant, comme dans toute fable, il y a un fond de vérité. Certaines femmes sont réputées pour avoir enchaîné l'âme de leur conjoint, ainsi que ses sens. »

Les yeux de la reine étaient comme deux étoiles dans un clair ciel d'été. Elle baissa le regard un instant, comme pour rassembler son courage, et plaça son coup.

« Combien de femmes avez-vous, monsieur le prince ?

— Trente, gracieuse Majesté.

— Sont-elles belles ?

— Bien sûr.

— Que pensez-vous de moi ? Ai-je l'air terne et insignifiant pour vous ? »

Le prince fut interloqué.

« Pourquoi me posez-vous cette question ? Vous êtes une femme séduisante, et vous le savez. Peut-être un peu maigre selon les canons de ma terre, bien sûr ; mais je crois que votre silhouette élancée et élégante est très appréciée des Occidentaux. »

Jeanne de Navarre inspira comme pour prendre courage.

« J'aimerais que votre eunuque prenne soin de moi. Pour me rendre aussi attirante que les femmes du sultan.

— J'ai bien peur de ne pas comprendre, gracieuse Majesté. »

La reine promena son regard sur la table qu'elle avait fait préparer, remplie de fioles contenant des huiles précieuses et des essences aromatiques.

« J'espère qu'il pourra rendre ma peau enivrante et me faire plus belle », dit-elle avec pudeur.

L'eunuque continuait de fixer, éberlué, le prince son seigneur : ils n'étaient pas sûrs d'avoir bien compris ce que la reine désirait. À la fin, Abdul trouva un biais, avec la subtilité intuitive qui le caractérisait.

« Gracieuse Majesté, dit-il avec déférence. Ce sera un honneur de m'occuper de votre beau corps comme vous le souhaitez. Cependant, je crains que ce ne soient ni les onguents ni les parfums qui rendent les femmes orientales séduisantes. Ou du moins, pas seulement.

— Mais quoi, alors ? »

Abdul chercha les mots appropriés pour aborder une question si délicate.

« Le plus important, ce sont les attentions qu'elles réservent à leur seigneur et maître.

— Quelles attentions ? »

Abdul sourit malicieusement.

« Elles sont nombreuses, gracieuse Majesté. Par exemple, en Orient, il n'est pas d'usage que la femme reste couchée et passive pendant l'acte d'amour, en attendant, la plupart du temps en vain, que l'homme la conduise au plaisir. Au contraire, la femme s'engage dans le combat. Ce faisant, elle le satisfait lui et se satisfait elle-même. »

Le visage de Jeanne était rouge de honte. Amir la regarda : de belle, elle était devenue terriblement excitante.

« Pardonnez ma question… dit-elle timidement. Je ne comprends pas. Comment une femme peut-elle bouger, dans les bras d'un homme grand et lourd ? »

L'eunuque prit un air moqueur, mais sans méchanceté.

« Gracieuse Majesté, peu importe le poids de l'homme. Cela ne compte pas. La femme peut le chevaucher avec ardeur comme un cavalier sur son destrier. »

Le visage de la reine était figé par l'embarras ; mais elle fit montre de courage et de fermeté en prolongeant un propos qui lui causait tant de malaise.

« Et les hommes acceptent d'être ainsi… montés ?

— Bien volontiers. L'opération est très intéressante pour eux. Et ceci n'est qu'un exemple. »

Jeanne de Navarre se leva brusquement, définitivement mal à l'aise et agitée. Elle s'approcha de la table encombrée de parfums coûteux, prit des flacons qu'elle déboucha et renifla, indécise.

« Lequel de ces onguents me convient, à votre avis ?

— Gracieuse Majesté, voulez-vous vous parfumer pour votre plaisir, ou pour celui du roi ?

— Pour le souverain. Évidemment.

— Alors je n'ai aucun doute, répondit l'eunuque. Il vous faut un élixir des fleurs d'oranger de Nabeul. Ce sont les fleurs d'une variété orange très particulière. Leur parfum est très doux, mais avec une pointe d'acidité et d'amertume dans le sillage : si j'ai compris le caractère de votre conjoint, ce parfum pourra intriguer son odorat.

— Est-ce que vous avez cette essence ?

— Elle fait partie des cadeaux du sultan au roi Philippe. L'essence de fleurs d'oranger de Nabeul est parmi les plus rares et précieuses.

— Voudriez-vous l'essayer sur moi ?

— Ce sera un honneur, gracieuse Majesté.

— Par ailleurs… Voulez-vous m'expliquer quelques autres *attentions* qui rendent fatales vos femmes dans l'alcôve ? »

L'eunuque lança vers le prince un regard perplexe, mais Amir le rassura d'un signe.

« Madame, dit Abdul, vous devez savoir que certaines choses ne seraient pas tolérées par les prêtres chrétiens. Votre confesseur vous infligera de très sévères pénitences. »

Jeanne ne répondit pas, c'était inutile. La lumière dans ses yeux indiquait qu'elle persistait dans son choix ; elle aurait bravé jusqu'aux flammes de l'enfer pour garder l'homme qu'elle aimait et qu'elle désirait.

Le prince accepta avec un léger hochement du chef que la leçon inhabituelle ait lieu. Puis se releva dans un élan digne d'un lynx en embuscade dans les déserts d'Andalousie. Depuis le début de la rencontre, il avait promené son regard tout autour de la pièce, et apprécié le raffinement du mobilier ; pourtant, il n'avait pas cessé un seul instant d'étudier attentivement Jeanne. Plus il l'observait et l'écoutait parler, plus il se sentait intimement conquis. Il y avait en elle une probité morale capable de coexister avec le sens du compromis qui rend les monarques grands et sages ; elle avait des pudeurs virginales et une sensualité instinctive et profonde. Sa douceur féminine cachait un tempérament d'acier rare, même chez les hommes.

« Ma présence devient superflue, dit le prince avec délicatesse. Madame, je vous laisse entre les mains d'Abdul, aussi dignes de confiance que celles de votre nourrice. Demandez-lui ce que vous voulez : il vous exaucera fidèlement. Cependant… Suis-je autorisé à être honnête avec vous ?

— Vous avez le *devoir* de l'être, prince ! »

Amir sourit, découvrant sa belle dentition de prédateur.

« Vous n'avez rien à apprendre, gracieuse Majesté. Vous possédez un talent naturel pour l'amour, qui réside autant dans votre corps que dans votre âme. On le voit à la manière de vous mouvoir, de parler. Peu importe ce que le roi veut faire croire. S'il n'est pas déjà fou de vous, c'est que vous avez épousé le plus grand des imbéciles. »

Il souligna ces mots par une révérence alambiquée et quitta la pièce.

Jeanne congédia la baronne, qui fut horrifiée à la pensée de sa dame seule avec ce vilain roi mage à double menton et turban gonflé ; cependant, sachant qu'en tant qu'homme il était inoffensif, elle ébaucha une révérence irritée et s'en alla aussi.

« Tournez-vous, gracieuse Majesté », dit l'eunuque.

Ses doigts commencèrent à courir le long de son dos, légers et sûrs comme les pattes d'une araignée qui tisse sa toile. Ils donnèrent aux sens de la reine une sensation immédiate de bien-être. En un instant, elle se retrouva libérée des lacets de sa robe et de sa chemise, qui tombèrent toutes deux mollement à ses pieds. Elle s'allongea sur le lit et laissa l'eunuque examiner attentivement son corps.

Abdul ne trouva rien à redire : tout était beauté, à sa manière. Ce qui l'inquiétait cependant, c'était de ne pas offenser la pudeur de la reine en avançant ses explications particulières. Il eût été mieux d'éviter les mots, et de procéder efficacement avec un exemple concret… mais comment faire ? Comment ne pas déraper sur un sol aussi glissant ?

Tandis qu'il cogitait, hanté par ce dilemme, son regard se posa sur le fourreau de son poignard : il était de bois et de nacre, mesurait plus d'une paume de long, et était courbé vers le haut.

Il sourit avec enthousiasme : voici qui ferait un excellent point de départ !

Dans certains cas, le silence est d'or.

4

L'or. L'excrément du diable, qui avait dit ça ? Saint Thomas, peut-être. Ou peut-être saint Bernard de Clairvaux. C'est facile à dire, quand on est bien au chaud et bien nourri dans le confort d'une riche abbaye ; quand le seul souci que l'on a en tête est de manger, boire, dormir et chanter la miséricorde de Dieu !

Un destin bien différent incombe à ceux qui doivent se battre tous les jours pour ne pas mourir de faim, qui doivent se casser le dos du matin au soir pour rapporter à la maison du pain pour nourrir leurs enfants.

L'or, c'est la tranquillité. Le bien-être, l'estime des autres. Le droit de ne pas mourir, de ne pas voir mourir ceux que vous aimez. Bettino Cassinelli en était convaincu car il venait de rien, peut-être même de moins que rien, et avait dû gravir les marches de l'échelle sociale une à une, depuis la boue des rues où vivent ceux qui n'ont pas de toit, jusqu'aux positions les plus enviées. Vous montez vite, si vous êtes tenaillé par les affres de la faim ; et il avait bien trop souffert de la faim. Maintenant, la vie lui souriait. Après tant de sacrifices. Après tant d'efforts épuisants. Ah, si seulement le monde décidait de lui donner la place que ses talents lui faisaient mériter !

Appuyé à sa fenêtre, de très mauvaise humeur, il regardait le paysage des faubourgs. Il avait plu en fin de nuit. Des ombres noires, encore chargées d'orage, traversaient le ciel incertain au-dessus de Paris. La grande ville s'attardait dans la torpeur d'une aube sans lumière.

Derrière les murs, une brume froide et salée stagnait dans l'air gris, comme la régurgitation des eaux d'une mer malade. Par bourrasques, le vent poussait entre les maisons du faubourg Saint-Antoine ce souffle fétide qui monte de la Seine les jours de mauvais temps. Satané orage ! Encore un mauvais sort jeté par les envieux !

Bettino Cassinelli avait beau avoir fait de la France sa véritable patrie, il n'aurait pas poussé cet amour jusqu'à l'esprit de sacrifice que l'on doit à la terre natale. Mais c'est à Paris que se font les meilleures affaires, se disait-il. Et depuis toutes ces années, depuis que, encore très jeune, il s'était installé dans la capitale de la France, il avait fait fortune à outrance ; jusqu'à signer un contrat fabuleux qui lui donnait l'exclusivité pour frapper la monnaie des rois capétiens. Malgré ses habits luxueux, une bosse enlaidissait sa silhouette et il avait un pied tordu ; il avait la balourdise d'une marmotte, disait-on, sans avoir hélas le moindre soupçon de sa douceur. Dans la lueur indécise de l'aube, on eût dit une âme du purgatoire condamnée à errer sans paix.

Son grand festin de la veille s'était évanoui comme un trop beau rêve.

Juste au moment où il avait réussi à inviter des personnalités importantes, des relations fondamentales à cultiver pour entrer à la Cour. Et il réussirait, tôt ou tard. Il avait souffert au début. Il n'est pas facile de se faire admettre dans une ville étrangère, où tout le monde vous regarde de travers parce que vous êtes venu voler le travail d'autrui. Tout au long de ces années, alors même que sa carrière produisait de bons fruits comme une plante enracinée dans une terre fertile et bénie par un ciel clément, l'humiliation avait grandi, faisant naître en lui un effrayant désir de vengeance allié à une volonté d'acier.

Il avait fait son chemin grâce à son intuition infaillible concernant l'argent. Il avait dans son corps une sorte de démangeaison de compétition qui faisait de lui un observateur scrupuleux de la présomption de ses semblables. Les faiblesses de son prochain étaient le moteur le plus puissant de ses ambitions. Si tu veux te réchauffer, reste près du soleil, dit-on. Et quelle étoile brillait plus que le redouté roi de France, le souverain le plus puissant du monde chrétien ?

Il avait suivi cet adage, avait joué des coudes pour obtenir une place dans la virulente corporation des agents de change. À partir de là, il avait connu une ascension ininterrompue, et voilà où il était arrivé : à diriger la seule officine autorisée à frapper la monnaie française.

Le succès lui avait, bien entendu, amené de nombreux adversaires. Certains se méfiaient de lui, et faisaient la moue en voyant son visage malin. Plus qu'une marmotte, disaient-ils, il rappelait une fouine : un animal odieux capable de voler avec dextérité. Et ils médisaient dans son dos.

Malgré tout, tous les grands seigneurs parisiens se tournaient vers lui pour faire face à leurs dettes, et Bettino Cassinelli était convaincu que tôt ou tard il parviendrait à ses fins, en achetant leur sympathie comme on achetait n'importe quelle autre marchandise. Un jour, même si ce devait être le dernier de sa vie, ils l'admettraient dans leur cercle.

Dans cette optique, il s'était entouré de serviteurs habiles et recevait des gens illustres dans sa maison des abords de Paris, petite mais meublée avec goût. N'y étaient conviées que des personnes sélectionnées avec soin, en écartant sans appel celles qui tombaient en disgrâce auprès du roi. Il dépensait sans compter et comblait ses invités de présents ; ces soirées étaient des succès et pendant quelques jours bavards et commères en ressassaient les détails dans les faubourgs de la ville. Seulement dans les faubourgs, toutefois ; certainement pas dans les grands palais nobles de la rive droite.

L'ambitieux Cassinelli ne savait plus où se mettre lorsqu'un aristocrate, en arrivant chez lui, l'appelait « messire ». Il se sentait parfaitement idiot, en ces circonstances : tiré à quatre épingles dans sa tunique luxueuse, avec les pièces de sa maison comme des chevaux pour la foire, au milieu de vieux serviteurs décrépits, loués pour l'occasion, conscients de la farce, mais appliqués dans leur rôle de majordomes experts dans l'art de donner de l'éclat à une maison.

La veille au soir, sa table, prête pour un banquet de trente personnes, avait été parfaitement snobée. Ils avaient pourtant promis de venir, bon sang ! Ils ne l'avaient dit que pour lui faire du mal. Et le seul qui s'était présenté, que le diable l'emporte, c'était maître Alfino de Narni. Lui, sa présence ne devait rien à la courtoisie : ce traître voulait bavarder, qui sait même s'il ne menait pas une enquête, avec toutes ses questions sur Jean Dixmier, le graveur. Des questions étranges auxquelles Bettino ne pouvait pas répondre, si ce n'est en désignant la nouvelle somptueuse maison où le plus habile de ses employés avait déménagé, après avoir demandé un congé à son hôtel de monnaie pour aller servir le roi lui-même. Qu'il aille au diable ! Qu'ils aillent tous au diable !

« Maître ! »

La voix de son vieux serviteur, juste derrière lui, le fit sursauter, tandis que l'obscurité planait toujours sur la campagne.

« Que veux-tu ?

— Un messager vous demande, maître.

— Que se passe-t-il, à cette heure ? » marmonna-t-il.

5

Une demi-heure plus tard, Bettino Cassinelli retenait son souffle en suivant les valets en livrée de velours crocus et bleu le long du grand escalier de pierre vers les étages supérieurs du Louvre. Des couloirs interminables, de vastes arcades surplombant la Seine, puis encore des galeries à perte de vue qui s'éloignaient de la partie centrale du palais. Le roi vivait isolé de ses courtisans, dans une aile du grand château qui lui était exclusivement réservée. Un homme consacré a le droit de vivre à l'écart du monde.

Devant la porte close, le cœur de Cassinelli battait la chamade. Il posa sa main sur le côté gauche de sa poitrine, craignant que les autres n'entendent les battements de ce tambour devenu fou. Les valets firent halte, le considérèrent avec perplexité. L'homme leur paraissait bien indigne de l'honneur suprême qui lui serait bientôt accordé : être admis en présence du souverain.

Il baissa les yeux sur ses vêtements et ressentit un inconfort étouffant. Il sentait sur lui l'odeur de laine chaude de la veille, car il ne s'était même pas couché, et avait noyé sa colère en travaillant toute la nuit sur sa comptabilité. Ses mains étaient tachées d'encre et de poudre absorbante. Ses yeux portaient les marques du sommeil perdu, et sa barbe était en friche : il avait quitté la maison sans poser de questions, obéissant aux ordres stricts de l'huissier qui arborait l'insigne du Louvre. Il avait horriblement honte tandis que ses yeux contemplaient les fresques de l'appartement royal. Bientôt, il franchirait le seuil de ce divin empyrée interdit aux simples mortels : l'appartement privé de Sa Majesté.

Et il y entrerait débraillé, mal rasé, exhalant l'odeur d'une nuit de travail.

Les mains crispées, le front trempé de sueur, Cassinelli restait immobile devant la porte de bois rares, aussi délicatement sculptée que le portail d'une église. Une nuée d'anges en liesse prenait son envol sur des ailes d'ivoire, de nacre et de marbre rose, vers le trône de Jésus-Christ crucifié dans les bras de Dieu le Père nimbé des rayons dorés de l'Esprit-Saint, la colombe icône de la Majesté divine.

D'un coup, ce paradis ouvragé s'ouvrit. Devant les yeux effrayés de Cassinelli apparut une pièce aussi grande qu'une place de village, emplie d'une foule si dense que l'on ne distinguait rien. Des dignitaires, des militaires et des membres du haut clergé discutaient très fort, dans une grande excitation.

Dieu du ciel ! Qu'était-ce donc, un plébiscite ?

Une poussée dans le dos lui fit comprendre qu'il devait avancer. Il regarda devant lui. La foule des dignitaires était telle qu'il n'aurait pu passer, si les valets n'avaient pas ouvert le chemin avec des manières grossières et des sourires hypocrites.

Au fond, immense, apparut l'alcôve royale avec son grand lit surmonté de rideaux de soie, surélevé et abrité derrière un fin pan de brocart. Deux hommes de haute taille tenaient le tissu de leurs mains, aussi beaux que les archanges qui gardent la tente d'assignation de sorte que le mystère du visage de Dieu ne soit pas montré aux yeux impurs.

Celui de droite était blond : c'était le fils aîné du roi et héritier du trône de France, très jeune mais déjà proche de la stature de son père ; l'autre était brun : c'était le prince Louis d'Évreux, demi-frère de Philippe le Bel. Les deux hommes les plus proches du monarque, du même sang, du même lignage sacré. Tous deux portaient une tunique de soie brillante, bleu clair comme la voûte du ciel, piquée de lys dorés.

Ils se tenaient dos à la foule et n'adressèrent pas un regard au nouvel arrivant, sur lequel, pourtant, la foule s'ouvrait comme la mer Rouge devant le bâton de Moïse.

Derrière le précieux rideau, une ombre longue et noble révélait le profil du roi, assis sur le lit et occupé à recevoir l'hommage de ses serviteurs privés, qui accomplissaient le rituel quotidien de l'habillage.

Debout, muet et tendu à l'extrême, Bettino Cassinelli regarda les dignitaires les plus proches du lit du roi.

Une vapeur délicate parfumée de lavande s'exhalait d'une vasque remplie d'eau tiède. Le chirurgien royal Henri Mondeville se tenait face à la fenêtre, examinant l'urine recueillie dans une ampoule de verre à la lumière des premiers rayons du soleil. À gauche, ses mains jointes disparaissant dans les manches de l'habit dominicain, frère Nicolas de Fréauville, le confesseur de Sa Majesté. Le souverain venait de prendre un bain pour purifier son corps consacré, après avoir purgé son âme dans le sacrement de la pénitence et scellé sa purification en subissant les cinq coups de fléau que Fréauville lui infligeait dans les jours de jeûne.

« Avancez ! » ordonna un homme avec rudesse.

Cassinelli crut reconnaître Pierre Flotte, garde des Sceaux du royaume, que tout le monde appelait le chancelier. Il obéit.

Le silence se fit. Le rideau tendu entre les mains des deux princes, toujours de dos, frémit comme si un vent discret était entré dans la pièce pour le soulever. Un murmure courut de bouche en bouche ; et, en moins d'une minute, la foule s'écoula hors de la salle, qui resta presque vide. Il n'y avait plus que quatre personnes présentes, outre le souverain : les princes du sang, le chancelier et un homme engoncé dans une tunique de soie verte, à la silhouette lourde et aux manières expéditives. Guy de Châtillon, le connétable de France, l'officier le plus haut gradé du royaume.

Bettino Cassinelli regarda autour de lui : à présent la pièce lui paraissait immense, grande comme le pays tout entier.

« Maître Cassinelli, murmura le chancelier. Aujourd'hui, vous avez le grand honneur d'être admis dans la chambre de Sa Majesté. Nous espérons que vous saurez montrer à la France que vous en êtes digne. »

Le banquier déglutit, puis s'éclaircit la gorge.

« Monsieur Flotte, comment puis-je montrer ma reconnaissance à Sa Majesté ? Vous n'avez qu'à parler. »

Un long regard entendu s'échangea entre le chancelier et le connétable. Un hochement de tête, et un valet de pied apporta un écrin en fer rempli de pièces d'or.

« Prenez, Cassinelli, dit le connétable. Ce sont mille pièces de la nouvelle monnaie. Avec elles, Sa Majesté entend payer les dettes que la Couronne a contractées pour la frappe de sa nouvelle monnaie. »

Le banquier ouvrit le coffret et fut surpris par la splendeur de ces pièces.

« Au nom du Seigneur, comme elles brillent !

— Nous sommes heureux de vous voir satisfait, déclara le connétable.

— Et maintenant, Sa Majesté souhaite vous parler. »

6

Le rideau que tenaient les deux princes tomba. Cassinelli leva les yeux, et il le vit.

Bien que subjugué par l'apparence majestueuse du roi, qui évoquait inévitablement David ou l'archange Michel, l'Italien était bien conscient que Philippe le Bel l'avait admis dans sa chambre privée, parmi les grands de France, pour le faire assister à la liturgie de son habillage, qui n'était rien d'autre qu'une magnifique épiphanie de lui-même. Le monarque voulait se montrer au sommet de sa dignité sacrée : en tant que roi par la grâce de Dieu, il pouvait tout faire et défaire, comme s'il était sur terre pour réaliser la volonté du Tout-Puissant. Philippe se présentait comme le vicaire du Christ, le roi des rois : un simple boutiquier comme Bettino Cassinelli ne devait envisager de contredire le charisme de son autorité, d'essence divine.

Cassinelli n'avait aucunement l'intention de le contredire, pour l'amour du ciel ! Il essaierait seulement de suggérer au souverain, avec les manières adéquates, à quel point l'argent est important pour le bien-être d'un État.

« Maître Cassinelli, dit lentement le roi d'un ton cérémonieux, nos comptables nous exhortent à mettre fin au contrat avec votre officine. La France est un État souverain, elle doit donc frapper sa propre monnaie. »

Le maître de monnaie se courba encore plus, de manière exagérée et théâtrale.

« Sire, vénérable Seigneur, c'est votre père, le regretté roi Philippe III, qui m'a sollicité pour ce contrat. La France s'était endettée pendant la guerre contre l'Aragon et n'avait plus de capitaux pour battre monnaie. J'ai humblement accepté, tout comme aujourd'hui je le ferai avec vous.

— Vous acceptez donc de rompre le contrat ?

— Majesté, je ne saurais m'opposer à votre volonté. Les clauses du contrat courent sur cinquante ans et dix-sept sont déjà passés. Il en reste plus d'une trentaine, mais peu importe. Que Votre Majesté veuille seulement rendre à ma banque le solde de ce qui est encore dû, et le contrat deviendra instantanément caduc.

— Quel est le montant de notre dette envers vous ? »

Cassinelli n'avait pas besoin de faire de calculs.

« Un million de florins d'or, sire. »

Philippe le Bel fit approcher le chancelier pour lui parler à voix basse.

« Monsieur Flotte, combien de temps nous faudra-t-il pour collecter cette somme ? »

L'expression du dignitaire était décourageante.

« En supposant que tous vos vassaux, villes, guildes et sujets paient les impôts qu'ils doivent et les paient à temps, je pense que cela prendra dix ans, Majesté. »

Un léger frémissement des lèvres trahit l'irritation du roi, derrière son visage figé dans un calme que rien ne semblait pouvoir ébranler.

« Nous n'avons pas de temps, chancelier. Où peut-on trouver cette somme ? »

Le chancelier soupira et leva les yeux au ciel.

« C'est une somme énorme, sire. Pour la rassembler, il faudrait vendre les joyaux royaux conservés à l'abbaye de Saint-Denis, dont la glorieuse épée Joyeuse ayant appartenu à Charlemagne.

— Ce serait comme vendre le nom même de la France, et son honneur. Que peut-on faire d'autre, monsieur Flotte ?

— Sire, une bonne alternative serait de demander un crédit aux Templiers. Leurs coffres sont pleins à craquer d'or. Avec votre permission je pourrais rencontrer leur trésorier, étant donné que le grand maître est encore à Rome, et qu'il ne rentrera pas de sitôt. »

Le dignitaire perçut un éclair haineux dans le regard de glace que le roi lui lança.

« Monsieur Flotte, vous connaissez notre opinion sur les Templiers.

— Sire, il ne vous reste alors qu'à convoquer les frères Guidi. Ce sont les banquiers de la couronne, vous pourrez leur demander conseil. »

Philippe le Bel contracta les muscles de son visage. Un mouvement presque imperceptible, mais pour ceux qui le connaissaient, un signe immanquable de sa fureur.

« Il faut que le Catalan revienne en France au plus vite, murmura-t-il les dents serrées.

— Avez-vous de ses nouvelles ?

— Aucune, sire. Ce vieux sot semble ignorer tous vos appels. »

Le souverain inspira profondément. Il était difficile d'être sur ce trône à certains moments. Sur un signe, le chancelier se retira comme un chien battu. Puis le roi reposa sa main sur l'accoudoir du trône, redevenant la digne icône de la majesté de droit divin. Après quelques instants de réflexion, il prononça l'inévitable verdict.

« Maître Cassinelli, dit-il à haute voix. Pendant des

années, vous nous avez accordé des intérêts acceptables et honnêtes. La parole d'un souverain est sacrée, nous tiendrons donc l'engagement pris envers vous par notre vénéré géniteur. Votre atelier continuera de frapper la monnaie de la France. En exclusivité. Vous pouvez partir. »

Le banquier s'inclina ou plutôt se prosterna. Jubilant au fond de son cœur, il quitta la pièce avec une démarche de crabe pour ne jamais tourner le dos à Sa Majesté.

Philippe IV était un roi consacré et chef de l'armée la plus puissante de la chrétienté ; mais c'est l'avidité qui fait bouger le monde. Le roi lui-même s'inclinait devant la loi impitoyable de l'or, contre laquelle ni l'épée ni la croix ne prévalent.

7

Des médecins réputés assurent qu'une personne irritable et nerveuse peut tirer grand profit des fleurs d'aubépine, surtout associées à la peau d'orange amère, qui favorise la bonne humeur et chasse la mélancolie.

Savourant la vapeur parfumée de la baignoire de sa confortable maison du faubourg Saint-Antoine, Bettino Cassinelli se sentait toutefois nerveux ; sans raison précise en réalité, mais comme miné par un mauvais pressentiment dont la teneur tardait à se révéler.

Tout de même, la mélancolie s'était éloignée de lui, en ce jour de gloire ; tout au plus aurait-il dû songer à mettre sur sa tête un cataplasme de teinture de bouleau pour purifier le cuir chevelu et contrer la perte de cheveux. Il devait s'occuper davantage de son apparence ; il n'y avait guère prêté attention jusqu'à présent.

Aujourd'hui sa vie était à un tournant, la frappe de cette merveilleuse pièce d'or lui ouvrait les portes de la haute société. Le souverain lui avait donné mille pièces pour rembourser, du moins partiellement, les sommes qu'il lui devait et Bettino calculait en stratège combien il devait en céder à chacun des barons courroucés qui venaient chez lui crier et frapper des pieds, parce qu'ils en voulaient plus que ce que Sa Majesté leur avait concédé.

Combien y avait-il de pairs de France ? Douze, issus des familles historiques, laïques et ecclésiastiques, aussi anciennes que le royaume, auxquels s'ajoutaient les trois dits « tardifs » : Bretagne, Artois et Anjou, trois comtés que Philippe IV avait récemment élevés au plus haut rang de la noblesse pour leurs grands mérites civils. Ils avaient droit à de conséquents subsides que les défaillantes caisses du Trésor leur versaient.

Tous convoitaient ces pièces d'une valeur exceptionnelle ; il faudrait les entendre tous, tâter le terrain pour déterminer qui serait prêt à offrir la mise la plus élevée.

Mais son cœur caressait également un autre projet, un but plus élevé à assigner à son merveilleux agnel. Il repensa au jour où il avait vu arriver comme une furie la comtesse Mathilde d'Artois, belle et hautaine comme à son habitude ; comme les autres, elle exigeait des pièces. Que pensait-elle obtenir, avec ce ton ? Le roi avait parlé, chaque pair avait droit à une certaine quantité, pas une seule pièce de plus.

D'abord mordante, la belle avait changé de tactique en voyant que Cassinelli se cachait derrière l'engagement qu'il avait pris avec le souverain ; de prétentieuse, elle était devenue plus docile, presque implorante, finissant par demander si elle pouvait faire quelque chose pour lui, exaucer un souhait.

Bien sûr que tu peux, ma belle !

Cassinelli lui avait fait comprendre, en tout bien tout honneur, par un jeu adroit de sous-entendus, qu'il était encore célibataire à quarante ans et que la solitude commençait à lui peser. Il pensait se marier, mais voulait trouver la bonne jeune fille, celle qui conviendrait à un homme de son calibre. La belle Mathilde n'avait-elle pas deux filles, en âge de convoler ?

La dame avait écarquillé ses beaux yeux clairs, indignée, probablement, mais assez astucieuse pour ne pas trop le montrer. Cachant ses sentiments en vraie courtisane, elle avait répondu qu'elle négociait les fiançailles de son aînée, Jeanne, avec le deuxième fils du roi, le prince Philippe, rien de moins ; quant à l'autre, la petite Blanche, elle était encore trop jeune pour penser à ces choses.

Elle était partie sans pouvoir dissimuler une colère où couvaient des désirs de vengeance, mais Cassinelli en avait vu suffisamment pour ne pas se laisser impressionner. Il trouverait de toute façon une épouse illustre en mesure de le faire enfin entrer dans le cénacle des bienheureux, l'empyrée des grands noms de France.

La voix rocailleuse du domestique l'agaça, alors qu'il jouissait de ce moment d'intimité avec lui-même, perdu dans ses rêves de gloire.

« Désolé monsieur. Il y a une visite.

— À cette heure ?

— C'est étrange en effet, maître, mais c'est peut-être important.

— Quelqu'un du Louvre ? demanda le banquier, saisi d'un espoir soudain.

— Non monsieur. Il s'agit des sieurs Albizzo et Musciatto Guidi. »

Après un moment d'incrédulité, Bettino Cassinelli éclata d'un rire tonitruant.

« Laissez-les entrer ! dit-il en riant toujours. J'ai hâte de voir leurs visages jaunes de bile ! »

Le domestique s'inclina, puis il introduisit les deux visiteurs. Cassinelli ne sortit pas de son bain, restant narquoisement plongé dans les vapeurs parfumées comme un ancien empereur, un grand qui prend ses aises sans se soucier des formalités.

La provocation fit mouche, car ses visiteurs prirent une expression encore plus rancunière. Leur relation avec Bettino avait toujours été marquée par un mélange ambigu de sentiments contradictoires : d'une part la solidarité qui liait les Italiens de Paris, d'autre part l'inévitable haine provoquée par l'envie et la rivalité professionnelle. Les deux frères Guidi avaient réussi à devenir les banquiers de Philippe le Bel mais lui, Cassinelli, frappait sa monnaie.

« Mes salutations, messieurs ! leur dit-il. Quel bon vent vous amène dans ma modeste demeure ? »

Comme il l'avait escompté, son ton moqueur piqua Albizzo au vif et lui fit monter la moutarde au nez ; mais Musciatto le retint d'un regard sévère.

« Effacez ce sourire supérieur de votre face, dit Albizzo. N'oubliez pas que vous n'êtes qu'un bourgeois. Nous autres avons été faits chevaliers par Sa Majesté. »

Cassinelli haussa les épaules.

« Grand honneur, en vérité ! s'exclama-t-il. Le roi Philippe IV ennoblit n'importe qui. J'imagine que votre visite a à voir avec ma réception au Louvre. Vous l'avez appris et n'arrivez pas à l'avaler. »

Albizzo serra les poings et son frère s'interposa pour empêcher que la situation ne dégénère.

« Écoutez, Cassinelli, dit-il d'un ton calme. Il y a eu des brouilles entre nous, mais nous sommes ici ce soir pour vous rendre service. Nous avons appris que Sa Majesté vous a convoqué au Louvre, en effet. Et nous voulions en connaître la raison. »

Cassinelli afficha un magnifique sourire de hyène.

« J'ai été admis dans la chambre du roi, Musciatto. J'ai même été témoin de son lever. Sa Majesté m'a donné un coffret de mille agnels d'or. Mille, dis-je. Je sais que vous en avez reçu cinq cents », conclut-il avec perfidie.

Les deux frères Guidi échangèrent un regard en fronçant les sourcils.

« Nous devons vous poser une question, Bettino », dit Musciatto.

Le fait qu'il l'appelait maintenant par son prénom en disait long. Il jouait la complicité, espérait, peut-être, conclure un pacte d'entraide.

« Que voulez-vous savoir ?

— Les nouveaux agnels d'or sortent-ils de votre frappe ?

— Non, répondit Cassinelli. La frappe de la monnaie française me revient en vertu du contrat signé en son temps par le roi Philippe III, mais pour l'agnel d'or il existe un accord spécial avec le roi.

— Quel accord ? »

Cassinelli fit un geste vague de la main au-dessus de l'eau fumante.

« La nouvelle monnaie est française du début à la fin. Je lui ai accordé une dérogation spéciale pour frapper les agnels. C'est tout.

— Jean Dixmier s'est-il occupé de la gravure de ces pièces ? Dixmier est le meilleur de vos graveurs.

— Bien sûr, admit Cassinelli. Le souverain l'a requis pour se charger de la nouvelle pièce. Dixmier a travaillé pour le souverain dans la fonderie qui a frappé les agnels. »

Les frères Guidi échangèrent un long regard entendu.

« Où est votre graveur maintenant ?

— Il ne travaille plus pour moi, dit Cassinelli d'un ton de regret. Sa Majesté fut si satisfaite de son travail qu'elle lui a donné un beau domaine à l'extérieur de la ville. Il n'a plus besoin de travailler.

— Vous ne croyez pas si bien dire, déclara Musciatto d'un ton lugubre. Dixmier n'a plus besoin de travailler, désormais. Ce matin, on l'a trouvé chez lui, dans une mare de sang. Il y a quelques jours, il avait parlé avec maître Alfino : poussé à bout il avait fini par confirmer les soupçons de notre avocat. Et quelqu'un lui a fracassé le crâne. Le message est-il clair ? »

Cassinelli écarquilla les yeux.

« Mais de quoi parlez-vous ?

— Nous avons découvert une vérité terrifiante sur le compte du roi de France. Nous devons nous dissocier de ses trafics clandestins : il en va de notre vie, pis encore : de notre âme. Alfino est parti pour Rome : il apporte au pape les preuves du délit et de notre innocence. »

Ahuri, Bettino prit conscience que l'eau de son bain avait refroidi. Tout son corps était secoué de frissons.

« Que dois-je faire ? demanda-t-il en claquant des dents.

— Vous devez vous défaire des pièces que vous a données le roi, pour commencer. Cet or brûle, voyez-vous ? Libérez-vous-en ou vous risquez de brûler dans les flammes de l'enfer ! »

8

« Le grand maître des Templiers. Carrément ! »

Le cardinal Francesco Caetani fronça le monosourcil touffu et très noir dont il était fier, jugeant qu'il conférait à son visage une grande dignité. Marchant à ses côtés dans les jardins du Vatican, Crescenzio avait voulu se confier à lui et lui demander conseil, avant de rapporter au pape les découvertes dramatiques qu'il venait de faire.

« J'ai besoin de votre aide, lui dit-il. Il y a de puissants pouvoirs en jeu, et il n'est pas sage que les faits soient divulgués. Pas avant de les avoir vérifiés de façon incontestable.

— C'est une sage considération, Crescenzio. Mais récapitulons. L'imposteur qui a tué le moine de Sainte-Croix s'est battu sauvagement avec sa victime. Et pendant le combat, il a perdu un briquet en argent.

— Le voici, dit Crescenzio en tendant l'objet à son frère aîné.

— Il n'y a aucun doute, confirma Francesco Caetani. C'est le blason de frère Molay. Je l'ai déjà vu plusieurs fois.

— Je l'ai vu aussi, à Santa Maria del Tempio. Molay

a une ancienne coupe en or qui appartient depuis longtemps à sa famille.

— Je suis étonné, Crescenzio. Je ne crois pas un seul instant que Molay ait pu assassiner un homme d'Église, ni envoyer un tueur à gages pour le faire : pourquoi commettre un crime si horrible ?

— Je n'y crois pas non plus, Éminence. L'homme qui est allé chez le pauvre père Guidi devait seulement récupérer la pièce qu'il gardait. Le briquet n'était peut-être pas à lui, il pouvait l'avoir volé.

— Volé au grand maître, en tout cas, argumenta le cardinal. Le briquet a une certaine valeur. Et c'est aussi un objet de famille.

— C'est pourquoi le meurtrier doit être recherché parmi les Templiers.

— Alors, abandonne l'idée de l'arrêter, Crescenzio : l'Ordre ne permet à personne de se mêler de sa justice. Pas même au pape.

— Mais en tuant un moine, il a commis un sacrilège. Doit-il rester impuni ?

— J'en doute. Le Temple a ses propres tribunaux et une justice inflexible. Cet homme paiera cher, d'une manière ou d'une autre. Quoi qu'il en soit, la vraie tragédie est que ses mandataires resteront impunis.

— Qui sont-ils d'après vous ?

— Des hommes très haut placés dans la hiérarchie de l'Ordre, Crescenzio. Peut-être trop puissants pour subir la justice templière.

— Que dois-je faire ? Conseillez-moi, s'il vous plaît !

— Si j'étais toi, je ferais disparaître ce briquet. Il ne servira à rien, si ce n'est à entacher l'honneur d'un innocent.

— Vous parlez de Molay ?

— Bien sûr, mon frère. Je ne sais pas si le tueur a

vraiment perdu cet objet. Et si par hasard il l'avait laissé exprès sur les lieux du crime ?

— Quelqu'un comploterait contre le grand maître des Templiers ?

— À mon avis, ce briquet parle de lui-même, Crescenzio. On veut que Molay soit accusé de la mort du moine. Je te suggère de te taire et de conclure à un voleur inconnu. Tu sais l'amitié qui existe entre Molay et le pape, notre oncle. Le pape a besoin de cette amitié, vu le nombre d'ennemis qui se dressent contre lui.

— Qu'arriverait-il si je disais la vérité ?

— Elle se répandrait en dehors de la Curie, Crescenzio, en portant avec elle une avalanche de boue capable de submerger Molay. Voilà le scénario le plus probable : les ennemis de Molay feront circuler toutes sortes d'insinuations sur son compte. Ils persuaderont le Grand Conseil de demander sa démission. Et l'État-Major procédera à l'élection d'un nouveau grand maître.

— C'est ce qu'ils veulent, n'est-ce pas ?

— J'en suis convaincu, mon frère. C'est le but de cette mise en scène.

— Donc la mort du frère a été organisée ? Le père Guidi a été assassiné pour que Molay soit soupçonné de meurtre ?

— Qui peut le dire ? À en juger par l'éclat de cette pièce, je suis enclin à croire que le tueur la voulait vraiment. Le crime était peut-être non intentionnel. » Crescenzio ouvrit son sac ; le bel agnel d'or lança des éclairs mystérieux sous les rayons du soleil mourant.

« Tout cela pour avoir cette pièce, Éminence. Cette pièce merveilleuse et les secrets qu'elle cache. Vos paroles sont pleines de sagesse et je vous en remercie. Je me tairai au sujet du briquet pour protéger Molay, si c'est ce que vous désirez ; mais que deviendra la justice ?

— La justice n'appartient pas à ce monde, Crescenzio. Mais à l'autre.

— Bien sûr ! Justice de l'autre monde… En somme, vous me demandez de mentir au pape, en ne dénonçant pas le meurtrier. »

Francesco Caetani leva la main droite dans un geste de bénédiction hâtive.

« *Mendacium pietatis*, Crescenzio. Un mensonge dit dans un juste but. Et maintenant laisse-moi aller aux vêpres, il est tard. *Ego te absolvo in nomine Patris, et Filii, et Spiritus Sancti. Amen !*

— Vous m'absolvez ? Mais vous n'êtes qu'un diacre ! »

Francesco Caetani pensa que ce détail futile ne devait pas entacher sa dignité charismatique de prince de l'Église et songea à regagner le grand porche de la basilique vaticane ; mais il se souvint d'un détail.

« La pièce, dit-il avec un air de convoitise, à qui appartient-elle, maintenant que l'enquête est finie ? »

Il tendit la main dans un geste éloquent, mais Crescenzio, rapidement, la rangea dans sa bourse.

« Elle appartient au Trésor apostolique », mentit-il.

Il laissa son frère planté là, et après moult salamalecs et remerciements, il décida de confier l'agnel d'or à son véritable destinataire. La seule personne au monde digne de tant de splendeur. Mais…

« Éminence, puis-je vous poser une dernière question ?

— Cela dépend, marmonna le cardinal d'un ton bourru.

— Qu'est-ce qui rend un mariage valide ? »

Francesco Caetani fronça les sourcils un instant,

surpris par la question ; puis la réponse lui traversa la tête comme un éclair.

« Je ne suis pas féru dans la doctrine, Crescenzio. Mais j'ai entendu dire qu'un pape du passé, je crois Nicolas Ier, n'accordait pas trop d'importance à la bénédiction du prêtre. C'est plutôt le consentement mutuel des deux époux qui rend le pacte contraignant devant Dieu.

— Alors vous pourriez célébrer un mariage ?

— Eh bien… Oui, bien sûr. Je peux le faire, s'il y a un accord mutuel. Un vrai prêtre serait préférable, tu ne crois pas ? »

Le visage de Crescenzio s'illumina.

« Non, Éminence. Vous êtes parfait ! »

Et il lui fit part de l'idée soudaine qui venait de lui venir à l'esprit.

Immacolata,

Reçois cet or comme symbole de mon amour et de ma fidélité. Reçois-le comme une alliance nuptiale, fais-le fondre et fais-en une bague que tu garderas toujours avec toi, dans un coin secret où personne ne pourra la voir.
Parce qu'il est écrit dans le Cantique des cantiques, « Mets-moi comme un sceau sur ton cœur ».
Il est fait de l'or le plus pur que l'on trouve sur Terre. Pour cela, il parlera à ma place, et par sa lumière tu sauras combien est unique le sentiment qui me lie à toi, à chaque jour de ta vie.
En santé et en maladie. Dans la bonne fortune et la malchance.
Demain à minuit, descends au jardin, veille à ce que personne ne t'entende. J'y serai avec mon frère Francesco, le cardinal Caetani. Il nous fera époux ; et tu seras à moi pour toujours !

Crescenzio plia le billet, le ferma avec un ruban et y apposa son sceau. Il enveloppa l'agnel d'or dans une pochette en soie bleue et cousit le ruban de la lettre avec un fil de soie. Puis il partit à la recherche du père Floriano da Alatri, le facteur du Saint-Siège, qui, à cette heure-là, faisait la tournée des dernières livraisons.

9

Oremus.
Vis accipere hic præsentem mulierem in tuam legitimam uxorem juxta ritum sanctæ matris Ecclesiæ ?
Volo.

Comment dire à une si belle femme ce qu'il serait juste de dire, car la vérité hurle furieusement du fond de la cage souterraine où je l'ai cachée ?

Avec ses mains et sa peau, avec sa bouche et ses baisers, parce que la vie est un envol et non une chaîne, et parce que dans les bras de cette femme tu as parcouru des chemins de traverse, et que tu ne saurais pas même dire quand tout cela a commencé.

Tu as essayé d'être honnête, mais les mots semblaient faux et envieux. Ils sonnaient comme une mauvaise chanson qui risquait de flétrir la force de ce que tu ressens, de jeter sur toi la vilaine aura du lâche qui finit toujours par s'enfuir en cherchant des excuses.

Vis accipere hic præsentem virum in tuum legitimum maritum, juxta ritum sanctæ matris Ecclesiæ ?
Volo.

Comment dire à un homme aussi courageux, où trouver la force pour révéler l'amère vérité, ce qu'il est de ton devoir de confesser avant d'établir un lien éternel ?

Révéler ce que les autres ne sauront jamais, que tout a été fait avec tromperie, parce qu'ils me tueraient eux-mêmes, plutôt que de me donner à ceux qui ont le sang du pape Boniface dans leurs veines…

Tu ne dis rien de tout cela à cet homme qui t'aime à ce point. Il te quitterait, pour ton bien. Seul le silence parle, au fond. Le choix audacieux du silence et d'une douleur presque mortelle. Mais il vaut mieux mourir que le voir partir.

Tu ne le dis pas à cette si belle femme, et tu te confies au caprice du sort en priant et en conjurant, tu invoques un saint patron qui se souviendra peut-être de toi.

Parce que tu la veux. Et que Dieu nous vienne en aide !

Et ego conjungo vos in matrimonium. In nomine Patris, et Filii, et Spiritus Sancti. Amen !

10

Aux jours plus courts et au grand cercle d'ombre
J'arrive, hélas ! Et au blanchir des cols
Lorsque se perd la couleur de l'herbe
Mais mon désir, mon désir est resté vert
Il s'est enraciné dans la pierre dure
Qui parle et vibre comme une femme.

La jeune femme se tenait immobile dans la lumière oblique du jour mourant. Enveloppée dans son manteau, elle ressemblait à la statue d'une Madone douloureuse mais insoumise, en révolte contre son sort. Non loin d'elle, assis ou plutôt affaissé sur un chasse-roue, Crescenzio tenait sa tête entre ses mains. Il n'osait pas la regarder en face, et sa voix semblait bloquée dans sa gorge. Il venait dans ce lieu depuis des jours. C'était la seule chose qui lui donnait un peu de tranquillité : se tenir là, à attendre que le soir tombe dans la clameur des oiseaux au sommet des pins de Rome. Autrefois, pour supporter le poids des peines d'amour, il s'enivrait ; maintenant, cela ne suffisait plus.

Immacolata avait découvert que Francesco Caetani, bien que neveu du pape et bien établi dans les rangs du Sacré Collège, n'avait jamais reçu d'ordres sacrés.

Ce n'était pas un prêtre, mais un escroc du même rang que Crescenzio, qui avait perfidement omis de lui communiquer ce détail. Ils n'étaient jamais devenus mari et femme selon la loi de Dieu. Révoltée et dégoûtée, elle lui avait fait savoir qu'elle ne voulait plus jamais le revoir.

Pendant dix jours interminables, Crescenzio avait frappé en vain à sa porte. Tout ce qu'il avait obtenu, c'étaient les insultes des serviteurs, et des menaces de révéler à Boniface VIII la pantalonnade odieuse et sacrilège que lui et Francesco Caetani avaient imaginée aux dépens d'une jeune fille honnête, salissant son honneur.

Craignant pour sa position auprès du souverain pontife, Francesco avait opposé son autorité, assurant à la jeune fille qu'il allait dissiper l'équivoque au plus vite. Il convaincrait Boniface VIII d'avaler la couleuvre de ce mariage clandestin qui unissait les Caetani aux détestés Colonna. L'union resterait secrète, mais serait valide selon les canons sacrés. En échange d'une déclaration écrite du cardinal, Immacolata avait accepté, ce soir-là, après des jours de rancœur désespérée, de revoir son mari *in pectore*.

« Comment as-tu su que j'étais ici ? » murmura Crescenzio.

Elle détourna les yeux avec mépris.

« Il y avait un message caché dans les vers de ton ami, le Virgile à deux sous. »

Crescenzio secoua la tête. S'il avait été moins désespéré, il aurait peut-être apprécié l'ironie.

« Quel message ? demanda-t-il d'une voix rauque.

— Quelques mots répétés, répondit-elle sèchement. Le vert, la pierre, l'ombre. Et certaines phrases. La couleur de l'herbe ne ressort plus lorsqu'il fait sombre et tout se ressemble. Le *jour plus court*, c'est le coucher du soleil. À Rome, la seule pierre qui semble verte est le tuf du Janicule. Cela signifie donc : Monteverde au coucher du soleil. »

Impressionné, il trouva le courage de la regarder.

« Et tu as réussi…

— Non ! » Elle le coupa avec colère. « Mes serviteurs ont demandé à ton ami s'il en avait assez de se promener avec son grand nez et lui ont proposé de l'en débarrasser, alors il a avoué. Ne t'inquiète pas, il est toujours en vie. »

Crescenzio frissonna en imaginant la scène. Pauvre Dante, brutalisé par des vauriens !

« Immacolata, je ne sais pas pourquoi tu m'as rejeté. On peut trouver facilement un prêtre qui nous donne la bénédiction. Tu y tiens réellement ? Tu ne m'aimes peut-être plus… »

Dans sa fixité, cette statue âpre et dure comme la pierre des rimes de Dante sembla vaciller, incertaine. Une fissure dans sa coquille de glace impénétrable ; mais cela ne dura qu'un instant. Il la vit fouiller dans son sac, d'où elle tira quelque chose.

« Il y a bien autre chose en jeu, scélérat ! Tiens, reprends ton ignoble imposture. Et si je te revois chez moi, je jure que j'appellerai les gardes. »

Elle lança en l'air un objet qui, dans la faible lumière, étincela mystérieusement. Il tendit les mains pour attraper le papillon métallique et reconnut le splendide agnel d'or dont il lui avait fait cadeau. Il était sidéré.

« Tu m'as donné une fausse pièce, et tu voulais que j'en fasse mon alliance ! »

Il se leva et marcha vers elle, voulut la serrer dans ses bras, mais Immacolata le repoussa, comme une amoureuse trahie et furieuse. Malgré le coup, il essaya à nouveau de l'attraper, mais la jeune femme lui donna un coup de pied. Crescenzio l'encaissa sans se plaindre, comme une preuve de désir, et renonça à la toucher.

« Pourquoi dis-tu qu'elle est fausse ? »

Elle lui lança un regard sévère.

« Judas Manetti me l'a dit.

— Qui est-ce ?

— Un orfèvre juif, répondit-elle. Je lui ai donné la pièce pour en faire un anneau de mariage, comme tu me l'avais dit. Il l'a examinée et m'a dit qu'elle était fausse. Effectivement, que pouvais-je attendre d'un Caetani ? »

Crescenzio restait à trois pas, la distance qu'Immacolata avait établie comme un espace de non-belligérance. Elle était proche, trop proche pour rester maîtresse de soi ; mais sa tête était en plein bouillonnement, et elle se battait avec son cœur.

« Ce juif est fou ! Il n'a pas vu comment elle brille ? »

Elle écarta sa cape et croisa les bras sur sa poitrine, hostile.

« Non, il ne le voit pas. Manetti est presque aveugle, mais ses mains sont des instruments de précision, répondit-elle. Il l'a soupesée longtemps, puis l'a mesurée, a calculé son volume. Après il l'a posée sur la balance : elle ne pèse pas assez. Bien sûr, la différence est infime. Mais Judas Manetti a vieilli en comptant de l'argent toute la journée. Il a pris une lime, mais il n'a pas réussi à la rayer. Alors que l'or est mou, et se raye facilement.

— Ainsi ce n'est pas de l'or, fit Crescenzio, hébété. Tout ce qui brille n'est pas de l'or... »

La jeune femme fut émue de le voir si faible et désarmé. Elle s'approcha, gardant le bras tendu pour marquer la frontière entre eux. Sa voix cinglante couvrait un soupçon de nostalgie.

« Va parler à cet orfèvre. Il te dira que le cuivre se lie à l'or et qu'ils forment un tout inaltérable. Ils sont fidèles en amour, ces deux-là. Cette pièce, par contre, est sale et perfide comme un lit d'adultère. Il y a un troisième élément à l'intérieur. Un métal imposteur qui se fait passer pour de l'or fin.

— Un... métal imposteur ? »

Il ne put pas avoir d'explications, car une voix importune se fit entendre.

« Immacolata ! Allons, il fait presque nuit ! »

Dame Ninetta Ralli, la gouvernante d'Immacolata, se releva avec inquiétude ; elle guettait de toute part les risques de leur sortie clandestine. La jeune femme se tourna vers lui pour la dernière fois. Il avait la possibilité de lui dire la vérité. Une seule. La dernière.

« Immacolata, je n'aurai plus jamais quelqu'un comme toi... Et je ne le veux pas. Tu es une obsession que j'emporterai dans ma tombe ! »

Elle hésita, en proie au doute, suspendue entre la terre et le ciel. Puis elle se détourna et s'éloigna d'un pas rapide, irrévocable comme un adieu. Abasourdi, Crescenzio se laissa retomber sur ce chasse-roue où il resta comme un chien sans maître, dans le noir qui descendait autour de lui. Dans sa tête, des fragments de pensées erratiques et confuses.

Cette pièce est sale et perfide comme un lit d'adultère. Un métal imposteur qui se fait passer pour de l'or fin.

Mais comment un métal peut-il ainsi passer pour un autre ? Il faudrait un magicien.

Ou, peut-être, un alchimiste.

11

Il fallait se boucher le nez dès qu'on entrait. Même avec les fenêtres grandes ouvertes, la puanteur était insupportable. De la pisse de chat, assurément ; dans les archives des papes ? Assis à une table dans cette grande salle encombrée de caisses et aux murs couverts d'étagères jusqu'au plafond, Othon de Sermoneta griffonnait tandis que deux chats agités, l'un bringé et l'autre roux, se frottaient contre ses mollets.

« Oh non, mes belles, dit le notaire, vous devez la gagner, votre pitance ! »

Crescenzio avança en lisant les étiquettes de bois noirci qui surplombaient les différents secteurs des archives apostoliques millénaires. L'une d'elles indiquait : « Registra Vaticana », et sur le dos des magnifiques volumes de parchemin, on reconnaissait les armoiries des comtes de Segni, la famille du grand Innocent III.

« Diplomata », lisait-on sur une armoire fermée par un gros verrou ; la précaution était nécessaire, car on gardait là des parchemins impériaux fermés par de lourds sceaux d'or. « Penitentiaria », « Varia Cameralia », « Taxae », « Supplicationum ».

Chaque pas semblait scander un voyage fantastique

à travers les méandres de l'inextricable bureaucratie papale. Dans le désordre, la poussière, dans des coffres pleins à craquer, était celée l'histoire du monde chrétien.

« Maître Othon…

— Bonjour sieur Caetani. Quel bon vent… ? »

Crescenzio le vit se lever d'un bond, saisir au vol un paquet de feuilles et se ruer vers une étagère chargée de documents en frappant un grand coup sonore.

« Attrape, sale bête ! »

À moitié assommée, la souris tomba au sol, détala entre ses pieds, puis se glissa vers la porte, disparaissant dans la galerie. La fonction des chats était claire, mais visiblement ils n'étaient pas assidus à leur tâche.

« Maître Othon, je cherche le traité *De adventu Antichristi* d'Arnaud de Villanova. Le livre qui lui a valu une inculpation, lorsqu'il était à Paris. Il doit être dans le placard, là-bas au fond, marqué "Inquisitio Hereticae Pravitatis". »

Othon de Sermoneta fronça le nez.

« Non, l'Inquisition n'a rien à voir avec ça. Le Catalan a été dénoncé par quatre théologiens de la Sorbonne. »

Ayant dit ces mots, le notaire souleva son ventre sphérique pour l'acheminer, non sans peine, vers un grand placard surmonté d'une planche de bois peinte indiquant : « Universitates studiorum ».

« Le voilà », dit-il.

C'était un paquet de dossiers soigneusement rassemblés par une ficelle, sous une note autographe du cardinal Matteo d'Acquasparta, qui ne s'exprimait pas sur le compte d'Arnaud, mais garantissait le sérieux des quatre théologiens.

« Il y avait un sceau ici, dit Crescenzio en pointant son doigt. Je vois l'empreinte rouge de la cire. Il est vraiment petit ! La Sorbonne a-t-elle des sceaux aussi modestes ? Pourtant ils s'y connaissent en grandiloquence…

— En fait, ça ne vient pas de la Sorbonne, répondit Othon. Regardez ici. Il y a deux signatures. »

Crescenzio porta son regard sur les deux noms. *Ph. le C.*, lut-il.

« Qu'est-ce que ça signifie ?

— C'est l'abréviation d'un nom. Ce doit être l'un des agents du roi.

— Et cet autre nom ? Je lis *W. Nogaredo.*

— C'est l'avocat qui a fait sortir le Catalan de prison. Un certain Guillaume Nogaret.

— Un juriste célèbre ?

— Pas du tout ! Malgré toute sa science, le Catalan est pauvre comme Job. Ce Nogaret devait être certainement sans le sou et devait pratiquer des prix si bas que même le vieil homme pouvait se le permettre.

— Il a enseigné à Montpellier. Puis il a eu une affectation à Beaucaire, objecta Crescenzio. Il ne devait pas être à plaindre.

— Un provincial, effectivement, renchérit Othon. Les bons avocats vont à Paris. Ils vont au Parlement, où ils défendent les grands seigneurs contre le roi, qui les saigne avec de lourdes taxes.

— C'est très bien, merci. Mais j'aimerais avoir le livre du Catalan. Ça, c'est seulement le dossier qui le contenait.

— Le livre n'existe plus, répondit le notaire. Ils l'ont brûlé. »

La franchise éhontée avec laquelle maître Othon traitait l'affaire étonna Crescenzio tout en éveillant sa suspicion.

« Brûlé ? Mais le Catalan a été acquitté ?

— C'est lui qui l'a demandé. Le pape était contre, mais le vieil homme a dit que c'était désormais un livre infâme, puisqu'il avait fait scandale. Il ne voulait plus de problèmes, c'est tout. Il n'a sauvé qu'une seule page, pour la garder en souvenir.

— Puis-je la voir ? »

Après avoir longuement tâtonné dans les étagères surchargées, maître Othon tendit à Crescenzio la feuille de parchemin qui avait été épargnée. C'était l'exergue, la première page, qui ne contenait aucune partie du texte, seulement une très courte note expliquant le sujet des feuilles suivantes. Il y avait une illustration à la plume avec des teintes simples, comme souvent dans ce genre de manuscrit, une sorte de roue creuse au centre, sur laquelle couraient trois animaux dessinés en traits naïfs, de couleurs différentes. Ce n'étaient pas les symboles des auteurs des évangiles, ils auraient été quatre, mais plus probablement des allégories érudites tirées de la Bible ou de quelque texte apocryphe sur le thème de l'apocalypse. Le premier était une sorte de corbeau, le deuxième un cygne blanc, le troisième une grue exotique au plumage éclatant. Au centre, l'incipit donnait une idée du contenu du livre dans un latin quelque peu maladroit.

Antichristus revolvit super aquas usque reversum
in focum et regna adnullabit
cum affluenti usu tenebrarum
et incepta nequitia cum eradicati Domini eredes.

« Maître Othon, vous dites que le Catalan a été dénoncé par les théologiens de la Sorbonne. Ne serait-ce pas plutôt par les professeurs de grammaire, par hasard ? Ce latin est catastrophique. Il y a même une faute d'orthographe : “L'Antéchrist se retourne sur les eaux, traduisit-il perplexe, jusqu'à ce qu'il retourne dans le feu. Il anéantira les royaumes avec un usage redondant des ténèbres, et l'avènement du mal aura lieu lorsque les héritiers du Seigneur seront déracinés.” »

Plus il le regardait, moins il y voyait clair. Hormis la médiocrité du style et la métrique imparfaite, il n'y avait absolument rien qui n'eut déjà été répété jusqu'à épuisement par tous les prédicateurs itinérants, prophètes et visionnaires qui, au fil des siècles, avaient annoncé aux hommes la fin imminente du monde. Et puis, ces horreurs d'orthographe… Mais enfin ! Le Catalan connaissait le grec, l'arabe, l'hébreu et la langue secrète des magiciens chaldéens, pouvait-il ignorer que *heredes* s'écrit avec un h ?

Bon sang ! Cette espèce de devinette eschatologique devait bien avoir un sens caché.

Peut-être que…

Sous le coup d'une intuition, il recopia à la suite l'initiale de chaque mot. Un sourire triomphal éclaira immédiatement son visage.

Ars aurifera. Caute incede.

« Procédé de fabrication de l'or. Avance prudemment. »

Le voilà, le secret du Catalan ! Dans ce traité sur l'Antéchrist, au moyen de symboles et d'énigmes, il avait, en réalité, décrit la procédure alchimique pour obtenir de l'or.

Pour un homme comme lui, étourdi mais ascétique, rien au monde ne pouvait mieux représenter l'Antéchrist que l'or, la bouse du diable. Et voilà pourquoi le roi de France l'avait fait jeter en prison : le vieil homme allait quitter Paris en emportant ce savoir vital ! Arrivé à Rome, Arnaud s'était expliqué devant le pape, puis avait voulu jeter immédiatement le livre au feu.

Parce que la place de l'Antéchrist est dans le feu. Sinon, il dévastera la Terre.

12

Hiram envoya ses serviteurs, des marins qui connaissaient la mer, avec la flotte et les serviteurs de Salomon. Ils allèrent à Ophir et là, ils prirent quatre cent vingt talents d'or et les apportèrent au roi Salomon.

Ofilio. Ophites. Ophiuchus… rien ! Pendant des heures, Crescenzio avait passé au peigne fin les répertoires alphabétiques du monde connu en possession de Sa Sainteté. Ils étaient nombreux, pourtant ce maudit nom ne voulait pas sortir. Il consulta également la Bible grecque, la Septante, pour vérifier si en passant à la Vulgate latine de saint Jérôme certaines lettres avaient pu s'égarer. Pas du tout ! C'était bien : « Ophir : l'endroit mystérieux où Salomon avait trouvé d'immenses filons de minerai d'or. » Mais où diable était-ce ? Contrarié, il lança un regard irrité à Maddalena.

En arrivant à la bibliothèque, il avait été stupéfait d'y trouver sa sœur ; lorsqu'il lui avait demandé ce qu'elle était venue faire, elle lui avait expliqué que, depuis deux semaines, elle explorait ces étagères dès qu'elle en avait l'occasion, à cause d'Arnaud et d'une curieuse énigme qu'il lui avait demandé de résoudre. Le vieil homme avait la manie des devinettes !

« Peux-tu m'aider, s'il te plaît ? demanda-t-il nerveusement. Cherche dans ces cartes. Ophir devrait se trouver en Palestine ou en Phénicie. Peut-être en Arabie. Maddalena ! Qu'est-ce que tu regardes ? »

Immobile devant la fenêtre, la jeune fille fixait une femme qui la regardait depuis la rue, debout sur la pelouse des jardins papaux.

Une mendiante, en pèlerinage, venue demander l'aumône. Ou peut-être pas.

« Mais c'est Zaïra, la bohémienne qui lit l'avenir dans les cartes. Comment est-elle arrivée ici ? »

Maddalena haussa les épaules. Beaucoup de gens passaient allègrement le cordon de sécurité autour du Vatican. Il suffisait de ne pas porter d'armes, ou d'avoir dans les mains un présent pour tel ou tel seigneur.

« Elle te fait des signes, nota Crescenzio. Qu'est-ce qu'elle te veut ? »

Ce n'étaient pas des signes. En réalité, la gitane agitait en l'air une de ses cartes. Ses mystérieuses cartes parlantes qui avaient subjugué Arnaud de Villanova. Geste inutile ; la distance entre eux était telle que Maddalena ne pouvait distinguer le dessin, encore moins discerner le sens de cet arcane. Elle secoua la tête et la gitane comprit. Elle s'en alla chercher un bâton et se mit à tracer sur le sol quelque chose de rond, traversé par des rayons, semblable à une roue sur laquelle quelqu'un montait tandis qu'un autre tombait.

« Mais elle dessine la Fortune ? observa Crescenzio. Dans les miniatures, on la représente comme ça : une roue qui tourne, qui change sans arrêt de position. »

Ces vaines croyances sur la divination ne l'intéressaient guère ; il s'éloigna de la fenêtre pour reprendre ses recherches. Maddalena se déplaça également, mais vers un point précis de la bibliothèque, saisie d'une intuition.

Une roue. La gitane avait dessiné une roue, et ce sous la dictée d'un certain arcane. Pourquoi ?

Le dessin était peut-être un indice pour elle, qui sait. D'un pas rapide, elle alla vers l'endroit qu'elle avait aperçu quelques jours auparavant et qu'elle avait gardé en tête. C'était une petite armoire isolée au milieu des étagères et surmontée de l'inscription « Auditores Rotae ». Curieusement l'image tracée au sol par la gitane lui avait immédiatement rappelé ce cabinet. Il contenait les sentences prononcées par les avocats de la Rote romaine ; des paperasses d'avocats conservées là en témoignage des procès du passé, à consulter en cas de controverse. *Romana Rota*... Ainsi nommée parce que les juges se réunissaient dans une pièce au pavé orné d'un grand disque de porphyre rouge. Une *roue*, justement.

Elle ouvrit l'armoire et la vida dossier après dossier, pour découvrir que la paroi du fond possédait un portillon, qui donnait sur une grande niche creusée dans le mur. Plus qu'une cachette secrète, c'était un placard insoupçonné. À l'intérieur gisaient des bouts de bougie, un silex, une bouteille de vin, divers jeux avec lesquels les officiers devaient jouer pendant les pauses des gardes. Un dossier avec des comptes annotés, puis un grand volume relié. Il contenait une copie des *Six Livres de la science* de Roger Bacon. En le feuilletant, Maddalena comprit vite pourquoi il avait été stocké là : il exposait des doctrines frisant dangereusement le paganisme. De nombreuses notes marginales, rédigées par qui sait quel bibliothécaire, expliquaient les risques de certaines thèses. La tentation de l'interdit suscita en elle une irrépressible curiosité. Elle commença à passer au crible les gloses des passages censurés.

Ainsi préparé, l'or prolonge la vie, surtout s'il est exposé aux rayons du soleil et des étoiles, qui lui confèrent son pouvoir magique.

Un peu plus bas, elle reconnut cet étrange symbole qu'elle avait vu sur la lettre du Catalan, avec les notes de musique. En marge, le censeur inflexible expliquait sa signification comme suit :

SOL VIR AURUM
Soleil. Mâle. Or.

Elle ferma le livre, sûre d'avoir désormais résolu l'énigme. *Sol*, dans la première portée. En latin, soleil, qui est la traduction de l'arabe Shams, le nom d'alchimiste que s'était choisi l'étudiant qu'Arnaud avait commencé à instruire. *Ré*, *mi*, *si*, juste en dessous. Lus à la suite, les noms des notes formaient le verbe latin *remisi*, qui signifie « j'ai pardonné », mais également « j'ai renoncé ».

Elle pensa aux trois cartes avec lesquelles le Catalan jouait de manière obsessionnelle ; toujours les mêmes, comme si elles contenaient une vérité qui le tourmentait : un Ermite qui tourne le dos au Soleil, et qui cherche la Lune avec une lanterne.

Le symbole mystérieux écrit dans la marge inférieure gauche de cette note était en fait une signature. Sole, ou Shams, l'élève de Paris : il suppliait le maître de le rejoindre. Mais le soleil représentait aussi l'or, dont Shams semblait avoir désespérément besoin. Arnaud avait répondu à cet appel par un « non » ferme et irrévocable. *Remisi*. Parole de celui qui a oublié le tort subi, mais qui ne revient pas en arrière.

Sûre de son fait, Maddalena prit le livre et l'apporta à son frère.

« Et si Ophir n'était pas un lieu ? demanda-t-elle avec ferveur. Et s'il ne désignait pas une région géographique, mais plutôt une technique secrète ? »

13

Boniface VIII était assis sur sa haute chaire, penché en avant, les mains accrochées aux accoudoirs, les serrant avec un tel emportement que ses jointures étaient blanches.

« J'ai dit non ! Et quand je dis non, cela veut dire non ! As-tu compris, une bonne fois pour toutes ? »

Devant lui, peu touché par l'explosion apostolique, se tenait le seigneur Pietro II Caetani, comte de Caserte ; il était le père de cet odieux fanfaron, Loffredo, qui faisait parfois trembler Rome par les bravades honteuses qu'il commettait avec sa bande de jeunes amis. Ils l'appelaient « marquis » pour son ambition bien connue d'obtenir un beau domaine personnel en Italie centrale, domaine qui, grâce à son oncle pape pourrait devenir une principauté, voire un royaume. Comme il était presque nain, jaunâtre de visage et sec comme un clou, les prélats de la Curie lui avaient donné le sobriquet de « roi Pipo » ; mais après avoir passé les murs du Vatican, atteignant Tor di Nona, l'épithète avait très vite été traduite par le peuple en « roi branlette ». Ce jour-là, c'était la énième confrontation entre lui et Sa Sainteté.

« Je ne vois rien de gênant, insista le marquis. De nos

jours, n'importe qui met une couronne sur sa tête. Moi, au moins, j'ai deux papes dans la famille.

— Cela ne t'autorise pas à te promener dans Rome avec une couronne sur la tête, réitéra le pontife.

— Ce n'était pas une vraie couronne.

— C'était un cercle d'or, n'est-ce pas ? tonna Boniface VIII.

— En argent plaqué or, Votre Sainteté.

— Et alors ? Le cercle d'or sans pointes est un diadème. Il représente une couronne, donc il n'appartient qu'aux rois. Je te l'interdis absolument. Les gens me critiquent déjà parce que je favorise mes proches au-delà de toutes limites !

— Votre Sainteté, quand ma Mariuccia s'est mariée, elle l'a portée par-dessus le voile. »

Boniface VIII commençait à être à bout de nerfs ; affronter ses parents dans la louable mais vaine tentative de mettre un frein à leurs ambitions éhontées devenait épuisant. Même Duraguerra montrait des signes évidents d'agacement, d'autant plus que Crescenzio était entré avec l'air d'un chien qui flaire une bonne piste.

« Ça suffit ! tonna enfin le pape. Un diadème sur le voile de mariée n'engage à rien et n'est pas compromettant. Cela embellit, mais ce n'est pas un symbole. »

Mais pour la ruse, Pietro, le « marquis », n'était pas le premier venu.

« Votre Sainteté, donc le voile fait la différence parce que c'est une coiffe. Et si je me faisais coudre le cercle d'or sur mon chapeau, qu'en dites-vous ? »

L'idée fut énoncée dans un moment de silence absolu. Le pape en avait assez entendu, et, après tout, il y avait quelque chose d'original, de créatif dans cette duperie. Voyant Duraguerra faire une moue tolérante, Boniface VIII saisit l'occasion au vol.

« Ainsi soit-il ! Mais le chapeau doit recouvrir le diadème », conclut-il en frappant sa main à plat sur l'accoudoir.

Combien de dents une bouche humaine a-t-elle ? Crescenzio se posait cette étrange question. Lui qui étudiait la médecine et qui avait souvent extrait, presque sans douleur, des molaires pourries à une grosse légume de la Curie. Pourtant, en regardant son parent en cet instant, il lui semblait que les estimations courantes, soit environ trente-six en dentition saine, devaient être au moins doublées. Boniface VIII était sorti très las de cette confrontation qui lui avait brisé les nerfs (et quelque chose d'autre dans sa personne sacrée de laquelle *non docet* parler *apertis verbis*).

Il renvoya tout le monde, y compris Duraguerra, pour rester seul avec son neveu.

« Alors, Crescenzio, quoi de neuf ?

— Saint-Père, saviez-vous que le Catalan avait caché le secret de la fabrication de l'or dans ce traité ? »

Le pape opina du chef. La chose ne le prenait pas complètement au dépourvu.

« Les animaux représentés m'avaient intrigué, admit-il. Le premier est un corbeau. Le second un cygne. Le troisième m'avait mis sur une fausse voie au début, avec ses plumes déployées. Mais ce n'étaient pas vraiment des plumes, mais des langues de feu. C'est un phénix qui renaît des flammes.

— Félicitations, Votre Sainteté. Corbeau, cygne et phénix, ou dans la langue hermétique *Nigredo*, *Albedo* et *Rubedo*. Les trois étapes de la transmutation. Vous avez une culture scientifique insoupçonnée. Il me semblait juste étrange que le dernier mot, *eredes*, ait été écrit sans la première lettre. Mais l'auteur avait besoin d'un *e*, à cet endroit-là.

— Viens-en au fait, mon neveu.

— Bref, le roi de France vous trompe depuis des années sur les comptes de la dîme. Malgré tout, l'argent obtenu de manière malhonnête ne suffisait pas encore à ses objectifs. Notamment s'il voulait émettre une pièce d'or capable de guérir les budgets de l'État. Le roi a dû supplier, jusqu'à émouvoir le savant qui lui était dévoué. Au point qu'à la fin…

— À la fin, le Catalan lui a dit que l'or pouvait être créé à partir de rien, déclara le pape.

— À partir de rien, pas tout à fait, Saint-Père. Il faut des minerais rares ; et grâce à un procédé complexe, il est possible d'obtenir un alliage métallique aussi brillant et inaltérable que l'or. Un peu moins lourd, en réalité, et un peu plus dur. Mais qui l'aurait remarqué ?

— Personne, mon neveu.

— Quelqu'un a pu le remarquer, précisa Crescenzio.

— Quelqu'un qui, comme le Catalan, connaît bien l'Orient et ses secrets. Et qui a accumulé de l'or à en faire exploser ses coffres.

— Les Templiers, dit le pape. Mais eux sont au-dessus de la loi commune : tout ce qu'ils ont, tous les secrets qu'ils gardent, c'est un trésor en réserve pour la rédemption de la Terre sainte. Ils n'auraient pas dérangé le roi dans ses trafics : l'Ordre n'intervient jamais dans les affaires qui touchent les souverains.

— C'est vrai, Saint-Père. Par les Templiers, nous n'aurions jamais rien su de cette histoire. Cependant, le roi n'était pas serein et il voulait partager ce secret. D'où l'idée de demander au grand maître l'autorisation d'installer la nouvelle Monnaie qui devait frapper l'agnel dans l'enceinte des Templiers.

— Une idée ingénieuse, qui aurait éloigné les regards indiscrets de Bettino Cassinelli et des autres fondeurs officiels. Mais adresser une telle demande aux Templiers équivalait à demander leur complicité dans l'affaire.

— Le grand maître a, en effet, opposé un refus clair et net. C'est une chose de produire de l'or faux pour financer la rançon de Jérusalem, et autre chose de le faire pour tromper les marchands chrétiens.

— Montre-moi cette pièce, Crescenzio.

— La voici, Saint-Père : c'est l'or légendaire d'Ophir. »

Les yeux étonnés de Boniface VIII admiraient la splendeur de cette pièce. Le pape était captivé par la beauté mystérieuse de cet alliage, et nullement scandalisé par la vérité dérangeante qui venait de se révéler.

« Ce devait être quelque chose, le Temple de Salomon ! s'exclama-t-il.

— Saint-Père, vous ne pouvez pas punir le roi de France pour fraude fiscale, pour la dîme que nous n'avons pas reçue. Cependant, cette pièce prouve que c'est un faussaire. Il a trompé ignoblement ses sujets. »

D'un geste qui stupéfia Crescenzio, le pape lui fit un clin d'œil, et après avoir défait les lacets de sa chemise, il y fit disparaître la pièce. En clair, il la gardait pour lui ; elle était trop belle pour finir dans le Trésor apostolique !

« Je ne crois pas que je punirai le roi de France pour cette frappe, dit-il.

— Quoi ?

— Je ne sais pas s'il peut vraiment être qualifié de faussaire. Dans le passé, le pape Innocent IV a autorisé, par décret, les altérations des monnaies, en cas de sérieuse nécessité.

— Mais Votre Sainteté, le roi aurait dû demander

votre permission. Au lieu de cela, il a tout fait secrètement en montant cette tromperie…

— C'est ce que tu dis, Crescenzio ? Regardons ce qui s'est réellement passé. À qui était destinée cette monnaie exceptionnelle ? Aux princes, aux magnats de la haute finance. Les agnels d'or sont des symboles, avant d'être des pièces de monnaie. Il en existe très peu, et tu peux être sûr que le Catalan n'en fera pas d'autres. Les gens qui travaillent et transpirent sont payés avec des pièces de cuivre ou d'argent : ils ne sont pas lésés par la fraude. Quant aux riches, la fierté de posséder de telles raretés compense bien les sommes dépensées. C'est l'or de Salomon, mon neveu. Fondu par Arnaud le Catalan ! »

Crescenzio baissa la tête sans répondre. Il ne s'étonnait plus de la vision particulière de la justice de son oncle le pape. Il pouvait même avoir raison, d'un certain point de vue. Qui avait fait les frais de la monumentale escroquerie ? Les princes et grands seigneurs de France, ceux-là mêmes qui avaient mis Philippe le Bel dans une situation inextricable en refusant de payer des impôts à l'État. Et lui, qui n'était pas aussi stupide que certains le disaient, avait trouvé un moyen sophistiqué de glisser son sceptre royal à fleurs de lys dans l'orifice sacré de toute cette gente malhonnête. Bien fait pour eux ! Qui sème le vent récolte la tempête.

« Peux-tu garder un secret, mon neveu ?

— Bien sûr, Saint-Père.

— Je vais t'en révéler un. Va dans ma chambre. Défais la couture du matelas du côté droit, en haut. Tu y trouveras quelque chose. »

Le ton de conspirateur qu'avait pris son oncle mit immédiatement Crescenzio sur la voie.

« Ne me dites pas… le traité d'Arnaud ! Le livre dans

lequel le vieil homme décrit par énigmes l'art de fabriquer cet or merveilleux…

— Bravo mon garçon ! Jettes-y un coup d'œil, si tu veux : tu le mérites, après tant d'efforts ! Je l'ai toujours gardé, même si Arnaud voulait le détruire. J'ai déchiré la première page en lui disant que le reste avait été brûlé, mais ce n'était pas vrai. Je n'aurais pas voulu qu'un traité scientifique aussi important soit perdu. Maintenant, cependant, je ne suis plus sûr qu'il ait été sage de le garder.

— Comptez sur moi, Saint-Père. Je ferai ce que vous demandez. Mais ôtez-moi d'un doute : vous aviez le livre, vous aviez l'alchimiste. Pourquoi n'avez-vous pas exploité une telle ressource ?

— Arnaud a produit l'or sur demande.

— Mais cela ne s'est produit qu'une seule fois, devant le Sacré Collège. Et en quantités très modestes. En lui demandant de le faire en public, vous vouliez vraiment donner une démonstration de force. Comme pour dire : “Méfiez-vous, j'ai des ressources illimitées.”

— L'idée de fabriquer de l'or, du vrai, est en soi imprudente, répondit le pape. Sur Terre, il n'y a qu'une certaine quantité de métal aurifère, décidée par Dieu le jour de la Création. Il n'est pas permis à l'homme de produire ce que seul Dieu crée. Cela n'est que sacrilège.

— Saint-Père, vous êtes fin théologien. Quant à moi, j'ai une vision différente. L'or existe dans la nature en quantités limitées. Il est synonyme de pouvoir, ne pas en avoir, c'est devoir se soumettre à la volonté de ceux qui en ont. Les Français souffrent d'une grave pénurie de métaux nobles, tandis que le Trésor apostolique en déborde. Donc, le roi Philippe IV peut toujours demander de l'or aux banques et se retrouver pris à la gorge plus qu'il ne l'est déjà ; ou alors il pourrait, à l'inverse, baisser la tête devant le Saint-Siège. Que l'on pense à tout cet or déposé dans les coffres du Temple. Il est destiné à la libération de Jérusalem, mais c'est vous qui en disposez. Qui sait ? vous pourriez faire un prêt, par voie d'exception, à la couronne de France ; et pourquoi pas à un taux de faveur si le roi se montrait très docile.

— Ah mon neveu, quel grand pape tu ferais !

— Probablement pas pire que d'autres, Sainteté. Mais le pouvoir n'est pas fait pour moi. J'ai même du mal à comprendre en quoi il consiste, concrètement.

— Tu ne comprends pas ? C'est pourtant simple. Le pouvoir, c'est décider de la vie d'autres hommes. Beaucoup d'hommes, une multitude. Tous les hommes de la terre, éventuellement. C'est aussi avoir toujours le dernier mot. Le pouvoir, c'est la liberté absolue, Crescenzio. Obliger les autres à faire ce que nous voulons. Toujours.

— Cela vous arrive ?

— Quelle question ! s'exclama le pape Boniface. Ne suis-je pas le vicaire du Christ sur Terre ?

— Certainement, mais Jésus obéissait à la volonté du Père, pas à la sienne. C'est pour cela qu'il est mort sur la croix. »

La conversation fut interrompue par le cardinal Duraguerra, qui fit irruption dans la pièce avec un paquet de feuilles dans les bras, l'air très agité.

« Pardonnez-moi, Saint-Père. Il y a deux problèmes urgents. »

Boniface VIII soupira puis alla s'asseoir, résigné.

« Le roi de Sicile n'accepte pas votre proposition, Sainteté.

— Quelle proposition ? C'est un ordre ! Charles de Valois veut la Sicile, s'il ne m'entend pas cette affaire va très mal finir.

— Frédéric d'Aragon dit que la Sicile lui appartient

par le droit de conquête. Il s'en est emparé par la guerre des Vêpres. Il n'a pas peur de Valois, au contraire, il promet de lui taper dessus comme sur un tambour. »

Boniface serra violemment son poing droit, puis le porta à sa bouche, se mordant l'index pour contenir sa colère. Il lui fallut un bon moment pour retrouver un semblant de sérénité.

« Duraguerra, que pouvons-nous faire pour l'amener à obéir ?

— Je crains qu'il n'y ait rien à faire, Votre Sainteté. L'Aragonais ne vous écoutera pas même s'il était menacé d'excommunication. Restez en dehors de tout cela, attendez qu'un vainqueur se confirme. Plus tard, nous en reparlerons.

— Le deuxième problème ?

— Votre Sainteté, Arnaud de Villanova a quitté la Curie.

— Qu'est-ce que ça signifie ?

— On m'a dit qu'il est allé au château de Survola.

— Est-il devenu fou ?! aboya le pontife. Il s'en va comme ça, sans demander la permission ? Sans même prévenir ? »

Duraguerra écarta les bras dans un geste de résignation.

« Votre Sainteté, je pense que vos autres médecins l'ont offensé. Ils l'appellent *le juif* à cause de ce sceau astrologique qu'il vous a fabriqué contre la maladie de la pierre. Selon eux, il y a de la Cabale dans l'air, donc c'est une affaire suspecte. »

Boniface VIII se mordait maintenant le poing entier. Il était proche de ce point d'exaspération où il explosait en éclats célèbres ; dans ces moments-là, des insultes colorées et mémorables pouvaient sortir de sa bouche. Mais quelque chose vint distraire son attention : Crescenzio s'était incliné, et peu à peu, à genoux, comme s'il était sur les marches du Saint Escalier, il avait atteint la grande chaire apostolique.

« Votre Sainteté, si vous me le permettez, je pars. Je vous ai volé trop de temps, vous devez imposer votre volonté *urbi et orbi*, tant à vos proches qu'aux monarques de la terre. Qu'ils vous obéissent tous, toujours, avec observance… »

Puis il s'éloigna en riant sous sa moustache, laissant dans le cœur du pape exactement le genre de doute qu'il avait voulu instiller.

Le pouvoir c'est peut-être la faculté de conditionner la vie des autres ; mais la liberté, la vraie, c'est autre chose.

14

Il ne construisit aucune partie du Temple, ni à l'intérieur ni à l'extérieur, qui ne fut entièrement en or.

Crescenzio ferma le lourd volume des *Antiquités juives* de Flavius Josèphe avec un bruit sourd.

« L'or, marmonna-t-il, pensif. C'est la clé de tout. L'or, alias la royauté. En fin de compte, Arnaud de Villanova était pour le roi de France ce que l'architecte mythique Hiram fut pour Salomon. L'auteur d'un prodige. L'architecte de sa gloire. Il n'est pas étonnant que Philippe le Bel se mette en quatre pour le ramener à Paris ! »

Maddalena classait méticuleusement la masse de feuilles utilisées par son frère et Dante Alighieri pendant l'enquête. Quelque chose dans les mots de Crescenzio retint son attention.

« Tu sais, ce moine que j'ai vu en rêve…

— Encore ! Arrête avec ces bêtises. »

Mais elle ne voulait pas en démordre. Elle avait clairement vu un religieux dans l'obscurité, mais la nuit était éclairée par l'éclat d'un long serpent d'or que le moine contemplait. Il s'approchait de lui pour l'admirer, pensant qu'il allait l'enchanter, mais le serpent l'enserrait perfidement et l'écrasait dans ses anneaux. Désormais, elle comprenait le sens de ce rêve : le moine était le père Rolando Guidi, étouffé par ses liens avec le pouvoir, la politique et l'argent qu'il avait gardé malgré son entrée au couvent. Des liens dangereux comme les anneaux d'un serpent.

« Tu es injuste, Crescenzio, répondit-elle gravement. Les morts viennent à nous avec peine et douleur, ils traversent des régions inconnues dont nous n'avons aucune idée. Pourquoi ne devrions-nous pas les écouter ? »

Le jeune homme haussa les épaules, fidèle à son scepticisme aristotélicien. Il ne voulait pas s'empêtrer dans des discussions métaphysiques, il avait assez à faire des troubles sentimentaux dans lesquels il se débattait, et du devoir odieux qu'il allait maintenant accomplir.

« Donne-moi ce livre, petite sœur », ordonna-t-il. Et il tendit la main avec autorité.

Elle recula.

« Est-ce vraiment nécessaire ?

— Donne-moi le livre, Maddalena. Le pape voulait empêcher que le traité d'Arnaud soit détruit, mais c'était une idée sage. Le vieil homme a raison : la prolifération de l'or est une malédiction de l'Antéchrist. Si elle n'est pas arrêtée, elle peut générer une catastrophe. Allez, petite sœur. Dois-je te l'arracher des mains ? »

À contrecœur, la tête baissée et les yeux pleins de larmes, elle finit par donner à son frère ces pages qu'elle gardait depuis quelques jours avec le soin jaloux d'un prêtre défendant les reliques des saints.

« Je t'en prie, ne fais pas ça… »

Insensible à sa supplique, Crescenzio mit une poignée de brindilles desséchées dans la cheminée, puis déchira une à une les pages du traité *De adventu Antichristi* que Boniface VIII avait confisqué à son auteur dans le but de le sauver ; cependant, il l'avait confié à quelqu'un qui était encore plus convaincu que le Catalan de la nécessité de le détruire.

Ébahis, le frère et la sœur penchèrent leurs visages sur ce bûcher dans lequel le secret d'un savoir aussi ancien que l'homme lui-même, peut-être arraché par la tromperie aux mystères enfermés dans le cœur de Dieu, partait en fumée. La flamme s'éleva dans un crescendo de lumière et de crépitements qui les hypnotisa pendant quelques instants.

Quand le dernier fragment de ce livre plein de dangers finit en cendres, Crescenzio quitta la pièce avec un soulagement intense, l'âme apaisée.

Restée seule pour ranger les carnets de son frère, Maddalena vit glisser à terre une feuille. C'était le billet que le Catalan avait reçu de France, dans lequel son mystérieux élève de Paris avait écrit son message crypté en notes de musique.

Quelle joie elle avait ressentie en voyant cette lueur dans les yeux du vieux savant lorsqu'elle en avait déchiffré le sens !

Arnaud l'adorait, elle le voyait. Au point qu'il insistait pour qu'elle apprenne l'arabe pour pouvoir lire certains livres ésotériques qu'il n'était pas sage d'écrire dans la langue des chrétiens.

Les yeux rivés sur cette feuille, il lui semblait entendre en son cœur la douleur de cet homme inconnu qui, depuis Paris, implorait le retour du Catalan. Comment s'appelait-il ? Le vieux l'avait dit… Oui : Philippe de Fontainebleau. C'était sûrement le seigneur d'un petit château peu connu et peu important, car elle n'en avait jamais entendu parler. Mais qu'avait fait cet homme, là-bas en France, pour s'attirer la rancune d'Arnaud ? Cela ne devait pas être un mal irréparable, toutefois, puisque le vieillard gardait pour lui une tendre affection cachée dans les replis de sa colère. Depuis combien de temps ce monsieur attendait-il ? Des mois. Le Catalan avait refusé le message, et voici que, par des détours tortueux, il se retrouvait entre ses mains, sans que l'expéditeur ait jamais reçu de réponse.

Elle fut saisie d'une tentation féroce. Pourrait-elle le faire ? En avait-elle le droit ? Elle était intriguée par l'idée de cet inconnu, certainement doté d'une ingéniosité remarquable, d'une personnalité hors du commun, puisque le vieil homme l'avait choisi. Comment était ce Fontainebleau ? Laid ou beau ? Jeune ou vieux ? Tout ce qu'elle savait de lui, c'était qu'il attendait une réponse. Il se languissait, mais en vain.

On frappa à la porte.

« Loué soit Jésus-Christ ! salua le père Florian d'Alatri. Auriez-vous une lettre à envoyer, par hasard ? »

D'abord surprise, Maddalena comprit que la question n'était pas anormale, puisqu'elle tenait justement une lettre à la main. La tentation fourmillait sous sa peau.

« Oui, père Florian. Mais vraiment… ça devrait aller en France.

— En France ? dit-il. Où ça ?

— Au château de Fontainebleau. Le connaissez-vous ? »

Le facteur franciscain gratta sa barbe négligée. Il n'en avait jamais entendu parler, et de toute façon peu lui importait de savoir à qui écrivait la charmante nièce de Sa Sainteté. Peut-être le pape discutait-il avec les Français pour lui trouver un fiancé étranger. Riche, bien sûr ; et duc au minimum. Il prit la lettre avec son enthousiasme coutumier, et comme elle concernait Sa Sainteté en privé, se dit qu'il serait bon de l'acheminer avec les communications qui ne souffrent le moindre retard.

« Saint Ambroise de Saronne, je l'envoie au bout du monde ! »

15

Dans l'air stagnant de la pièce flottait une odeur acide de métal mêlée à celles du cuir fraîchement tanné et de la graisse animale. Entre ces murs régnait une luminosité inhabituelle. Partout où se portait le regard, des casques finement ciselés, des lances acérées et des épées aux gardes faites de métaux nobles étincelants.

C'étaient des butins de guerre : une prescription stricte imposée par saint Bernard de Clairvaux interdisait aux Templiers de posséder des armes précieuses, même si l'ancienne discipline s'était quelque peu relâchée ces dernières décennies, et que les supérieurs étaient généreux en dérogations et dispenses.

Philippe le Bel errait parmi les bancs de la grande salle d'armes, regardant ces magnifiques objets sans pouvoir s'en rassasier. À chaque fois, entrer dans le quartier du Temple était pour lui un pas amer, qui le forçait à revivre de terribles souvenirs, dans lesquels l'indignation se mêlait à la peur et à un pernicieux sentiment de regret jamais totalement assoupi. Pourtant, le siège occidental des Templiers avait accueilli des rencontres d'une importance vitale dans l'histoire de France. Rencontres à huis clos au cours desquelles plusieurs souverains en bisbille, voire ennemis dans une guerre en cours, se réunissaient pour négocier la paix sous l'égide d'un grand maître prêt à leur offrir le refuge d'un terrain libre de tout pouvoir hors l'autorité supérieure du pape et de Dieu.

La salle d'armes était le lieu que Philippe préférait, peut-être en mémoire à cette vocation templière qui l'avait un jour effleuré et qu'il avait dû abandonner malgré lui. Il était séduit par la beauté mortelle de ces armes. C'étaient des œuvres d'art, pas seulement de redoutables instruments de mort.

Il tendit la main et saisit une épée exposée sur un présentoir de bois exotiques. Elle avait une lame incurvée comme celles des Sarrasins, et sa poignée était en or massif, parsemée de rubis. Il la dégaina. Fine et souple, la lame était veinée de bleu et de violet comme un drap de soie tissé à Damas. Elle avait été forgée dans ce rare acier blanc du Yémen que les Sarrasins appelaient *gauhar*, si brillant que le roi pouvait y voir son visage réfléchi comme dans l'argent d'un miroir. Elle avait dû être la fierté d'un ennemi particulièrement illustre, conquise par un brave guerrier de l'Ordre. Quel effet étrange de voir cette épée qui jadis appartenait à un grand seigneur des infidèles dans la main droite du roi le plus chrétien !

Philippe le Bel en apprécia la qualité. De son bras tendu, il la mit sur le tranchant, la soupesa en fendant l'air d'un coup net comme son maître d'armes le lui avait appris des années auparavant. Il repéra un casque robuste posé sur une enclume, et la tentation fut telle qu'elle déjoua toute résistance. Il frappa un grand coup. Le casque fut tranché net en deux calottes symétriques.

Incroyable, pensa-t-il, on a presque l'impression qu'elle ne vibre pas du tout dans la main. Comme si l'impact ne pouvait pas la déformer…

« Quelle perte pour le Temple ! s'exclama une voix derrière lui. La puissance de votre bras aurait été précieuse dans l'armée de Terre sainte. »

Le roi se retourna et reconnut le cher visage de l'homme qui venait de parler. Frère Hugues de Pairaud, un homme de petite taille, pâle et maladif, n'avait pas la physionomie d'un combattant. Pourtant il avait soutenu et gagné quelques batailles, en près de trente ans d'appartenance au Temple.

Trente ans passés en Europe, en France la plupart du temps, à apprendre à manœuvrer judicieusement les leviers du pouvoir d'un Ordre qui était surtout aujourd'hui une énorme machine diplomatique et financière au service de la future croisade et de Sa Sainteté. Hubert de Pairaud, le frère de son père, était mort en lui léguant la fonction cruciale qu'il avait occupée : celle de gardien de l'Occident, poste qui faisait de lui l'homme le plus puissant parmi les Templiers, deuxième dans la hiérarchie, derrière le seul grand maître.

Une amitié de longue date le liait au roi de France, qui remontait à la lointaine année où le prince Philippe, alors second fils du roi Philippe III le Hardi, était entré dans l'ordre des Templiers pour commencer son noviciat. C'était un lien fort et sincère, impossible à briser ou à oublier car il était scellé d'atroces souvenirs qu'aucun d'eux n'aurait jamais osé confesser à une âme vivante.

Tous deux avaient une petite cicatrice au poignet gauche : une mince trace blanche sur la peau qui leur rappelait ce jour où, trente ans plus tôt, ils avaient incisé leurs veines pour mélanger leurs sangs dans un pacte de fidélité mutuelle impérissable. Les Templiers partent toujours en mission à deux, et la première chose que tout chevalier consacré doit apprendre est à qui il peut vraiment faire confiance. Dans les mains de qui il est sage de mettre sa propre vie. Mais le destin, ou une volonté perverse, avait décidé de les séparer : le fils aîné de Philippe, le prince Louis, héritier du trône, était mort dans des circonstances mystérieuses. Des rumeurs d'empoisonnement avaient couru dans tout le pays et au-delà. Philippe, second dans l'ordre de succession, avait été arraché de force à la milice religieuse pour entreprendre un noviciat plus dur et plus impitoyable encore que celui des Templiers : devenir roi de France. Mais l'ancien pacte n'avait pas été violé et l'affection mutuelle n'avait jamais fléchi.

« C'est incroyable, murmura le roi, hypnotisé par la lueur de l'acier. Elle a dû appartenir à un grand souverain.

— Au plus grand de tous, répondit Pairaud. Il s'appelait Ṣalāḥ ad-Dīn Yūsuf ibn Ayyūb. Sous nos cieux, il est connu sous le nom de Saladin. »

Entendre ce nom exécré, maudit, craint mais aussi secrètement admiré dans le monde chrétien laissa Philippe abasourdi. C'était là le grand condottiere islamique qui avait su unir les forces des infidèles pour arracher la ville sainte aux chrétiens, perdue par son action et pas encore reprise.

« Saladin n'a jamais été vaincu, objecta-t-il. Comment est-il possible que ce trésor se retrouve entre vos mains ? »

Pairaud sourit avec une bienveillance pleine de sous-entendus.

« Cette épée ne nous appartient pas vraiment. C'est un cadeau du calife de Tunis que nous devons jalousement garder et livrer à destination. »

Philippe IV fronça les sourcils.

« Vous échangez des faveurs avec des infidèles,

marmonna-t-il sur un ton de reproche. Cela pourrait être considéré comme une trahison.

— Pour l'instant, c'est l'attitude la plus opportune, sire. Le maintien de bonnes relations avec les puissances régionales, périphériques par rapport à Jérusalem, est nécessaire pour mettre en place une stratégie de reconquête de la Ville sainte. Après tout, c'est précisément de cette manière que les premiers croisés avaient pris Jérusalem et l'ont tenue pendant près de deux siècles : en fomentant la dissension entre les différents émirats de Syrie et de Palestine. Les petits seigneurs sarrasins préféraient être alliés des Francs et maîtres de leur fief plutôt que de tomber sous l'emprise d'un grand sultan.

— *Divide et impera*, acquiesça le roi. Mon tuteur aurait approuvé cette logique. Aujourd'hui, ce sont les rois chrétiens qui sont divisés et voilà pourquoi la croisade attend depuis trente ans.

— Il serait imprudent d'organiser une expédition pour le moment, sire. Le front islamique est en net avantage. »

Philippe IV fendit l'air avec la magnifique épée du grand chef ennemi. Son sifflement était léger comme un souffle de vent.

« Je ne suis pas surpris, Pairaud. Les infidèles resteront invincibles s'ils brandissent des épées comme celle-ci. »

Le gardien de l'Ouest secoua la tête avec un sourire désenchanté.

« Leur arme décisive est bien plus redoutable que celle que vous avez en main, sire.

— Est-elle plus tranchante que cette lame ?

— Elle est mille fois plus puissante. Ils ont la foi que l'Occident semble avoir perdue. Les Sarrasins veulent Jérusalem. Ils la veulent parce que c'est un lieu sacré, et ils sont prêts au sacrifice ultime pour ce faire. Vous conviendrez que c'est une raison contre laquelle il existe très peu de ressources. »

Philippe IV hocha la tête avec admiration, puis remit l'épée dans son fourreau et la reposa sur son support, lui aussi un chef-d'œuvre d'incrustations d'ébène, d'ivoire et de nacre. Maintenant, ses yeux bleus perçants plongeaient dans ceux du gardien, dans un mélange de menace et de supplication.

« Quelles nouvelles me donnes-tu, mon frère ? »

Pairaud retint son souffle. Il ressentait toujours une émotion intense lorsque l'homme le plus puissant du monde chrétien, le roi consacré et petit-fils des saints, s'adressait à lui comme à un égal, rappelant à tous deux qu'ils étaient frères de sang.

« Je suis descendu jusqu'à Marseille, répondit Pairaud. J'ai rencontré le frère que j'avais secrètement envoyé à Rome pour entendre la volonté du grand maître. »

Il s'arrêta et, dès ce moment de silence, Philippe le Bel comprit que la réponse ne devait pas être celle qu'il attendait.

« Il me refuse le prêt ? demanda-t-il sans plus tergiverser. Il sait que le salut de mon royaume est en jeu, et il refuse de prêter de l'argent à la Couronne ? »

Sa voix sèche et dure à l'accent métallique frappa le gardien comme une gifle.

« Frère Molay a répondu que l'or des Templiers n'est pas leur propriété, dit-il en espérant apaiser la tension. C'est l'argent des papes et des chrétiens, qui l'ont donné en aumône pour la rançon du Saint-Sépulcre. »

Les lèvres du roi tremblaient de haine.

« Aucun roi catholique ne partira en armes pour l'Orient sans le soutien des dix mille chevaliers français, siffla-t-il. Et je ne lèverai le camp qu'après avoir mis mon peuple hors du désastre. Un homme aussi obtus que votre chef peut-il comprendre cette banalité ? »

La haine sourde du souverain attristait Pairaud qui, malgré son dévouement au Temple, comprenait parfaitement les raisons de son ami et se rangeait de son côté. Mais la réponse du chef suprême était formelle et personne ne pouvait songer à la remettre en question.

« Vous connaissez le caractère du grand maître, Sire. Vous savez à quel point il est catégorique sur certaines questions. Je suis vraiment désolé ! Mais par la grâce de Dieu, j'apporte une bonne nouvelle de Marseille, dit-il d'un ton plus serein.

— Laquelle ?

— Une lettre, sire. Lisez : elle parle de vous. »

16

Le message que Philippe IV ouvrit, non sans surprise, était un papyrus, une matière fragile et précieuse presque impossible à trouver en Europe. La surface claire était traversée de nombreuses lignes d'écriture ondulant comme la marée, semées de minuscules points, qui à ses yeux incapables de déchiffrer ces signes, semblaient presque jetés au hasard par une main capricieuse. Au bas, se distinguant du texte car écrit avec une encre à base de poussière d'or, un gribouillage élégant semblait être la signature manuscrite d'une personne puissante.

Philippe regarda son ami du coin de l'œil. À quel jeu voulait jouer Pairaud ? Il savait parfaitement qu'il était incapable de lire l'arabe ou toute autre langue des infidèles utilisée dans cette lettre.

« Vous deviez voir l'original de vos propres yeux, sire, expliqua le gardien. Celui qui l'envoie l'a explicitement demandé. Mais il a également pris soin de fournir une traduction. Elle est là. »

Le souverain prit la deuxième feuille de papier, cette fois du papier andalou de la plus haute qualité, couverte d'une écriture latine très arrondie, mais compréhensible pour le roi.

Noble et précieuse Waradi,

J'ai reçu ta lettre et j'ai daigné la lire ; j'ai entendu la prière que tu m'as adressée au nom du Très-Haut et du Miséricordieux.

Je trouve louable pour une femme de montrer tant de préoccupation pour son mari, seigneur et maître, et je ne peux que confirmer tes craintes : tu resteras veuve, et avec toi beaucoup d'autres femmes dans les rangs des Francs, si l'armée d'Occident ose mettre le pied sur les rives de mon royaume dans l'espoir vain et blasphématoire de reprendre Jérusalem, qui est maintenant gardée par les mains pures et les plus fidèles des vrais croyants.

Tu me supplies d'avoir pitié de ton sort, et me fais remarquer que beaucoup de nos femmes pourraient, que Dieu les épargne, subir le sort atroce de se retrouver sans mari, surtout s'il est vrai, comme tu le jures, que l'armée des incroyants est composée de dix mille chevaliers français, auxquels s'ajouteront ceux des autres royaumes, et un nombre indéterminé de soldats d'infanterie, de sergents, de mercenaires.

Tu m'implores également de compatir au sort des peuples africains qui subiront de grandes souffrances par les mains des Francs, lorsque les flottes chrétiennes débarqueront en masse sur les rives de mon royaume, forçant la résistance des ports, incendiant, pillant, violant et tuant sans pitié. Ton cœur d'épouse et de mère est ému par les innombrables épouses et mères qui auront tant à pleurer, des deux côtés, quand l'armée des incroyants quittera les côtes occidentales pour attaquer les terres qui me sont soumises, et qui sont une étape sur la route vers la Palestine.

Tu me demandes de prier selon ma religion afin que le Très-Haut puisse éloigner le spectre de cette guerre, pour une autre raison que tu me confies : ton seigneur et maître est obligé d'engager d'énormes dépenses pour son royaume, et pense trouver en Orient, surtout dans mes terres qui regorgent de richesses, les ressources dont il a besoin.

À tes humbles supplications, précieuse Waradi, je réponds par un proverbe de mon peuple : « L'exemple des ancêtres est comme une besace pour le jeune voyageur. » Je comprends donc que ton époux, seigneur et maître aspire à imiter l'exploit de son grand-père qui régna avant lui, mais qui, souviens-t'en, est mort d'une maladie causée par la colère du Très-Haut sous les murs de ma ville. Un autre dicton ancien transmis par les sages dit : « Mieux vaut un bon voisin qu'un frère éloigné. »

Que ton seigneur n'ose donc pas affliger son peuple dans l'espoir vain et arrogant de conquérir l'Ifrīqiya, pour ensuite se diriger vers Jérusalem.

Puisse-t-il ne pas chercher hors des limites de ses terres le salut qui ne peut venir que de Dieu, si le Tout-Puissant lui concède de se repentir et de se convertir à la Loi.

S'il se montre assez fou pour envahir l'Afrique, il sera accueilli par notre fureur de défenseurs de la vraie foi, et par nos lames qui ne laissent aucune issue, comme tu le verras de tes yeux grâce au cadeau que je vous envoie.

Abu Asida Muhammad al-Muntasir, le Dévôt, le Magnifique, le Ben guidé par Dieu

Étonné, Philippe le Bel continuait de fixer ces lignes hypnotiques par leurs volutes, énigmatiques par leur contenu.

« Qu'est-ce que cela signifie ?

— L'auteur est le calife de Tunis, sire.

— Il n'y a pas de relation diplomatique entre nous et ces gens.

— Il semble que oui, désormais, sire. Ou du moins, entre le calife et la personne à qui il a daigné répondre. »

Le roi chercha le nom inconnu et incompréhensible à qui s'adressait la lettre.

« *Waradi*, murmura-t-il. Qui est-ce ?

— *Waradi* signifie rose en arabe. Je crois que le roi de Tunis se réfère à la Rose des Pyrénées. Le nom sous lequel votre femme Jeanne est connue dans les royaumes d'Espagne. »

Les yeux du roi s'écarquillèrent comme s'il était penché sur un gouffre. Il n'osait même plus poser d'autres questions. Frère Pairaud hocha lentement la tête.

« Votre intuition est juste, sire. La reine a écrit au calife de sa propre initiative. Comme le suggère la lettre, elle lui a habilement fait comprendre à quel point il serait catastrophique d'être attaqué par l'armée chrétienne prête à débarquer en force sur les côtes africaines et à se diriger ensuite vers Jérusalem. Un déploiement de dix mille chevaliers, en ne considérant que ceux qui partiraient de France. À quoi il faut ajouter les guerriers ibériques, allemands et anglais. Et les mercenaires. Et les flottes des républiques maritimes… Muhammad a raison de craindre une attaque comme celle-là. D'autant plus qu'aucun des califes voisins n'oserait se précipiter à son secours, pour ne pas succomber à son tour aux forces chrétiennes. Comme il prend soin de le souligner à l'aide d'un vieux proverbe arabe : “Mieux vaut un bon voisin qu'un frère éloigné”… »

Le roi saisit l'allusion placée dans cette phrase laconique.

« Le calife propose-t-il un accord ?

— Il propose un échange, sire. Mais pas à vous : comme vous l'avez fait remarquer, il n'y a pas de contact diplomatique entre la France et le royaume de Tunis. En réalité il s'adresse à votre femme. Je dois dire que la reine a su formuler sa demande de la seule manière qui pouvait ne pas offenser ou provoquer

Muhammad : elle ne s'est pas exprimée en souveraine, mais en épouse en pleurs, inquiète pour le sort de son mari. De cette manière, elle a réussi à toucher le cœur du calife sans heurter la grande susceptibilité des Orientaux. Elle a été brillante, et providentielle. »

Le gardien reprit d'un geste plein de respect l'arme sublime ayant appartenu à Saladin, la souleva de son précieux étal, puis la déposa avec une solennité presque rituelle entre les mains du roi de France.

« Vous m'avez demandé pourquoi cette épée se trouve ici, sire. J'ai répondu qu'elle n'appartient pas aux Templiers, car on nous a demandé de la livrer à qui de droit. En ce moment, j'accomplis ma tâche et la confie à l'homme à qui elle est destinée. Avec l'amitié du calife Abu Asida Muhammad al-Muntasir, le Dévoué, le Magnifique, le Ben guidé par Dieu », dit-il en s'inclinant légèrement.

Philippe IV regarda à nouveau l'arme admirable entre ses mains. Il lui semblait que c'était une magie ésotérique qui la faisait revenir vers lui, un mystère dont l'homme ne peut pas comprendre les secrets et les chemins tortueux.

« Le calife descend de Saladin, dit Pairaud. Cette épée a une grande valeur affective pour lui. Une valeur plus grande que les trois cent mille dinars d'or qu'il vous offre en signe d'amitié.

— Je ne comprends pas…

— Il semble que votre femme ait accordé une audience privée à l'envoyé du sultan, ce prince Amir qui était ici il y a quelques semaines. Une certaine cordialité s'est établie entre eux. Et avec l'eunuque venu comme interprète. »

Méfiant, le roi lança au templier le regard menaçant de celui qui craint la tromperie.

« Tout est vrai, sire. La reine Jeanne a déjà encaissé l'argent dans son palais de Pampelune. Bien sûr, elle devait donner au sultan des garanties précises que vous ne partiriez pas pour l'Afrique. Elle a engagé votre parole.

— Jeanne a donc vendu mon honneur, grogna le roi. Elle l'a vendu aux Sarrasins !

— Je préférerais dire qu'il l'a racheté, sire. Vous admettrez que le pacte convient à tout le monde. Le calife ne sera pas attaqué par l'armée des chrétiens, et la somme qu'il vous offre en cadeau, bien qu'énorme, n'est pas grand-chose par rapport à ce qu'il lui en coûterait si sa capitale était conquise et mise à sac. Pour votre part, vous avez trouvé l'or dont vous avez besoin pour la nouvelle monnaie. En la vendant aux grands barons, vous sauverez la France de ses dettes.

— La reine a agi sans me consulter. Jamais elle n'aurait dû faire ça !

— Son coup est un chef-d'œuvre diplomatique, sire. Si grand que je peine à croire qu'elle ait agi seule. Quelqu'un doit l'avoir conseillée, ou du moins avoir agi en tant qu'intermédiaire. Quelqu'un qui connaît parfaitement la mentalité des Sarrasins. Qui sait leur parler en se servant de leur sensibilité particulière. »

Irrité par ces considérations, et plus encore par le ton allusif du templier, le souverain chercha dans la traduction un petit signe qu'il avait vu en la lisant, mais auquel il n'avait pas prêté attention, absorbé qu'il était par ses efforts pour en décrypter le contenu.

Il ne se trompait pas : au bas de la feuille, à moitié caché dans un pli du coin gauche, une main amicale et complice avait tracé un minuscule croissant de lune. *Hilal*, le croissant de lune. Le nom de l'apprenti que le

Catalan s'était choisi. Y avait-il la main du vieil homme derrière cette habile négociation ?

« Tu as dit que la lettre venait de Marseille, ajouta le roi. Le navire qui l'a apportée en France a débarqué dans ce port, mais en réalité il faisait voile depuis Rome. Ai-je tort ? »

Le gardien soupira, soulagé. Il y avait des affaires qu'il avait juré de ne pas divulguer et pour lui, soldat à l'honneur sans faille, c'était une bénédiction que Philippe le Bel soit doté d'une telle intuition.

« Ne vous y trompez pas, sire. Le calife n'a pas traité directement avec votre femme. Je pense qu'il est passé par quelqu'un qu'il connaît bien, et qu'il apprécie pour ses qualités intellectuelles. C'est un ancien érudit catalan qui a vécu pendant des années en Afrique. Et qui travaille désormais, dit-on, au service de Sa Sainteté. »

17

Il faisait chaud dans la pièce la plus illustre du Louvre. La lumière du jour déclinant jouait entre les colonnes, embrassait les chapiteaux ornés d'or et d'azur, et chassait les ombres nocturnes dans les coins du plafond peint. Les doux rayons du soleil mettaient une lumière extatique sur le visage du Christ souffrant du grand crucifix franciscain, sur les couleurs flamboyantes des tentures murales, sur la nacre des incrustations qui ornaient les meubles. Une légère vapeur caressait l'odorat. L'encens et la myrrhe. La lavande et la résine de sapin.

En entrant dans la chambre du roi Philippe, on pouvait croire que l'on se trouvait dans une petite église de Provence, suspendue entre mer et forêt. Ces parfums lui allégeaient le fardeau de la vie, suscitaient en lui de chers souvenirs d'enfance.

Dans l'eau du bain désormais froide, le roi frissonnait, mais il ne le sentait pas. Il gardait les yeux fixés sur un point indéfini de la pièce, qu'il regardait sans rien voir.

Il avait dû ordonner une saignée, pour éviter que son visage ne reflète en public l'émotion brutale qui le secouait, l'émotion qui l'avait frappé comme un éclair en ciel serein, le matin même, lorsqu'un domestique avait mis entre ses mains un billet plié en quatre, fermé par un lien mais sans sceau. Le billet provenait de la Curie romaine, apportée par le courrier rapide qui ne s'arrête même pas la nuit ni en cas de mauvais temps.

Un message très urgent du pape pour Philippe de Fontainebleau ?

Absurde… À moins, bien sûr, d'y voir la patte de la seule personne qui savait qui se cachait derrière ce nom, faux et vrai en même temps : Arnaud de Villanova.

Les mains tremblantes il avait ouvert le billet en essayant de ne pas laisser paraître son émoi. Sur la feuille, il avait revu les lignes de la portée que sa propre main avait tracée quelques mois avant, avec cette unique note : *sol.* Un simple mot mais capable de résumer tout un drame. En dessous, Arnaud avait ajouté un autre pentagramme avec trois notes. La réponse dont le sens fut immédiatement clair aux yeux du roi : RE-MI-SI.

Remisi. « J'ai pardonné. » Mais également : « J'ai renoncé. »

Un éclair passa dans ses yeux lorsqu'il vit, dessous, trois lignes d'une graphie tout en courbes. Une écriture qui n'était pas celle du Catalan.

Le livre que vous savez a été détruit. L'Antéchrist ne sortira pas des souterrains de Notre-Dame. Personne ne pourra violer votre secret.
Ne vous découragez pas, frère Shams.
Humiliez-vous, demandez pardon. Et Zilaq reviendra vers vous.

Et en bas, l'inscription en arabe aux traits affectés et le dessin d'un croissant de lune qu'il connaissait déjà. Hilal, le nom mystique de la personne qu'Arnaud avait choisie comme apprenti. Et il l'appelait *frère*, qui plus est… Pouvait-il donc compter sur un ami à la Curie de Rome ?

Philippe le Bel avait fait seller un cheval et s'en était allé galoper seul dans le bois de Vincennes, car après avoir lu le message, il s'était senti incapable de cacher le soulagement inouï qu'il ressentait : Arnaud continuait à le haïr, à lui en vouloir férocement, mais grâce à l'intercession de son second élève, qui qu'il fût, peut-être un jour lui pardonnerait-il.

Pendant les heures restantes de lumière, le souverain avait erré seul dans le tréfonds de la forêt, remerciant Dieu de l'avoir sauvé de la catastrophe et se demandant que faire désormais.

Maintenant que la France était sauve, il pouvait penser à lui-même et essayer de rassembler les fragments brisés de sa vie.

Il devait affronter Jeanne et résoudre une fois pour toutes l'épineuse question qui restait suspendue entre eux ; mais le temps était mauvais, le ciel promettait de l'orage. Tout lui expliquer, lui raconter comment les faits s'étaient réellement passés, il ne pouvait pas et ne voulait pas : c'était l'impliquer dans cette sale affaire dont il n'avait pu se sortir qu'en faisant appel à ses ressources les plus sombres.

Depuis longtemps, il s'était imposé de tenir la mère de ses enfants loin de la boue et de la gangrène de la politique, celle qui se joue à huis clos, sans loi ni pitié ; le champ de bataille maudit où les moralistes sont absents, et que Dieu lui-même ne voit pas. Il n'avait jamais enfreint cette règle et il n'allait certainement pas commencer maintenant.

Devait-il tromper Jeanne ? Lui donner une version édulcorée de la vérité, purgée de ses aspects les plus infâmes ? Ce n'était pas facile de lui mentir. Quoi qu'il eût dit, il s'attendait à ce que ses paroles fussent submergées sous les reproches et les accusations.

Que faire, donc ? Il existait entre eux un terrain de rencontre particulier, où il n'y avait jamais de guerre mais une sorte de dialogue peau contre peau, où les mots et les calculs étaient inutiles. Mais certaines batailles doivent se livrer au corps à corps ; comment l'approcher, si Jeanne avait donné l'ordre de préparer son palais à Pampelune avec l'idée de quitter la France ?

Il pouvait toujours l'empêcher de partir. L'empêcher physiquement, avec un déploiement de gardes et des ordres stricts. Mais le tempérament fier de la reine aurait interprété cela comme une authentique déclaration de guerre.

Philippe le Bel avait demandé un bain pour calmer ses nerfs et mettre de la clarté dans son esprit, mais à présent l'eau était froide, sans qu'il n'ait obtenu de réel bénéfice. Il détestait être indécis. Chaque choix l'obligeait à un examen minutieux des circonstances et à une longue réflexion menée sans hâte, en évitant l'assaut des émotions qui distraient le raisonnement et qui, souvent, mènent à la ruine. Son caractère méthodique avait besoin de temps. Mais cette fois, il n'en avait pas. Le temps était son pire ennemi. Il devait agir rapidement. Avant que la reine, impétueuse comme toujours, prenne la décision fatale de mettre les Pyrénées entre eux, et rende encore plus irréparable la séparation.

« Pardonnez-moi, sire, dit la voix mesurée et craintive d'Henri Mondeville, le médecin royal. Madame est ici. Elle attend.

— Qu'elle entre.

— Bien, sire. Mais je voudrais vous déconseiller de prendre trop de bains. Vous en prenez un par semaine ! »

Philippe IV ne tourna pas la tête et ne daigna même pas le regarder ; cependant Mondeville était un bon médecin et, dans ses fonctions, il avait toujours servi la Couronne avec loyauté et abnégation. Il méritait de recevoir une réponse.

« Notre corps ne nous appartient pas, murmura le roi, sur un ton lent qui semblait être modulé par un orgue d'église. C'est un lieu sacré. Souvenez-vous-en.

— Bien sûr, sire. Cependant, on sait que des bains fréquents peuvent affaiblir…

— Notre corps est comme un sanctuaire, reprit le roi sur le même ton, comme si le médecin n'avait pas parlé. Peut-on garder un sanctuaire sale ? »

Henri Mondeville inclina la tête en signe de soumission.

« Non, sire. Ce serait un sacrilège. »

Après une profonde révérence, il sortit de la chambre royale en prenant soin de ne jamais tourner le dos au souverain. Quelques instants de pur silence, puis, un bruissement de soie sur les lames du parquet.

Philippe le Bel ne se retourna pas.

Il ferma les yeux un instant, pensa à ce qui en elle l'exaspérait, et à ce qui le rendait fou. Comme lorsqu'une mèche de cheveux roux s'échappait du voile et lui tombait sur le front, et qu'elle la repoussait, agacée, d'un geste rapide de sa main blanche. Ou la peau diaphane de ses tempes, qui devenait transparente sur les poignets, révélant la délicate géographie bleue des veines.

Elle était là. Elle entrait. Comme à l'accoutumée.

Mais, comme c'est étrange…

Jeanne portait un parfum inhabituel. On percevait des notes de tête acides et acérées, rapidement suivies par un cœur doux, chaud et herbacé, puis par un splendide sillage amer qui sublimait le plaisir de toutes les autres présences olfactives. Un parfum solaire, généreux, mais impétueux et indocile, comme elle.

Quelque chose traversa la mémoire du roi comme un éclair en plein ciel, le ramenant en arrière dans le temps. Il était très jeune, il avait perdu sa mère, partie pour la Terre sainte et jamais revenue. Il souffrait de terribles cauchemars qui le faisaient se réveiller en hurlant. Sa grand-mère, Marguerite de Provence, avait frotté sa poitrine et la plante de ses pieds de gouttes d'un baume parfumé. De quoi était-il fait ?

Il y avait de la lavande, bien sûr, et une autre essence qui combinait douceur et acidité, avec une amertume médicinale bénéfique qui apaisait les nerfs et chassait les peurs cachées. C'était une huile obtenue à partir de fleurs d'oranger de Tunisie. Une pommade que les croisés avaient rapportée d'Afrique du Nord.

Oui, Philippe le Bel en était sûr : ce soir-là, Jeanne avait sur sa peau l'odeur de sa guérison.

Elle entra la tête haute, raide et fière.

Reine consort de France, elle était et se sentait avant toute chose souveraine par la grâce de Dieu de la Navarre surplombant les Pyrénées, gardant les terres encore occupées par les Sarrasins d'Al-Andalus. On lui avait appris, dès sa plus tendre enfance, à en être pleinement consciente. Personne ne devait se permettre de l'humilier : cela aurait été une déclaration de guerre. Généralement, elle se défendait de cette fatale perspective en évitant qu'elle se produise : elle étudiait attentivement son adversaire et ne lui laissait pas le moindre espace pour les insultes ou les provocations.

Jeanne traversa la chambre du roi de son pas cadencé et altier. Grande, souple, elle se déplaçait avec élégance en laissant flotter sa longue tresse de cheveux roux. Elle possédait cette royauté qui ne s'apprend pas par des années d'éducation rigide, mais qui vient de l'intérieur, de racines illustres.

On disait que sa famille descendait des empereurs ibériques qui avaient fait la grandeur de Rome : Trajan, Hadrien, Marc Aurèle. Dans ses veines coulait le sang des Césars et des généraux. La marque de cette force était puissante en elle ; aucun défi n'atténuait la lumière combattive de ses yeux noirs, et elle n'avait peur de rien.

En entrant dans la chambre privée du roi de France, elle n'avait ni demandé de permission, ni adressé aucune salutation au monarque. Après avoir jeté un rapide coup d'œil devant elle, elle s'était assise avec le plus grand naturel, sans attendre que Sa Majesté l'y invite. Jeanne savait qu'elle avait le droit de se comporter ainsi : parce qu'elle n'était pas seulement la reine de France. En tant que chef d'un État étranger, elle devait se considérer comme l'hôte permanente du monarque français et, à ce titre, avait droit au plus grand respect, sous peine de déclencher des incidents diplomatiques malheureux.

En la voyant, Philippe contracta instinctivement les muscles de sa poitrine ; cela lui arrivait toujours, une réaction spontanée de son corps contre laquelle la raison ne pouvait rien. Il avait constamment besoin d'elle, de son soutien, car la Navarre était précieuse pour la France en tant qu'État qui protégeait ses frontières. Et il avait besoin d'elle en tant que comtesse de Champagne et de Brie, les deux fiefs qui, par leurs abondantes recettes fiscales, donnaient du répit aux caisses asphyxiées du Trésor royal. Raisons pour lesquelles il l'avait épousée ; mais ce n'était pas un mariage facile que le sien !

Des discussions incessantes, des querelles, des négociations empoisonnaient et polluaient la paix domestique.

Une femme est soumise à son mari ; mais ayant épousé un chef d'État, et de surcroît un État indispensable au bien-être de la France, il était le seul homme sur terre à avoir une épouse qu'il devait traiter comme une égale.

La plupart du temps, pour des raisons politiques qui les plaçaient dans des camps opposés, Jeanne n'était pas pour lui une compagne, mais une ennemie exigeante qu'il fallait affronter, étudier, contourner et, enfin, soumettre. Les conséquences que cela déclenchait en lui étaient puissantes et visibles.

Les mains lâchement abandonnées sur les accoudoirs, une expression d'ennui patient sur son beau visage, Jeanne de Navarre attendait que le roi se décide à lui adresser la parole, à lui expliquer pourquoi il l'avait convoquée. Elle était beaucoup moins calme qu'elle ne le laissait paraître.

Lorsqu'on lui avait dit que le roi la mandait, elle avait senti, le cœur serré, qu'elle allait devoir endurer une énième querelle. Elle détestait se disputer avec lui : ces altercations interminables qui ne conduisaient généralement à rien et ne faisaient qu'ouvrir des fissures incurables entre eux, tandis que les domestiques blottis dans l'ombre espionnaient chacun de leurs mots, et en référaient ponctuellement à cette tanière de vipères qu'étaient les courtisans du Louvre.

Elle était usée par cette existence faite de conflits perpétuels qui ne laissaient place qu'à des instants fugaces de bonheur, où la seule victoire était le droit de ne pas mourir.

Mais, tôt ou tard, les problèmes finissent par émerger et Jeanne avait le pressentiment douloureux de la raison de sa convocation : pour la énième fois, il cherchait du soutien dans quelque intrigue politique sordide qui frôlait l'abus ou l'illégalité. Des crimes que les juristes talentueux, grassement payés par la Couronne française, auraient déclassés en simples cas de force majeure, manœuvres effectuées dans l'intérêt supérieur de la nation.

Elle était entrée dans cette salle prête à la confrontation, sûre de son droit et de la volonté de l'affirmer. Mais elle avait immédiatement compris qu'elle avait été attirée dans un piège, en voyant comment il la recevait. Seul. Dans son bain. Nu, évidemment.

Dès lors, bien que la reine arborât le visage impassible d'un vétéran se préparant à la bataille, son ventre tressaillait misérablement, agité par le désir. Ce que le roi n'avait aucun espoir d'obtenir dans la salle du trône, il comptait maintenant le lui arracher dans l'alcôve.

Elle était furieuse. Pourtant elle ne pouvait s'empêcher d'être profondément troublée chaque fois qu'elle était seule avec lui.

On disait Philippe le Bel incapable d'aimer qui que ce soit, parce que son cœur était une pierre dure, un morceau de marbre froid. Avec le corps, pensa-t-elle avec un soupir, il savait très bien aimer.

Le reflet dans l'eau bougea. Il vibra, indécis, puis se brouilla par un mouvement décidé de l'homme plongé dans la baignoire. Le souverain sortit et se dressa devant elle. Les yeux dans les yeux. Dans son silence obstiné, quelque chose vibrait entre promesse et menace.

Jeanne se mit debout, puis recula instinctivement. Elle ne se dérobait jamais devant les défis de la vie ; mais à ce moment une émotion brutale l'envahissait.

Philippe le Bel la fixait, muet et hostile. L'étoffe de lin blanc drapait son corps magnifique, d'une perfection sculpturale, révélait une solide épaule blanche où l'on devinait les cicatrices laissées par le fléau qu'il s'était infligé en devoir de pénitence.

Il avait l'aspect glorieux et terrible d'un Christ

ressuscité, enveloppé dans son suaire, revenu sur terre pour juger les morts et les vivants.

Mais la chair surnaturelle de Notre-Seigneur, désormais libérée de la misère humaine, ne montrait certainement pas les signes de l'émotion bouleversante que la proximité de leurs corps avait déclenchée.

Jeanne baissa les yeux sur cette partie de son corps qui la réclamait de toute urgence, et rougit.

« Pourquoi m'as-tu fait appeler ? murmura-t-elle.

— Je suis ton mari. J'ai des droits spécifiques sur toi. Au moins en cela tu dois m'obéir. »

Jeanne retint son souffle. Et comment, elle voulait lui obéir ! La chair hurlait son désir de faire l'amour avec lui, mais elle tremblait à l'idée que sa volonté vienne à lui manquer dès qu'il la conduirait dans les mystérieuses régions du plaisir.

Elle ne pouvait pas se refuser à lui ; et elle ne le voulait pas.

Le roi le comprit et n'eut aucun doute. Il prit ses épaules dans ses mains et la retourna. Il déplaça la tresse, étira ses doigts pour caresser lentement sa nuque, comme il savait le faire, pour lui provoquer un délicieux tourment. Il toucha doucement sa peau blanche frissonnante, trouva les lacets de sa robe.

Et avec la lenteur d'un séducteur, il se mit à la déshabiller.

18

Où était-il ? Où l'emmenaient-ils ?

Il marchait depuis des jours comme un sac de matière inerte, ligoté et bâillonné, tiré à grand-peine par cette horrible bête plus grande qu'un cheval, bossue, surchargée de fardeaux et d'une puanteur révoltante.

Ses longues pattes minces s'enfonçaient dans le sable chaud, plus sûres et agiles que les pieds d'un homme. Elle semblait ne jamais avoir soif, l'étrange créature ondoyante qui se balançait comme si elle contrôlait son propre destin, tandis que lui, Raoul Quarre, brûlait d'une fièvre insatiable qui ne trouverait d'apaisement qu'au coucher du soleil, lorsqu'il aurait eu quelques gouttes d'eau et une poignée de sel à mâcher.

Il avait arrêté de compter les jours et les nuits de ce long calvaire errant. Depuis la veille, il ne ressentait plus les affres de la faim ; bientôt il serait mort d'épuisement, et les vautours se régaleraient de sa dépouille.

Il avait été condamné à un voyage sans temps ni espace. Un chemin diurne brûlant, nocturne glacé : c'était le désert, disaient-ils. *Rub al-Khali*, le Quatrième Vide.

De temps en temps, la petite caravane croisait d'autres voyageurs : fatigués et assoiffés, ou transis de froid. Des voix qui s'exprimaient dans des langues inconnues, des étrangers qui, assis les uns à côté des autres au bord d'une source fraîche, jaillissaient comme par miracle dans l'ombre d'une palmeraie, ou se tenaient serrés et tremblants autour d'un feu de bivouac.

Inutile de chercher à connaître leur direction. Il aurait cherché en vain un point de départ et un point d'arrivée : partout, à perte de vue, seulement le désert et ses couleurs impitoyables. La mort le provoquait et se moquait de lui dans un jeu cruel de miroirs.

« Réveille-toi ! »

Raoul Quarre se réveilla en sursaut. L'épuisement l'avait lentement entraîné dans un somme trouble et sans rêves.

« Lève-toi. Nous sommes arrivés. »

Il ne bougea pas. Deux des mystérieux guerriers vêtus de noir qui escortaient Guérin de Grandvilliers, commandant du Temple en France, sautèrent de selle et le hissèrent sur ses pieds sans ménagements.

« Où suis-je ? » dit Quarre, à moitié assommé.

Le dignitaire du Temple, désormais méconnaissable dans les vêtements sombres qui le mêlaient aux autres, tendit le bras vers la ligne d'horizon.

« Tu ne vois pas ? »

Raoul plissa les yeux, ébloui par la violence de la lumière. Peu à peu, il discerna une silhouette au loin, devant l'astre du jour qui s'enfonçait dans la flamme d'un coucher de soleil plus grand que n'importe où ailleurs sur Terre.

« Qu'est-ce que c'est ? » demanda-t-il, incrédule.

Il distinguait une étrange concrétion de boue séchée, cuite au soleil. Ce n'étaient pas des petites maisons adossées les unes aux autres, mais des édifices monumentaux de plusieurs étages. Tous semblaient vides, morts, inhabités. Ils étaient arrivés à une morne ville fantôme et en son centre, dominant les autres bâtiments, se détachait une puissante tour surmontée d'un toit conique. Elle était identique à la grande tour des Templiers à côté de Paris, à une différence près : le toit de celle-ci brillait comme s'il était d'or pur.

« Mon Dieu ! s'exclama Quarre. Où sommes-nous arrivés ? »

Le commandant fouetta son chameau et s'arrêta devant les yeux étonnés de la recrue.

« Quand tu as frappé à la porte du Temple pour demander l'asile, tu as juré que tu le savais, dit-il d'un ton railleur. Tu as crié *Abraxas !* Maintenant tu l'as devant toi, et tu ne le reconnais pas ? »

Raoul se frotta les yeux là où la sueur dégoulinante brûlait.

« Abraxas… C'est donc cela ?

— Abraxas est juste un moyen habile de cacher son vrai nom, dit le commandant. Un banal jeu de mots. Devant nous s'élève ce que les anciens appelaient *Saba arx*. La forteresse que les Sabéens ont bâtie dans le désert.

— Les Sabéens… La reine de Saba, murmura Raoul, ébahi.

— Cette femme a donné à Salomon le secret que le désert gardait. Ici, Hiram vint prendre l'or avec lequel le grand Temple du Seigneur a été construit. Au-delà de la porte de cette forteresse, on entre dans les mines d'Ophir.

— Je n'avais juste aucune idée…

— Peu importe ! coupa Grandvilliers d'un ton rude. Ton voyage s'arrête ici. Entre ! »

Raoul Quarre fut saisi par une terreur sourde.

« Non je vous en prie ! Ne me laissez pas dans ce pays sans Dieu !

— De quel Dieu parles-tu, bâtard ? Tu as tué un moine. L'Ordre a failli être traîné dans la boue, à cause de toi.

— C'était un accident. Je ne voulais pas… D'ailleurs, j'ai fait ce que vous m'avez ordonné ! Je suis retourné dans cette abbaye, j'y ai laissé le briquet d'argent que vous m'aviez donné ! »

Grandvilliers plissa le nez avec une moue songeuse. Oui, c'était une idée géniale de rejeter la faute sur Molay. Les frères qui suivaient la règle réformée auraient été satisfaits de cette ruse. Le Temple avait besoin d'une nouvelle énergie, de nouvelles idées pour se sauver de la ruine. Et surtout, d'un nouveau chef.

« Tu as obéi, mon garçon : aussi es-tu toujours en vie. Mais tu restes un meurtrier, et tu dois expier ta faute. Tu iras donc là-bas. Tu accompliras un apprentissage difficile : si tu en sors vivant, une glorieuse carrière t'attend. »

Raoul se sentit perdu. Dans le soleil couchant, le toit de la citadelle prenait une couleur rouge sang. Par les meurtrières qui s'ouvraient dans la maçonnerie épaisse filtrait une lumière violette et froide, comme des flammes de soufre allumées dans les couloirs de l'enfer.

« S'il vous plaît, ne m'envoyez pas là-bas ! » implora-t-il.

Grandvilliers jeta un regard à l'un de ses sbires, qui coupa net la corde aux mains du prisonnier.

« Choisis, mon garçon. Tu peux y entrer et affronter ce qui t'attend. Ou tu peux rester ici et mourir de froid ou de soif. »

Le regard des guerriers noirs devint plus menaçant. Raoul baissa la tête et se mit à marcher vers la sombre cité des morts. Il ne regarda pas en arrière : peut-être méritait-il vraiment de finir en enfer ?

Il frappa trois coups à la grande porte de bronze qui fermait l'entrée de la tour. Elle s'ouvrit sans qu'il vît de sentinelle. Dedans régnait une obscurité épaisse, rompue par la seule lumière, violette et incongrue, de torches enflammées accrochées aux murs. Juste en face de lui, une étrange nacelle faite de roseaux entrelacés semblait l'attendre. Elle était faite pour transporter une seule personne à la fois. Elle avait une porte et la porte était ouverte.

Le cœur battant la chamade, Raoul y entra et referma la mince porte de roseau. Une secousse, puis la nacelle bougea. Il descendait, qui sait où, vers le fond de cette grotte. Il ferma les yeux, commença à prier.

Seigneur, aie pitié de moi !

Il descendait vers un abîme qui semblait sans fin. L'air devenait plus dense, plus chaud, et la respiration était difficile.

Tout se dissolvait dans un néant fait de ténèbres.

POSTFACE HISTORIQUE

En l'an 1314, pendant la période de l'été qui tombe sous la constellation de la Vierge, une grande et lumineuse comète apparut dans le ciel. Elle resta visible longtemps, plus de six semaines. Son apparition fut interprétée comme le présage de terribles calamités et, parmi celles-ci, la mort de Philippe IV le Bel, roi de France.

C'est ainsi que le Florentin Giovanni Villani (1280-1348), auteur d'une *Chronique* qui est l'une des sources les plus importantes sur le bas Moyen Âge, commente la fin de ce roi entré dans l'histoire avant tout pour ses « méfaits » : l'attentat contre le pape Boniface VIII (8 septembre 1303) et la fameuse « gifle d'Anagni » qui aurait suivi mais, surtout, l'arrestation des Templiers de France (13 octobre 1307) et le procès qui conduisit par la suite à la dissolution de l'Ordre (mars 1312) et à l'exécution sur le bûcher du dernier grand maître Jacques de Molay (18 mars 1314).

Giovanni Villani ne passe pas sous silence certaines actions odieuses de Philippe le Bel comme l'expulsion de son royaume des juifs et des banquiers italiens, manœuvres qu'il justifia par l'accusation d'usure mais dictées en réalité par le besoin de confisquer purement et simplement les biens des victimes, maladie incurable d'une France toujours au bord de la faillite. À y regarder de plus près, cependant, le jugement du chroniqueur sur le souverain n'est pas entièrement négatif. Philippe IV était un individu d'une beauté exceptionnelle, grand, bien proportionné, avec des traits réguliers ; Villani lui attribue également intelligence et perspicacité (il le décrit comme « sage »), et même la rectitude morale selon le modèle d'un laïc :

Il était l'un des hommes les plus beaux du monde, et l'un des plus grands de sa personne, et bien proportionné dans chaque membre, sage par lui-même et un homme bon, selon un laïc.

G. Villani, *Chronique*, chapitre LXVI

Dante Alighieri, qui a également vécu les événements de ces décennies et en a été le témoin oculaire, consacre trois passages de la *Divine Comédie* au souverain, sans toutefois que le nom de Philippe le Bel soit explicitement mentionné.

Le premier passage est bien connu car il se réfère à l'agression contre l'ordre du Temple. C'est le roi Hugues Capet, ancêtre du roi Philippe, qui, dans le *Purgatoire*, blâme le geste de son descendant :

Je vois le nouveau Pilate si cruel,
et insatisfait, qui sans décret
porte les voiles cupides dans le Temple...

Purgatoire, XX, 91-96
trad. André Pézard. La Pléiade

Le second est moins connu, mais non moins incisif. On le trouve, également, dans le *Purgatoire*, où le poète imagine assister à une procession effrayante : un géant puissant et violent est assis sur un grand char, à côté de lui une prostituée lascive qui regarde Dante de manière provocante avec l'intention de déclencher des pensées coupables. Le géant fornique avec la femme et la possède, mais se rendant compte qu'elle regarde Dante, il la frappe sans pitié.

Selon les commentateurs modernes ainsi que ceux du passé, le géant est le roi Philippe le Bel, qui a réduit l'Église à une prostituée complaisante, et qui l'a durement frappée lorsqu'elle a tenté de lui échapper.

Sûre ainsi comme tour en haut d'un mont,
séait dessus le char une putain
effrénée, les cils prompts entour guettants
et à côté fut tout droit un géant
comme pour empêcher qu'on la lui prit ;
souventes fois s'entrebaisaient la bouche

Purgatoire, XXXII, 148-153

Le troisième passage, enfin, est encore plus cryptique et n'est connu que des seuls experts en la matière ; il exprime une prophétie de Dante sur le sort de Philippe le Bel, qui serait mort d'un coup violent à la tête (« d'un coup de couenne »), presque à la suite d'un châtiment divin bien mérité :

Là vous verrez le deuil que jette sur Seine
celui qui falsifie la monnaie,
et qui mourra d'un coup de couenne.

Paradis, XIX, 118-120

Les spéculations financières qui condamnaient l'économie du royaume de France, alors qu'elles avaient été opérées pour atténuer la crise, dépendaient selon Giovanni Villani précisément de l'expulsion, sous prétexte d'usure, des financiers florentins ; cependant, nous ne sommes pas sûrs que le roi ait sérieusement douté de leur habileté et de leur bonne foi, étant donné que les frères Albizzo et Musciatto Guidi, à qui Philippe avait confié le Trésor de la France, furent anoblis du titre de chevalier et restèrent en service jusqu'à la mort. Après eux, la situation s'est aggravée, menant à l'attaque contre les Templiers (que je raconterai à l'avenir, si Dieu le veut). Pour l'instant, je tiens à souligner que l'affaiblissement de la monnaie, ou le fait d'utiliser un métal moins noble que ce que le titre officiel imposait, était bel et bien une fraude contre le peuple ; il existait néanmoins un décret du pape Innocent IV autorisant moralement les souverains à opérer cette altération dans les situations de grave urgence, pour le bien du royaume.

Les hommes de cette époque le savaient. Si grave et odieuse qu'elle fût, la « falsification de la monnaie » que Dante attribue à Philippe le Bel fut commise dans une situation réellement désespérée, et avec la certitude que ce n'était pas un péché mortel grâce, justement, à ce décret apostolique. Philippe IV était un homme très particulier, à certains égards incompréhensible à nos yeux : l'idée de trahir son rôle de souverain consacré, oint du Seigneur, l'effrayait au point que lorsqu'il craignait de devoir commettre un péché, il demandait au pape une lettre d'acquittement préventif.

Le fléau incurable qui affligea son long règne fut l'évasion fiscale effrénée des grands seigneurs féodaux, qui ne voulaient pas d'un État centralisé et uni : ils se seraient volontiers passés du roi pour s'enraciner dans leur indépendance.

Dante en était également conscient. Ce n'est peut-être pas un hasard si, tout en blâmant certains choix de Philippe le Bel, il ne le place pas dans les terres (landes) sombres de l'enfer où n'existe aucun espoir de salut.

REMERCIEMENTS

Je tiens à remercier tous ceux qui ont contribué avec professionnalisme à ce livre : Raffaello Avanzini, qui a eu l'idée du titre et de la couverture ; mon agent Roberta Oliva ; Alessandra Penna, Marianna Cozzi, Antonella Sarandrea et tout le personnel de Newton Compton.

MIXTE
Papier issu de
sources responsables
FSC® C003309
www.fsc.org

L'éditeur de cet ouvrage s'engage dans une démarche de certification FSC® qui contribue à la préservation des forêts pour les générations futures.

Pour en savoir plus :
www.editis.com/engagement-rse/

10/18 – 92 avenue de France, 75013 PARIS

Imprimé en France par CPI

N° d'impression : 3049754
X08154/01